U1070664

魅丽文化 花火工作室

余烬燎原

伊水十三
— 著 —

江苏凤凰文艺出版社
JIANGSU PHOENIX LITERATURE AND
ART PUBLISHING

图书在版编目（CIP）数据

余烬燎原 / 伊水十三著 . — 南京 : 江苏凤凰文艺出版社，2022.8
ISBN 978-7-5594-6810-9

Ⅰ . ①余… Ⅱ . ①伊… Ⅲ . ①长篇小说－中国－当代
Ⅳ . ① I247.5

中国版本图书馆 CIP 数据核字 (2022) 第 075077 号

余烬燎原

伊水十三 著

责任编辑 张 倩
出版统筹 曾英姿
特约编辑 丐小亥 白 鱼
装帧设计 殷 舍
出版发行 江苏凤凰文艺出版社
南京市中央路 165 号，邮编：210009
网 址 http://www.jswenyi.com
印 刷 长沙金鹰印务有限公司
开 本 880mm × 1230mm 1/32
印 张 10
字 数 320 千字
版 次 2022 年 8 月第 1 版
印 次 2022 年 8 月第 1 次印刷
书 号 ISBN 978-7-5594-6810-9
定 价 45.00 元

目录 CONTENTS

目录 CONTENTS

第一章
那，离婚呢

01

时值深秋，窗外的银杏分外萧瑟，随着阵阵秋风，叶子掉得七零八落。

空旷的走廊上突兀地响起一阵脚步声，十厘米高跟鞋的细跟踏在干净得几乎不染一丝尘埃的瓷砖上，声音清脆利落。

“嗯，好，没事，我来就可以，你放在那里吧。”

……

结束一通电话后，梁枝理了理自己鬓边的碎发，突然发现发型好像比之前乱了点儿，大概是午睡的时候没注意，给弄乱了。她转身进入旁边的卫生间，借着洗手台上方的镜子把头发重新盘了一遍，给后脑碎发别上最后一个发卡时，她听见有两道声音自卫生间外传来。

“我今天在停车场碰见秦总了，他真的好帅啊！跟他打招呼的时候我差点儿要窒息了……”

“还有这么好的事？你怎么不假装晕倒，说不定秦总会伸手接住你。”

“你又在瞎说什么呢，人家早就结婚了。不过说真的，我好羡慕秦总他老婆，每天能近距离欣赏这样的盛世美颜，也太幸福了吧！”

“而且秦总把她保护得很好，也不知道她上辈子是不是拯救了世界。呃，梁秘书……”两人的交谈戛然而止。

私底下谈论被抓包，两个女孩儿一下顿在原地，脸上写满尴尬，有些手足无措。

梁枝停下手上的动作，打量了她们几秒。随后，她勾起一抹极为浅淡的笑：

“下不为例，回去工作吧。”

“啊……好！”两个女孩儿如蒙大赦，匆忙离开。

梁枝隐隐还能听见她们的窃窃私语——

“还好碰见的是梁秘书，不然我俩铁定完蛋。”

“是啊，公司里也就只有她对人那么温柔了……”

……

梁枝弯了弯唇，把目光转向镜子——上辈子拯救了世界吗？

镜中女人眉眼精致柔和，尤其是一双眼，仿佛漾着水光，粼粼生波，头发被高高盘起，露出的脖颈纤细白皙，再往下，领口处一点儿浅淡的红印若隐若现。

似乎突然想到了什么，梁枝耳尖微红，将衬衣领口向上拉了点儿，遮得严严实实。

也许吧。

轻敲三下办公室门，得到许可后，梁枝推门而入。

坐在办公桌后的秦瞿应声看了过来。

男人姿态优雅高贵，一双微挑的桃花眼看谁都似含情——如果忽略他眼底的淡漠与散漫的话。

他向后靠了靠，手指有一搭没一搭地敲着桌面，神情慵懒。两人目光相触，梁枝的心跳无端加快一拍，她微微低头以做掩饰。

办公室里除了秦瞿，还有一个大腹便便的中年男人。这人梁枝认得，这段时间经常与秦瞿商谈合作事宜，姓王。

她轻轻鞠躬，礼貌地唤人。

大腹便便的男人盯了她半晌，蓦地露出一个意味深长的笑。

秦瞿指了指手边的文件，继续与对方交谈。

梁枝意会，上前去整理资料。她没有抬头，也能感觉到对面那道视线时不时落在她身上。她稍一蹙眉，感觉不太舒服，加快了手上的动作。

这时，一句略带调侃的玩笑话入耳——

“还是秦总会玩。要是哪天有机会，我也要像您一样，找个漂亮秘书，让她整天低眉顺眼地围着我转。”这话说得十分轻浮暧昧，轻蔑的意味极为明显。

梁枝整理文件的手微不可察地顿了一下，她假装没听见。

秦瞿沉吟片刻，淡淡地开口道：“梁秘书的工作能力，公司上下有目共睹。”轻飘飘的一句话，仿佛在为她解围。

“是吗？”男人呷了口茶，故作不经意地说道，“梁秘书本科学的建筑设计吧，怎么会想到来这儿当秘书？”

梁枝正准备开口，又听秦瞿唤她：“没别的事的话，你先出去吧。”

她只好再次低头，应了一声之后，抱着文件离开了。

关门前，她故意停顿了一会儿，没把门关严实，果不其然听见了透过门缝隐约传来的劝说——

“秦总，你还挺维护她啊！你不用解释，我见多了，都明白。”

“不过啊，听你王叔一句劝，商场水深，你要真想宠着那小情人，还是不要把她安排在这种地方比较好。”

梁枝轻轻地合上门，抿了抿唇，心忽然沉了下去——她和秦瞿明明不是这样的关系。

感受到手机振动了两下，她从思绪里抽离，点开通信列表。

“今天很忙，下班后不用等我。”秦瞿道。

梁枝习惯性地回了个“好”字，随手往上翻了翻过往的消息。

近三个月的消息少得可怜，无外乎工作上的问答，有的时候甚至比纯粹的上下级关系更显陌生。

外人根本看不出他们是一对夫妻。

也是。秦瞿当年娶她，不过是急需一个妻子来脱离家族的掌控。领证后他们没有办婚礼，秦瞿甚至不愿对外公开，如此种种，足以看出他对她这个妻子有多不上心。

更何况，梁枝一直知道，他心里有个“白月光”。自始至终，这段感情都只是她的单向奔赴。他对她又怎么可能花费多余的心思呢？

手机再次振动，又是一个消息提示。

敛去眸中的情绪，梁枝退出与秦瞿的对话框，对着那边的请求回了句“我马上到”。她深吸一口气，迈步离开。

夕阳的余晖从窗外落进来，染红了桌上层层叠叠的各类文件夹。梁枝终于从桌前抬起头，一边伸懒腰，一边向窗外看去，眼底闪过一抹惊讶。

已经这个时间了吗？

不知道是不是心里憋着一股气的原因，她今天的工作效率格外高，但公司临时出了点儿状况，使得需要处理的事务几乎翻倍。

她打车回家的路上，出租车司机忍不住多嘴：“小姑娘，这个时候回家，其实坐公交和地铁都比打车要快得多，你下次记住咯！”

梁枝怔了下，点头“嗯”了一声。

公司门口就是一个地铁站，她习惯了出门回家都有人接送，居然忘记了还能坐地铁这件事。

不知不觉，已经一年了啊……

车停在别墅前，天色已然一片漆黑。梁枝下车时，脚下的高跟鞋支撑不稳，她一下子跌在了地上，脚踝处倏然有刺痛传来，好像扭到了。

她回头跟满脸关切的司机说了声自己没事。目送出租车远去后，她努力忽略痛楚，支撑着站起，小心翼翼地坚持着走到门前。在包里东翻西翻一阵，梁枝才发觉自己没有把钥匙带回来。

她本就不是什么千金小姐，婚后也不习惯有人伺候，所以别墅里常住的除了她和秦瞿，再没有别人。

夜色深沉，阵阵凉风如尖利的刀片一般劈头盖脸地刮过。梁枝被冻得浑身颤了颤，心神疲惫间，今天的遭遇如潮水一般涌上心头，细细回想，竟然没有一件好事。

不知怎的，她蓦然感觉有点儿委屈。

梁枝裹紧外套，自暴自弃地踢掉高跟鞋坐在了地上。反正没人会看到，在这儿休息一下也没什么大不了。却不想，她坐在地上玩了一会儿手机后，再抬头便撞进了一道漫不经心的目光。

秦瞿下颌紧绷，站在她身边，居高临下地睨着她，眼里情绪难辨。

梁枝身体僵硬片刻，旋即脸上泛起热意，她知道，自己现在的模样一定无比狼狈。

“你回来啦，我……”梁枝羞窘地扶着手边的门，努力想要站起来，却因忽略了脚上的伤，猛然又疼了一下。

失去平衡的瞬间，她下意识地闭上眼——摔就摔吧，反正已经够狼狈了。

下一秒，腰肢被人紧紧揽住，她还未反应过来，便跌入了一个坚实的怀抱。

门一开一关，“咔嗒”两声后，周围重新归于平静。

02

高跟鞋孤零零地躺在门外。门内，梁枝靠着门板，用一只脚艰难地支撑着身体的平衡。她敛着眸，呼吸有些急促，胸口微微起伏间，更显摇摇欲坠。

秦瞿双眸微眯，与她几乎身体相贴，男人逆着光，脸部轮廓显得越发清晰锋利，带了一丝压迫感。他没有别的动作，就这么好整以暇地站着，宛如在打量什么有趣的小玩意儿。

脊背处传来凹凸不平的冰凉触感，梁枝费力地仰起脸，从唇齿中挤出含混不清的话：“高跟鞋还在外面……”

女人面色酡红，一双眼里仿佛含着泪光，晶莹闪烁。

真是柔软得一塌糊涂。

“明天再说。”秦瞿眼底暗了暗，俯身贴近她一点儿，“梁枝，我才没在你身边多久，你怎么就变成了这样？”语气似关心，更似责备。

感觉到男人带着几分情欲的气息落在自己的耳侧，梁枝瑟缩了一下：“是我没注意……”

未说完的话被男人堵住，尽数付与一个不算温柔的吻。

在这种事上，秦瞿向来是主导者。

梁枝一米六出头，和秦瞿的身高相差近三十厘米，只能努力踮起脚，环住他的脖颈去迎合。

唇上忽地一痛，梁枝低呼出声。

秦瞿揽住她的腰，把她往自己身上带了带，懒洋洋地睨着她：“惩罚。”

“下次要是再把自己弄成这样，我就该好好收拾你了。”他把梁枝打横抱起，瞥一眼她脚踝上红肿的痕迹，说道，“今天先放过你。”他的语气透着训诫，凉薄得毫无情意。

……

秦瞿穿着浴袍从浴室出来时，梁枝正坐在床沿低头看手机，两条笔直纤细的小腿无意识地晃荡着，右脚脚踝伤处已经上好了药，房间里飘溢着淡淡的中草药味。

听见浴室那边传来的动静，梁枝自觉地把手机放在床头柜上，然后滚进了被窝。

被子另一头被掀开，感觉到床塌下去一块，她向秦瞿的方向靠近了一点儿。很快，一条有力的手臂便将她紧紧揽住。

梁枝冷不丁听秦瞿说："我把和鑫源的合作推了。"

梁枝一开始没有反应过来，待到脑海中浮现出那个大腹便便的身影时，才明白过来，紧张地抿了下唇："不会是我打扰了你们……"

"没有，"秦瞿一只手撑在她的颈侧，另一只手把玩着她柔软的发丝，说道，"他们的诚意不够。"

"这样啊……"梁枝喃喃道，不由得恍惚了一下。

是啊。

早已不似当年那副为了拉投资辗转于各个酒局的光景了，如今的珩原掌权人是商界生杀予夺的存在，只有别人巴结的份儿，哪里会在意这些。

思绪还未发散开来，双眼忽然被一只手遮住。

"专心一点儿。"秦瞿警告似的道。

下一秒，梁枝只觉自己似乎被拉进了一处旋涡，浮浮沉沉间，只能任由自己沉沦。

事后，梁枝迷迷糊糊间，似乎听见秦瞿轻声说道："如果实在觉得累，就辞职吧，做全职太太没什么不好。"

她沉默半晌，背过身，假装没听见。

翌日清晨，梁枝醒来时，身旁已是一片冰凉。

本以为秦瞿已经离开，她撑着身子想要坐起来，却在无意间扫到阳台时突然愣住。秦瞿早已穿戴整齐，背对着她，在阳台上抽烟。一阵风起，外头的枯枝败叶摇曳之间，烟雾也顺着男人的指缝幽幽弥散。

秦瞿很少抽烟，只有在陷入沉思的时候，才会习惯性地点上一支。

梁枝裹着被子盯着秦瞿的背影看了好一会儿，无端觉得这一幕与一年前的画面重合了。

那一晚的意外发生后，秦瞿也是像今天这样，在阳台上沉默着抽完了一支烟，而后转过身来，淡淡地对她开口说道："梁枝，我们可以结婚。"

他的语气没有任何感情，仿佛只是陈述一件平淡无比的事。

后来她才知道，秦瞿之所以那么突然地向她求婚，是为了反抗家族的安排。他那时需要的只是一个“已婚”的身份，从而脱离家族对他的控制，自立门户。

现在秦氏早已被吞并，一切尘埃落定，梁枝想，他也许已经对这段婚姻后悔了。

当他真正想娶的那个人回来时，便是自己该退场的时候。即便知道“及时止损”的道理，她仍愿装作无知地维持着表象。

她太贪恋他对她的好，哪怕只是他不经意间施舍的一点儿，她也愿意不顾一切地去索求。

“梁枝？”

秦瞿的声音将梁枝的思绪拉了回来。她晃了晃脑袋，望向早已站在面前的男人，开口问道：“你没去公司吗？”

“今天周六。”秦瞿似笑非笑地问，“你最近忙傻了？”

“啊……”梁枝这才后知后觉地拿起手机。

当看清上面显示的日期后，她似是想起什么，一个激灵从床上跳下去，拖着还隐隐作痛的右脚钻进了衣帽间，身后隐约传来一声轻笑，带着点儿愉悦。

进到衣帽间，站在宽大的落地镜前，梁枝稳了稳纷乱的心神，看向镜子里的自己。她轻拨睡裙的吊带，裙摆落地，红色的痕迹从锁骨蔓延至前胸，如梅花般点点绽放在雪地里。

今早秦瞿的心情似乎不错。她在衣架上随意地摸索了一把，取下一套衣服，一边抚平褶皱，一边心不在焉地想，是发生了什么让他高兴的事情吗？

身后有脚步声响起，梁枝从镜子里瞥见男人的身影，顿时羞红了脸，连忙拿衣服挡在身前。

“又不是没看过。”秦瞿从她手里拿过衣服，随意丢在身后的沙发上，自己也后退几步，坐在了上面。

沙发很宽敞，平时梁枝上班忙没空打理，上面堆积了不少衣服。秦瞿慢条斯理地将衣服拨开，微抬眼皮，命令道：“过来。”

梁枝知道将要发生什么，背对着镜子，慢吞吞地挪动脚步。

两人虽然没什么感情，但在这方面一向契合，她早已习惯了男人不分场合地向她索取，而她无权拒绝。

有的时候，她甚至会怀疑是因为他放不下她的身子，这段婚姻才能勉强存续到现在。

不满于女人动作的迟缓，秦瞿伸出手扯住她的手腕，迫使她跌坐到自己的腿上。

意乱情迷间，梁枝偶尔能从镜中窥见自己的模样。她感觉身子软得一塌糊涂，而男人依旧穿戴整齐，神情慵懒地扶着她的腰。她索性闭上眼，任由他胡来。

后颈被扶住的瞬间，她脑中清明了几分，喉中溢出破碎的言语："今天我还要出门……别……"

男人语气里带着一如既往的淡漠："那就自己想办法遮住。"

秦瞿离开衣帽间后，梁枝还失神地躺在沙发上。

空气里弥散着暧昧的味道，她鼻尖忽地一酸。他总是这样，明明亲密的事情做尽，却连一点儿温存的机会也不愿意留给她，从来都是只管自己的感受，未曾考虑过她的意愿。

重新换好衣服，梁枝仔仔细细地用遮瑕膏把刚才秦瞿留在她颈侧的吻痕遮住。

化完妆，她注意到梳妆台上放着一个未拆的包裹，寄件人那一栏歪歪扭扭地写着"王娣"两个字。

是她母亲的名字。

也不知道是哪天拿回来的，最近她忙得晕头转向，一直没空拆开看。梁枝打开包裹，里面放着一条围巾。

王娣性子木讷，不爱说话，没读过书，认不得几个字。在梁枝来到江城后，她仍固执地选择留在乡下，平日里母女二人鲜少有联系。

知道梁枝体寒，她每年深秋都会雷打不动地给她寄一条自己亲手织的围巾，款式各不相同。

今年的围巾很软很薄，与梁枝一身驼色穿搭色系相近。梁枝抚了抚自己脖子上抹了遮瑕膏的部分，低头将围巾围了上去。

已有好长一段时间没有回去过了。

梁枝下楼时，秦瞿已经坐在了餐桌前，身旁坐着一个女孩儿。女孩儿同梁枝年龄相仿，举手投足间带有一种养尊处优的娇俏。见她走下来，女孩儿皱了皱眉头，撇了下嘴。

梁枝只当没注意到她的小动作，神态自如地与她打了个招呼。

女孩儿名叫付羽然，是秦瞿八竿子打不着的远房表妹，但由于两人读的是同一所大学，所以她和秦瞿关系一直不错。自梁枝和秦瞿结婚后，她便一直对梁枝抱有不满，每次见面就跟吃了火药似的。

至于原因——

付羽然轻蔑地打量了一番梁枝的穿着，视线落回她的围巾上。

梁枝一坐下，就听付羽然阴阳怪气地说道："你这围巾款式怎么那么土？到底会不会搭配衣服啊，丢人。"

顿了一下，她忍不住继续嘟囔："从农村来的就是土气，如果是应晗姐，绝对不会这么搭配……"

梁枝拿筷子的手一顿，低头不语。不知道是哪一句话戳到了她的心，她只觉一阵莫名的酸涩与委屈涌上心头，硌得人心里难受。

她当然知道应晗是谁。

从她与秦瞿正式认识的那天起，她就时不时能从他的兄弟口中了解到这个人——艺术学院曾经的院花，长相美艳，家境殷实，是学校里众星捧月般的存在。

她也是秦瞿一直以来唯一喜欢的人。

梁枝曾无数次见到两人如神仙眷侣般出双入对，也知道当年秦瞿做出创业的决定是为了与她在一起。如果应晗没有突然出国，两人应该会顺利地步入婚姻的殿堂。

付羽然和应晗的关系向来好，甚至早已把她当成未来的嫂子，她一直以来对梁枝抱有敌意也是出于此。

就连梁枝有时都会觉得自己是乘虚而入，偷走了本该属于别人的东西。

她低着头发呆，握着筷子无意识地在碗里戳啊戳。忽然，另一双筷子夹了一只灌汤包放在她的碗里。

"少说点儿，"秦瞿淡淡地对付羽然说，"吃饭。"

"哦。"付羽然不情不愿地回应了一声。

梁枝心不在焉地夹起灌汤包直接咬了一口，迸溅的汤汁烫得她舌头发麻。

手一抖，灌汤包落回了碗里，她无暇顾及，小声吸气缓解口腔的痛感。

付羽然见状，嗤笑了一声："这都不会吃，果然是没见过世面的土包子，下次注意吃相，别在外人面前丢人。”

“付羽然。”秦瞿语气隐含警告。

付羽然吐了吐舌头：“你也不管管，我就替你说两句咯。”

秦瞿不再说话。

待到舌尖的痛感减弱，梁枝一言不发地继续用餐。早餐出自江城有名的望江楼，望江楼以食材鲜美著称，但不知道是不是舌头被烫麻了的缘故，梁枝只觉得味同嚼蜡。

出门时，她看见昨晚被遗落在门口的高跟鞋。许是付羽然觉得碍眼，将其踢到了台阶下面。

高跟鞋上沾了灰尘，显出几分破旧，像极了被遗弃的废品。

03

梁枝见到任夏夏的时候，女人戴着墨镜，穿着一件闪瞎人眼的外套，发色是新潮的湖泊蓝，一眼望过去无比扎眼。

见到梁枝，任夏夏摘了墨镜，飞扑过去就给她一个大大的拥抱，头发甩出一个夸张的弧度，喊道：“枝枝，好久不见啦！”

梁枝笑着拍拍她：“这么久没见，都快认不出你了。”

任夏夏“嘿嘿”笑了两声，揽着梁枝的肩膀就带着她往咖啡厅走去。

大学毕业两年，两个人见面的次数屈指可数，感情却丝毫没有受到影响。

落座后二人谈起近况，任夏夏一提到自己的老板，当即抱怨连天。

两人的相处模式一向这样，一个话痨一个话少，梁枝总乐意充当倾听者的角色。

“总之他就是个事儿精，我真没见过像他那么事儿多的男的。”说到这里，任夏夏停了一下，端起桌上的咖啡喝了一口，话锋一转道，“不过其他还好，接了几个喜欢的项目，还拿了个建筑设计的小奖，也算累并快乐着吧。”

她看了看对面静静地聆听的梁枝，忍不住说：“我觉得要是你……”话音戛然而止，她意识到自己说这些不合适，识趣地闭了嘴。

梁枝知道她在顾虑什么，笑了笑，半开玩笑道：“跟我说话你还顾虑什么呢？你说吧。”

任夏夏这才惋惜地摇摇头，实话实说：“我觉得，要是你走这条路，会比我优秀得多。”

上大学时，梁枝的成绩常年第一，她不仅才华横溢，也肯下功夫，是公认的能力和灵气兼有，就连最为严苛的教授对她都赞不绝口。

可惜毕业前她的心思就不在这上面，整日跟随秦瞿创业。毕业后她更是义无反顾地进入珩原，主动放弃了自己的光明道路，就此沉寂。

时至今日，任夏夏提起这件事仍忍不住惋惜。

“不过你在珩原任职也挺好的。毕业季多少名校毕业生挤破头也去不了。再说你现在是总裁夫人，也过得轻松，不像我，天天累成狗……哎，你和秦瞿最近怎么样了？”

任夏夏是梁枝的朋友中唯一一个知道她和秦瞿关系的，大学时两个人常常窝在同一个被窝里交换秘密。也因此，任夏夏知晓梁枝从高中开始暗恋秦瞿，到结婚时那七年的几乎所有故事。

忽然提到秦瞿，梁枝怔了怔，故作云淡风轻的样子：“挺好的。”

“挺好就行。”任夏夏不疑有他，撑着脑袋开玩笑，“我还说，如果你哪天厌倦了他，就一脚把他踹了，回来陪我一起做设计，我一定放三天鞭炮庆祝。”

梁枝笑着摇摇头：“说什么做设计呢，我早就没这能力了。”

“你有啊。”任夏夏站起来弹了下她脑门，“你要认清楚自己的能力啊，梁枝枝同学。你当年愿意为了秦瞿去接触你从来没有了解过的领域，那对于一个你曾经那么了解的专业，肯定也有重新拾起的勇气。你有能力做任何事，只看你自己愿不愿意。”

剩下的碎碎念，梁枝没有听进去，她微微低头，不自觉地搅拌着咖啡。

只看自己愿不愿意吗？

那，离婚呢？

梁枝愣了一下，也不知道自己脑海中为何无端掠过这个念头。

与任夏夏一聊就聊到了下午，刚说好一起去吃饭，梁枝便接到一通电话，对方让她去公司一趟。

这已经不知道是第多少次了。

梁枝能力强，性格好，在公司里不摆架子，遇事能帮则帮，因此总有人向她求助。

她没办法，只能与任夏夏告别，婉拒了对方送自己去的提议后，自己打了辆车过去。

最近天气越发寒冷，天也一天比一天黑得早。梁枝从公司大楼走出来时，夜幕已经笼罩了整个天空。

公司楼下支起了一个卖麻辣烫的小摊，梁枝还没有走近，一股食物的香味便随着夜风飘了过来。

梁枝没吃晚饭，闻到这股味道，突然觉得肚子空得难受。不指望回去有饭吃，她便过去随便点了些东西，打算就地解决。

老板是个四十出头的男人，热情地应了一声后，手脚麻利地开始准备。

梁枝找了个位置坐下，桌上还残留着上个食客留下的油渍，她拿桌上的纸随便擦了一下。

她好久没来吃过这种路边摊了。

这会儿客人不多，老板望了一眼几乎没什么人的街道，跟梁枝随意地闲聊起来。

“再晚点儿这边人会很多，现在各公司的人都下班了，麻将馆也没人出来，就没什么生意。”

“这样啊。”梁枝点点头，问道，“您一直在这里吗？”

“是啊。”老板笑了笑，“不过下个月街道新要求就出来了，以后不能在这条路上摆摊，我就得去别的地方。不过也好，换到我儿子学校门口，我还能多看看他。”

“那挺不错的。”梁枝笑道，忽然有点儿愣神。

父母啊……她摸了摸围巾，想起什么似的，拿起手机拨出一个号码。

几声提示音过后，王娣粗粗的嗓门响在她耳边：“喂？”

“妈，”梁枝唤了一声，“下周末我想回去看看你。”

电话那端的人沉默了一会儿，讷讷地“嗯”了一声。

深知母亲不爱说话的性子，梁枝弯了弯嘴角，自顾自地跟王娣说了下最近的状况，顺带叮嘱她注意身体。

王娣默默地听着，不时“嗯”一声。

麻辣烫在这时端了上来，老板见她在打电话，没有多打扰，把东西放到她面前便离开了。

梁枝对他露出一个礼貌的笑，继续同王娣说话。

“那我星期六回去。”梁枝说到这里，话锋一转，小心提议，“星期天我回来的时候，要不要把你接到城里来住一段时间？”

“你又在说什么？”一直保持沉默的王娣在听了她这个提议后，拒绝得出奇干脆，“我不去！你要回来就回来，不要带我到你那边去，我住不惯，到时候怪丢人的。”王娣说完，便挂断了电话。

“嘟——”随着这一声不算长的提示音结束，今早付羽然的那句“别在外人面前丢人”突然浮现在了梁枝脑海中。

手机还贴在耳边，梁枝垂下眼帘，舌尖泛起微苦。她把围巾扯起来遮住下巴，三秒后，她深吸了一口气，喃喃道：“不丢人的……”

梁枝放下手机，撕开一次性筷子，埋头吃起麻辣烫。汤底辣辣的带点儿奶香，点缀着各色食材，令人胃口大开。

梁枝确实有点儿饿，一口一个鹌鹑蛋，吃得专心致志。就在这时，桌对面的板凳发出声响，一个人坐到了她的面前。

她以为是拼桌的，指了指隔壁的空桌子，含混不清地道：“那边还有空位。”

对方没吭声，手放在桌上，指尖轻敲了两下桌面。

这个声音一下子唤醒了梁枝，她错愕地抬头，发现对面的秦瞿正微皱着眉看向她。

“怎么还吃这些不卫生的东西？”他问。

梁枝口腔里还残留着微辣的感觉，闻言低下头，纳闷地搅了两下碗里的汤汁，说道：“还好吧……你要不要尝尝？挺好吃的。”

秦瞿欲言又止，始终没有松开的眉头昭示着他的不满。

梁枝这才意识到自己的失言，闭着嘴放下筷子。

她居然又忘了，现在的秦瞿怎么可能会吃路边摊。创业初期，就算是最窘迫的时候，他对这些东西也嗤之以鼻，只有在实在没办法的时候，才会勉强从她那里分走一点儿。

她还记得几年前那个晚上，学校的门禁时间已过，她与秦瞿并排蹲在路边，共同分享一碗小糍粑。秦瞿其实没有吃几口，皱眉的样子与现在一模一样。

“梁枝，”那时他缓慢地唤她，“这是最后一次，以后不会再这样了。”

后来，他也的确做到了。

几年过去了，好像什么都没有变，又好像什么都变了。

整理好情绪，梁枝本想放下筷子跟秦瞿一起离开，下一秒就听见秦瞿开口道："你吃吧，我等你。"梁枝以为自己听错了，手上动作一滞，一不留神筷子掉到了桌上。

秦瞿见状，颇为无奈地笑了一下："小心一点儿。"说完，他转头让老板拿了一双新筷子过来。

男人的手伸过来时，她嗅到了一丝香气，不是他常用的木质香调，而是有点儿偏淡的花香。

她感觉好像在哪里闻到过，可是又记不太清。

把这些细节抛到脑后，梁枝有些意外地接过筷子，讷讷地道了声谢。

"谢什么？"秦瞿眼底含了淡淡的笑意，替她扔掉旧木筷，说道，"我们是夫妻，别显得那么生疏。"

梁枝垂下的眸子闪了闪，她有些无措地胡思乱想——今天的秦瞿真的有点儿不太一样，对她温柔了好多，到底是遇到了什么高兴的事呢？

把这些心思藏在心底，梁枝从碗底翻出一个鱼丸。

放在手边的手机亮起，她咬了一口热乎乎的鱼丸，看过去，屏幕上是一条娱乐新闻的推送消息："华人影后应晗今日到达华鼎大酒店，接受采访称欲回国发展！"

梁枝一个字一个字仔细读完，指尖也随着叹号落下变得一片冰凉。

原本有些雀跃的心思宛如被猛然浇下一盆冷水，了无生机。

这时，她才想起被自己忽略了的那些细节，比如，秦瞿为什么会出现在这里。

华鼎大酒店离公司大楼不过三百米，而她刚才无意间从秦瞿身上嗅到的清淡花香，正是当年应晗最爱的栀子花香。

他见过应晗了。

鱼丸一直暴露在空气里，直到凉透，梁枝又咬了一口，忽觉难以下咽。

她早该明白的。

这个世界上能让秦瞿展露出温柔宠溺那一面的人，只有应晗，而她得到的短暂温柔不过是沾了应晗的光。

04

梁枝心里憋着事，不敢再看秦瞿，低下头默默地解决已经变凉的麻辣烫。凳子有点儿矮，她调整了一下坐姿，好让自己坐得更舒服一点儿。本来已经好得差不多的脚踝被夜风一吹，再一次隐隐作痛。

吃完东西，梁枝跟着秦瞿一起回到车上。

由于应晗的到来，这会儿华鼎大酒店外的路口被围得水泄不通，处处有媒体和粉丝蹲守。

秦瞿见状微微皱眉，换了一条路。

回去的路上两人没有说话，不知是因为自己的情绪还是别的什么，梁枝只觉得车里的气氛令人窒息。

为了打发时间，她打开手机，百无聊赖地滑动。目光再次触及关于应晗的那条消息时，她有点儿心虚地朝秦瞿看过去，把屏幕转过去一点儿，点开了那条推送消息。

视频里，女人身着白裙，背脊挺直，身姿优雅，在众人的簇拥下，耀眼夺目得宛如天生就该存在于世界中心。不必加多余的装饰，一切都精致得恰到好处，单单一个回眸，便足以摄人心魄。

被问及为什么回国时，她神秘地笑了笑，回答得暧昧："为了一个人。"

底下的评论在短短半个小时内已然达到了一个令人瞠目结舌的数目。

"我们的女神为了谁回国？哪个狗男人？"

"她太美了吧，手上那枚戒指是梵克雅宝今年的限量款呢……"

"回复楼上，晗女神的家境有多好你知道吗？江城排名前几的那个和盛集团就是他们家开的，人家是正儿八经的大小姐。"

……

为了一个人。

仿佛有一束光打进心底，梁枝隐隐作祟的情绪被照得无处遁形。

几年过去，应晗仍万众瞩目，甚至上升到了一个需要她仰视的高度，而她一成不变得近乎落魄，完全没有可比性。

梁枝闭了闭眼，打开车窗，被扑面而来的风吹了一脸。呼啸的风声淹没了引擎的声响，寒风也吹散了自秦瞿身上飘来的栀子花香味。

他曾经那么喜欢她。

梁枝还记得几年前应晗出国那天，秦瞿喝得烂醉，靠在她的肩上，喃喃道：“她走了……我该怎么办……”那是一种近乎死亡的颓然。

那个时候，她竟然有些窃喜，应晗离开了，也许自己才是那个赢家。

现在回想起来，多么可笑。

天鹅就是天鹅，属于别人的东西，她又怎么抢得走？

车一路开进别墅停车场。

梁枝还在出神，秦瞿下车时见她没动，帮她解了安全带，问道：“在想什么？”

“咔嗒”声吓了梁枝一跳，她咬了咬下唇，摇摇头：“没想什么。”

秦瞿疑惑地看她一眼，旋即移开视线：“那就回家。”

“好。”

两人前后脚进门，秦瞿换鞋，梁枝顺手脱了外套和围巾，挂在门口的衣帽架上。

秦瞿换好鞋，抬头便见梁枝只着一件贴身毛衣，正侧着头检查外套上有没有污渍。

暖黄灯光下，女人玲珑的身姿被清晰地勾勒出来，纤细中透着些微妩媚。秦瞿心念微动，上前去将她揽到自己身边。

梁枝心头一惊，下一秒便感觉到耳垂被人轻轻地吹了吹气。

她习惯性顺从地瘫软在秦瞿的怀中。

再一次嗅到栀子花香时，她皱起了眉。梁枝抬手轻推男人的胸膛，显出几分抗拒：“今天可不可以不要……”

鲜少被梁枝拒绝，秦瞿挑了下眉，不情愿地从鼻腔里轻哼一声，放开了她。

头一回拒绝成功，重新获得自己身体的支配权，梁枝显得有些无措，她踢掉小皮鞋，逃也似的往楼上去：“我先去洗澡。”

浴室里氤氲着浓重的水汽，梁枝把自己埋进浴缸，抱膝发呆。这里就像一处休憩的地方，令她得以从几近窒息的氛围中脱身，想到出去就要继续面对秦瞿，她有点儿不太想出去。

磨磨蹭蹭泡到水变凉，梁枝终于从浴缸里站起来，手往台子上一摸，空空如也。

她这才想起，自己进来得太匆忙，还没来得及拿睡衣和浴巾。

秦瞿在房间里，她不敢贸然出去。

可这别墅里只有他们两个人，她犹豫了很久，最终也只能尴尬地朝外面喊："秦瞿，可以帮我拿一下浴巾和睡衣吗？"

她听见外面传来脚步声，知道是秦瞿在帮她找，于是挪到门口，打算一会儿把门打开一条缝，让秦瞿递进来，却见浴室门被推开了。

秦瞿穿着浴袍，想来是在另一个浴室洗过了。浴袍的领口开得有些大，男人下巴上的水珠滴下，一路滑过锁骨与胸膛，顺着领子隐入浴袍之中，透着几分漫不经心的诱惑。

梁枝脸一红，背过身去："你不用进来……我拿了就行……"

秦瞿望了一眼她腰窝处深深浅浅的红印，忽然把手上的衣物放在一旁，大步向她走去。

哗啦啦的水声响起时，梁枝听见男人的轻笑。

"难道不是欲迎还拒？"

……

结束后，秦瞿难得有心情帮梁枝清理收拾好，抱她回床上。

台灯关上，室内陷入一片昏暗。两人背对背躺着，丝毫不像刚才进行了一番激烈交缠的模样。

梁枝能感觉到男人的脊背贴着她，于是尽量调匀呼吸。直到秦瞿的呼吸也变得平稳，她才拿起手机，自虐一般又点开了应晗的那个视频。

视频播放到一半，屏幕顶端弹出一个消息提示。梁枝点进去，发现来自一个备注是"杨牧河"的人。他是秦瞿大学时的狐朋狗友之一，与秦瞿家境相当，也算得上梁枝的老熟人。

"嫂子，秦瞿有没有告诉你应晗回来的事？"后面附了一张图片，是刚才那个视频的截图。

梁枝扯了扯嘴角："没，但是我看到了。"

杨牧河沉默了一会儿，回道："不是，他没告诉你是什么意思，想让旧情复燃？"

当年应晗出国的事情闹得轰轰烈烈，听说她是看上了交换生中的一个男生。

这件事在秦瞿的那帮朋友之间引起了轩然大波，也导致那帮兄弟至今都不怎么待见应晗。

梁枝知道他的意思，但没回话。

过了一会儿，杨牧河又发来一条消息："没事的，嫂子，你和他好好过，应晗的事情我们看着，要是秦瞿真有这个意思，我们拖也要把他拖回来。你放心，我们这帮兄弟虽然不靠谱，但永远站在你这边。"

梁枝心里一暖，却又莫名生出了点儿愧疚，空落落的，想不清是为什么，她只能回道："嗯，谢谢。"

身旁有动静，黑暗中，一双手环住了她。

梁枝感觉到秦瞿的身体靠了过来，做贼似的熄了屏，把手机放回去。

男人的身体炽热，呼吸落在她颈间，声音里夹杂着三分懒散："梁枝，我们要个孩子怎么样，你不是一直挺想要的吗？"

梁枝闻言，身体一僵，隐匿在黑暗中的神色微变，眼中情绪复杂。她沉默半晌，努力调整好自己的呼吸频率，用商量的语气轻声道："秦瞿，这件事先放放，好吗？"

毕竟，她也不清楚这段婚姻还能存续多久。

秦瞿闻言，不悦地收回搭在她腰上的手臂，许是今天被拒绝两次使他发觉了不对劲，他问："怎么，今天心情不好？"

"没，睡觉吧。"秦瞿连续两天不知节制，梁枝身上没什么力气，声音也轻轻的。

男人似乎对她这副回避的态度不满，轻咬了下她的肩头，留下一个浅浅的牙印。

疲惫感铺天盖地地袭来，梁枝不想应付秦瞿，把脸埋进被子里，闷闷道："好累的……"她的语气带了点儿撒娇的意味，如羽毛一般轻轻地挠过他的心头。

秦瞿微不可察地勾了勾唇，这才满意地放过她。

"那就早点儿睡。"

梁枝等了一下，待确定男人没有其他的动作后，才轻轻地舒了一口气，心头却仿佛有一团混乱的线，怎么也理不顺。

结婚这么久，他为什么突然提到孩子呢？

两日后，午休时间。

“这不是挺好的吗？差不多得了，你也不懂，就交给他们啊……”小姑娘打电话的声音很大，在办公室里显得很突兀，好在这会儿是午饭时间，大部分人都去了食堂，倒也不会打扰到别人。

她一边打着电话，一边翻着装修方案：“这不都按照我们的要求来的吗……好啦，知道了，我再看看……”挂断电话，她撇撇嘴，又翻了两页方案，小声嘀咕，“真是的，不就是装个婚房吗，怎么那么麻烦……”这时，一只手从她身后伸出来，轻轻地落在了纸面上。

女孩儿一怔，便听见一道温柔的女声不紧不慢地自身后传来：“屋顶如果要开天窗的话，得考虑防水问题，晏澜里的房顶比较特殊，用这种材料不合适。”

“嗯？”女孩儿扭头，便见梁枝站在她身后，正专注地看着她手里的方案。

她一惊，感叹道：“梁秘书，你还懂这些啊？”

“嗯。”梁枝没有多说什么，眼神仍落在纸上。

这个姑娘她有印象，刚转正，家境不错，性格好，嘴也甜，前段时间在办公室宣布婚讯后，还给了她一包喜糖。

梁枝刚才经过她身边的时候，听见她与电话那端的人的对话内容，本只是随便看一看，却发现她手里的方案问题颇多。

待梁枝耐心地给她指出方案中的问题，女孩儿双眼放光，甜甜地跟她道谢。

“谢谢梁秘书啊，不然我又要踩好多坑。”她一边说着一边拿出手机，“我得赶紧跟我老公说说。”

女孩儿打开聊天框的时候，梁枝随意一瞥，看见爱心的表情占了半个屏幕，她默默地收回视线。

“梁秘书结婚了吧？”女孩儿脸上一直挂着笑，边打字边随口问道，“老看你加班，虽然工作很忙，但也得抽时间享受一下二人世界呀。”

她没什么心眼，说这话也只是调侃，不带恶意，却隐隐在梁枝心底刺了一下。

梁枝愣怔片刻，背过手，摸了摸自己右手无名指，冰凉的戒指硌着指腹，也硌着她的心。

她勉强笑了笑，道：“嗯。”

手机铃声响起，前台有事找她，她正好借机离开。

小姑娘笑着与她告别，不忘往她手里塞颗巧克力作为感谢。

走去前台的路上，梁枝低着头，脑海里浮现出刚才女孩儿脸上的幸福笑意。

那才是真正有爱的婚姻，她那算什么，顶多算她一个人死撑。

前台在电话里只说有一个女人指明了要见秦瞿，没有透露其他信息。

梁枝到达的时候，才发现是应晗。

女人坐在大厅沙发上，腰板挺直，即使墨镜遮住了大半张脸，依旧散发着优雅的气质。她低着头，悠闲地玩着手机。

前台小姑娘见到梁枝过来，仿佛看到了救星，喊道："梁秘书……"

梁枝颔首，走向应晗。

听见脚步声，女人放下手机，唇边弯起一道礼貌的弧度，她摘下墨镜，一双眼弯着笑道："是梁枝学妹吧？"

梁枝愣了一下，没想到应晗居然还记得她。

似是没察觉到梁枝的走神，应晗自顾自笑着解释道："我父亲有事托我找秦瞿，不知道他现在有没有空，你可不可以帮我问问？"说完，她状似不经意地扫了一眼四周，"在大厅等久了，万一碰见其他人……"

梁枝会意，淡淡地笑了下："秦总正在开会，等结束了应该有时间，我先带你去他办公室？"

应晗这才放松下来："那太谢谢你了。"

梁枝礼貌地对她欠了欠身，带她过去。

几年没见，应晗比大学时成熟许多，举手投足间自带一种迷人的气质。梁枝走在她身边，努力让自己目不斜视，遏制自卑的滋生。

路上，应晗偶尔偏头打量周围，状似无意地开口问道："梁秘书，你跟着秦瞿那么久，知道他的妻子是个怎样的人吗？"

梁枝沉默了一会儿，说道："抱歉，我不太清楚。"

"这样啊。"应晗了然地点头，轻笑一声，"看来他把她保护得挺好，你说是吧？"

梁枝垂下眼帘，回答："大概吧。"

哪里是什么保护得好，只是从未看在眼里罢了。

到达秦瞿的办公室门口，梁枝停住脚步，正准备开门，应晗倏地出声轻唤她。

"就到这里，我自己进去，你继续忙吧。"女人轻撩了下头发，风情万种地冲梁枝笑笑，又从手包里拿出一个小盒子递给她，“一点儿小心意，就当回国礼物，剩下的那些小事也麻烦梁学妹了。”

这是封口费。

梁枝明白她的意思，接过盒子，轻轻颔首：“嗯，我会让他们对你的行踪保密的。”应晗毕竟是公众人物，突然出现在这里，要是被有心人知道，总归影响不好。

应晗又冲她笑了笑，推开门走进办公室。

梁枝转身，打开应晗送的小盒子，待看清里面躺着的项链时，她瞳孔骤缩。这条项链她见过，是在某个商场的橱窗里，标价三万。她本以为只是个普通的小玩意儿，却没想到竟然如此贵重。

不靠秦瞿，以她的薪资水平，她需要咬咬牙才敢买下的东西，于应晗而言只是微不足道的小礼物。

那一瞬间，原本抑制住的自卑感如藤蔓一般攀上心头。

梁枝收起项链，最终还是打算过段时间还给应晗。

这不能要。

是她的东西，总要还给她。

给秦瞿发了条消息，告诉他应晗在办公室等他后，梁枝便去忙自己的事了。

经过前台时，她刚好听见几个女孩儿叽叽喳喳地讨论着——

“我怎么感觉她那么像一个明星呢？”

“你想多了吧，明星怎么可能有空到这里来，更何况是找秦总。”

“对啊，秦总可是出了名的洁身自好、爱护家庭，哪里看得上那些小明星……哎，你说她会不会是秦总那位神秘的正牌太太？”

“是哦，她那么有气质，而且梁秘书对她态度很好。我们不会真的看见了传说中的秦太太吧？”

几个人正讨论得热火朝天，忽然瞥见梁枝朝这边走过来，忙垂着头规规矩矩地喊了一声：“梁秘书。”

梁枝“嗯”了一声，见几个人都是一副做错了事的表情，原本微皱的眉头舒展开来。

“行了，以后不要讨论这件事，把嘴巴闭紧一点儿。”

几人纷纷点头，似乎从梁枝的话里读出了些别样的意思，彼此交换了眼神后，连声道：“知道了！”

梁枝不管她们在想什么，抬步欲离开。

就在此时，一个小姑娘叫住她，小心翼翼地发问：“梁秘书，那个人……是不是真的是秦总的太太啊？我看她的气质和长相都和秦总很般配。”

梁枝脚步微顿，表情僵滞片刻。

很般配吗？

梁枝背对着她们，自嘲般地摇摇头，声音显得有几分缥缈。

“谁知道呢……”大概以后会是吧。

第二章 她不愿意再去追逐一个冷漠的背影

01

回到自己的办公室，梁枝枕在手臂上，休息了一会儿。说是睡觉也没睡着，说是闭目养神，却并没有平静下来。关于婚姻的问题不断在脑海中翻涌，近乎溢出来，惹得她的太阳穴一阵阵突突地发疼。

在趴了许久也没得到缓解后，她只能重新坐起来，强迫自己打起精神。手机屏幕上显示的一条好友验证消息引起了她的注意："梁学妹，我是应晗，加个好友方便联系呀！"

梁枝不明白应晗为什么突然加她，毕竟大学时她们并不熟，更别提现在。若是应晗想通过她接近秦瞿，好像也没那个必要。

虽然疑惑，但出于礼貌，梁枝还是点了同意。

通过验证后，应晗给她发了个爱心，她回了个微笑，便再无下文。梁枝顺手点进应晗的朋友圈，在看见前两天她发的那条状态时，手指停住了。

"回去找一个人，希望这一次不再错过。"配图是一朵玫瑰和在飞机上拍的云层照片，日光穿过云层，颇有一种岁月静好的感觉。

图片底下，付羽然点了一个赞，评论："欢迎我家女神姐姐回来！这次肯定不会错过的！"

梁枝安静地盯了屏幕许久，轻哂一声。

临近下班时，梁枝收到秦瞿的消息，让她先回家，自己还有点儿事。

梁枝早已料到秦瞿会这样，回了个"好"字。

毕竟曾经的恋人叙旧，一个仍有心，一个仍存意，应该会有说不完的旧日话题。

这次她聪明地没有选在下班高峰期打车，而是搭乘地铁回去。站在喧嚷拥挤的车厢之中，她望着车窗外的广告亮起又暗下，最终在黑暗里看到自己融入人群的剪影。

梁枝忽然觉得，这样的生活也不错。

如果没有那场意外，没有嫁给秦瞿，她也许就会像这样，抱着对爱情的幻想，一个人过着平凡而有盼头的生活。

回到家，换好了鞋，梁枝脱掉沾染上冰冷风霜的外套，进厨房做饭。大部分时候，早餐和午餐在公司附近吃，晚餐则由她亲自下厨。忙不过来时，她才会订饭店的餐。

梁枝做菜时，会下意识地按着秦瞿的口味来。

直到看见满桌子都是秦瞿喜欢的菜色时，她才意识到这一点。她轻嘲般摇了摇头，不禁冒出了一个念头——她对秦瞿的所有爱好了如指掌，那么秦瞿又了解她多少？

说来可笑，结婚时她还想过，只要是秦瞿，哪怕他不爱她，只要她能和他在一起，就很满足了。

直到现在她才意识到，仅靠自己的一腔热爱，撑不起两个人共同的生活。

即便一遍遍告诉自己要懂得知足，却依然忍不住想要渴求更多，是她的错。

玄关处传来开门的声音。

梁枝回过神，见秦瞿回来，照例问了句：“你回来啦？”

“嗯。”

秦瞿去洗手，梁枝借机脱下围裙，盛了两碗米饭放到桌上。

吃饭时，两人照例相对无言。

梁枝的手机就放在一旁，她偶尔看一眼有没有消息。

秦瞿忽然叫她：“梁枝。”

梁枝连忙熄灭手机屏幕，像做错事一样心虚地应了一声：“啊？”

她本以为秦瞿会说她玩手机的事，却见他漫不经心地扫过她握筷子的那只手，慢悠悠地问：“怎么没戴戒指了？”

“啊？哦。”梁枝看了一眼自己空空的无名指，恍然大悟，“可能是刚才放在厨房了。”

她做饭时怕弄脏戒指，总爱摘下来放在一边，大概是刚才想事情出了神，没想起重新戴上。

秦瞿微微颔首。

梁枝放下心，重新按开手机，刚好收到了一条新消息，来自杨牧河。

“嫂子，我之前从媒体那儿拦下了几张照片，总觉得要是没拦下来，明天就该承包热搜第一了。我已经发给老秦让他自己处理了。我那几个兄弟让我别发给你，但我觉得吧，还是得告诉你一声，不然我心里怪不好受的。”

梁枝点开图片，眸光一凝。

照片是在地下停车场偷拍的，一张应晗从黑色迈巴赫上下来的照片。不知道是角度足够好还是应晗根本不懂得回避，下车后她仍大敞着车门，笑容嫣然地向里张望，似乎还在说着什么。

从拍摄者的角度，可以清晰地看见驾驶座上的人的轮廓。男人似乎心情不错，姿态十分放松，一副与应晗相谈甚欢的模样。

曾在夜里偷偷描摹过无数遍的轮廓，梁枝怎么可能不熟悉。

所以，那天秦瞿不仅仅是见过应晗，而且是亲自从机场接到她，送她去的酒店。

而这一切，他从未与她提及。

对那晚的事最后抱有的一丝也许是巧合的侥幸心理，顿时消失得无影无踪。

梁枝将唇瓣咬得发白，放下筷子轻轻地问道：“应晗回国那天……你是不是去接她了？”

秦瞿掀起眼皮，问：“怎么了？”是默认。

被秦瞿这般浑不在意的反应刺得心里不舒服，梁枝哑声问：“为什么没有告诉我？”

秦瞿听出她语气的不对劲，抬起头，下颌线在灯光下优美动人，喉结微动，透出几分性感，一双桃花眼中却凉薄至极。

“突然问这些做什么？这不重要，没什么好说的。”想了想，他还是解释了一句，“我不过是受她父母嘱托，随手帮个小忙，今天她也只是代她父母来与我谈些合作上的事，你不要多想。”

“不重要”“没什么好说的”“不要多想”，明明是平淡至极的三句话，却宛如三座大山，一下将她压得说不出话。

梁枝低着头，只轻轻地“嗯”了一声。

到底是这件事不重要，还是她不重要？

是这件事没什么好说的，还是只是对她没什么好说的？

即便她明白，以秦瞿的做人原则，他不会做出诸如出轨之类的事情，但也掩盖不了这段婚姻食之无味又岌岌可危的事实。

想起照片里两人之间愉悦和谐的氛围，再对比此刻饭桌上她与秦瞿相对无言的僵滞状态，梁枝缓缓攥紧手指，指甲一点点嵌入掌心。

感受到钝钝的刺痛，她埋在心底许久的念头仿佛被刺破了一个小口。

梁枝张张嘴，突然问道：“秦瞿，你觉得我们的婚姻还有意思吗？”

秦瞿夹菜的动作顿住，眉头微微蹙起。

“梁枝，不要乱想。”他说。

本想说出口的千言万语被一句“不要乱想”尽数堵在喉间，梁枝眼神暗了暗，闭上了嘴。

这时候她若说想和他好好谈谈，会被当成无理取闹吧。

思及此，她端起碗缓缓起身，朝厨房走去：“我吃饱了。”

碗里还剩一半的白米饭，没了配菜，梁枝又不想浪费粮食，于是赌气一般蹲在厨房角落里，一口一口地往嘴里塞。

没有水，她被噎得难受。直到米饭见底，她才好像完成任务一样，一股脑地把碗筷丢进洗碗机。

她侧头，一眼便注意到了还放在台面上的戒指。

中间的钻石内嵌，款式优雅内敛，却又丝毫不显朴素，在暖黄的灯光下反射着璀璨而细碎的光。

她伸出两根手指捏住戒指，没有将其戴上的意思，而是将其攥在掌心，上楼放回了抽屉角落的红丝绒盒子里。

盒子盖上的那一刻，她心里的一个念头变得前所未有地清晰。

02

周末，梁枝起了个大早，轻手轻脚地收拾好，没有吵醒秦瞿。

最近这几天江城天气不好，早间总是雾蒙蒙的，带着刺骨的寒意。

梁枝拢紧外套，慢慢往下走。

院子里原本是种了玫瑰的。那时梁枝尚对婚姻抱有幻想，认为秦瞿能娶她，至少是对她有那么一点儿好感的，所以满怀热情地经营着属于两个人的生活，期待有一天他能看到她的好。

可她最终没能等到那一天，日子也过得一天比一天敷衍。

院子里的玫瑰没人打理，日渐衰败，到现在只剩下几根枯枝。梁枝用两根手指轻轻地捏着枯枝，折下一小段，随手扔在地上。

上车后，她觉得驾驶座坐着十分不舒服，系好安全带后呆愣了一阵，才意识到问题所在。结婚以来她极少开车，基本都是秦瞿在开，所以座椅都是按照秦瞿的喜好来调整的。

梁枝敲了敲脑袋，无奈地笑骂了自己一句："真笨。"

太久没开过车，实在手生，梁枝就算有意加速，也不敢太过，只敢轻轻地踩着油门，慢慢往前开。

开车进山的时候，时间已经接近中午。山路崎岖，雾气仍萦绕山间，久久散不开，梁枝几次碰见急转弯都得缓一缓。好在一番曲折后，她总算是安然无恙地到了目的地。

梁枝家院子小，停不了车，她只能麻烦邻居打开院门，暂时停一下。

邻居二话不说帮她开了门，一边指挥她停车，一边笑呵呵地同她搭话："枝妹儿在大城市混得不错嘛，这车气派！"

梁枝微笑了一下，临走时又被硬塞了一把糖。

她想拒绝，邻居非让她拿着，还不忘碎碎念一阵："自从你上次回来，我家闺女可喜欢你了，天天吵着还想见你，就连学习都积极了不少，非说要考你上的那所高中。我说大城市的重点高中哪有那么好考，她不听，周末还留在学校学习……"

梁枝一怔，隐隐有了点儿印象。她上次回来时，似乎陪着那小姑娘玩过一段时间，顺便辅导了一下她的作业。

她从没想到，自己的举手之劳居然能带给别人那么大的影响。她默默地把手里的花生糖塞到兜里，向邻居再次道谢后，回到了自家院子。

客厅门敞开，从院子大门往里望去，一眼就能望见王娣的身影。女人体型微胖，裹着一件大棉袄，躺在沙发上看电视。

梁枝见状，扬声朝里唤道："妈！"

王娣闻声，慢慢坐起来，转头见她快步走来的匆促模样，一边起身走向厨房，一边道："我去做饭，你就在这儿坐着。"

梁枝"嗯"了一声，乖巧地在桌子旁坐着。

桌上用纱布盖着几道菜，梁枝掀开，发现是不知道放了多久的香肠腊肉切片。

她皱了皱眉，软声朝厨房里喊："妈，不是让你不要老吃隔夜菜吗？"

过了半晌，王娣才从厨房探出头："哦，你倒了吧。"

王娣做了酸菜鱼，梁枝小时候最爱吃的就是她做的这道菜。此刻闻见味道，梁枝忍不住食指大动，她一边吃饭，一边问王娣："最近降温了，我待会儿陪你去镇上买新衣服？"

王娣从沙发上拿了条毯子给梁枝披上，末了才慢吞吞地开口："够穿。"

"够穿什么啊，"梁枝捏了捏王娣的袖口，不满地道，"这么薄，而且都是几年前的衣服了吧？"

她意识到不对，问王娣："我之前给你带回来的衣服，你不会……还没穿过吧？"

王娣侧过身，小声道："多好的衣服啊，我穿浪费，等这件穿坏了再说。"

梁枝皱起眉头："你别老白搁着，缺什么直接跟我说。你这个样子，我怎么放心让你一个人住在这里？"

王娣不吭声。

梁枝叹了一口气。

她母亲就是这样，没读过书，反应不快，固执且不好交流，碰到不愿意回应的话题，总爱沉默以对。

可也是这样一个人，一遍遍告诉她一定要好好学习，一定要拼命考出去，更是凭借一己之力将她送出了这个小村子，从江城最好的高中一直送到江城最好的大学。

王娣不说话，闷头吃饭。梁枝也只好闭了嘴。一时间气氛显得有些沉闷。

手机铃声适时打破沉寂，梁枝看了一眼来电显示，匆匆留下一句"等我一下"，就拿着手机出了屋子。

接通电话，那头传来秦瞿微哑的声音："到了？"

梁枝“啊”了一声：“到了。”

“下次出门的时候，记得跟我说。”

“嗯？”梁枝没想到秦瞿会和她说这些，愣了一下，下意识地小声道，“可这没什么好说的啊……”

即使声音很小，仍被秦瞿听到了，他似是不满，重复了一遍：“没什么好说的？”

“不是……”梁枝意识到自己的失言，试图转移话题，“怎么突然给我打电话？”是关心她的安全吗？

秦瞿沉默片刻，开口道：“想问问你，书房里的那些旧书还要吗？羽然准备考研，可能需要借用家里的书房，她的书也会一并搬过来。”顿了一下，他劝道，“那些书现在对你没用处，刚好可以清理掉。”

微小的喜悦烟消云散，梁枝愣怔片刻，喉咙仿佛被什么东西堵得死死的。

那些全是她大学时收集的建筑设计类相关书籍，承载了她对这个行业的热爱。即便当年放弃了一切专业相关的东西跟随秦瞿，她也没舍得将那些记忆丢掉。搬到那个房子时，她甚至不顾麻烦，一本一本收拾好，亲手放在了属于自己的那几排书架上。

而现在，秦瞿告诉她，那些书对她没有用处。

这好像给她的过去画上了一个大大的叉。

梁枝低下头，安静地绕着院子走了两圈，试探着问他：“可以让她找别的地方放吗？”

“书房放不下。”秦瞿浑不在意，仿佛只是在通知她，“羽然已经把你的书放到别的箱子里了，你愿意的话，可以直接找人处理掉。”

他丝毫没有顾及她的意愿，好像她的退让已经成了理所当然的事。

梁枝的脚步停了下来。

控制住自己不断下沉的一颗心，她尽量使自己的语气听起来平静一些：“我知道了，不用处理，放我房间吧。”说完，她没等对方回应，便挂了电话。

心里说不清道不明的情绪不断蔓延，梁枝握紧手机，一言不发地回到餐桌旁。

王娣见她回来，帮她夹了一筷子鱼肉，问她：“秦瞿？”

梁枝点点头，低着头拿起筷子。

不知道是不是因为回了家有了归属感，她盯着碗里的鱼肉，莫名眼眶一热。平时她极少掉泪，王娣的声音仿佛将她满腔的委屈放了出来。

她不过眨了下眼，泪水便吧嗒吧嗒地掉了下来。

王娣见梁枝一下子哭得那么凶，手忙脚乱想帮她擦眼泪，嘴上说着："新衣服我明天就穿，别哭……你好不容易回来一次，只要你开开心心的……"

梁枝吸了吸鼻子，扯过桌上的纸巾随便抹了把泪。

"妈。"她定了定神，勉力挤出一个笑，指节攥得泛白，"我想离婚。"

说完这句话，梁枝再一次低下头，不敢去看王娣的反应。

村里人大多没有"离婚"的概念，向来都觉得这是一件匪夷所思的事。

当年梁枝结婚时，王娣拉着她的手一遍又一遍叮嘱她结婚了就要好好过，可这才一年，她就主动提起了离婚。

梁枝怕看见王娣生气或是失望的表情，更怕听见她的劝说。

眼泪止住，她静静地等着王娣回应，房间里一时变得异常安静。

良久，一声叹息自她耳畔响起："哭什么？"王娣的神情仍旧很木讷，"他对你不好，那就离吧。"

梁枝愕然。

王娣憋了很久，又慢慢地开口："只要你开开心心的，就比什么都好。"

她不善言辞，就连安慰人也显得有些笨拙，偏偏让梁枝又忍不住哭了起来。

苦恋秦瞿的这些年，她满心满眼都是他，无论做什么想的都是会不会让他开心，费尽心思讨好他，只为得到他的一个回眸，却恰恰忽略了自己开不开心。

是时候结束这段从一开始就不健康的关系了。

王娣又帮她擦了擦泪，实在不知道该怎么安慰她，于是起身去厨房，给她留足个人空间。

"我炸了酥肉，明天你带点儿回去吃。"

梁枝揉了揉眼睛，鼻音浓重地笑道："好。"

03

第二天回去时，山间雾气没有第一天浓重，回去的路上畅通无阻。

不知是不是因为决定了离婚，梁枝总觉得浑身都轻松了不少，仿佛有什么包袱被卸掉了。

联系律师询问了几个问题，约好时间，她挂断电话，长舒一口气。

她准备等离婚协议拟好，便直接跟秦瞿摊牌。

降下车窗，山间湿润的气息扑在脸上，吹起细碎的发丝，刺得梁枝眼睛周围痒痒的。她稍微降下车速，借机揉了揉眼。就在这时，她余光瞥见前头有人走过。

大概是因为这条路有点儿崎岖，女人走得很慢，梁枝停下车，静静地等那个人过去。

那是一个瘦瘦高高的女人，无论是穿搭还是气质都和这个地方格格不入。也许和她一样，这个女人只是回来看看亲戚，或者跑到这里来玩一玩，放松心情。

正当梁枝胡乱猜想的时候，那女人忽然晃了晃，然后直挺挺地倒在了地上，再无动静。

糟糕——梁枝脑海里第一个闪过的便是这个念头。

她想也没想就开门下车，跑到女人身旁，试图扶她起来："你没事吧？"

女人似是陷入了昏迷状态，双目紧闭，没有回应。

梁枝犹豫片刻，最终咬了咬牙，拦下路过的一辆摩托车，让人帮忙把女人扶上了车。

从山上下来，她几乎是压着限速开车，一路朝着江城医院开去。把人送到医院后，梁枝没走，一直等在外面，直到护士告诉她人醒了，她才准备离开。

那女人只是单纯的疲劳过度，没有什么大碍，她也放下了心。

就在她即将转身时，护士又叫住了她："病人说想要见见你。"

梁枝愣了下，说："好。"

病房里，女人双手交叠，坐在病床上。她四五十岁的模样，脸上还带着未褪的苍白，温和地笑着看向梁枝。

这个笑让梁枝觉得眼熟，可是她也说不清自己在哪里见过，只能带着疑惑对她点头示意。

"今天真是谢谢你。"女人笑道，"前些天几次通宵，没想到身体会在那个时候吃不消，麻烦你送我过来了。"

梁枝摆摆手，笑道："举手之劳而已。"

女人弯了弯双眼："医药费我现在转给你？"她在身上搜寻了一番，突然面露难色，小声自言自语，“我的钱包和手机呢……”气氛一下子变得有点儿尴尬。

梁枝看着女人明显变得困窘的神色，轻轻地摇头：“没事的，也没花多少。”

女人闻言，表情变得严肃了一点儿：“这不行，麻烦了你那么多，又怎么能让你再破费？”

瞥见一旁桌上的卫生纸，她双眼一亮：“你有纸笔吗？你给我留个联系方式，到时候我转给你。”

“啊……”其实梁枝很想说不需要那么麻烦，可拗不过女人的坚持，只好从包里摸出纸笔，写下自己的手机号。

女人小声读过那一串数字，终于满意地点点头。

“好人是有好报的。”她抬眼，冲梁枝意味深长地笑了笑，“祝你今后顺利。”

梁枝不太懂女人说的话是什么意思，心里带着疑惑离开医院，回到别墅。

到家时恰逢晚饭时间，她本以为秦瞿会订好餐，开门时却发现屋里一片冷清。

她轻手轻脚地上楼，一进入房间就撞上从浴室出来的秦瞿。

男人的浴袍松松垮垮地挂在身上，劲瘦的身材清晰可见，发尖还滴着水，湿发软软地耷拉下来，消解了他身上的冷峻气息。

他一边随意而懒散地擦着头发，一边眼神淡漠地瞥向她，既漫不经心，又透着丝丝缕缕令人无法抗拒的性感。

猝不及防撞见这场景，梁枝觉得口干舌燥，她别开眼，试图转移注意力：“你怎么这个时候洗澡？”

秦瞿的眼神里带着玩味，他走过去轻轻地拍掉她肩上沾着的尘土，问道：“忘记了？”

“啊？”梁枝怔然。

见她确实想不起来，秦瞿抿了抿唇，提醒她：“今晚有一场宴会，我们一起出席。”

记忆回笼，梁枝脸色微白。她这才想起，前些日子秦瞿有收到宴会的邀请函。

“那你怎么不……”

“提醒你？”秦瞿似笑非地笑道，“我从今天早上开始给你打了多少个电话，你看看？”

“啊……”梁枝张张嘴，低头掏出手机，未接来电提示全都来自秦瞿。

她抬眼，对上男人戏谑的目光。

羞窘使她骤然红了耳尖，闻见自己周身风尘仆仆的味道，她扔下一句“我马上去准备”后，便往浴室跑去。

就在这时，秦瞿懒洋洋地在她身后道：“书给你放在窗边了，你自己记得收拾。”

梁枝停住脚步，目光触及落地窗旁静静地躺着的大箱子，她眼神微沉，蓦地冷静下来。

她差点儿忘了，他们快要离婚了。

“先别顾着那些，去洗个澡。”秦瞿见她停下，走过去拈起她的一缕头发，提醒道，“今晚你第一次以秦太太的身份出席宴会，不要失了身份。”

秦太太……

梁枝蓦地低笑一声，带着几分自嘲。

由于隐婚的关系，秦瞿从不肯带她出席宴会，偶尔带她参加酒局，也是让她以秘书的身份作陪。

那时她日思夜想的，就是能以“秦太太”的身份站在他的身边。曾经她心心念念想要得到承认的一个身份，如今却让她只想逃离。

“算了吧。”梁枝轻轻地摇头，声音温柔却又带着疏离，“我们的关系还是不要公开了。”

反正再过一段时间，他们的关系就不复存在了。

等梁枝收拾好的时候，秦瞿已经站在玄关处等她。

听见自楼梯上传来的脚步声，秦瞿抬头看过去。

女人身材高挑，比例恰好，礼服是秦瞿让人为她定做的，收腰设计更衬得她身材纤秾合度。她一步一步下楼时，烟灰色裙摆摇曳，仿若一圈圈波纹荡漾，温柔如水又妩媚动人。

秦瞿眼神一暗。

被男人的眼神盯得不自在，梁枝垂着眼眸加快脚步走到他身边，轻声提醒道：“该走了。”她低着头，没有去看秦瞿的反应。

下一秒，她感觉到身旁男人的气息倏地靠近。她呼吸猛地一滞，还没来得及做出反应，肩上已然落了一片温热。

秦瞿把西装外套披在她的肩上，将薄唇凑过去贴着她的耳垂，闷笑着道：“今天的你很美。”

男人的声音本就很有磁性，配上这句话的内容，莫名带了些蛊惑的意味。

声音与心跳共振，梁枝只觉自己的耳郭烫得吓人。

为防自己忍不住沉溺，她指尖抵上男人的胸口，轻轻地推开他：“知道了，该走了。”

窥见男人眼中戏谑的笑意，梁枝再一次移开目光。

没出息。她暗骂一句自己。

司机早已将车停在别墅门口，梁枝坐进后座时，才发觉付羽然也在车里。

付羽然见到她，面无表情地上下打量了她两秒，冷哼一声，别开视线。

梁枝假装看不出她故意做出的夸张反应，冲她微微颔首后，整理好自己的裙摆。

汽车畅通无阻地穿行在渐沉的夜色中，梁枝看向窗外，安静地注视着不断后退的景色，耳边传来付羽然高高扬起的声音——

“这次宴会邀请的大多是大人物，可真是便宜了某些人，好不容易沾着点儿光去见世面。”说完，她刻意对着梁枝翻了个白眼。

梁枝没说话，甚至连头都未曾转过来，仿佛根本没有听见对方说了什么。

被这样忽视，付羽然心里一阵不爽，“嘁”了一声。

“羽然，少说话。”秦瞿开口打断她的话头，“注意形象。”

付羽然讪讪地吐了吐舌头，把话题转到了秦瞿身上：“表哥，你知不知道应晗姐也要去？到时候我去找她，你就不用管我咯？”

秦瞿沉默片刻，从鼻腔里轻轻地哼出一个“嗯”。

梁枝敛下眸子，眼中闪过一丝浅浅淡淡的难过。

进入宴会厅，付羽然便挥手与秦瞿道别，去找她的那些小姐妹聊天了。

梁枝瞬间觉得周围的空气都清新了不少，悄悄松了一口气。

秦瞿立在她身侧，冷不丁地开口说道：“羽然说那些都是无心的，你多包容一点儿。”

梁枝笑了笑，道：“嗯，我知道。”

宴会厅颇为热闹，秦瞿游刃有余地穿梭其间。梁枝不用做别的，只需安安静静地当一个漂亮的背景板，听着来来往往的人或是寒暄或是恭维的声音，不时点点头附和。

有人用暧昧的眼神盯着她，她也只是一笑置之，简单解释了自己的秘书身份。

过了一会儿，正当秦瞿与前一个人寒暄完之时，付羽然忽地出现在他们眼前。她压根儿没把眼神往梁枝身上放，神秘兮兮地对秦瞿说：“你猜我带了谁过来？”

还用得着猜，除了应晗，还会有谁？

梁枝心里刚冒出这个想法，付羽然身后便飘出一道轻快的女声：“介意我过来聊聊天吗？”

应晗巧笑倩兮地站在付羽然身边，对二人点头致意：“阿瞿，还有……”视线落在梁枝身上时，她尾音拖长了一点，眼神里藏着复杂的情绪，“梁学妹。”

付羽然握着她的手，嬉皮笑脸地把她往秦瞿的方向推：“不介意，不介意！怎么可能介意呢？你说是吧，表哥？”

秦瞿薄唇紧抿，与应晗的眼神交会片刻，应晗回了他一抹柔和的微笑。

不知怎的，梁枝蓦地觉得他们两个之间仿佛形成了一层“结界”，令她无法踏足其中。

付羽然把两人推在一起后，便笑眯眯地站在一旁。

秦瞿绷紧下颌线，冲应晗礼貌地颔首。

应晗眼角眉梢满是笑意，红唇轻启。

不明白应晗为什么会突然说法语，秦瞿有些意外，旋即便自然地用法语同她交流。两人吐字清晰，交流毫无障碍。梁枝站在一边，只能勉强听懂几个词。

她大学时也曾修过法语，可惜那时候心思不在这上面，勉强应付考试还行，毕业后就没有再碰过，临到需要用的时候她脑子里几乎一片空白。

也不知道是不是错觉，梁枝发觉应晗在与秦瞿交流的间隙，往她的方向淡淡地扫了一眼，不着痕迹地蹙了下眉头，仿佛在说她站着碍眼。

再一晃眼，她仍是那副笑意盈盈的模样。

梁枝只觉得心里堵得慌，于是找了个借口离开，到角落里坐下，安静地休息。

秦瞿没管她，只在她转身时给了她一个轻飘飘的眼神。

梁枝百无聊赖地发了会儿呆，视线仍不由自主地朝着秦瞿的方向投去。

隔着人群，她一眼就能清楚地看到那对亮眼的男女，他们相对而立，谈笑风生。

两人本就都属于气场足的那类人，此时站在一块儿，竟给人一种和谐又般配的感觉。即便付羽然站在其间，不时插科打诨，也丝毫不影响他们。

梁枝双手交叉放在腿上，安静地观察着那边的动静，就像回到了大学时，她躲在角落里默默地仰望着他们。

直至这时，梁枝才恍然发觉，原来其他人都在进步，始终光芒万丈，只有自己仍停在原地，守着乱七八糟不知道都是些什么的执念。

她的一切思想和行为都以秦瞿为前提，她为他一再妥协，束缚住了自己的脚步，甚至不断退步。

她就像童话里的恶毒女配角，鸠占鹊巢，费尽心机，却永远学不来公主的美好模样，也抢不走公主在王子心里的地位。

真正的公主回来了，也就到了她该退场的时候。

感受到指尖深深抵住掌心带来的疼痛，梁枝闭上眼，松开手指。

不过这样也好，她不愿意再去追逐一个冷漠的背影。当她费尽力气追光的时候，好像忘记了自己也曾有光。

手机振动了两下，提示她有新的来电。梁枝看清备注，接通电话：“喂？”

“梁女士您好，我是苗律师的助理，打这个电话来就是想再和您确认一下，您预约的时间是明天下午对吗？”

梁枝“嗯”了一声，抬眼，视线再一次飘向了秦瞿。男人的眉眼在灯光下显得柔和了几分，嘴角略微上扬，显然心情不错。

她收回视线，扯了扯嘴角，对着手机极轻极淡地说道：“我会准时过去的。”

04

翌日下午，梁枝请了半天假，把事情简单地安排了一下，便驱车去了律所。

这是江城最好的律所，她预约的苗律师则是律所里专门处理离婚事务的。

苗律师四十岁上下，气质沉稳，与梁枝相对而坐。

在听明白了梁枝的要求后，她眼里透出几分疑惑，迟疑地问：“梁女士，真的只有这些条件吗？”她顿了一下，缓缓地解释道，“我有能力帮您争取到更多，您要不要再考虑一下？”

梁枝摇摇头，淡淡地笑着谢绝：“不用。”别的都是秦瞿的东西，她拿了总觉得亏欠。

苗律师只得点点头，不再打听客户的其他情况。

咨询接近末尾，苗律师推了推眼镜，与梁枝确认：“离婚协议书拟好后，是直接寄到这个地址，对吗？”

梁枝轻轻颔首。

结束咨询，梁枝没回公司，而是直接回了别墅。

前脚刚进门，后脚便接到了一个电话，梁枝看了一眼来电显示，备注的是“路娜”。

她想也没想，直接接了。

“梁秘书，这边有些事情我暂时无权做决定，您看……”女人犹豫的声音传过来。

梁枝笑了笑，身体放松地向后靠了一下，说道：“你有。我相信你的能力。”电话那边一下子陷入了沉默。

她大概能想象到对方不可置信的模样，接着补充道：“接下来那个项目你也跟一下。”

过了半晌，路娜才终于不确定地问她：“您是认真的？”

“嗯。”梁枝的声音毫无异常，“我考虑得很清楚。”

她当然明白自己在说什么。

这样做，无疑是把自己手上的权力交给别人。

她之所以这么做……

她都快要离开了，怎么能不找个人接替？

虽然她很想一走了之，可再怎么说她也见证了公司从创立发展到现在，而且她从来不是直接撂下一切就离开的人，走也要走得体面一点儿。

路娜听懂了她话里的意思，小声对她说了句：“谢谢梁秘书。”

电话挂断，梁枝把手机抛到沙发另一边，盯着天花板看了一会儿。

门铃声响起，她走过去开门，来人是她新请的用人。

让人熟悉了一下家里的情况后，她看差不多到点了，便让人去做饭。

在叮嘱对方饭菜口味时，她骤然顿了一下，旋即苦笑一声。自己都快要离开了，居然还记挂着饭菜合不合那人的口味。

安排好一切，梁枝回到房间，抱着笔记本开始写简历。

决定了将来还是走自己所学专业的那条路后，她便开始仔仔细细地筛选符合条件的工作。

虽然她是名校毕业，但毕竟已经过了两年，所从事的又不是与专业相关的工作，竞争力相较于应届生来说还是弱了那么一点儿。

从大学时就一直跟着秦瞿，梁枝缺乏找工作的经验，折腾了好一阵才处理完毕。

抬头时，她才恍然惊觉天色已然转黑。

用人早已将粥煨好，放在锅里保温。

目光在客厅搜寻了一阵，梁枝看了看时钟，晚上八点。

她问："他呢？"

用人本就训练有素，自然懂得她指的是谁，恭敬地道："先生还没有回来，太太您要不然先……"

梁枝不适应被人这样伺候，摇了摇头，坐到沙发上，说道："我再等等。"

最近秦瞿总是回来得很晚，也不知道为什么。

是太忙了吗？

秦瞿回来时，客厅的时钟刚好显示九点整。

见客厅有用人走动，他眼里闪过一丝惊讶："终于舍得请用人了？"

梁枝"嗯"了一声，没多做解释，走过去坐到餐桌旁，说道："吃饭吧。"

待到饭菜上桌，她转头吩咐用人可以先离开，对方点了点头，悄无声息地离开了客厅。

"这样也好，你不用那么辛苦。"秦瞿随口道，没有上桌，而是从兜里摸出一支烟点燃。

烟雾袅袅，飘散到梁枝鼻尖，她不满地微皱眉头，走过去掐灭他的烟："以后少抽点烟。"

秦瞿略感惊讶，眼里带着少许细碎的笑，问她："怎么了，突然这么关心我？"

梁枝敛着眸，努力压下现在就提出离婚的冲动，说道："先吃饭。"

离婚协议书还没拟好，各方面都还没有准备好，要再等等。

等一切尘埃落定了再说，不然中途变数太大，她怕自己脱不开身。

她更怕秦瞿以为她只是一时闹脾气，从而将这件事一拖再拖。

吃饭时，窗外淅淅沥沥地下起了雨。

江城最近两周都没有下过雨，偏偏在这个时候下得猛烈。

梁枝扭头望向窗外，莫名觉得这场雨是不是预示着什么。

她正望着窗外出神，忽听秦瞿开口道："明天我要出差，回来时会给你带礼物。你想要什么？"

出差？

过几天离婚协议书就能寄过来了，他这个时候出差，离婚之事岂不是又要往后拖一段时间？

梁枝一愣，下意识脱口而出："怎么这么突然……"在注意到秦瞿一个疑惑的挑眉动作后，她住了嘴。

冷静下来后，梁枝抿抿唇："不用了。"

顿了一会儿，她接着问道："大概多久能回来？"

"现在还不清楚，事情有点儿多。"秦瞿答道，见她一副不安的表情，以为她舍不得自己离开，于是颇为愉悦地反问，"希望我早点儿回来？"

梁枝点点头。

见男人似乎误会了，她微微一哽，提离婚的念头再一次涌上心头。

她越发觉得，自己之于秦瞿更像是一个被他玩弄于股掌之间的宠物。

她深吸一口气，再一次把这个念头压下，憋在喉间的话语最终转换成了浅淡的叹息。

"等你回来，我有事情要告诉你。"

女人藏着心思，说话的时候耳尖不自觉地泛红，脸颊粉嫩如蜜桃，一双眼乖巧地敛着，睫毛如小扇子一般在眼睑处投下一点浅淡的阴影，显得过分柔软。

"什么事？"秦瞿见梁枝这副模样，难得起了逗弄的心思，狭长的桃花眼微挑，半开玩笑道，"真的想要孩子了？"

又是孩子的话题。

梁枝的脊背猛地僵了僵，她突然想起了前段时间偶然刷到的一条八卦消息——

“应晗曾在节目中坦言，一次拍摄时发生的意外使自己子宫受伤，落下难以生育的后遗症。但因为非常喜欢孩子，所以平日常去孤儿院看望小孩。”

这是真的吗？

所以，他最近频繁地提起曾经避之唯恐不及的孩子的话题，是因为……应晗？

对面传来椅子移动的声音，秦瞿大步绕到她身后，伸出手按住她放在桌面上的手，将她禁锢在桌椅的咫尺空间中，而后十分放松地将下巴靠在她的颈窝处，带着气音调笑：“如果你想，现在也不是不可以。”

梁枝的脊背仍僵直着，不敢放松。

她感觉心脏仿佛被什么东西攥紧，缓缓沉入深渊。

直到前襟的纽扣被人不紧不慢地解开，她才骤然惊觉，挣扎着站起来，退开几步。

她重新把自己的纽扣一颗一颗地系好，手按在胸口，低头掩饰自己苍白的脸色。

“你回来就知道了。”

第三章
敬自由，敬自我

01

江城某酒吧。

台上的乐队在声嘶力竭地唱着歌，与底下的喧嚣相互交融，整个酒吧昏暗且吵闹。角落的卡座里，桌上零散放着几瓶酒，未开的居多。梁枝坐在一旁，无视不时朝这边瞥过来的目光，低头专心盯着手机屏幕。

她很少来酒吧，这次还是任夏夏知道秦瞿出差后，非得拉着她出来放松心情。

这会儿任夏夏去卫生间了，她便抽空看了一眼邮箱，新的信息提示弹出来，又是一封拒绝的邮件。

这段时间里，她投出的简历几乎都被拒绝了，说到底，还是她不够优秀。空有名校毕业生头衔，毕业两年毫无与专业相关的代表作，甚至没有相关工作经验，相关履历一片空白。

这样的她可以被任何人替代。

这家工作室比较诚恳，在拒绝她的同时，还委婉地表示，她的上一份工作已经非常好，其实可以不必跳槽到这个行业。

退出邮箱界面，梁枝内心有几分迷茫。

她从大学开始浪费的那部分青春，到底起到了什么作用？好像只为自己织就了一颗封闭的茧，将自己关在了里面，而破茧是个困难又辛苦的过程。

她从恍惚的情绪中脱离，随手点开了朋友圈，首页第一条赫然来自应晗——

“拍新封面。”

配图是一张自拍，女人穿着羽绒服，背景是落了薄雪的主题公园，十分好看。

底下付羽然评论：“哇！我表哥出差去的也是你所在的那个国家，说不定你俩能见上一面！”

应晗回复她：“我俩不在一个区，肯定见不着的。”

应晗是怎么知道秦瞿在哪儿的?

连她这个暂时还是他名义上的妻子的人都不清楚，他从没有告诉过她。这么多天来，他甚至没有给她打过一个电话，也没发过一条消息。

意识到这一点，梁枝不舒服地退出微信。

她翻过应晗的朋友圈，付羽然以前很少给应晗评论，而这两次评论都带有暧昧的意味。

付羽然的心思昭然若揭。

又等了一会儿，梁枝才见任夏夏款款回到卡座。

任夏夏换了个发色，张扬的橘色在昏暗的灯光下无比显眼。

她端起面前的酒杯，向梁枝道歉：“刚才碰到两个女的在厕所门口吵架，一时半会儿没出得来，让你等得有点儿久了，我先自罚一杯啊！”语毕，她直接喝掉一杯啤酒。

“少……”

见梁枝有话想说，任夏夏立即摆手：“反正秦瞿也不在，好不容易把你约来这种地方，说好了啊，不许矜持，咱们今晚不醉不归！”

梁枝闻言，只好无奈地舒展眉头，依着她来：“行。”

虽然嘴上答应了任夏夏，但全程还是只有任夏夏在喝，她几乎没有喝。

台上的乐队仿佛不知疲倦一般不断地嘶吼，任夏夏喝了一阵，已经微醺。

“他们又把事情都丢给我，你说烦不烦人……”她托着脸，原本抱怨着生活中大大小小的事情，酒意上头，猛地将话锋对准梁枝，“说句实话，有的时候我也挺烦你的。”

梁枝莫名其妙被点到，茫然地指了指自己：“我？”

任夏夏直勾勾地盯着她，晃了下头，橘色头发一跳一跳的：“不然呢，还能有谁？”

“你知道我为什么约你出来吗？没别的，就是想骂你。”她晃了晃杯子，又往嘴里灌了一口酒，说道，“虽然你跟我说秦瞿对你挺好的，但我总觉得，结婚之后，你眼睛里的光芒少了很多。这东西玄乎，只能靠感觉，不过我就是能感觉出来你的状态不对劲儿。”

喝了酒的任夏夏话格外多，噼里啪啦说一大堆都不带喘气的。

梁枝的眼神从疑惑逐渐变为了然，再慢慢地沉寂下去。

她的不幸福已经明显到轻易就能看出来的程度了吗？

“你以为我为什么要选秦瞿不在的时候约你出来啊？还不是想跟你好好谈谈。”任夏夏瞥见梁枝面前的酒杯空了，皱着眉又给她倒满。

“我印象里的梁枝是个勇敢的人，很清楚自己想要什么，并且永远满怀热情。可现在我总觉得，因为秦瞿，你已经失去了自我。”

这句话如一把刀直直地戳中了梁枝心底最为隐秘的地方，将她一直不愿意面对的东西暴露在了光天化日之下。

梁枝端起酒杯，垂眸啜了一口。

是啊，她已经失去了自我。

从一切以秦瞿为目标开始，她就失去了自我。

没等到梁枝回话，任夏夏也不逼她，反正该说的都说完了，于是继续闷头喝酒。

“我要骂的骂完了，你可以选择骂回来啊。”

梁枝沉默了半晌，笑着摇摇头：“我干什么骂你？你说得对，我确实该骂。”

手机振动，梁枝收到了一封新邮件。

她本以为邮箱里躺着的又是一封被拒绝的邮件，却不想打开后，一张来自OW工作室的工作邀请函呈现在了眼前。

OW工作室，梁枝虽然了解得不多，但听说过它，是目前国内炙手可热的室内设计工作室之一，更是在国际上最有影响力的华人工作室。

正因为此，当初梁枝投简历的时候根本没有考虑过这家工作室，却不想她竟然直接收到了工作邀请。

再三确认上面的名字是自己后，梁枝眨眨眼，越发疑惑起来。

难道是自己投简历的时候昏了头，不小心连着这家工作室一起投了？

可这也没道理啊。

被幸运一下子砸昏了头，思考了一会儿也想不出个所以然来，梁枝决定先将这个问题抛到脑后。

既然工作有了着落，那就走一步看一步。

就在这时，手机屏幕上又显示了一个新的消息提醒。

待看清是谁发来的后，梁枝眼神闪了闪，轻轻地点进去。

酒吧里的喧闹从未停息，台上乐队的表演越发充满激情，主唱用近乎嘶吼的声音唱着副歌部分——

“若问世有三千路，敬你敬我敬自由——”

“敬你敬我敬自由——”

“砰！”玻璃杯被任夏夏猛地扣在桌面上。

她指着台上，大声道：“听见没，有了自我才有自由啊！你给‘支棱’起来，千万不要失去自我，听到没有！”

“啊。”梁枝玩手机的动作被她打断，抬起头来。

任夏夏不满地直接打开一瓶酒递给她：“我说，让你‘支棱’起来，别老围着秦瞿转，找回自我！”

梁枝望着她满面通红的模样，忽地笑了起来，一双眼里闪着光芒，眼神十分坚定。

“知道了。”她接过任夏夏手里的酒瓶，关掉手机上的离婚协议书寄出提醒，淡淡地说道，“我已经决定离婚了。”

“啊？”

梁枝说这话的语气平淡得仿佛只是和她讨论接下来该吃点儿什么，任夏夏甚至以为自己出现了幻听，凑过去问：“你说什么？”

“我说，我决定离婚了，最近正在做准备。”梁枝重复了一遍，眼神平静坚定如初。

“不是，怎么这么突然，我刚才说那些，不、不是让你……”任夏夏以为是自己刚才说错了什么话，磕磕巴巴地解释，“你们如果……”

梁枝摇摇头：“在这之前我已经在做准备了，不是因为你。”

她只是有点儿累了，想要摆脱现在这种状态。

等待尘埃落定的这段时间里，她才意识到自己对离开秦瞿有多期待。收到协议书寄出的消息时，她全身上下几乎每个细胞都在叫嚣着，期待着能再快一点儿。

酒吧里闪烁的灯光照在她的脸上，映得她眼里透出几分晦暗的情绪。

见任夏夏还想再问什么，梁枝不欲多做解释，淡笑着举起手里的酒瓶。

“来，敬自由，敬自我。”

02

第二天，梁枝一直睡到下午才醒过来。

若不是用人上来提醒她，她这一天的时间可能都会浪费在这一觉上了。

梁枝刚醒时迷迷糊糊的，没听懂用人说了什么，就直接点头让人先下去。她呆呆地摸着后脑勺坐起来，只觉得脑袋格外疼，仿佛有无数把小锤子往她太阳穴上锤，又晕又难受。

她已经很久没有出现过这样的宿醉后遗症了。

昨夜她有意克制，一开始喝得不多，却不料后来情绪上头，还是没能忍住，跟着任夏夏一杯接一杯喝得昏天黑地，最后还是任夏夏打车将她送回来的。

好在她酒品不错，没有大半夜发酒疯做出什么有损形象的事来，只依稀记得她后来抱着任夏夏哭了一阵。

借着酒意将情绪酣畅淋漓地发泄出来，似乎也挺不错。

梁枝下床后简单洗漱了一番，便趿拉着拖鞋走出房间。

下楼时，她看见付羽然坐在沙发上，手里握着遥控器，正百无聊赖地翻着，娴熟自然得仿佛自己才是这座宅子的主人。

饭桌上有副用过的碗筷，看起来她应该是刚刚吃完。

梁枝顿时了然。

原来用人叫醒她，是提醒她付羽然来了。

付羽然听见楼梯间的动静，斜着眼睨了梁枝一眼，自顾自地继续换台：“我哥一走，你就成这副模样了？我还以为你要睡一天呢。”

梁枝没理会她，径直坐到餐桌前，面前是用人专门为她准备的热粥，对方还细心地为她煮了醒酒汤。

正用餐，她听见付羽然毫不客气地喊她：“梁枝，帮我把餐桌上的钥匙拿过来！”

梁枝手上的动作顿了一下，秀气的眉不悦地蹙起。

看了一眼桌面上躺着的钥匙，她淡淡地说道：“你可以喊用人帮你拿，她就在你的身边。”

正在打扫窗台的用人闻言，十分有眼力见地上前，却被付羽然狠狠地瞪了一眼，后者道："你不用去。"

许是梁枝这般毫无情绪波动的样子激起了她的怒火，她咬着牙道："我要的是你亲自给我。不给我就一直在这儿等着，然后告诉我哥，你在他不在的时候是什么样子！"

梁枝舀了一勺热粥，轻轻地吹了一下，送入口中，仿佛没听见她的话。

直到一口粥咽下，胃里变得暖乎乎的，她才轻瞥付羽然一眼："你好闲。"

付羽然一时语塞，随即沉下脸："你真不怕我跟我哥说？现在应晗姐回来了，你以为我哥还稀罕你？到时候他厌倦你了，随时都会把你扫地出门！"

梁枝"哦"了一声，眼也没抬地道："知道了，该走的时候我会走。"

她放下勺子，勺子碰撞到碗壁发出一声清脆的撞击声。

"什么？"付羽然拔高声音，嗤笑一声，仿佛听见了什么天大的笑话，"你说得倒是轻巧，我看你离开了我哥，又该怎么生活。"

"到时候你从珩原滚蛋，你以为跟了我哥那么久，我哥会让你去其他公司？"她扬起下巴，嘲讽道，"不说了，反正又不是我。到时候你找不到工作流落街头，我等着看笑话就好……你可别求着我哥要回来。"

梁枝一边听着付羽然不服气的碎碎念，一边慢条斯理地喝完了粥。

待到付羽然安静了一会儿，梁枝才看笑话似的望向她："说完了吗？"

付羽然胸口起伏好一会儿，不明所以地与她对视。

眼神交会两秒，梁枝缓缓道："我觉得，你暂时还不用担心我的问题，还是多关注一下你自己考研的事情比较好。"

她态度诚恳："不然，外头的人会觉得你是因为能力不够，找不到工作，所以才用这个作借口在家里混日子。"

秦瞿不允许珩原出现有人走后门的情况。梁枝记得付羽然的父母曾找过秦瞿几次，想让他帮忙安排付羽然进公司，最后都被他毫不留情地拒绝了。

后来，付羽然一直没有一份正儿八经的工作，这才决定考研。

想到这里，梁枝平静地看着付羽然，又温柔地补充了一句："这样还挺丢人的。"她刻意加重了"丢人"两个字的读音。

心里的痛处仿佛被梁枝踩在脚下狠狠碾压，付羽然气结，撂下一句"关你什么事"后，霍然起身，走到餐桌前拿起了她的钥匙。

她的指甲碰在桌面上，发出清脆的声响。

梁枝听着都觉得有点儿疼，付羽然却像是毫无所觉，横了她一眼后，便转身离去。

屋内重归宁静，梁枝松了一口气。

过了两分钟，门外骤然传来门铃声。

以为是付羽然又折返回来，梁枝揉了揉太阳穴，心想她还有完没完，却见用人过去打开门后，拿着一个包裹走向她。

梁枝眨眨眼，接过包裹，在看清寄件地址时，心里一喜。

她打开包裹，里面是个档案袋，袋子里装着拟好的离婚协议书。她仔仔细细地看了一遍，确认没什么问题后，轻舒一口气，终于露出了这段时间以来最轻松的一个笑。

太好了。

趁着用人收拾餐桌的空当，她坐到沙发上，给秦瞿打电话。

两地有时差，梁枝拨出电话后，过了许久才接通。

秦瞿的声音带着点儿沙哑，他似乎刚睡醒。

“终于舍得给我打个电话了？”

这话说得好像他一直在等她的电话一样，也没见他主动打过来一个。

他那慵懒的语调透着若有若无的性感，梁枝甚至可以想象出男人那副半睡不醒的模样。

她晃晃头止住自己漫无边际的想象，不多费话，直接进入正题：“你还要多久回来？”

“回来……”秦瞿掀开被子下了床，沉吟片刻，说道，“二十五号。”

十二月二十五号，圣诞节。

挺吉利的。

梁枝看了一眼日期，今天是二十三号。

眼见着日子近了，心底的雀跃无法掩饰，她一边把离婚协议书放在餐桌上，一边询问：“那天晚上回来一起吃顿饭吗？”

“好啊，礼物都给你买好了，你没要求，我就随便挑了点儿。”秦瞿笑了一声，语调微扬，懒懒的带着气音，“你今天和往常不太一样啊，怎么，还没分开多久就想我了？”

他随意的语调像是在逗弄猫狗。

手指轻轻地划过纸上抬头的几个大字，梁枝蓦地跟着他笑起来："是啊，想你快一点儿回来。"

只要他回来了，她就可以从痛苦里脱离出去。

是这样吧。

圣诞节当天。

朋友圈还残留着平安夜的狂欢气氛，梁枝随便刷了刷，摁熄屏幕，脚步平稳地继续往前走。

走廊上被人贴了几张便笺，以及各色字母形状的小气球。

由于难得有放松的时候，梁枝也就睁一只眼闭一只眼，默许了这种行为。

路娜跟在她身旁，不时忧虑地看她一眼，最终忍不住询问："梁秘书，秦总明天就回公司了，您真的不先跟他说一声吗？万一……"

梁枝明白她忧虑的是什么，冲她笑了下，道："我相信你，你放心，他不会在意这些。他只会在意在这个岗位上的人合不合格。"

她今天来公司是为了处理最后的一点儿工作交接事宜。这次将自己手上的工作都安排好后，以后就可以不再来这个地方。

不得不说，有秦瞿做靠山，她连先斩后奏都轻松得多，也不用顾虑些什么。

路娜将信将疑地点点头，仍有些不放心。

梁枝旋开办公室门把手时，路娜眼尖地注意到她无名指上空荡荡的，于是小声地询问："您把戒指摘了啊？"

梁枝蜷缩了一下手指，若无其事地继续开门。

"啊，是这样。"她故作轻松地解释道，"之前戴着是为了挡桃花，现在都快要走了，就无所谓了，戴着还碍事。"

路娜"哦"了一声，不再多问，但她总觉得好像哪里不对劲儿。

下午五点，梁枝离开了公司。

秦瞿发给她的机票信息显示他是晚上七点下飞机，如果不堵车，八点应该可以到家。

这会儿时间还早，梁枝没有立刻开车回家，而是先去附近的商场逛了一圈。

商场里处处弥漫着圣诞的气息，温暖而欢乐，来来往往的小情侣十指相扣，四目相对，笑得甜蜜，显得她这样孤独的人像个异类。

三层有个抽奖活动，梁枝出于凑热闹的心理参与了，得了两颗包装精致的棒棒糖。

“可以和你的男朋友一起吃哦。”主持人冲她眨眨眼，笑着说。

心事被人不经意戳中，梁枝握着棒棒糖的手收紧，勉强回了主持人一抹笑，匆忙离开。

她一边走，一边胡乱剥开一根棒棒糖塞进嘴里，迅速嚼碎。

下一秒，她眉头皱起。

是薄荷味，苦的。

冬天的夜晚黑得早，梁枝走出商场时，外头的灯已尽数亮起，将沉下去的天空照得透亮。

天空飘起了小雪，她没带伞，只好拢紧大衣，冒着雪往前走。

这几天降温了，也不知道秦瞿回来的时候身上的衣服够不够保暖。

这个念头蓦然从梁枝的脑海里闪过，她愣了一下。

怎么都这个时候了，自己还在想着他。

她喜欢了秦瞿那么多年，这样时不时想起他几乎已经成了习惯，要改掉这个坏习惯，好像还不是一件容易的事情。

梁枝逆着人流往马路边走去，经过广场中心那个圣诞树样子的休息亭时，她的衣角被人扯了一下。

她低头，发现是个摆摊的小姑娘。

小姑娘一张脸很素净，笑容纯粹灿烂，旁边坐着她朋友，也笑嘻嘻地看着梁枝。

小姑娘看起来有点儿胆怯，咬了下唇瓣，才试探着问她：“小姐姐，买花吗？最后一枝了，便宜点儿卖给你……”

梁枝一怔，礼貌地摆摆手：“抱歉，我没有这个需要。”

小姑娘大抵是脸皮薄，被拒绝之后便不再吱声，反倒是她的朋友大大咧咧地开了口：“小姐姐，我们给你打个五折，你就把这最后一枝买了吧！”

她朋友嬉皮笑脸，看了一眼身边人，从桶里把包装好的玫瑰拿起来，说道：

“她就想快点儿卖完这一桶，好给她喜欢的人买圣诞礼物呢！”

小姑娘一下子红了耳朵：“你别瞎说，我是为了感谢他，才不是……”

“明明是为了找机会给他打电话！”她朋友笑嘻嘻地凑过去，小声打趣，“不就是暗恋吗？有什么不好说出来的，我们都知道。哎，小姐姐你真的不买一枝吗？真的是最后一枝了！”

梁枝目睹了两人全程的互动，蓦地轻笑出声：“行。”

“谢谢小姐姐！”对方麻利地把玫瑰递过来，准备收摊回家。

梁枝拿着玫瑰花往公司停车场的方向走去。

一路上，雪似乎下得大了些，从领口钻进的风吹得她连打了好几个喷嚏，喉咙也开始发疼。

她耸了耸肩，加快脚步，身后两个女孩子笑闹的声音仍清晰可闻。

她敛眉，嘴角微勾，轻轻摇头。

青春啊青春。

她忽然想起自己曾经也有过那么一场暗恋。

那时学校组织了一场讲座，邀请了考上各大名校的学长和学姐，而秦瞿就是其中之一。她对秦瞿几乎是一见钟情，将那份仰慕的心思藏起的同时，又悄悄四处找人打听他的消息。

在说过一个又一个欲盖弥彰的谎言后，她竟然真的得到了对方的电话号码。可那个号码在她的通讯录里躺了那么久，她也没敢跨出那一步。

直到她拼命追逐着他的脚步，考上江城大学，她才小心翼翼地拨通那个收藏许久的号码，却发现秦瞿早已换了电话号码。

自此，这段回忆成了深埋心间，再也未能宣之于口的秘密。

属于她的少女时代，遗憾和苦涩交织，却又是曾闪闪发光的独家记忆。

少女的暗恋，日久年深，浓烈却矜持，如野草一般，烧不尽，风吹又生。

而现在，她要把这份横亘她整个青春的念想，亲手掐断。

03

梁枝回到家中时，刚好晚上八点。

家中仍空空荡荡，用人早已将准备好的饭菜摆好，听了她的吩咐便识趣地离开了。

餐桌上的离婚协议书静静地躺在原处，这几天梁枝都没有动过它。

屋里只有她一个人，灯光却处处明亮，空旷安静得惊人。

把带回来的玫瑰插进花瓶，梁枝坐到餐桌前，望着从饭菜里升起的袅袅热气发呆。

他乘坐的航班没有晚点儿啊，再晚他也应该回来了吧，也许是有什么事情耽搁了？

直到时钟走向九点，她才又给秦瞿发了一条消息："还有多久回来？我在等你一起吃饭。"

良久，无人回应。

室内空调温度开得低了些，梁枝手撑着下巴，毫无征兆地颤抖了一下。

等得太久，头晕目眩的感觉混着饥饿感同时袭来，她揉了几下太阳穴，摇摇晃晃地走到沙发边躺下，打算先休息一会儿。

再睁眼时，客厅里依旧只有她一个人，时钟走到十一点的位置，秦瞿仍未回来。

梁枝裹着毯子起身，只觉脑袋晕晕乎乎的，浑身沉重且发冷。

桌上的饭菜早已凉透，她挣扎着走到餐桌前拿起手机，便看见秦瞿在二十多分钟前给她发的消息。

"不回去吃饭了，会很晚。"

啊。

这样啊。

失望一点点袭来，梁枝倚在桌边，顿时没了胃口。

明明说好了要回来一起吃顿饭的，两个人在饭桌上把事情摊开了说完，也能好聚好散。

没想到他根本没有把和她的约定放在心上。

脑袋昏昏沉沉的，梁枝将额头抵在桌面上，微微闭眼，想让自己舒服一点儿。这时她才意识到，自己好像着凉了。

为什么偏偏是这个时候？

正当她暗自懊恼时，开门声响起。

玄关的灯被摁亮，秦瞿大步走进来，见她坐在餐桌边，他有点儿惊讶，挑眉道："还在等我？"

梁枝没应声，挣扎着坐直身子，腰背挺得笔直。

“秦瞿，”她有气无力地道，“你过来一下。”

秦瞿不置可否，先把带回来的东西放在茶几上。

“回来的时候有事儿耽搁了，这些是给你带的礼物。你没说要什么，我就随便买了点儿，这是之前你说过想要的包，还有这个……”他轻飘飘地带过晚归的原因，语调自然而又敷衍，仿佛用这些礼物就能抵消她所有的不高兴。

他到底把她当成什么了？

“秦瞿。”梁枝深吸一口气，打断他的话，“我真的有事情和你说。”

她已经顾不得体面不体面，说开不说开了，既然秦瞿对此不上心，她也只想尽快解决这件事情。

“嗯？”秦瞿难得听她打断自己说话，面上带着点儿不悦，微微蹙眉，走到餐桌边问道，“什么事？”

“我们离婚吧。”

气氛倏地陷入沉默。

秦瞿眉头蹙得更紧，薄唇抿成一条直线，他问道：“这么晚了，你又想闹什么？”

“我没闹。”梁枝嗓子发干，勉力克制住眩晕的感觉，她平静地说，“我是认真的，秦瞿，离婚吧。”

秦瞿这才稍微敛了神色，认真地望向她。

暖黄的灯光下，女人微微扬起精致的下巴，因虚弱而苍白着一张脸，表情却意外坚定。

她的手边赫然躺着一份离婚协议书。

秦瞿的脊背僵了一下，脸色微沉：“什么时候的事？”

梁枝摇摇头，嗓子疼得要命，想说的话最终化作一个无意识的吞咽动作。

秦瞿敏锐地察觉到她的反应，当即抬手去摸她的额头。

带着薄茧的温热触感落在额头，梁枝咬了下唇瓣。

感受到女人额头传来的不正常的热意，秦瞿有些不满地说道：“你知不知道你发烧了？”

他屈起手指在桌面上重重地敲了下，旋即不容拒绝地将她打横抱起：“有什么不满意的地方，等病好了再说，你现在的状态没有办法冷静思考。”

猝不及防地落到男人的怀抱中，梁枝瑟缩了一下，却没力气反抗，又说不出话，只能任由他抱着自己往卧室的方向走去。

早知道不该出去乱逛……

秦瞿的怀抱很稳，就连上楼时她都没怎么感受到颠簸。

梁枝蜷缩在男人的胸前，听他慢悠悠地开口道："出差那么久没有主动联系你，是我的问题，那边事情有点儿多，忽略了你。"他顿了一下，又道，"今晚刚下飞机，临时又有点儿事，耽搁了时间，我以为你已经睡了。"

那为什么连条消息都不回？

梁枝嘴角勾起一抹嘲讽的弧度。

他这个时候才解释，明明就是从没有在意过。

身体上的不适感让她始终迷迷糊糊的，多想些什么脑袋就会疼，最终她只得闭上眼睛，感受着秦瞿把她一路抱到床上，过了一会儿又往床头柜上放了杯水。

"我去找药，你好好休息。"

在梁枝耳边轻声叮嘱完，秦瞿便转身出了房间，不给她拒绝的机会。

梁枝把自己埋进被子里，裹得紧紧的。

不多时，秦瞿又折返回来，跟捉小鸡似的把她从被子里抓出来，让她靠在自己的怀里，哄着她吃药。

"别闷在被子里，空气不流通更难受。"他半垂着眼眸，温柔地道，"张嘴。"

梁枝听话地张嘴，下一秒便因药太苦而皱起了眉头。

见梁枝这副神情，秦瞿把碗放在一旁，问道："很苦吗？"

梁枝点了点头，眼里泪光闪烁，仿佛下一秒就能落下泪来。

她平时不是怕苦的人，也不知道是不是这次发烧导致她的味觉出了问题，对苦味敏感了不少。

难得见到梁枝这副模样，秦瞿心中一动，抬手在她凌乱的头发上轻轻地揉了揉，耐心地道："家里只剩冲剂了，乖，稍微忍一忍。"

周围萦绕的淡淡药味让梁枝莫名心安，她轻轻地点了下头，捏着鼻子把剩下的药喝掉。药味仍残留在口腔里，她又迅速往嘴里灌了半杯水，这才重新缩回被窝里。

秦瞿坐在床边，看着她做完这一系列动作，轻轻地笑了一声。

待到被子里再没动静，他才俯下身拉开被子，看到了女人紧闭的双眼。

“都说了不要闷在里头。”他撩开她额前凌乱的碎发，与她额头相抵。

“今晚我去客房睡，等你病好了，想要跟我说什么都可以，嗯？”停顿了一下，他轻叹一口气，“有什么事随时叫我，什么方式都可以，我一直在。”

梁枝双眸紧闭，良久后，才从喉间溢出一个沙哑且破碎的“嗯”字。

直到关门声响起，梁枝才睁开眼，入目是一片黑暗。

秦瞿在离开时顺手把灯关上了。

一片漆黑里，梁枝侧过身子，再一次蜷缩起来。

整个房间极为安静，梁枝半张脸埋在枕头里，能清晰地感受到自己的呼吸。

人在生病的时候，似乎总会格外贪恋什么。

梁枝再一次被渴醒的时候，是凌晨三点。

烧退得差不多了，她坐起来时浑身轻飘飘的，行动也不像之前那么迟缓。

床头柜上的水杯还在，梁枝去拿，发觉早已冰冷一片。

她不敢在这个节骨眼上喝冷水，本想给秦瞿发条消息，让他帮忙倒杯热水，却又想着时间太晚，最终作罢。

即使屋里暖气开得很足，她还是先给自己裹了条毯子，然后才慢慢地往楼下走。

本以为外头一片漆黑，梁枝连手机电筒都打开了，却不想客厅里还留着一盏灯。

是忘记关了吗？

梁枝心里带着点儿疑惑下了楼，在看见从书房里透出的另一束灯光时停住了脚步。

这么晚了，他还没睡吗？

书房的门没关严实，灯光从门缝里漏出来，拉长成一条直线，蔓延到梁枝的脚下。

从房里隐隐传出秦瞿打电话的声音，听起来似乎在讨论什么事情。

看来，他最近真的很忙。

电话挂断，书房里安静下来。

梁枝没有要打扰秦瞿的意思，于是端着水杯往厨房的方向走去，还没走出两步，就听见书房里的秦瞿再一次出声：“应晗！”

梁枝心头一跳，几乎是条件反射般地停在了原地。

片刻后，她便听秦瞿再一次开口。

“应晗，你先不要怕，冷静下来，我马上到。”他的声音很沉，带着安慰，语调缓慢地耐心哄劝着。

自里面传来的脚步声越来越清晰，梁枝一惊，手忙脚乱地在楼梯后面找了个角落蹲下。

她听着书房门开了又关，脚步声逐渐远去，最终随着一道关门的声音，偌大的空间再一次回归令人窒息的安静。

秦瞿离开得匆忙，仿佛那是一件十分重要且紧迫的事。

因为应晗。

不知道在那个角落蹲了多久，梁枝只知道自己的双腿已然变得麻木，站起来时，本就虚弱的身体一阵阵地泛着无力感，眩晕也在加剧，差点儿连水杯都没法拿稳。

身体发出警报的同时，她心里也不可避免一抽一抽地疼，仿佛被人狠狠地扔进了深渊，不断下沉，没有尽头。

所以，无论什么时候，他都可以为了应晗抛下一切。

而她，为了给他少添些麻烦，还顾虑良多，简直可笑。

梁枝把水杯放在桌上，许是因为走神，放下的力道重了些，水杯与大理石桌面相撞，发出不小的磕碰声。

不知道是不是情绪的开关被触及，梁枝忽然泪流不止。

长久以来积攒的情绪在这一刻彻底爆发，她弯着腰，一边擦泪一边无声地深呼吸。

有几滴泪落到她手背上，很快便从温热转为冰凉。

这个男人总是这样，一而再再而三地把她一颗满怀期望的心摔得粉碎。

家里没人，她想哭出声，却因为嗓子沙哑，无法出声。

梁枝都不知道自己是怎么离开客厅的，如同行尸走肉一般回到卧室后，她四处摸索了一阵，打开了一个熟悉的抽屉。

从抽屉的角落里翻出戒指，她将其紧紧地攥在掌心，安静地闭上眼。

这是最后一次为他而哭，以后再也不能这样了。

她告诉自己。

04

次日。

雪仍在下，地面上积起了厚厚一层。

梁枝到达公司时，前台的小姑娘看到她，纷纷露出惊讶的神情。

“梁秘书？”其中一个人试探着发问，“听说您生病了，今天不是请假了吗？”

梁枝愣怔一秒，冲她们淡淡地一笑：“我回来处理点儿事，用不了多久。”

“这样啊……”对方表示理解地点头，末了还关切地打量了她几下，“梁秘书，您一定要注意身体呀，您看您的脸色都苍白成这样了……”

“我会的。”梁枝摆了摆手，看到电梯即将停在一楼，她指了指电梯，“我先进去了。”

“好的！梁秘书再见！”

……

这会儿早就过了上班打卡的时间，故而电梯里只有她一个人。

电梯上行途中，梁枝转过身，看向电梯里巨大的镜子。

镜中女人面容憔悴，就算用心地化了精致的妆容，努力想要遮住疲态，但苍白的面色仍能清晰地看出来。

她的状态已经差成这样了吗？

梁枝努力想对着镜子里的自己笑一笑，最终却发现只能挤出一个比哭还难看的笑。

不能这样，梁枝，打起精神来。

梁枝在心里一遍又一遍地默念着这句话，努力调整片刻，才不像刚才那样一副病恹恹的模样。

电梯停在最高层，梁枝走出去时，正好与路娜打了个照面。

路娜看见梁枝手里抱着的东西，当即便明白她这次过来的意图，忙问：“梁秘书，您真的要走啦？”

梁枝点点头，两只眼睛弯出一个浅浅的弧度：“不用叫我梁秘书了，现在我才该叫你一声‘路秘书’。”

告别路娜，她走到秦瞿的办公室前，敲了敲门。

听到里面传来一声熟悉的“进”后，她推门而入。

以为是路娜又进来了，秦瞿头都没抬，淡淡地说道：“还有什么事？”

对方没有立刻应答，而是走到了他面前。

秦瞿懒散地抬起头，目光正巧撞进了梁枝那双平静无波的眼睛。

“你怎么来了？”他见梁枝仍是一副病容，不满地拉过她的手，果不其然感觉到了一片冰凉。

他揉了揉眉心，说道：“你先回家休息吧，公司暂时也不缺你一个。”

梁枝一直用平静的眼神望着他，听见他这样说后，她蓦地笑开了。

她微微用力挣开男人的手，把文件袋里的东西拿出来推到秦瞿面前：“是啊，公司现在也不缺我一个，所以秦总，麻烦您过目。”

秦瞿扫了一眼，发现是辞职申请书。

他掀起眼皮，略带惊讶地望向她：“终于想通了？”

“嗯。”

秦瞿抽出笔，在签字那一栏干脆利落地签好了字，说道：“其实不用这么麻烦，你跟我说一声，我都可以帮你办好……辞职在家也好，做全职太太不会有那么大的压力。”

梁枝牵动嘴角，露出一个公式化的微笑。

“谢谢秦总，烦请秦总再签一下这个。”她把离婚协议书推了过去。

秦瞿的动作一下子停住，他抬起头，一双眼死死地盯着梁枝：“昨天还没有想清楚？”

“我从一开始就想得很清楚，秦总。”梁枝依旧很平静，丝毫没有因为秦瞿的话感到害怕，“反而是您忘记了，昨天说好要处理这件事的吧？”

她撩了一下脸颊边的碎发，将其别在耳后，轻松地道：“现在我病好了，也该是谈论这些的时候了。”

秦瞿不再说话，转而认真地翻看着离婚协议书。

梁枝也不着急，就这么站在他的身边，等着他看完。

浏览至最后一个字，在看见女方那一栏已经签好了名后，秦瞿黑着脸看向她，开口时不自觉地带上了几分强硬：“梁枝，你为什么坚持要离婚？”

梁枝毫不畏惧地与秦瞿对视，目光坦荡：“没有为什么，我只是累了。”

累得不愿意再去维持这种畸形的关系。

秦瞿又低头沉吟片刻，一双眼锐利得仿佛能将纸张戳出一个洞来。

他屈起手指一下又一下地敲击着桌面，有一瞬间甚至想从口袋里摸出烟来抽，足以看出他的焦躁。

梁枝对此并没有任何反应，自始至终没再多说一句话，只耐心地等他回应。

过了半晌，秦瞿把离婚协议书往桌上一丢，冷笑一声："梁枝，你知不知道，我随时可以让你净身出户？"

"我知道。"梁枝似乎毫不意外，垂着眼，回应得自然。

迎着秦瞿微微错愕的目光，她笑着把离婚协议书重新翻到签字那一栏，递给他："我可以接受净身出户，只要秦总您说到做到，跟我离婚。"

"不过……"话锋在此时骤然一转，她微微抬头，半开玩笑似的陈述道，"秦瞿，你身为堂堂珩原集团的当家人，再怎么说也是个君子，不至于对你的前妻赶尽杀绝吧？"

"更不用说，我作为您的秘书，跟随您那么久，没有功劳也有苦劳，得到一点儿赔偿应该也不过分。"梁枝指了指协议书上财产分割那一栏，歪着头询问，"不过是一栋别墅而已，我想，秦总不会小气到这种程度吧？"

秦瞿双臂交叉放在桌面上，身体向前倾了倾。

他注视着梁枝，想从她的神情里看出哪怕一点儿赌气的成分。

可对方脸色不变，就连声音也平稳得不带多余的情绪，让他眼中难得流露出些许迷茫。

她竟然是认真的。

就在这时，梁枝的指甲慢悠悠地叩着桌面，拉回了秦瞿的注意力。

"鉴于上一次的教训，我现在也不敢说什么您随时可以在上面签字的话了。"梁枝轻咳一声，清了清嗓子，冲他扬了扬唇，眼中闪烁着坚定的光芒，"现在，我就在这里等着秦总签字，您签好后，我马上离开。"

梁枝说完，便敛了神色，平静地站在一旁，看着他的动作。

秦瞿握着笔在签字那一栏点了点，再一次问她："真要我签？"

梁枝微微颔首："嗯。"

秦瞿被她这副油盐不进的样子气笑了，扬起眉干脆利落地签好字："希望你别反悔，我不想再因为这件事浪费我的时间。"

梁枝垂着眼道："嗯。"以后再也不会了。

秦瞿将薄薄的几张纸递回给梁枝时，最后问了一遍："你真的想好了吗？"

梁枝没回应他的问题，接过协议书重新装回文件袋，而后小幅度地向他鞠了一躬："谢谢秦总。"

过程比梁枝想象的其实更为轻松，她转身离开时，就连脚步都比之前轻快不少。

她没有丝毫不舍，甚至连一句话都不愿同他多说。

秦瞿皱着眉望着梁枝离开的背影，直至她彻底消失在那道厚重的木门后，他才收回视线。

他不知道到底是哪里出了问题。

在他的印象里，梁枝一直是一个沉默地将所有事情都安排妥当的人。她沉默地靠近他，沉默地依赖他，沉默地迎合他，沉默地迁就他，从未有半句怨言。

明明这一年来他从来没有见她表露出丝毫不满，可她为什么突然提出了离婚。

另一边。

梁枝才不管秦瞿现在是什么心情，了却一桩大事后，虽然心里难免有些闷闷的，但更多的还是如释重负。

出电梯时，她再看一眼镜子里的自己，觉得就连气色都好了很多。

走出公司大门，她仰头看向天空。

由于昨夜下了雪，今天的天气格外好，阳光洒在路面上，恰到好处又不至于刺眼。

梁枝从包里翻出围巾裹好，正欲继续向前走，便听身边传来一个惊讶的声音。

"咦？"

梁枝莫名觉得这个声音有些熟悉，扭头看过去时，惊讶地开口："是您。"是那天她送到医院的那个女人。

女人见梁枝认出她来，笑盈盈地走过去，握住她的手："没想到能够在这里碰到你，医药费我让我的助理帮我转过去了，你收到了吧？"

"很早就收到了。"梁枝点点头，"您最近没有再过度劳累了吧？嗯……"

看出梁枝在称呼方面有点儿卡壳，女人笑着自我介绍：“叶青苑，我身边的人喜欢叫我苑姐。”

还未等梁枝自我介绍，叶青苑先一步道：“你叫梁枝对吧？我助理都跟我说过了。”

“嗯。”梁枝觉得两个人就这么站在公司门口实在不妥，于是带着叶青苑往旁边走了走。

叶青苑望了一眼公司大楼，状似不经意地问她：“你在这里工作？”

“在这里工作过，”梁枝强调了最后三个字，轻声解释，“这次回来处理最后一点儿事。”

“是这样啊。”叶青苑颔首表示了解，随即提议道，“这会儿时间刚好，不如一起去吃顿饭？”

梁枝闻言摇了摇头，委婉地拒绝道：“我还有点儿事，今天可能没有空……”其实有事也说不上，只是刚刚解决了离婚协议书这件事，她暂时没心思做其他事。

叶青苑并未露出十分遗憾的神情，只是微微笑了笑：“这样啊……那就先不打扰你了。”

“下次有机会，我请苑姐您吃饭。”梁枝冲她挥挥手。

“嗯，总会再见面的。”

叶青苑在转身前冲她眨眨眼，轻快地道。

她眼神里含着几分意味深长，让梁枝觉得她似乎在暗示什么。

几天后，江城某会所包间内。

灯光被人调暗了，几束彩灯光闪烁着落在形形色色的人身上。几个公子哥儿醉得东倒西歪，桌上的酒瓶倒得乱七八糟，整个包间里少有清醒的人。

“我说，今晚某尊大佛怎么舍得屈尊来我们这儿，来了也不喝，是不是好久没在一起玩，兄弟情都断了？”一个醉醺醺的人左拥右抱，一边冲着角落那边挤眉弄眼，一边拍了拍怀里的女人，暗示她过去，“来都来了，看在咱们兄弟的面子上，好歹也得来一杯吧？”

男人怀里的女人当即会意，从他怀里站起来，拿着瓶酒娇笑着走过去。

角落里坐着一个男人，他靠在沙发上，大半张脸隐在阴影中，与混乱的包间格格不入，仿佛自动分离出了一个世界。

是秦瞿。

距离梁枝让他签离婚协议书已经过去了好几天，这几天他一直在另一套房子里住着，没有再回去过。

这次参加聚会，他本以为只是普通的聚餐，却不想最后一群人到了这儿来。

包间里吵闹声喧天，他没来由地觉得烦躁，自动忽略了那人的话。

女人见秦瞿在她走近后毫无反应，于是便认为他这是默许，过去给他添上一杯酒，坐到他身边笑道："秦总，不来点儿？"

有几个人大声起哄："今天小嫂子没来，咱们秦总就放肆玩呗！反正我们兄弟几个肯定帮你保密！"

平日里秦瞿与这帮狐朋狗友并没有多少联系，特别是在结婚后，他老是神龙见首不见尾，他们许久也不曾聚上一回。

今天好不容易把人约出来，他们自然得抓住机会可劲儿起哄。

坐在秦瞿身旁的女人也因为这样的起哄，胆子越发大了起来，拿着酒杯就准备贴上去："秦总……"

秦瞿心里本就有事，正思索间，突然被人打断，当即不悦地挥开酒杯，坐到一旁，让女人连一点儿衣角都碰不着。

他沉声道："回去。"

气氛静默了一下，有人仍不怕死地接着起哄："老秦你这就不好玩了啊，要来玩就好好喝酒，怎么还凶别人呢？"

秦瞿抬起眼皮，浑身气息一敛。

杨牧河察觉到不对劲，当即笑着打圆场："人家可是有家室的人，得对家庭负责，等你们结婚了就知道了！"

"不是。"秦瞿蓦地开口。

杨牧河一怔："不是什么？"

"我要离婚了。"

秦瞿这话一出口，宛如平地惊雷，包间里顿时陷入一片安静。

"不……不是，哥，你怎么回事？"杨牧河被震惊得脑袋一晕，忍不住出声问道，"小嫂子做错了什么事，惹你生气了，所以你想离婚？还是说，你真的移情别恋，不想跟她过下去了？"

毕竟对梁枝的印象摆在那里，杨牧河怎么猜，也只是往秦瞿主动提离婚这个方向猜测。

秦瞿疲惫地揉了揉眉心，冷声道："是她提的，让我签协议书。"

"什么？！"不仅是杨牧河，包间里其他人都被惊得目瞪口呆。

杨牧河缓了一会儿，才算缓过一口气来。

他心虚地说："难道是因为你背着嫂子做的那些事被发现了？"

"嗯？"秦瞿莫名其妙，"她没有说原因，只说她累了。况且，我哪里对不起她？"

见秦瞿一个眼刀扔过来，他乖乖闭嘴，假装什么都不知道："当我没说。"

秦瞿确实也没出轨。

"老秦，你是不是想得太简单了？"这时，不远处一个半醉不醉的人拖腔带调地道，"你知道女人最想要的是什么吗？你以为就是什么礼物啊，钱啊那些？人家想要的是你哄她，抽出时间陪她。你说你这一天天沉迷于工作，看着就不像能好好陪老婆的人！"

秦瞿双手交叉着，身体往前倾，抿着唇不再说话。

那人端着酒，摇摇晃晃地向他走过来，拍了拍他的肩膀："老秦，你相信我，我的眼光没错的。你也知道这么多年小嫂子一直跟着你，一直那么喜欢你，好不容易结婚了，怎么可能舍得放手？

"人家只是生气你没有时间陪她，跟你闹别扭呢，提离婚也是吓吓你，让你明白她也是有脾气的罢了。你看这么多年来，她就算不满意，什么时候跟你红过脸？听我一句劝，你赶紧回去哄一哄人家，人家心一软，就没事了。

"小嫂子那么爱你，怎么舍得真的跟你生气？"

秦瞿愣了下神，说道："可是，她已经让我签好离婚协议书了。"

"就一个协议而已，还没领离婚证呢，你以为就能成真啊？"那人浑不在意地摆摆手，"说真的，女人离了婚又辞了职，还能干什么？她迟早会乖乖地回到你身边。"

男人絮絮叨叨地说着要怎么哄女人，仿佛要向秦瞿传授毕生绝学。

秦瞿听他说了那么多，忽然觉得似乎也有几分道理。

他换了个舒服的坐姿，拿出手机给梁枝发了条消息。

"我明早回去。"

过了半分钟，那边回了一个字：“好。”

秦瞿盯了那个字半晌，抬了抬眼皮，轻笑了一声。

那人说得没错，她总是会服软的。

第四章
他仍不太明白，自己到底是哪一步走错了

01

聚会结束，已是深夜。

秦瞿回到自己的临时住处时，发现自家门口有个快递盒子，盒子挺小，不知道里面装着什么。

秦瞿没有网购的习惯，所以不会是他买的东西。而这个临时住处是他大学时期租的房子，自从结婚后，他就没有回来住过。

是谁知道他现在住在这里，还给他寄了东西过来？

秦瞿心中带着疑惑拿起快递盒，开门进屋。

换了鞋，他拿起盒子，径直进了书房，拆开盒子，里面赫然躺着一个红丝绒盒子。他打开一看，是一枚戒指。

秦瞿抬手，看了一眼这两天他翻出来戴在无名指上的戒指，两枚戒指是同款，盒子里这枚正是梁枝手里的那一枚。

是因为她前两天赌气，才给他寄过来的吗？

这个念头自他脑子里一闪而过，他随意地勾了勾唇，不以为然地把盒子关上，放在书房的角落里。

既然她不想戴，那他就以后再找时间还给她。

手机振动两下，屏幕上显示有人给他发了消息。

秦瞿点开聊天框，发现消息来自梁枝。

“你明天早一点儿回来吧。”

秦瞿眼里闪过一抹兴味，她这就忍不住想他了？

思及此，他懒洋洋地移动手指，回复她："你想让我几点回？"

那边很快回复："九点左右可以吗？"

这么早？

秦瞿嘴角的笑意更深了："行，乖乖在家等我。"

第二日清晨。

秦瞿不打算去公司，索性穿得随性了些。

回到别墅时，他眼里带着淡淡的戏谑打开门。

用人见他回来，愣了一下："先生回来啦？"

秦瞿"嗯"了一声，边往里走边问道："太太呢？"

"太太还在房间里……"

话音未落，楼上便传来一阵匆促的脚步声。

梁枝顶着还未来得及梳理的头发，迷迷糊糊地往楼下看。在看清来人后，她一下子就清醒了，惊讶地问他："你怎么这么早就过来了？"

秦瞿见她这副模样，好整以暇地抱臂，挑眉道："不是你让我九点左右过来？"

"我可没让你这么……"说到这里，她顿了一下，随即道，"算了，你再等一下，我收拾收拾。"

下一刻，急匆匆的脚步声再一次响起。

待关门的声音响起，秦瞿忍不住低低地笑起来。他突然觉得，这个女人犯迷糊的时候竟然有些可爱。

过了大约一个小时，梁枝终于收拾妥当下楼。

她今天打扮得很素净，也没有化妆，长发柔顺地披散下来，随着她的动作微微晃动。这样的她没了职场上的干练，更显温柔安静。

秦瞿看过去，眼中闪过一抹惊艳。他很少这样认认真真地打量梁枝的日常装扮，不想不过几眼，竟让他隐隐又多了些心动的感觉。

他起身，还没来得及说话，便听梁枝声音淡淡地询问："走吗？"

"嗯？"秦瞿不明所以，"去哪里？"

梁枝看了一眼时间，十分轻松地说道："民政局啊！你好不容易回来一次，先把要做的都做了再说。”

秦瞿愣在原地。

梁枝仿佛没看见他的反应，平静地陈述道：“民政局九点上班，这个时候出门，正好赶得上办离婚手续。”

秦瞿沉默许久，咬牙切齿地问：“你今天让我早点儿回来，就是为了这个？”

“不然呢？你以为是什么？”梁枝看了他一眼，用理所当然的口吻说道，“不是你说的不要再浪费你的时间吗？难不成你不想离了？”

秦瞿绷紧下颌，骨节分明的手指攥得发白。

他朝梁枝走近两步，闭了闭眼，面上带着几分颓然，艰难地从喉间挤出几个字：“如果我说，我不想呢？”

梁枝静静地观察他两秒，摇了摇头，淡淡道：“可是我想。”

秦瞿的表情有一瞬间的崩裂。

梁枝没再注意他的反应，转身往外走：“走吧。”

秦瞿今天开车的速度比以往慢得多，几乎是压着最低的限速，明显在故意磨蹭。心底的烦躁如同羽毛一般时不时往他心上挠两下，虚无缥缈却又无法忽略。

他一边操控方向盘，一边状似无意地透过后视镜看向后座。

梁枝没有坐在副驾驶位置，似乎是在故意避着他，坐的位置刚好被座位挡住，秦瞿这样看过去，只能窥见她的衣摆和几缕发丝。

他内心的烦躁感更强烈了。

曾经他最满意的便是梁枝的沉默，不质疑他的所有做法，也不违抗他的所有指令，乖顺听话。

此刻，他却对此感到无比厌恶。

不知为何，他宁愿梁枝现在开口同他说点儿什么，也不想让这窄小的空间里充斥着令人窒息的寂静。

可她不愿开口。

前方的路灯由绿变黄，再变红。

秦瞿踩下刹车，开窗透气。冷风如刀般刮过他脸侧，他单手抵住下巴，桃花眼里眸光微微流转，藏了几分他自己也说不清的情绪。

斟酌须臾，他缓缓开口道：“我觉得，你是个很好的妻子。”

“嗯，我知道。”梁枝对他这句好像是赞誉的话照收不误。

“你也是作为我妻子的最合适的人选。”秦瞿微微一顿，接着道，“是我那天考虑不周，我现在的态度是，你随时可以反悔。”

最合适的人选？

心底的郁气被秦瞿这番话一下子命中，梁枝暗自苦笑一声，缓慢且平静地反问他：“您说的最合适的人选是什么意思？”

“是工作上最细心的助理，家庭中最听话的保姆，还是性事上最契合的床伴？”她笑着问，嘴角的弧度温柔而又带着点儿讽刺，“是这些吗？”

秦瞿没想到梁枝会这样回答，微微一怔。

就算看不见男人的表情，梁枝也能猜想到他的反应，不由得哑然失笑：“可秦瞿，你是不是忘了，在一段关系里，还有一样必不可少的东西？”

秦瞿薄唇微张，眼神暗了暗。

“是爱。”梁枝看了一眼前方红绿灯的倒计时，无奈地耸耸肩，“你觉得我们之间有吗？”

秦瞿的眉头皱得更紧了。

他按了一下太阳穴，疲惫地道：“梁枝，其实爱不是必需品，生活才是。”

梁枝这次没说话，任汽车开动，一双毫无波澜的眼始终望向窗外倒退的风景。

曾经她也以为，只要她能拥有秦瞿，他爱不爱她都无所谓。只要能触碰他，拥抱他，清晨与他在同一张床上醒来，她就知足了——她要的真的不多。

后来她才发现，这一切都只是她编织出来的如海市蜃楼一般的幻想。

没有感情的婚姻哪能像她所想的那样理想化，虚幻的想象不会成真，反而会像砖石一般在她心间堆积，将她压得喘不过气来。

今天不知道是什么黄道吉日，民政局门口的小年轻排着长队，纵使天气干燥又阴冷，此处也弥漫着温情。

梁枝低着头带着秦瞿穿过人群，前往离婚的窗口。办离婚手续的人少，很快就轮到了他们。没过多久，两人拿着离婚证回到车上。

这次换梁枝开车，来的时候秦瞿开车实在太慢，她不想回去的时候还要浪费时间。

副驾驶座位上的男人一言不发，一直低着头看着手上的离婚证。

梁枝一边开车，一边不忘叮嘱："现在别墅属于我，你的东西比较多，我给你一周的时间收拾，如何？"

秦瞿不说话，梁枝就当他默认了，于是将注意力重新放回前方的路段，顺手在车里的多媒体屏幕上点了两下，拨通家里的电话。

让用人把她房间里的书重新搬回书房后，她挂断电话，面上带着几分歉意冲着秦瞿笑了笑："抱歉，我太想把我的书重新放回去了。"

见秦瞿还是没有回答，她也不恼，默默地给他留足自我消化的时间。

车子稳稳地停在家中的停车场。

还未打开门，梁枝便听见几声尖锐的训斥声。

声音来自付羽然。

梁枝的手只在门把上停留了一秒，便极为自然地打开了门。

她一眼望过去，便见付羽然站在书房门口，一脸怒意地往里瞪视，而她的脚边，书散落一地。

"我让你们动了吗？凭什么乱动我的书！"付羽然见用人又搬出书来放在地上，尖叫声更甚，从用人手里抢过一本就往地上摔，"你信不信等我哥回来，我就能让你们全都滚蛋！"

用人低着头，不卑不亢地道："抱歉，付小姐，我们只是遵从太太的吩咐。"

"太太？！"付羽然此刻只觉得用人的话无比讽刺，"她算哪门子太太？"

"嗯，确实不能叫太太了。"一道温和的声音突兀地响起，伴着慢悠悠的脚步声。

付羽然一噎，转头就看见笑盈盈走来的梁枝，她心中的怒火愈加旺盛："梁枝你发什么疯！是不是仗着我哥不在，你觉得你就可以胡作非为了？！"

"没有啊。"梁枝回应得很平静，"现在这里是属于我的地方，我怎么处置这些东西，也是我的自由吧？"

付羽然柳眉倒竖："这儿什么时候成了你的地方了？有本事你把我哥找来，让他跟我说啊！"

梁枝摊摊手，抿唇笑得温柔："好啊。"说完，她指了指身后，"那就让你哥跟你说了哦。”

付羽然这才注意到梁枝身后站着的秦瞿。

仿佛找到了靠山，她心中一喜，忙指着梁枝，开始向秦瞿撒娇：“哥，你看她这是什么态度！”

秦瞿此时本就心烦意乱，又听见付羽然吵闹，眼中的不悦几乎要溢出来。

他冷冷地扫过去一眼：“去把自己的东西收拾好。”

付羽然脸上的欣喜瞬间消失了。

她虽然很想再跟秦瞿分辩两句，却因害怕秦瞿的眼神，只好不甘心地撇撇嘴，捡起了两本书，乖乖放好。

梁枝全程像个局外人一样，甚至笑眯眯地让用人给她端来一杯茶。

“太太，您需要休息一下吗？”用人把茶杯递给她，顺势问道。

梁枝轻轻摇头：“不必了，我在这儿看着。”顿了一下，她又道，“我们离婚了，你以后可以不用叫我太太了……”

正拖拖拉拉地整理书本的付羽然闻言，惊讶地转身问道：“你们真离了？”

秦瞿“嗯”了一声。

“那你还帮着她说话！”付羽然又把手里的书撂下了，“凭什么啊，既然她都要滚蛋了，我干吗还要受这委屈。”

“以后叫我梁小姐就可以。”梁枝慢条斯理地向用人叮嘱完，眸光微微流转，落到了付羽然身上，“什么叫我滚蛋？”

“都离婚了还在这里待着，你要不要脸啊！”付羽然面对梁枝时，底气顿时足了，“还想使唤用人……”

“付羽然！”秦瞿板着脸打断她的话，“这房子现在是她的。”

“啊？”付羽然顿时僵立在原地，“哥，你说什么……”

“房子属于她，我没有决定权。”秦瞿语气不好，“你收拾好了就早点儿离开。”

“听清楚了吗？”梁枝放下茶杯，诚恳地建议，“我的耐心是有限的，希望你能赶快收拾好东西，离开我的房子。”

“否则……”她慵懒地靠着沙发，一字一句地道，“需要我像你对待我那样说你两句吗？比如，要不要脸啊？”

明明是句狠话，却被她说得很温柔，她的声音不大不小，回响在客厅里，仿佛狠狠地甩了付羽然几个巴掌，一下将她的底气击溃。

明明梁枝还是那副安静的模样，却莫名让付羽然心里刺得慌。

有秦瞿盯着，她不敢造次，用人也被梁枝叫过去，再无人帮她。

所有人的眼神都往她身上扫来，她只能蹲下去，默默地收拾着被她扔了满地的书。

02

等付羽然收拾好了，梁枝便上楼回房休息，不想一觉睡到了深夜时分。

她起身去拉好窗帘，不想下去吃饭，于是吩咐用人帮她把饭菜端上来。

趁着这个时间，她简单地洗了个澡，换了身睡衣，屋里暖气开得很足，就算是只穿着薄薄的真丝睡裙也不会觉得冷。

刚换好衣服，她便听见敲门声，匆忙应一声后，索性赤着脚过去开门。门打开时，她的目光就撞进了秦瞿深邃的眼中。

在看清梁枝的穿着后，他呼吸微滞，眉头皱起："怎么光着脚？"

"房间里又不冷。"

外面空调关了，有冷空气向房间里侵袭，梁枝瑟缩了一下，后退一步。

秦瞿见状，忙脱下自己的外套披在她的肩上："穿这么薄，小心着凉。"

他今天穿得随意，这么一脱便只剩一件衬衫，还特意敞开了领口，露出性感的锁骨，配上他那副漫不经心的神情，不经意间便带了欲望。

梁枝把外套搭在手臂上，摇摇头："您关了门，就不冷了。"

秦瞿顿时一噎。

今天一整天，他终于见识到了梁枝说话也是会噎人的，虽然她只是语气温和地陈述事实，却让人无法反驳。

"今天我出来得匆忙，没带钥匙，客房也被收拾出来的东西占了，找不到地方睡。"秦瞿抿抿唇，解释道，"所以，我想问问你，今晚可不可以再和你一起睡一晚？"说着，他仿佛不经意般把领口又扯开几分。

梁枝很想把手里的外套给他穿回去，她不悦地问道："没有床了吗？"

"嗯，没有了。"秦瞿点头，忽地俯身凑过去。

两人之间的距离一下子拉近。

梁枝猛地一惊，想要向后退一步，就感受到肩头传来一阵温热的触感。

秦瞿捏着她的肩带向上提了提。

“要掉了。”他带着三分微妙的笑意道，“还是这么不小心。”尾音缱绻，语意隐晦，暗示性极强。

他贴近女人的耳垂，沉声低笑：“所以，我能在这里凑合一晚吗？”

他很清楚梁枝的敏感点在哪里，只消随意撩拨，便能使空气里的暧昧再一次升温。

梁枝摇了摇头，把衣服塞回他怀里。

她微微低着头，睫毛轻颤：“秦总，我们已经离婚了，我没有满足您的欲望的义务。”

她拒绝得不留余地。

“客房的床睡不了，您难道不能睡沙发吗？沙发够大。”她想了想，补充道，“要是您觉得冷，可以让用人给您多拿两床被子。”

“或者……”说到这里，她做了一个打电话的手势，“您先回您那边去，我待会儿给您叫个开锁师傅？”

女人说得十分委婉，和平时的语气似乎没什么差别，可秦瞿清清楚楚地看到了她眼中的冷漠。

那双清澈漂亮的眼里，再没有了他的存在。

秦瞿久久没有说话，周身的气压似乎都低了不少。

梁枝就像压根儿感受不到此时的气氛，再一次发问：“需要吗？”

秦瞿艰难地开口：“不用。”

“哦，好的。那你早点儿睡，晚安。”

梁枝关门的动作一气呵成，仿佛在心底演练过无数遍。

干净利落地隔绝了秦瞿的视线，她靠在门板上等了一会儿，直到听见沉闷的脚步声渐渐远去，她才轻舒了一口气。

他终于走了。

梁枝捏了捏鼻梁，有些疲惫地走向床边，将自己砸进被褥之中。被褥十分柔软，她任由身体往里陷落。

应付这些，虽然早劝说自己要平静到心如止水，但她仍不可避免地会感觉到累。

她翻了个身，把自己紧紧地裹在被子里。

她感觉自己好像失眠了。

不知过去了多久，手机在一片静谧中振动了两下，一只手有气无力地从被窝里伸出来，捏着手机又缩回被窝。

梁枝点开消息，发现来自秦瞿。

“感情可以慢慢培养。梁枝，我不认为我们之间有什么不可调和的矛盾。”

她直接熄屏。

他总是这样，改不掉用高高在上的语气同她说话的毛病。

可现在提这些，还有什么意义呢？

他们都离婚了，为什么到头来舍不得的居然是他？

跟了秦瞿那么久，梁枝自然明白他说那句话是什么意思。对他来说，这已经是难得的低头，愿意退一步去沟通。

他想挽回她，可她这次是真的不愿再回头。

她这个人一向如此，爱的时候认真去爱，哪怕遍体鳞伤也要拼尽全力，只求自己不后悔。

而该放手的时候，她走得比谁都干净利落。

就算是深入掌心的一根刺，她也要用刀一点一点地挖出来。

秦瞿这时又发来一条消息。

“我不打扰你了，给你时间冷静一下，我回那边住，明天下午再过来跟你好好谈谈，有什么误会你当面说出来，如果你还是那个态度，我再把东西搬走，毕竟还有一周时间。”

梁枝觉得，这应该是迄今为止秦瞿给她发过的最长的一条消息，可惜却是这样的内容。

她往上翻了翻聊天记录，用平日里秦瞿最常回复她的“嗯”字结束了聊天。她正准备退出界面，屏幕上又弹出一个新的消息通知。

她点开对话框的时候，发现杨牧河给她发了好几条消息。

“不是吧，嫂子，你们真离了？”

“嫂子，你冷静一下……等等，该不会是我之前发给你的那张照片惹的祸吧？那我的罪过可就大了！”

“不是……你要相信他，他是个有底线的人，真的不可能出轨啊！”

“我们也不求什么，就求你们好好过日子。你知道秦瞿因为这事儿，刚才又逮着我们一起去喝酒了吗？就他喝酒那猛劲儿，我都有点儿看不下去了……”

他还发了一张秦瞿坐在包间角落里喝闷酒的照片。

梁枝没回复，直接把他拉入了黑名单。

第二日，梁枝是在半睡半醒的状态下被任夏夏的消息吵醒的。

“姐妹，你赶紧醒一醒！醒一醒！秦瞿那个王八蛋又上热搜了！”

一行大字撞入眼中，梁枝先是蒙了片刻，随后眨眨眼，便见任夏夏给她发了张截图过来，是微博热搜的截图——应晗神秘男友疑似曝光。

原博是一个三无小号——

“天哪，我真的憋了好多天，这会儿终于忍不住要说出来了！之前去医院照顾奶奶的时候，大半夜无聊到楼下散步，你们猜我看到了什么？看到应晗和一个男人肩并肩往里走，我真的被震撼了！”

配图是两张模糊的偷拍照片。

一男一女肩并肩朝医院走去，女人身形纤瘦高挑，浑身上下散发的高贵气质让人无法忽略。虽然戴了墨镜，但仍能让人一眼认出来，她就是应晗。

第二张照片上，应晗似乎和男人在聊些什么，两人之间的距离极近，从偷拍者的角度看过去，她更是近乎贴在了男人身上，显得亲密无间。

梁枝眸光微凝，登录微博点开了那个话题。

如她所想象的那般，不过两张照片，便引起了轩然大波。

底下的评论在短时间内已然上升到了一个令人惊叹的数目。

“还记得女神说她回国是为了一个人，是不是他？是不是他？！呜呜呜，今天也在为别人的爱情落泪！”

“女神是生病了吗？注意身体啊……”

“嗒嗒嗒，容我多想一下，女神会不会是……怀孕了？女神最近好像没什么行程。”

……

网友们浮想联翩，讨论得越来越激烈，而就在这时，一条评论迅速被赞上了热门——

“找到了！那个男人好像是珩原的老总，叫秦瞿！”

“秦瞿？那真的是‘霸道总裁爱上我’的戏码了啊……”

“我在珩原工作，小道消息，前段时间应女神到珩原找过秦总……不得不说，秦总和女神站在一起是真的般配！”

……

评论怎么也翻不到尽头，梁枝往下再翻了一段，便没了兴致。

照片上的男人百分之百是秦瞿，她骗不了自己。

也不是生气，她就是觉得有点儿可笑。

据刚才她所了解到的信息，这两张照片应该就是在她发烧的那天晚上拍的。也就是说，那天晚上，因为一个电话，秦瞿抛下正与他谈离婚的妻子，陪着初恋去了医院。

原因还不明不白的。

梁枝并不在意什么应晗到底怀没怀孕，要是真的怀孕了，孩子到底是谁的。她只是心里硌硬。

想起昨晚秦瞿的那句“有什么误会你当面说出来”，她闷闷地笑出了声。

有什么误会呢？

她的关注点从来不是他到底出没出轨，而是他对她的态度。而这些，她有眼睛，都看得到，又会有什么“误会”？

她收拾好后拿着手机走出房间，就这么懒懒散散地在别墅里转了一圈。

别墅里的每一寸她都熟悉，每一个地方都是由她亲手布置、打理的，承载了她太多的回忆——无论是工作和生活，还是曾经与秦瞿的缠绵缱绻，处处留下了旧日的气息。

可惜……

自打决定离婚，梁枝就从未想过在这里久留。

她很清楚，这些熟悉的东西在不远的将来将会变成刺，她在这里多待一天，就相当于多受一天的凌迟。

本想等到秦瞿离开，她再不慌不忙地搬走，这样这段时间还有个地方落脚，在寻找新的住处时，顺便把新工作也确定下来。

现在，她连一分钟都不愿意再待在这个地方。

做了这个决定，梁枝便着手开始收拾。她吩咐用人帮忙把她的东西整理好，通通打包好堆在客厅。她要带走的东西不多，这个家里大部分的东西从金钱方面来讲都是属于秦瞿的，真正属于她的很少。

正当梁枝苦恼着要不要先把这些东西寄回老家存放一段时间的时候，手机铃声响了。

电话是任夏夏打来的。

她刚接通，任夏夏的声音便灌进了她耳朵——

“你终于舍得理我一下啦？你自己看看我给你发了多少消息你没回，差点儿把我吓死，你知不知道？我生怕你看到那些消息之后一时想不开做出傻事……”

“不会的，”梁枝笑了笑，“我没那么蠢。”

“哎呀，我知道。”任夏夏絮絮叨叨地说着，“秦瞿真不是东西！早先我还说你离婚会不会有点儿意气用事了，现在才发现你干得漂亮，我家枝枝怎么可以受这种委屈！”

说到这里，她话锋一转：“离婚之后你准备住哪儿？找没找到房子？我在燕和那边还有套闲置的房子，你要不要？要的话我便宜点儿给你，家具什么的都是新的，拎包就能入住！”

真是瞌睡来了恰好有人送枕头。

燕和的房子有多抢手梁枝是知道的，那房型也正好是她喜欢的，这会儿既然任夏夏主动提出来了，她自然愿意收下她这份好意。

“好。”她答应完，又想到了什么，轻声跟任夏夏解释，“可能我得先租一段时间，我手里暂时没那么多钱……”

“这有什么！”任夏夏表示理解，“你什么时候有钱了再说，反正现在你住得舒服就行。对了，你工作找好了没？要是没有的话，要不要来我们工作室？”

梁枝心头一暖，摇摇头：“你的好意我心领了，不过工作我已经找好了，这个你不用担心。”

任夏夏一听，顿时来了兴趣：“哪家？说来听听？你好久没做这一行，我帮你参谋一下。”

“OW 工作室。”

那边传来拍大腿的声音。

两秒后，任夏夏才缓缓地道：“姐妹，牛！”

“那就没我什么事儿了，这哪还需要我把关啊……”她惊讶过后，便笑嘻嘻地说，“恭喜啊，飞黄腾达之时别忘了带上我一起飞！”

梁枝扬唇道："行。"

挂断电话后，梁枝的心情比之前明朗不少。

阳光透过落地窗投射到她身上，温暖且舒服。

一切好像都在慢慢进入正轨。

收到任夏夏发来的房子地址，梁枝联系好搬家公司，把东西送过去。

她则趁着这段空隙，上楼去换了一身衣服。

出门时，梁枝回头看了一眼墙上的挂钟，时间显示还没有到中午。

她满意地点点头，拨出了一个电话。

"喂，您好，请问是中介吗？我这里有套别墅需要出售。对，没错，随时都可以……"

03

搬家公司效率很高，梁枝加钱买了帮忙整理布置的服务，加之任夏夏在此之前已经叫保洁阿姨打扫过房子，如今整个房子焕然一新，完全没有需要梁枝亲自动手的地方。

待到搬家公司的人都离开后，梁枝关上门，里里外外地打量了一番。

两室一厅,面积不大不小,刚好适合一个人居住,客厅很大,附带一个大阳台。

主卧自带步入式衣帽间，次卧被改造成了一个小型工作间，虽然比不上曾经那个房子，但完全可以满足梁枝的需求。

这会儿刚过中午，空闲下来后梁枝终于感觉到有点儿饿，于是打算下楼去吃个饭，顺便再买点儿东西，熟悉一下周边的环境。

她正准备去穿件外套，便听见了门铃声。

不用猜都知道是谁，梁枝脸上顿时漾开了几分笑意，前去开门。

门刚打开一条缝，将自己裹成一颗球的任夏夏便钻了进来，直直地钻到她怀里。

"今天明明出了太阳，怎么还是这么冷……冻死我了，冻死我了……"任夏夏一边哆嗦，一边给了梁枝一个带着寒意的拥抱，"快抱抱，给我暖暖身子。"

梁枝从善如流地回抱她，笑着问她："怎么这么早就来了？今天不忙？"

被屋里的空调吹得暖和了几分，任夏夏终于舍得脱掉外套挂在门边，之后她拍拍手："最近都不咋忙，况且是你搬家，我当然得早点儿来看看你。"

梁枝把门关好，刚想问她吃饭了没，便看见她脚边放着一堆装了东西的塑料袋。

见梁枝注意到了，任夏夏嘿嘿笑了两声，有些不好意思地说："到了楼下想起还没吃饭，就去超市买了点儿食材……"

梁枝会意，提起袋子转身走向厨房："那待会儿我做饭？你这儿东西挺齐全的，要不涮个番茄锅？"

"好呀！"听到这个，任夏夏眼睛都亮了起来，"我可想念以前你在宿舍煮的番茄锅了。你是我肚子里的蛔虫吧，这么懂我？"

梁枝停住脚步，回头冲她弯了弯眼睛，说道："你先去坐着吧，一会儿就好。"

番茄锅的做法很简单，大约一个小时后，沸腾着的汤锅便与各类处理好的菜品一道被摆上了桌。

任夏夏帮着梁枝端菜，嘴里念叨着："以后你一个人住，我就经常来找你蹭饭了啊？"她把东西放好，一屁股坐在座位上，"之前你结婚了，我都不敢经常去找你，生怕打扰你的生活。现在好了，你没了家里那堆琐事，我也终于能随时上门了。"

"好啊，随时欢迎。"梁枝往番茄汤里下了点菜，一口应允。

两人又随便聊了些别的，都默契地避开"离婚"这个话题。

待汤快被煮到见底，任夏夏关了火，把碗筷搁下，问她："接下来还有什么计划？"

梁枝咬着筷子想了想，说道："也没什么了……工作，往家里添置点儿东西，然后过年回家一趟陪陪我妈……短期内差不多就这些吧。"

"不试着开启一段新的恋爱？"任夏夏托着腮，半开玩笑地问她，"听说让一个人摆脱情伤的最快方法，就是开启一段新的恋爱。"

梁枝一愣，旋即敛着眉无奈地摇摇头："说什么呢？我现在哪有这个闲心。"

"不试试怎么知道？"任夏夏敲敲碗，笑道，"我认识很多优秀的小帅哥，哥哥弟弟任你选，实在不行，我表哥你记得吧？你也见过，他也不错啊。"

梁枝走过去，揉了揉她的脑袋："行了，我知道你是为我着想，但我暂时没这个打算，或者，你先把你自己的事情解决了？"

任夏夏一听，立马跟个鹌鹑一样不说话了。

过了一会儿，她才慢吞吞地端起碗："行了，行了，我知道了……以后再说，以后再说。”

梁枝嘴角的笑意更深了，眼神却变得越发缥缈。

她哪敢开始一段新的感情啊，那些教训尝过一次就够了。

毕竟，那些教训实在太深，太痛，太刻骨，她不愿重蹈覆辙。

送走任夏夏后，梁枝收到了来自 OW 工作室的确认短信。

确认明天过去报到后，梁枝把手机扣在茶几上，转身进了工作间。

工作间的飘窗很大，上面放着两个小蒲团。

她靠在窗边，俯瞰楼下形形色色的风景，是来来往往的行人，也是川流不息的车辆。

阳光照射进来，灿烂又温暖。空缺的时间仿佛被重新补上，心底仅存的那一丝迷茫也随着充实感的到来而消失无踪。

梁枝把电脑放在腿上，再仔细看了一遍 OW 工作室的相关资料。

其实网上关于 OW 工作室的资料并不多，梁枝能得到的信息也只有寥寥几个页面。

明明名气极大，做派却低调得过了头，甚至连创始人 Yee 也只有一个简单的剪影，听说他极少出现在公开场合，大多都是让助理出面。

盯着网页上那个剪影，梁枝心里有个念头一闪而过，却怎么也抓不住。

合上电脑，她抓着抱枕放在身后舒舒服服地靠了一会儿，很快便睡着了。

另一边。

梁枝前脚刚离开，秦瞿便回到了别墅中。

开门时，用人低眉顺眼，一如往常一般。

别墅里静悄悄的，似乎缺了点儿什么东西，显得更加空荡荡的。秦瞿从没有在意过家里的各类摆设，所以即使感觉到了气氛的不对劲，也不清楚问题到底出在哪里。

他见客厅没人，于是径直上楼，停在了卧室门外。

犹豫片刻，他敲响了卧室门。

里面毫无动静。

秦瞿微微闭眼，又敲了两下房门，喊道：“梁枝。”

无人应答。

他安静下来后，整个走廊上寂静得吓人。

秦瞿低叹一声。

“梁枝，开一下门可以吗？”他的语气比之前要温和许多，“我知道你现在还在生气，不过你应该也明白，有些事情不是这样僵持着就可以解决的。”

他把耳朵靠近门板，仍没有听到任何动静。

梁枝仿佛根本无动于衷。

秦瞿皱了皱眉头，最终还是用妥协的语气道：“我知道你现在不愿见我，那就这样听我说。”

他身子微微往前倾，再一次靠近门板，说道：“首先，我和应晗之间除了过去是朋友关系以外，没有任何别的关系。”

顿了一下，他继续解释道：“我们之间的交集都与她的家人有关。最近她爷爷生病住院，我只是帮着她安排病房，也算还了他们家的人情，你不要多想。”

“如果只是因为这个你才想到离婚，那现在你冷静一下，然后告诉我，我们之间还有没有别的问题。”

等了不知道多久，秦瞿觉得自己的耐心即将告罄。

他把手放在门把上，以商量的语气道：“我开门了？”

他向来不是一个喜欢热脸贴冷屁股的人，自认为以这样的方式同梁枝解释这些已经是自己能做出的最大让步，再得不到回应，只会徒增他的不满。

下一秒，卧室门被他推开了。

同他所想象的场景不同，卧室里空荡荡的，没有任何有人待在里面的痕迹，衣帽间和浴室里也没有梁枝的身影。

秦瞿疑惑地再一次拢紧眉头，大步走到楼下。

下楼后刚好撞见来回走动的用人，秦瞿把人叫住，冷冷地问：“太太去哪里了？”

用人心虚地垂下眸子回答：“太太已经离开了。”

“离开？”秦瞿不太明白她话里的意思，又问，“她不在家？”

“嗯。”用人艰难地点头回应，“她已经搬离别墅了。”

秦瞿没想到会听到这样的回答，他越发不满，开口时带了点儿责怪的意思：“为什么不在我进来的时候就告诉我？”

而且说好了让她今天下午等他回来，为什么她跟躲避洪水猛兽一般，就这么一声不吭就搬走了？

用人不敢直视秦瞿的眼睛，目光躲闪且为难地解释："是太太让我们不要告诉您的。"犹豫了片刻，她又说出了剩下的话，"她还说，让您不要再找她了，她有自己的生活，不想再受别人的干涉。"

一时间，秦瞿不知道该说些什么，心中的某个角落隐隐有些空落落的。

他没再追问用人其他的问题，"嗯"了一声后，坐到了客厅沙发上。

用人小心翼翼地问他："先生，您要不要吃点儿什么？"

"不用。"秦瞿只觉头疼，狠狠地按压了一下眉骨，"你接着做你的事情，不要再打扰我。"

"知道了。"用人十分知趣地点点头，直接离开了一楼，给秦瞿留足了独自思索的空间。

秦瞿坐了一会儿，从兜里摸出一支烟点上，狠狠地吸了一口。

烟雾缭绕间，他凝视着眼前亮到反光的大理石墙壁，久久没有其他动作。

他仍不太明白，自己到底哪一步走错了。

为什么梁枝连他的解释和他的服软都不愿意看上一眼，就那么坚决地离开了？更可笑的是，就算已经到了这一步，他居然还想着让梁枝回来。

明明在他的认知里，妻子不过是一个曾经用来抵挡外界压力的工具，他从不认为自己对她有什么感情，甚至不觉得这种关系需要认真对待。

就连有结婚的想法的那一夜，也不过是补偿心理作祟，他才抱着一种无所谓的态度同她提起。毕竟和谁结婚都没差别，他只是碰巧知道了梁枝一直以来很喜欢他，所以给她一个甜头罢了。

为什么最后郁闷的却是他？

04

一支烟燃尽，秦瞿把烟头摁灭在烟灰缸里，强行将刚才冒头的那一点儿想法压下去，躺倒在沙发上。

她走就走吧，也不会对他的生活产生别的影响。她既然如此决绝地离开，那他也当自己从来就不认识她。

时间随着挂钟的嘀嗒声缓慢流逝。

秦瞿静静地躺着，忽然觉得这偌大的客厅空旷冷清得吓人，令他顿生强烈的不适应感。

以前有梁枝同他一起回家，他从不会有这样的感觉。

玄关处的花瓶里插着一枝玫瑰花，由于时间过去得有些久，它已经枯萎了。

他望过去时，突然又想起圣诞节那天晚上坐在餐桌旁等他回家的梁枝。

她一个人在家等着他回来的时候，是不是也是这样的感觉？所以在满心欢喜地期待着他归家，却又被长时间的等待一点一点耗尽耐心后，她才会那么坚决地提出离婚。

秦瞿闭着眼不耐烦地扯松领带，不愿再去想这些事情。

可挂钟仍在嘀嗒嘀嗒地响，仿佛不停地重复着“梁枝”这两个字，让他根本无法忽视。

他这才意识到，“梁枝”这个名字在他的生活中到底占了多大的比重。

蓦地，秦瞿的记忆再一次回溯，他想起了前段时间梁枝做的一些事——回老家、交接工作、请用人……

原来她的离开早就有迹可循，而他竟然从没有察觉到。从那个时候开始，她便已经在计划着默默地淡出他的世界，降低存在感，方便随时退场。

秦瞿越想越觉得太阳穴传来阵阵痛感，索性又摸出一支烟点燃。

就在这时，手机上传来了消息提示音，小小的两声提示音打破了沉闷的气氛。

是杨牧河那一帮狐朋狗友建的微信群，不知道是哪一位把他拉了进去，这会儿消息刷了满屏。

“兄弟，你真的离婚了啊？怎么，小嫂子还是不愿意原谅你，非得离婚？”

“不过我是真的想不到啊，你居然一转头就勾搭上了人家应晗，你们这是旧情复燃了？说真的，要是换了我，我也得气个半死，这可不能怪小嫂子不原谅你。”

“你也看开点儿，既然离都离了，就再找一个呗，要不要兄弟们帮你介绍几个？”

“别瞎说，人家会没你玩得开？他和应晗闹出那么大的事儿，你又不是没看到。”

秦瞿被这些狐朋狗友满屏的讨论搞得云里雾里：“什么旧情复燃？”

“兄弟你别装了，热搜还挂着呢。我算是知道为什么应晗都回应了，你还没让人处理这事儿了，原来你压根儿没看到。”

“当初应晗出国之后，我们看你那么颓废，怎么都放不下她，就没敢再在你面前提过她。没想到人一回来，你又和人家好上了，连老婆都不管，真是个狠人啊！”

秦瞿猛地发觉了哪里出了问题。

他抿着唇，疑惑地打出几个字：“我什么时候喜欢过应晗？”

群里沉默了许久，然后再一次炸开。

“这都是人尽皆知的事了好吧？是谁在应晗出国那天先是跟我们喝了一圈，又抱着一箱子啤酒跑去天台一个人喝的？要不是小嫂子不放心你，跑上去看着你，我们都怕你一时想不开，直接从天台上跳下去！”

秦瞿捏着手机，十分努力地回想着他们说的那段往事。

最终，他只问了一句：“应晗是什么时候出国的？”

他是真的不知道他们指的是哪天，大学期间无论是他家的事还是别的事情都十分复杂，于是他时常同朋友们一起喝酒解闷，所以关于喝酒的回忆过多，他一时半会儿居然想不起来。

或许，他当时根本就没听说过应晗出国这件事。

可别人明显不信，他认真问出这个问题后，得到的只有一片嘘声。

“哎，你可别装傻了啊，你当时是怎样一种情况，我们可都是亲眼看到的！”

“就是就是。你有这个闲心，不如想想该怎么把你和应晗的那个热搜压下去！都那样了，你还不管管啊？”

知道这群人平时说话都那么不客气，秦瞿也没有生气，只是因为没有办法跟他们好好解释而有些心烦。

他退出群聊，不再和这群人浪费时间，转而登录微博。

他很少登录这种娱乐性的软件，最多转发一些与公司相关的信息，所以对微博上的大大小小的八卦消息几乎毫不知晓。

好在关于应晗的绯闻还高高挂在热搜上，能直接点进去。

在仔仔细细看完那条微博后，秦瞿的表情变得越发阴沉。

再往下翻一条，便是应晗的回应，其实也算不得什么回应，甚至连这件事都没有提起，只是简简单单地发了个“微笑”的表情，看不出她是怎样的态度。

评论区里网友们也是众说纷纭，几乎下一秒就能吵个天昏地暗。

“这是回应吧？是回应吧？是回应吧？！我的天哪，这算不算是默认了？”

“这已经算是官宣了吧！我想尖叫！”

“那些说承认的都是怎么想的……这个微笑难道不是明摆着不满你们乱传谣言吗？”

……

评论区的“战火”越烧越旺，也没见应晗出来回应。

秦瞿盯着屏幕，沉思了许久。

最终，他转发了那条绯闻微博。

秦瞿：只是帮个忙而已，造谣者请适可而止。

由于秦瞿的态度很明确，评论区的“画风”同应晗那边的完全不同——

“有认证，是本人！秦总居然亲自回应了！”

“好的，没戏看了，散了散了。秦总都说是朋友了，怎么还有人不信？我真诚地为某些人的智商感到忧虑。”

……

秦瞿没管评论，把自己的声明截了张图，又回到微信，第一时间把截图发给梁枝。

然而，图片发过去之后，他只收到了一个发送失败的红色叹号标识。

梁枝把他拉黑了。

秦瞿不死心，又尝试着给梁枝打了一通电话过去。

下一秒，那边响起机械的提示音——“对不起，您所拨打的电话是空号。”

梁枝直接换了号码，这下他连用别的号码打给她的机会也没有了。

秦瞿盯着通讯录的界面，久久未动。

他怎么也想不到梁枝会走得那么干脆，想得那么周全，甚至连这些联系方式都同他断了个干干净净。

门铃声响起，他轻“啧”一声，烦躁地把手机丢在沙发上，走过去开门。

看清门外站着的人后，他眼中闪过一丝失望，不是梁枝，而是一个笑眯眯地举着手机的中年男人。

压下心底的不耐烦，他尽量让自己声音平静地问：“请问你是？”

“中介，来看看房。”男人伸长脖子，想要避开秦瞿往里面看，一边看还一边嘀咕，“房主也没告诉我这里还有人啊……”

中介？！

秦瞿向前一步挡住他的目光，警惕地问：“看什么房？”

中年男人打量他一番，了然地点点头，道：“你应该是租客吧？这房子的主人先前约了我过来看房，准备卖掉。刚好有好几个客户看上了，我就想着赶紧过来……对了，你七天之内会搬走是吧？”

秦瞿终于听懂了中介话里的意思，原来梁枝准备把这套房子卖掉。

忽然间，他似乎明白了梁枝当初为什么会要这套房子。

原来她是存了这样的心思，她想把关于他们过去的痕迹全都抹除。

她是有多厌恶他们的这段过往？

中年男人还在继续唠叨：“这里的房子可抢手了，这么久了才碰到有人肯卖，估计价格还能再高些……”

“这套卖多少？”秦瞿出声，打断了中年男人的自言自语。

男人呆愣一秒：“啊？”

“我问这套卖多少。”秦瞿冷笑了一声，嗓音微哑，带着轻嘲，“我出两倍的价钱，卖给我。”

秦瞿不愿留在别墅里同中介交涉，把房子的事情委托给助理代为处理后就直接回了公司。

办公室门被敲响，路娜进来后把文件放到他身旁。

秦瞿抬头时，目光无意间扫过她的手，不由得顿了一下。

路娜感觉到秦瞿的目光，浑身一僵，小心地开口问道：“秦总，还有什么事吗？”

秦瞿的神情没有变化，他仍盯着她的那只手，几秒后，他抬手指了指：“那支笔是你的吗？”

路娜这才注意到自己手里还拿着一支镶着碎钻的笔，估计是刚才太过忙碌，随手抓了支笔签字后没来得及放下。

她摇了摇头，解释道：“不是我的，是梁秘书之前留在办公室的。我准备等有机会还给她。”

梁枝离开前告诉过路娜，办公室里的东西她都不准备带走。但路娜认得这支笔，是某家首饰店前两年推出的周边产品，上面的钻石颗颗都是真钻，光是想一想就知道价值不菲。她不敢据为己有，还是想着找机会还给梁枝。

秦瞿点点头表示自己明白，抬手示意路娜将笔拿过来：“那先给我。”

“啊？好。”路娜闻言，有些惊讶地把笔递给秦瞿，“秦总您如果有机会，就麻烦转交给梁秘书。”

秦瞿没说话，只轻轻颔首。

他把笔拿在手里，一点一点仔细地顺着上面的纹路摩挲，仿佛对待极为珍贵的宝物。

路娜见状，心底升起疑惑，在她的印象里，秦瞿是从来不会关心这些小事的，但她并不敢当面问。见没自己什么事，她鞠了个躬准备离开。就在这时，她瞥见了秦瞿左手无名指上的戒指。

这枚戒指的款式与她记忆里的那一枚完美地重合在一起。

她记得，上次她看见的梁枝的戒指和这枚是同款。

心底那一层盘桓多时的迷雾骤然被拨开，路娜强行抑制住自己心脏的狂跳，加快脚步走出办公室。

她刚才好像窥见了什么不得了的秘密！

第五章
他忽然意识到，自己好像真的失去了什么

01

路娜离开后，秦瞿仍然有一搭没一搭地把玩着那支笔。

这是刚结婚那会儿，他送给梁枝的礼物之一。

她收到后便一直用的是这支笔，过去了这么久，笔身上连一道划痕都没有，可想而知她有多珍惜。可现在她不要了，甚至给了别人。

就连秦瞿自己也不清楚，他为什么会对梁枝留下的东西抱有那么深的执念。

难道是因为他喜欢她？

他几乎瞬间便将这个近乎荒唐的想法抛到脑后。

怎么可能？感情于他而言是最为多余的东西。

他两根手指捏着笔，轻轻让它打了个转。

也许只是不习惯而已。

办公室的门再次被敲响，门外传来路娜的声音：“秦总，外面有位姓应的小姐想要见您。”

秦瞿认识的姓应的人不多，不用猜也知道是谁来找他。

他把笔放在一旁，淡淡道：“让她进来。”

几分钟后，应晗摘掉挡住脸的大墨镜，笑盈盈地走了进来。

她似乎并未被网络上的传言影响，一双眸子温柔妩媚地望向秦瞿，十分熟稔地坐到了他对面：“好久不见，阿瞿。”

“应小姐原来都是这么称呼我的？”秦瞿没有抬头，语气中带着些许警告的意味。

应晗意识到自己说漏了嘴，柔声道歉："抱歉，我以为我们的关系已经足够好了……"

秦瞿根本不吃这一套，抬了抬眼皮，说道："我们还没熟到那个程度，麻烦应小姐有点儿自知之明。"

应晗尴尬地张了张嘴："你总是喜欢这样开玩笑……"

"你的父母还有什么事需要找我，麻烦你直说，我现在很忙。"秦瞿不吃她这一套，冷淡以对，"老爷子的病情现在很稳定，也不需要我帮忙做什么。"

"啊，是……"应晗一噎，"我这次来没别的事，就是想问问你有没有受网上那些事影响。"

见秦瞿没有搭理自己的意思，她笑了笑，接着说："网友们都是这样，喜欢捕风捉影，不过过了这一阵就好了……"

"你发声明澄清了吗？"

应晗一怔："什么？"

秦瞿仍未抬头，慢条斯理地整理了一下袖口，说道："我已经发了声明，应小姐你的呢？"

"我……"应晗卡壳许久，干巴巴地笑了声，"刚才太忙，还没时间看，我晚点儿回去就发……"

她拿出手机打开微博，上下翻了翻，像是不经意地把一条评论放到秦瞿面前："你看，他们说我们很般配哦。你觉得呢？"

秦瞿耐心耗尽，抬头直直地望向应晗，没有回答她刚才的问题，冷冷地道："你既然忙，就不要在这里浪费时间。或者，你可以趁着这个时候先把这件事好好澄清一下，而不是发一些模棱两可的内容。"

许是这句话太过直白，戳到了应晗的痛处，她把手机往桌上轻轻一扣，蹙着眉，就连眼眶都红了几分。

美人泫然欲泣的模样本就惹人怜惜，配上略带哽咽的声音，仿佛受了天大的委屈，下一秒就会落下泪来。

"秦瞿，你不要这样好不好？"应晗说完这句话，稍稍别开了眼，"我知道当年我出国给你造成的伤害很大，可那都过去了，况且我当时根本不知道你喜欢我，还是后来别人告诉我的。你要是早些说了，说不定我就不会走了……"

说到这里，她作势要去握秦瞿的手："阿瞿，这么多年来我真的一直喜欢着你，我都这么求你了，你可不可以不要生我的气了？”

秦瞿避开她的手，向后靠了靠，极为冷静地道：“请自重，应小姐，我想你是误会了……”

“我没有误会，”应晗不死心地打断他，“如果你真的对上一段婚姻很满意，又怎么会离婚？你和梁枝结婚只是为了气我是不是？现在你离婚了，我们完全可以重新开始。我真的不介意。”

秦瞿只觉得头疼，他背过身去，言简意赅地道：“可我介意。”

看不见应晗的表情，他才强硬了些：“我肯帮你安排你爷爷住院的事，不过是看在当年老爷子于我有恩。如今两相抵消，麻烦应小姐不要再自作多情。否则，我会考虑解除与和盛的合作。”

应晗呼吸一滞。

外界不清楚她家里的情况，她却不可能不知道。

和盛这些年开拓国外市场受阻，又由于管理不善，在国内的经营情况也大不如前，已然站不稳脚跟，能维持现状，主要归功于珩原的帮助。

若离了珩原，和盛的经营状况只会一落千丈。

从回国那天起，她的父母就千叮咛万嘱咐让她同秦瞿搞好关系。她与秦瞿接触得越多，心思就越发活络，也就逐渐在流言中迷失了自己，以为他是真的喜欢她。

直至今日，事实如一盆冷水猛地将她浇醒。

应晗咬了下唇，挣扎道：“当年珩原起步的时候，和盛帮了你那么多，我没想到你会心狠到如此地步。”

“该还的已经还了，非得说的话，现在是和盛亏欠珩原。”秦瞿的声音依旧很平淡，“商场上没有‘滴水之恩，涌泉相报’的说法，我也从不是个顾念私情的人。”

“况且，就算商业联姻，你也不是我的最优选择。”这一番话说得丝毫不留情面，惹得应晗的脸色又白了几分。

一阵椅子移动的声音响起，接着是渐渐远去的脚步声。

门一关，办公室里安静得落针可闻。

秦瞿重新转过身，在看到那支钻石笔后目光一顿，随即将其藏在了笔筒里。

明明不爱，他为什么做不到不在意，又为什么在说出“最优选择”几个字的时候，脑子里仍不可避免地出现她的身影？

到底什么时候，他才能戒掉这种习惯？

秦瞿周身的气压过低，致使接下来很长一段时间珩原都处在一种诡异的氛围里。

公司从上到下都过分沉默安静，有员工私下里议论到底发生了什么，却怎么都猜不出个所以然来。

而远在江城的另一端，梁枝丝毫不受这些事情的影响，离开了秦瞿，她生活得反而更加舒心惬意。

入职当日，负责人把梁枝带到了最里面的办公室门口，便静悄悄地离开了。

梁枝站在原地，看着门口挂着的“Yee”的铭牌，紧张得手心都开始冒汗。负责带她的人在她到工作室后跟她说过，Yee 女士指明了要先见她一面。她甚至已经开始猜测，这是不是迟到的面试。

好在紧张归紧张，多年来在职场上累积的经验让她不至于失了形象。

定了定心神，她敲响办公室的门，得到应允后，她开门进去。

女人站在办公桌边的落地窗前，手里捧着一杯花茶。

阳光有些晃眼，梁枝眯了眯眼睛，便感觉眼前的光线暗了下来。

“不用那么拘谨。”女人拉上了窗帘，转过身笑着看她，轻抬下巴，指向一旁的沙发，“坐吧。”

梁枝眨眨眼，在看清女人的脸后，蓦然愣住了。

迎着女人浅淡的笑容，她试探着唤道：“苑姐？”

叶青苑嘴角挂着笑，冲她点了点头：“先坐下再说。”

梁枝震惊了片刻，便回过神来。

当初叶青苑同她告别时说的那句“好人是有好报的”，在此刻已然有了清晰的答案。

她没有在沙发上坐下，斟酌片刻，犹豫着说：“您给我这个机会，是因为上次我帮过您吗？如果是的话，我想您可以重新考虑一下。”

她很感激叶青苑能给她这样的机会，可若只是出于这个原因，她总觉得受之有愧。

叶青苑还是那副带着神秘微笑的表情，过去牵着她的手坐下，望着她隐隐不安的神情，为她倒了杯茶。

“你真的不记得我了？”

听了这句话，梁枝张张嘴，大脑宕机：“啊？”

叶青苑把杯子往她面前推了推，眉眼间带着促狭：“三年前你的老师带你来拜访过我，你忘记了吗？”

遥远的记忆被一点点唤醒，梁枝眼中的迷茫渐渐转换为了然。

她“啊”了一声，点点头：“我想起来了。”

她的老师当年确实带她去叶青苑家中拜访过。

那年她的期末作业偶然入围某个奖项，老师带她去拜访当时作为比赛评委的叶青苑，意在劝说她继续参赛。

那时正逢珩原遭遇困难，她无暇顾及参赛之事，于是坚定地推掉了继续参赛的机会。

她隐约记得，当时叶青苑捏着她的手腕，遗憾地说：“我很欣赏你的天赋，也理解你的选择，如果以后你愿意，可以来我这里。”

时至今日，将这些事串联起来，她才终于明白了，当年听完这句话，她的老师为何会对她流露出既高兴又遗憾的眼神。

叶青苑轻叹一口气：“我的身份是藏不住的，你在这里待久了，自然会知道，所以我才想着早些告诉你，让你少些心理负担。”

梁枝仍有些犹豫：“可是……”

“如果你仍觉得受之有愧，那就用你的实力来证明自己。”叶青苑仍是一副轻笑着的模样，语气却严肃了几分，“让我知道我的眼光没有错。”

她身体微微前倾，向梁枝伸出手：“也让我看看，你的成长空间还有多大。”

梁枝这才释然地与她双手交握：“我明白了，谢谢您。”

02

时间就在忙碌且充实的工作中流逝，转眼便到了年末。

房子的事梁枝没怎么操心，一切不需要自己出面的事她都交给中介代办，甚至都没见买主一面。

也不知道是哪位冤大头买下了，最后谈成的价格居然是她出价的两倍还多。

有了这笔钱，她的生活变得越发宽裕从容。

除夕当天一早，梁枝便驱车回了老家。

这几个月山路经过修整，比之前要好走得多，只是仍有些弯弯绕绕，且两辆车无法会车。

过年回村的人本就多，来来回回你让我我让你，梁枝花了大半天的时间，才终于将车开到自家门口。

就在她一如既往地准备将车开进邻居家后院时，忽然见院门前站了个人。那人一副城市精英的打扮，西装革履，背对着她，好像在抽烟。

梁枝猜测是从城里回来过年的邻居家的亲戚，以为对方没注意到她车的动静，于是按响了喇叭提醒他。

那人仍未有动作。

梁枝疑惑地皱眉，将车窗打开，朝他唤道："先生？"

那人的脊背似乎僵了一下，他垂下手，把烟头熄灭，转身朝着梁枝大步走来。

梁枝这才认出男人是谁。

她的心猛地一跳，望着那张熟悉的脸不断朝她靠近，她急忙按动关窗的按钮。

怎么会是秦瞿？！

杨牧河曾经私下告诉她，秦瞿在找她。

于是，她这段时间一直在刻意隐藏自己的行踪，换掉了所有联系方式，每天的生活两点一线，为的就是不让秦瞿找到。

本以为以那个男人高傲的心性，找上几天没找到，就会选择放弃，不想他居然会在这个地方堵她。

他到底想干什么？

望着车窗缓缓上升，梁枝正要松口气时，就见一只骨节分明的手从窗缝中伸了进来。

车窗在上升途中受到阻碍，又缓缓往回退。

梁枝下意识地将手放到一旁的小皮包上，警惕地看向秦瞿："你想干什么？"

"一起回家。"秦瞿淡然说道，"回来看望妈。"这话说得无比理所应当，仿佛两人离婚的事不过是个无足轻重的小插曲。

梁枝望着他，不怒反笑："回家？秦瞿，我们已经离婚了，这不是你的家，请你回你自己的家去，不要再来打扰我。"

话音刚落，她便感到两人之间的气氛陡然变得压抑许多。

她这才想起，自己似乎戳到了秦瞿的痛处。

他在与她结婚之前，就很避讳提到“家庭”这个话题，于他而言，秦家根本不是他的家，更别提去年秦家夫妇双双因车祸去世，如今连那个名义上的“家”也不复存在。

离婚后，他也算得上是孑然一身。

秦瞿下颌紧绷，深吸一口气，直接从里面打开了车门。

“说好的要好好将事情讲清楚，上次你一声不吭地离开了，那就现在出来好好谈一谈。”

猝不及防被拉出车座，梁枝踉跄着险些摔倒。

手腕上的疼痛感随着秦瞿的不断捏紧而袭来，梁枝奋力挣扎，却被男人一把抵在了门口的石柱上。

“不要再闹了。”秦瞿垂眸，居高临下地凝视着她，“这次我不会让你再逃了。”

梁枝缓缓垂眸，攥紧了包带，旋即仰头，忽然冲他露出一抹浅淡的笑。

秦瞿见她这般反应，松了一口气，下一秒，便见女人扬起手上的小皮包，狠狠地冲着他的脸砸来。

痛感袭来，秦瞿闷哼一声，后退两步，错愕地望向她，同时脸上迅速泛起红痕。

“我没有闹。”梁枝拍了拍手里的小包，笑意仍如水一般柔和，眸光却泛着凉意，“我只是觉得，秦总现在应该没资格和我说这样的话吧？”

梁枝手里的包方方正正，边角很硬，加之她刻意用了力，打在人脸上，痛感令人无法忽视。

秦瞿头一次被梁枝这般对待，错愕之后，脸色变得不太好看，半眯着眼同她对视，狼狈中透着几分危险。

梁枝脸色不变，冷静地迎着他的目光，双手垂在身侧，手指不时弯曲一下。

她在等秦瞿接下来的动作。

她猜，秦瞿平白挨了这一下，以他的性子，是绝不可能不顾脸面继续留在这里的。却不想，男人敛了情绪后，突然问她：“消气了吗？”

“什么？”梁枝眸光闪了闪，眼里浮上迷惑。

“如果还没有，就多来几下。”秦瞿慢条斯理地指了指自己胸口，“直到你消气，愿意和我回去为止。”

梁枝终于听懂了他的意思，她蹙了蹙眉：“你还是认为我在闹脾气？你愿意在这里等着，那就继续等吧。”

鸡同鸭讲的疲惫感使得梁枝耐心耗尽，她索性打消了把车停好的想法，扭头直接进了自家院子。

她前脚刚踏进去，便见王娣从屋子里出来。

梁枝暂时忘了身心疲惫，脚下加快几分，笑着迎上去：“妈，我回来了。”

王娣没有停下步子，“嗯”了一声后，继续往大门口走。

梁枝愣了愣：“妈？”

王娣缓缓走到了秦瞿面前。

梁枝不知道王娣想做什么，心里没来由地紧张起来。

王娣停下脚步后，上下打量一番秦瞿。

男人安静地站着，犹豫片刻，将手放在自己的颊侧，低低唤了一声：“妈。”

王娣没应声。

在观察了他脸上的红痕许久后，她轻叹一口气：“进来吧，一起吃顿饭。”

梁枝慌了神，急忙阻止：“妈！”

王娣转过身，看她一眼，梁枝只得闭嘴，不再吭声。

王娣抬脚往屋里走时，秦瞿越过她，朝梁枝勾起一抹得意的笑。

梁枝身子颤了一下，慌乱得使劲咬住了唇。

她想不通王娣为什么还会让秦瞿进来，明明知道他们已经离婚了。

难道，她又不希望他们离婚了？

怀揣着这般复杂的心思，饭桌上，梁枝低着头，一言不发。

秦瞿坐在她身边，她能闻到他身上凛冽的木质香调。

碗筷互相碰撞，不时发出轻微的叮当声。饭菜十分简单，不过是家里有什么就做什么，也没什么卖相，就是下饭。

梁枝努力让自己吃得快一些，想要赶紧结束这尴尬的一餐。就在这时，碗中忽然被人夹进一筷子菜。

“别光吃饭，”男人略微放柔的声音在她耳边轻缓地响起，“多吃些菜。”

菜已经在碗里，又不能浪费，梁枝只能不自在地小声道了句谢。

“这孩子一直挺闷，不爱说话。”王娣在这时忽然出声。

梁枝握住筷子的手一僵，偷眼看过去。

王娣将注意力全放在吃饭上，仿佛只是在随口闲谈：“而且她从小性子就倔，认死理。”这话一听就知道是说给秦瞿听的。

梁枝的心猛地一沉。

她母亲向来不怎么喜欢说话，像今天这样，已经可以称作破天荒的事。

难不成……她对秦瞿很满意？

秦瞿闻言，眼中掠过一抹得逞的笑意，谦逊地回应：“她确实有些倔，不过有的时候倔强一点儿是好事。”说完，他似笑非笑地朝梁枝轻瞥一眼。

梁枝捏着筷子的指尖用力到发白，她深吸一口气，端起碗道：“我去厨房一趟。”

她觉得自己再在这个地方待下去，可能会压抑到窒息。

王娣目送梁枝进了厨房，又叹了口气，一字一顿地慢慢说道：“她平时也不懂怎么把委屈说出来，特别容易伤心。”

“嗯……”秦瞿沉吟片刻，轻声道，“我以后会注意，让她少忍着委屈，多依赖我，不会再让她受伤害。”

“我不是这个意思。”王娣把碗放下，说道，“我的意思是，你以后不要再来找她了，你带给她的只有伤害。”

秦瞿差点儿没拿稳筷子，神情透出些微愣怔。

王娣没抬头，直接下逐客令：“让你吃顿饭，是为了补偿她打你的那一下，吃完就快点儿走，你也看到了，她不愿见你，我这里也不欢迎你。”

……

03

秦瞿离开时，因吃瘪而阴沉着一张脸。

王娣连眼皮都没抬一下，直到用余光确认他的身影消失在院子里，这才扭头对着厨房说：“他走了。”

梁枝出来时，还有点儿恍惚。

王娣见状，微微皱眉：“舍不得？”

梁枝摇摇头：“不是，我还以为您舍不得。”

王娣没说话，脸色变了变，在她肩膀上使劲拍了一下。

“乱讲。”她不满地皱眉，“你是我的女儿。”

顿了一下，她又认认真真地解释：“不能让你亏欠别人。”

梁枝揉了揉被打的地方，心情霍然明朗了许多。

她笑眼弯弯，语调上扬：“知道了。妈，您今天难得说那么多话。”

王娣又往她身上拍了几下，背过身闷闷地道：“去洗碗。”

吃了饭，梁枝出去把车开到邻居院子里。

邻居家的女儿听见动静，兴奋得立马跑到院子里，非得让她去家里做客。

盛情实在难却，梁枝无奈之下，只好任由她拉着进去。

小姑娘把她带到自己房间，笑着摊开一本练习册。

梁枝明白她的意思，也不是第一次经历这种事，于是坐到她身旁问道：“这次有哪些问题？”

小姑娘嘿嘿笑了两声，指了指上面的几道题：“画圈的这些都不会。”

梁枝点点头，仔细看起了题。

小姑娘也敛起了玩闹的表情，很快进入了学习状态。

许是讲得太过投入，待到所有问题都讲解完，梁枝才发觉天色已经暗了下来。

小姑娘在一旁伸了个懒腰，趴在桌子上，忧心忡忡地道：“枝枝姐姐，你觉得我能不能考上啊……我没掌握的知识还有那么多……”

梁枝笑了笑，正准备说话，又见她忽然坐直身子道：“算了算了，有空说这些，不如多做两道题，反正足够努力就问心无愧。你说是吧，枝枝姐？”

“还是得谢谢枝枝姐，让我有了一个那么远大的目标！”小姑娘侧头看过来，眼中闪着坚定的光芒。

梁枝一晃神，莫名想起了曾经的自己。

她也得谢谢那样一个人，让她立下了那个对当时的她来说几乎不可能实现的目标。

写完作业的小姑娘浑身舒畅，看着外边天色越来越暗，去客厅抓了一把各式各样的烟花就要和她一起在院里放。

梁枝打电话跟王娣说了声，便被带到了院子里最空旷的地方。

城区禁止燃放烟花爆竹，梁枝已经很久没有碰过，手法实在生疏。

小姑娘见状，又跑进屋里，说是给她多拿点儿仙女棒。

梁枝站在原地等她。

除夕夜，这边家家户户都爱放烟花，不一会儿，天空中便绽开了好几朵烟花。

梁枝手里还攥着一个蝴蝶形状的小玩意，她尝试着点燃，放到地上。不知是不是质量问题，这烟花的引线有些短，梁枝还没来得及退开，便听到一声尖锐的“吱”，有火星旋转着冒出来。

梁枝心头一惊，下一秒，便有一只手揪住她的衣领，及时把她向后带了带，躲开了即将蹿到她身上的火花。

“小心一点。”

听见这个声音，梁枝诧异地扭头，便撞进了秦瞿那双深邃的黑眸。

她下意识地挣开，与他保持着一段距离，问道：“你怎么还没走？”

秦瞿看向天空，状似无意地道：“司机还没来。”

“哦。”梁枝点点头，没问别的，理了理自己的衣领，“谢谢。”

秦瞿：“不用谢。”

气氛一时间有些尴尬。

两分钟后。

“枝枝姐！”小姑娘提着塑料袋跑出来，打破了两人之间的尴尬。

在看清梁枝身旁站着的秦瞿时，她疑惑地问：“他是？”

梁枝接过小姑娘手里的塑料袋，顺口答道：“普通朋友。”

“哦。”小姑娘向秦瞿投去一个意味深长的眼神，识趣地不再多问。

她拿出一根仙女棒点燃，然后递给梁枝，笑道：“今年我买的是双倍长度的，不错吧！哎，枝枝姐的朋友，你玩不玩？”

秦瞿摇头：“你们玩。”

于是，小姑娘又点燃一根，接着在空中不断画着圈。

待到火花燃尽，她拿着剩下的那一小截棍子在水泥地上写字，一边写一边道：“许个愿，希望能考上枝枝姐曾就读的高中，追随枝枝姐的脚步……”

梁枝看了看手里燃剩下的棍子，丢到了一旁的垃圾桶里。

“不许愿？”秦瞿问。

“没什么好许的，许我能彻底摆脱你？”她回头看一眼秦瞿，看见他瞬间阴沉下来的表情，淡淡笑着摇摇头，“不过看她这样，倒是想起了以前的自己。”

她看向远方，似是随意地提起：“我当年想要考江大，也是为了一个人。”

感觉到秦瞿周身的低气压，她也不再隐瞒，坦坦荡荡地说：“是你。”

秦瞿的眼神暗了暗，哑声道：“我为什么不知道？”

“你当然不知道，不然哪能叫暗恋。”梁枝语气轻松，“大学那会儿你应该知道我喜欢你吧？估计你想不到，其实我喜欢你的时间比你以为的还要长，我也不是因为接近你才喜欢上你，而是因为喜欢你，才拼了命地想接近你。”

秦瞿嘴唇微动，低声道：“可我都不知道。”

梁枝弯弯唇，无所谓地说道：“没关系啊，反正我已经不喜欢你了，牺牲那么多，也足够了。”

秦瞿嗫嚅两下，最终哑然。

为了他，梁枝确实牺牲了太多，他无法反驳。

梁枝抬头仰望天空，再一次轻声开口：“是你成就了我，所以我也不怪你伤了我。秦瞿，以后我们不要再见面了，放过我吧。”

这时，一束烟花在夜空中炸开，绚烂的光芒映在她的侧脸上，温柔又美好。

风轻轻吹起她的鬓发，她抬手将其撩开。

秦瞿注视着她的侧颜良久。

这时，他忽然意识到，自己好像真的失去了什么。

无言许久。

梁枝又点燃了一根仙女棒，低头看了看手里提着的塑料袋，歪头问他：“来不来一根？”

秦瞿面色阴沉：“我回去了。”

梁枝没留他，点了下头。

在秦瞿与她擦肩而过的时候，她蓦地开口，声音放得很轻。

“秦瞿，下一次不要让喜欢你的人那么辛苦了。”

不要再像对待她那样，给足了对方希望，又让对方绝望。

那样太苦了。

秦瞿似乎听到了，脚步微顿，却没有回头。

秦瞿走后，小姑娘扔掉手里燃尽的仙女棒站起身，拍了拍手掌上的灰尘，疑惑地朝院门口张望：“他怎么这时候走了？”

“谁知道呢？”梁枝找了把藤椅坐下，仿佛被卸了力气一般向后靠了靠，拿出手机，拨出一个号码。

电话“嘟”了两声后，被接通。

“喂？苑姐，是我。”听见电话那边的女人惊讶地同她道了一句“新年快乐”后，她扬了扬唇，“嗯，新年快乐！”

今晚的天气不算特别好，月亮隐匿在云层中，不见踪影。

梁枝用力眨眨刚才被烟火熏得有点儿酸涩的眼睛，继续道：“米兰的那个项目，我应该可以胜任。”

与小姑娘告别后，梁枝回到自己家里，王娣已经帮她烧好了洗澡水。

一个满是热水的泡澡桶放在浴室里，雾气缓缓向外弥漫。

梁枝伸手进去试了下，水温正好是她习惯的。

王娣在她身后沉默地关上了浴室的门。

梁枝把自己浸入水中，洗去一身的疲惫，然后穿着干净的棉衣棉裤，脚上踩着双小了半码的棉拖鞋，神清气爽地走出浴室。

衣服都是她初中时的冬衣，她这次回来没带换洗衣物，干脆从衣柜里随便抓了两件。

王娣习惯每年把衣服都清洗一遍晒干，所以衣服穿在梁枝身上的时候仍是干干爽爽的。

王娣坐在沙发上烤火，看到梁枝这副模样，当即把她拉到了炉子边上，给她擦头发。

炭炉也是小时候放在梁枝房间里的那一个，炭火烧得正旺，热意扑在脸上和手上，暖烘烘的。

梁枝眯起眼睛，恍惚间感觉自己像是回到了过去。

那个时候的冬天，也像现在这样，她坐在炉子前，王娣一边给她擦头发，一边拿收音机给她放广播，还有专门去镇上让人下载的一些舞曲。

有时候，王娣也会跟着音乐节奏摇两下，哼唱出两句，歌声与混着杂音的舞曲此起彼伏。即使家里只有两个人，这样的时刻，也是十几年如一日的温暖。

如果可以回到过去，她自己会做出什么样的选择？脑中忽然闪过这样一个念头，梁枝怔了下，有些走神。

如果可以回到过去，她仍会选择拼尽全力考上江大。不为任何人，只为她自己。

然后，远离一切与秦瞿有关的人和事，重新开始一段真正属于自己的生活，不浪费任何时间。

可惜，没有如果。

想到这里，梁枝清醒了几分。

不过好在浪费的时间还不算多，现在意识到，也并不算晚。

一切，都还来得及。

王娣把梁枝的头发擦到半干，又伸手帮她理了理头发，慢吞吞地对她说："洗干净了，舒舒服服过。"

梁枝笑着应了一声，从王娣手里接过毛巾，搭在炉子旁的小椅子上。

王娣手上得了空，坐到她身边。

这时，梁枝忽然道："妈，我可能要出国待上一段时间。"

"嗯？"王娣听女儿这么说，不赞同地皱起眉，"多久？"

"过完年就出发，具体在那边待多久还没定。"梁枝解释道，"城里的房子空着，你可以过去住，那边环境不错——"

王娣一听，脸色立刻变了，双脚不自在地轮换着在地上跺了几下，嘟嘟囔囔："去什么……都说了我又不会……到时候被笑……"

"笑什么？"梁枝这次直接握住了王娣乱晃的手，笑吟吟道，"你有不会的我让任夏夏来教你，她答应了的，你到时候记得经常叫她过去吃饭就行——"

王娣的手动得更用力，急切地想要甩开梁枝："我什么都不会，丢人……"

"哎呀，有什么丢人的。"梁枝看到王娣眼睛都快红了，心里酸酸的。

以前她一直生活在秦瞿的阴影下，也因为出身和条件的不对等而时刻感到自卑，所以甚至不知道该怎么去劝说王娣，王娣说不愿意，她也就不再继续劝说。

王娣这几年由于患上风湿，腿脚没有以前那么利索。家里这房子的条件不好，周边甚至连个卫生院都没有，要是王娣真的磕着碰着了，她可能会后悔一辈子。

定了定神，梁枝安抚地摸摸王娣的手背，眼睛有点儿发热，脸上却仍挂着笑。

"丢什么人啊！你以后可是大设计师的亲妈，谁敢说你丢人？"她笑着调侃道，"以后他们都只能在书上和新闻上看见我，只有你能想见我就见我。"

见王娣仍有些犹豫，她狡黠地勾勾唇，继续道："况且我已经联系好那边的师傅了，让他们过来把房子翻新一下。你这儿有些地方都老化了，你要是一个人住着，你让我在外面怎么放心？”

王娣登时睁大了眼，满脸不赞同：“我还没说……”

怕她生气，梁枝继续安抚，半劝半哄：“钱我都给了，总不能浪费是不是？你就当去城里旅游一段时间。要是住着舒服，你就留在那儿；要是实在适应不了，你再回来。怎么样？”

王娣不吭声，陷入思索之中。

梁枝见状，感觉已经成功了一半，于是乘胜追击：“而且你女儿走的时候你总不能不送送吧？从这儿去机场多远啊——”

“知道了。”王娣打断她的话，有点儿郁闷且无奈地说道，“我说不过你。”

梁枝总算松了口气。

最放不下的一件事得到了解决，她也不需要担心太多了。

梁枝离开江城那天，任夏夏在安检口抱着梁枝哭得稀里哗啦。

“呜呜呜，你好狠的心，我还没回来多久你就要跑了。我还说你自由以后多找你四处浪一浪呢……你真过分！”

“行行行，是我过分。”梁枝拍了拍她的背，“你怎么哭得那么凶？我又不是不回来了，不知道的人还以为我要去参与什么九死一生的计划呢。”

“我这不是太感性了吗？”任夏夏就着她的衣服外套擦了擦眼泪，末了还理直气壮地道，“认识我那么久还不了解我的性格，亏我还是为你高兴哭的。”

王娣站在一边一直没说话，见她这样，嫌弃地递过去一包纸。

任夏夏接过纸巾擤鼻涕，顺便帮梁枝擦了擦衣服：“你别不信啊，我是真的高兴。我们家枝枝终于脱离苦海，心里再没有秦瞿那个渣男的痕迹。这是多大的喜事啊。”

梁枝在听见“秦瞿”这个名字的时候，还是不可避免地失神了一阵，然后才揉揉任夏夏又染成了粉红色的头发：“别染了，发质都脆弱成这样了。”

任夏夏当即捂住头顶，果不其然被转移了注意力：“头可断，血可流，发色永远杀马特！”

“知道了知道了，”见任夏夏止住了哭，梁枝满意地点点头，顺着她说，“别秃了就行啦——我走了？”

任夏夏作势要打她："赶紧走，赶紧走，我就算植发也不会让你看到我秃……"

梁枝笑了下，回头又跟王娣拥抱了一会儿，小声说："妈，我走了。"

王娣"嗯"了一声："注意安全。"

与二人挥挥手，梁枝转身，走进等待安检的人群中。

今日暂别，来日再见。

第六章
爱她吗

01

以“年”为单位过去的日子，似乎没有想象中那么漫长。

时光匆匆而过，转眼又是一年夏天。

“女士们先生们，我们的飞机正在下降……”飞机上，空姐的提示声音响起时，梁枝才从深度睡眠中清醒过来。

她摘下眼罩和耳塞，调整好座椅，坐起来，手边的置物板上放着袋装的小零食，上面贴着空姐写着贴心叮嘱的字条。

机舱内空调开得很足，梁枝还不敢把毯子放下，就这么用毯子裹紧自己，拿起小零食吃了起来。她眼下还带着淡淡的乌青，看向舷窗外几乎没什么变化的云层时，无聊得几乎又要睡过去。

上飞机前刚连续熬夜几天解决完最后一点收尾工作，虽然在飞机上睡了十多个小时，她却仍感觉到困倦。

她唯一想做的，就是赶紧回家再睡一觉。

飞机平稳落地，时间显示下午三点。

她打开手机，就看到了任夏夏一个小时前发来的消息。

“啊啊啊，抱歉啊枝枝，我今天被拉着去参加高中同学聚会了。现在正被拉着打麻将，暂时脱不开身，我让我的表哥去接你了啊！”

梁枝回了个“好”字。

没过一会儿，任夏夏就给她发了车牌号来。

记好车牌号，她拖着两个硕大的行李箱，朝着停车场走去。

她本身身段纤瘦，长相又出挑，提着两个巨大的行李箱难免显得突兀。她在往停车场方向走去时，不时有人上前搭讪，想帮她分担一点儿行李的重量，她都一一婉拒。刚到停车场门口，她要往里张望时，里头便有一辆车向她打起了双闪。远远比对了一下车牌号，确认是任夏夏说的那辆车后，她颇有些艰难地提着箱子往那辆车走去。

从车上下来一个男人，他长相与任夏夏有两三分相似，戴着一副金丝边眼镜，模样斯文俊秀，颇有几分温和儒雅的气质。

帮着梁枝把行李箱放进后备厢后，他自我介绍道："我是任夏夏的表哥，叫夏谦恒。你跟任夏夏一样叫我表哥就可以。"

梁枝点点头表示明白，跟着坐进车里。

"说起来，你以前应该见过我几面，"夏谦恒一边启动车子，一边与她搭话，"大学那会儿，我周末经常接任夏夏到我们家里吃饭，你们那个时候对我挺熟的吧？"

"嗯。"梁枝点点头，客气地笑了笑。

见梁枝没有什么要继续说话的意思，夏谦恒便也不再多说，只再确认了一遍地址："是送到燕和吗？"

"是的，麻烦你了。"说完这句话，梁枝调低座椅靠背，闭上了眼。

她真的太困了，困到一句话都不想说，只想睡觉。

就在她闭上眼之前，她的余光瞥见了一辆斜后方的迈巴赫。前面没有车，但那辆迈巴赫仍保持慢悠悠的速度，似乎是故意不快不慢地跟在他们后面。虽然感到奇怪，但困意袭来，梁枝便不愿意再睁开眼，任由自己陷进一片昏沉之中。

再次睁开眼，她迷迷糊糊间感觉到自己的肩膀被人轻拍了两下。她睡蒙了没反应过来，转过去看向夏谦恒。

夏谦恒见她醒过来了，于是收手，无奈地笑了笑："看你睡得那么沉，我本来不想打扰你的，只是我临时有个会议，没办法再等下去。"

梁枝这才意识到自己现在在哪儿，跟夏谦恒说了声抱歉后，迅速下车去拿自己的行李。

离开前，她弯腰，透过车窗向夏谦恒道了声谢。

"不用谢，"夏谦恒笑了笑，举起手机说，"方便加个微信吗？"

梁枝一向不爱加不熟的人的微信，正想婉拒，便听夏谦恒说："我最近刚好有装修新房的打算，听说梁小姐是做这一方面的，我之后可不可以咨询你？”

梁枝这才舒展了眉头，点了点头。

毕竟他是任夏夏的亲戚，她行个方便也没什么不好的。

在上楼前，她余光再一次瞥见了一辆迈巴赫。由于灌木的遮挡，她看不清车牌号，但总有一种诡异的熟悉感，是因为刚才看到过一辆一模一样的吗？

可惜里面似乎还坐着人，车没熄火，她也不敢当着别人的面多观察，只好压下心里的探知欲，进到电梯里。

回到家中，入眼便是熟悉的摆设。

房子被收拾得干干净净，玄关处放了个音响，插着U盘，一看就知道是王娣的手笔。

梁枝笑了笑，换好拖鞋进去。

她没在的这些日子里，任夏夏不忘兢兢业业地给她汇报王娣的情况。

她离开后，王娣一个人又在燕和住了大半个月，对这里的一切都还算适应，甚至没多久就提着个小音箱和小区里的一群阿姨约起了广场舞，生活过得有滋有味，再也不说什么不乐意的话。

成功打进阿姨们的交友圈后，她整个人都开朗了许多。听说女儿要回国的前两天，她刚跟一群舞友约了去别的地方纳凉度假，要小住一个多月才回来。

不过她也舍不得老家那房子，一个月里有大半个月时间还是喜欢往回跑。这次知道梁枝回国后，她便开始盘算着旅游回来后继续住在老家，甚至劝服了她的一群朋友一起去那边住一段时间。

王娣不在，家里没人，梁枝打电话过去报了个平安后，便在客厅打开行李箱，开始一样一样地整理东西。

不知不觉，天色便暗了下来。

所有行李都收拾完毕，她刚把行李箱放进储物柜，就接到了任夏夏的电话。

“喂？”梁枝接通电话，“你表哥早就把我送回来了，你放心。”

“我知道，我表哥给我说了。”她那边有很大的喧闹声，似乎场面有些混乱。

任夏夏停了一下，似乎走动了几步，随着一道关门声，喧闹声消失。

她用求助的语气道：“枝枝，你来接我一下可以吗？他们的聊天内容实在太让人无语了，我就先溜了，但我喝了酒没法开车……”

梁枝看了看天色，一口答应：“行，告诉我地址。”

“华鼎酒店。”

梁枝说：“好。”

她挂了电话，拿了车钥匙便迅速下楼，一刻也没耽搁地朝着华鼎酒店赶过去。

到那边的时候，透过外头的玻璃，梁枝一眼就看见了在大堂坐着玩手机的任夏夏。

任夏夏听见外边的动静便抬了头，看见她便冲她招了下手。

这么久没见，她的头发长长了许多，发色像是染的蓝色褪色了，是淡淡的灰绿，和这夜色倒是挺搭。

梁枝找了个地方停好车，下去接她。

不知道是因为低头久了，还是喝得有点儿多，任夏夏朝外头走时脚步有点儿虚浮，走到门口被匆匆赶来的梁枝扶住后，直接给了梁枝一个抱抱。

“终于回来了啊，想想你都走多久了，两年半了啊两年半——”她吸了吸鼻子，明显十分激动，抱着梁枝的脖子就不撒手，还认认真真地打量了她一番，“比之前漂亮会打扮了，有长进！”

夜色的映衬使得面前女人本就精致漂亮的一张脸更显妩媚，岁月的流逝没有在她的脸上留下任何痕迹，反而使她添了几分别样的风情。

任夏夏带着一种“吾家有女初长成”的自豪感，欣慰地拍了拍梁枝的肩膀：“不错不错，挺好。”

“行了，”梁枝闻到她身上的酒气，微微皱眉，“怎么喝这么多？快上车吧。”

任夏夏“嘿嘿”笑了两声，被梁枝扶着往车那边走有些不好意思，好在她的脑子还有几分清醒：“还不是他们一直灌我酒，烦死了，要不然我怎么会跑出来。”

梁枝轻叹一声：“下次还是不要来这种地方了。”

任夏夏颇为赞同：“当然不来了，他们都不是什么好东西。”

说话间，梁枝突然听见从身后传来一阵吵嚷的声音。

任夏夏也听见了，突然警惕地问：“是不是他们出来了？”

梁枝往后面看了一眼，果不其然，有一群年轻男女正往门口走，估计就是任夏夏的同学们了。于是她点点头，道：“快点儿走吧。”

奈何这边的停车场场地开阔，虽然她们想悄悄离开，却仍是被眼尖的人发觉了。

有人喊了任夏夏一声，任夏夏没法，只得硬着头皮回应，然后小声对梁枝说：“我就应付两句，尽量速战速决，让他们无话可说，你稍等一下啊。”

梁枝点点头，表示理解。

她以前应酬多，也经常碰到像这样被人纠缠不清的情况。

脑海里蓦地出现了那人的身影，梁枝立刻停住思绪，暗自笑了一声。

那么久了，她居然还把那人当作洪水猛兽，也不知道她是在逃避什么，居然连想都不敢再想。

她正发散思绪，任夏夏的那一群高中同学已然站到了她们面前。

任夏夏早已准备好开口应答，却没想到，对方的目标并不是自己。

为首的那个男人高高瘦瘦的，全身上下皆是名牌，只是神情颇为猥琐。上上下下打量了梁枝一阵后，他忽然挤出一抹笑：“你就是任夏夏之前说的那个朋友？”

梁枝早已习惯被各式的目光注视，此刻虽不舒服，仍波澜不惊地说道：“我不知道。”

“那肯定是了，毕竟长得这么漂亮，一看就知道不简单。”男人呵呵笑着，作势要伸手去拍她的肩膀，“来接夏夏回家啊。”

梁枝不着痕迹地向后退了一步，及时避开。

任夏夏看不过去，不满地开口：“袁中奇，你注意一点儿，别对别人动手动脚的。”

“是是是，绿毛丫头，”袁中奇嘴上答应得痛快，手上却没那么老实，仍想碰碰梁枝，“我说任夏夏，你看你朋友多稳重，这黑发披肩带点小卷儿，多好看，哪儿像你这么幼稚。”

旁边有人唯恐天下不乱，附和道：“是啊，任夏夏，你说你都二十七八岁的人了，怎么还跟个没长大的小姑娘一样，喜欢染这种花里胡哨的头发啊？”

那人似乎觉得自己玩笑话说得还挺幽默，竟然自顾自地笑了，引得周围几个人哄笑起来：“就是就是。非得染成动漫人物那样，以为自己还是动漫萝莉啊？”

任夏夏的雷点倏然被踩爆，气得当即破口大骂：“老娘爱染什么色，就染什么色，你们在这儿叽叽歪歪了一整天还不够是不是？说了多少遍不是什么动漫萝莉，你们听不懂人话吗？”

任夏夏的突然发飙把那群人吓了一跳，现场终于安静了一瞬。

旁边于是有人打圆场：“哎呀，奇哥不是开玩笑嘛，任夏夏你稍微宽容点儿。你也知道奇哥这人说话就是这样肆无忌惮的，这正说明他把你当真朋友。”

“对啊对啊，别生气了，奇哥之前不是还说要帮你搞材料吗？”

又听几个人出来好说歹说一阵，袁中奇原本黑沉下来的脸色才终于恢复了正常，他点了点头，脸上显出得意的神情。

他看向梁枝，故作友善地笑了笑，道：“你和她一样都是搞建筑设计的，我家开了个建材厂，不然加个联系方式？到时候有什么事，你都可以找我。”

梁枝蹙起眉：“哪家？”

“申奇，听过没？”袁中奇拍拍胸口，“我家的。我随便举个例子，就之前那个得了奖的什么网红店，装修的时候有几种比较难搞的材料都是我家搞来的，怎么样？”

“哦，申奇啊。”梁枝听完后，眼神变得有些奇怪。

袁中奇以为她这是感兴趣，于是准备继续高谈阔论：“还有那……”

“就是那个以次充好被发现很多次，因为材料不符合标准，延误工期，还被罚了款的申奇？”

袁中奇一愣，干笑着打哈哈：“你在说什么啊……从哪儿听来的？那设计师对我们的效率可满意了——”

“是吗？”梁枝微微挑眉，“可是我一直说的都是，对你们感到很失望啊。”

“你……”袁中奇瞳孔一缩，旋即摊摊手，试探道，“你都在说什么啊？难不成你是那个设计师？我记得没错的话，那个设计师在米兰吧，难不成你还会瞬移？”

梁枝也学着他摊手：“可惜，我正好刚从米兰回来。”

说的大话被拆穿，袁中奇的表情变得有些尴尬。

这时，有人拍了下袁中奇的肩膀，哈哈笑道：“老袁，没想到你还是个不老实的人啊，说说罚款罚了多少？”

对方本想着打圆场，却不料袁中奇脸一沉，当即就给了他一拳。

“啊！”对方一个踉跄，捂着眼睛跌坐到地上，气急了，爬起来也对着袁中奇挥拳，“你这人怎么开不起玩笑呢？之前你不也这么跟我们开玩笑？”

两人你一拳我一拳，扭打起来，场面渐渐变得不可控。

周围人光顾着拉架，再无暇管梁枝和任夏夏。

梁枝舒了一口气，带着任夏夏回到了车上。

任夏夏一关上车门，就拍了拍手，道："好家伙，狗咬狗，一出好戏！"

梁枝也跟着笑了下，驱车离开。

在车开出酒店停车场时，任夏夏扒着车窗往外看，忽然注意到了一个身影，她当即摇下车窗喊道："表哥，你怎么在这儿？"

夏谦恒听见任夏夏唤他，朝她看过来："我开完会和人吃了顿饭，喝酒了不能开车，正在等车。"

"哦——"任夏夏看了一眼夏谦恒，又偷偷瞅了瞅梁枝，突然朝着梁枝撒娇，"枝枝，这儿打不到什么车，你介不介意让我哥……"

梁枝想到今天是夏谦恒接她回去的，于是点点头："行。"

"嘿嘿，谢谢枝枝！"任夏夏笑着点点头，示意夏谦恒坐进来。

夏谦恒从善如流地坐到后座，向梁枝道了声谢。

开车门时，梁枝没往后看，而是摇下车窗往外看了一眼。

不知道为什么，刚才那一瞬间，她忽然又有了一种奇怪的感觉，就像是远处有什么人正注视着她。

梁枝发觉这种不对劲的情况之后，越发心不在焉，忍不住将车窗关上，只想快点儿离开。

她心里有事，面对任夏夏偶尔挑起的话题都只是简单应对，很快车内便寂静了下来。

送走夏谦恒后，车里只剩任夏夏和她，可那种诡异的感觉还在继续。

不是来自车内，一直来自车窗外，好像有什么人一直在跟踪她。

02

车停在任夏夏家楼下的时候，任夏夏终于忍不住，开口试探梁枝的口风："哎，枝枝，你觉得我表哥怎么样？你说真话。"

梁枝拿出手机，一边翻看消息，一边随口回应："人挺好的吧。"

"那你觉不觉得你们两个……"

"别闹，"梁枝看出了她的意图，无奈地笑着打断她，"行了啊，才见几面你就瞎撮合。”

“嘿嘿……”任夏夏挠了下后脑勺，打开车门，“那我走了啊。”

梁枝冲她挥挥手：“好，再见，路上小心。”

送走任夏夏，梁枝再一次启动车子。她没回家，而是先去了另一个地方。

把车停在路口，梁枝从旁边的巷子进去，便到了房子的施工现场。

刚才叶青苑给她发消息，让她帮忙过去监工。这会儿现场正在清理，一群人拉着独轮车，把一车一车废弃的砖头往巷子外头运。

由于最近这边实施交通管制，这些工作只能在晚上进行。最近叶青苑晚上脱不开身，于是这件事便落到了梁枝身上。

正在施工的房子外头摆了张桌子，上面放着一大盘烧烤。坐着休息的工人们完全不见外，看见梁枝过来，便热情地招呼她一起吃。

梁枝不好拒绝人家的好意，又因为一下午没吃饭，确实有些饿，于是坐下来象征性地拿了几串烤串，边吃边跟工人们有一搭没一搭地聊着天。

有人讲以前发生的事情就跟讲相声似的，烟火气十足又新奇有趣，梁枝听了也跟着笑。

夏夜闷热，梁枝有点儿口渴，刚巧又听到有人说水都喝完了，于是自告奋勇去买水。

超市在巷子外面的街口，出巷子转个弯就到了。

进店之前，梁枝随意往路边看了看，入眼又是一辆黑色迈巴赫。

怎么又是迈巴赫？还是同一型号。

细想一下今天从回来到现在看到过的迈巴赫，梁枝抿了抿唇，心底的疑惑越发强烈。

是她走了这么长时间，江城开始流行迈巴赫了吗？

搬不动整箱矿泉水，梁枝只能先买几瓶。结完账出门，因为晚上巷子里的灯不够亮，梁枝又只顾着闷头走，她不小心便撞进了一个人怀里。

“嗞——”额头被磕了一下，梁枝一边揉着额头，一边小声道歉，“对不起啊，我没看路……”

那人没有要说话的意思。

梁枝低着头，待到额头的痛感减轻了后才睁眼，借着巷子里昏暗的光，她隐约辨认出了眼前的一双黑色皮鞋。她感到有点儿不对劲，熟悉的气息让她的心脏加速跳动了两下，她紧紧咬着唇瓣，不让自己失态。

梁枝一抬头，便撞进了一双深邃晦暗的黑眸中。

秦瞿。

这个许久没有想起过的名字瞬间在脑中炸响。

没想到会在这个地方与他重逢，梁枝的大脑空白了一秒，她闭了闭眼，努力使自己平静下来。

“秦先生，麻烦您稍微让让，我要过去。”她提了提手上的塑料袋，说道，“我还有事情。”

男人身上穿着的仍是熟悉的白衬衫，整齐干净得没有一丝褶皱。他松了松领带，动作优雅而又带着傲慢，像极了执掌一切的帝王，轻松地俯视着她，没说话。

梁枝不自觉地观察了一下自己的着装。

由于出来得匆忙，她只穿着简单的T恤和牛仔裤，一双鞋也因为来回走动沾了些泥土，还沾染了若有若无的烧烤味，明明是普通的装扮，与秦瞿一比较，却平白多了种狼狈的感觉。

感觉到秦瞿没有要动的意思，梁枝皱了皱眉，再一次道：“秦先生，麻烦您——”

下一秒，一只手伸向了她的衣服，帮她掸掉了不小心掉在上面的葱花。

熟悉的木质香调带着浓重的压迫感侵袭着她的感官，在逼仄的小巷内，梁枝只觉得自己无处遁形。

葱花坠落到地上，衣服上仍有油渍。

秦瞿眼中多了几分讥诮，语气带着满满的高高在上，嗤笑着开口：“梁枝，我还以为你已经不记得我了。”

梁枝眼神闪了闪，语气淡淡地陈述事实：“秦瞿，我们早就不需要有交集了，一切都结束了。”

“结束？”秦瞿嗤笑一声，讥讽道，“是啊，结束了。”

“所以这就是你想要的生活吗？”他抬起手，想要触摸她衣服上那滴油渍。

梁枝后退一步，警惕地躲开。

秦瞿不着急，居高临下地继续道：“在这样的环境下和那帮人混在一起工作，帮人打杂买水？梁枝，我是真的不知道，你已经沦落到了这种地步。”

“就连选男人的眼光也变得那么差，他应酬喝醉了酒，居然还需要你去把他接走。”

“梁枝，如果你当初没有和我离婚，就不会变成这样，不是吗？”

她变成了什么样？梁枝颇为不理解，他好像知道了些什么，但又对她有了什么误会。

脑中再次闪现今天那辆不停出现在眼前的迈巴赫，她陡然明白过来。

“你跟踪我？”她不悦地问，“从什么时候开始的？”

“你不需要知道。”秦瞿淡声说，“我只是想保证你的安全。”

“你才是我不安的源泉。”手里的塑料袋提着太勒手指，梁枝将其放在脚边，揉了揉掌心，话说得不客气，“不敢让秦先生惦记，我不喜欢被陌生人监视。”

一阵夜风穿过巷子，将两人之间仅存的一点儿暧昧气息尽数卷走。

秦瞿的脸微微板起，再一次向她逼近：“我们是陌生人，那他呢？你的新欢？”

“我们只是普通的朋友。”知道秦瞿指的是夏谦恒，梁枝不愿把别人牵连进矛盾中，抬手挡住秦瞿的进一步靠近，简单解释。

她实在不喜欢秦瞿用那般施舍一样的语气同她交流，再开口话语难免带刺儿：“况且，就算我有了新欢，也与你无关。”

许是情绪起伏得有些剧烈，她无意识地踢了下脚边的袋子，里面的矿泉水瓶骨碌碌地滚出，散落在地上。

梁枝蹲下将其装回袋子里，起身，没有再去注意秦瞿的目光，只道：“秦先生，麻烦让让。”

听见后方传来一阵轮胎碾过的动静，秦瞿侧过身避让。

一辆独轮车经过他身前，拉车的工人只疑惑地看了他一眼，便收回了视线，经过梁枝身边时，工人颇为热情地打了个招呼：“买水回来了啊。”

梁枝笑着点点头：“辛苦了。”

独轮车沿着巷子远去，梁枝也提着袋子往回走，就在她与秦瞿即将错身而过时，她却再一次被人挡住了。

“你真的就那么甘愿混迹在那样的人之中？”秦瞿紧紧盯着她，试图透过微弱的亮光，捕捉到她脸上任何一丝后悔的情绪。

梁枝从他的反应中明白了什么，嘴角慢慢翘起，笑得坦然，她一语道破：“秦先生，你是想让我回到你的身边，是吗？”

秦瞿哑然两秒，斟酌着慢慢开口：“我只是觉得，你不应该过得这么糟糕。”

“糟糕？”梁枝仍在笑，摇了摇头，“我觉得我生活得挺好的，我很喜欢。”

“这才是真正的我，活在你的阴影之下的那个人不是真的我。”

“也要谢谢你愿意放过我，让我明白，做自己是那么有意思。”

梁枝嘴角上扬，语调变得越发轻松快乐。

是啊，这样令人愉悦的夏日夜晚，她为什么要同一个与她已经毫无瓜葛的人置气？

秦瞿听完她这一番话，沉默半晌，淡淡地道：“希望你说的不是气话。”

“当然不是。”

梁枝知道自己此刻有多清醒，她甚至觉得不清醒的是秦瞿，否则，他又怎么会对她这个无关紧要的人死缠烂打到这种地步？

梁枝微不可察地轻叹一声，换了只手提住袋子，说道：“天色不早了，秦先生慢走，注意安全。”

纤瘦单薄的身影经过身边，秦瞿没有回头。

他没想到，两年半未见，这个女人仍然这般固执。

她愿意远走高飞、杳无音信，他也就放任她去。因为他知道一个孑然一身的女人在社会上是多么艰难。由奢入俭难，他一直在等着她吃够了苦头，回到他身边。却不想，今日再见，她竟堕落到这种地步也不愿向他示弱。

既然这样，那他又何必再给她台阶下？

秦瞿面沉如水，抬步欲离去。就在这时，身后清晰地响起脚步声，匆匆地向他靠近。他倏地绷紧下颌线，仍是刚才那副阴沉的模样，转过身去。

小巷地面凹凸不平，梁枝跑过来时踉跄了一下，被他稳稳扶住。

“谢谢。”梁枝触电一般后仰了一下，挣开了他的手。

“冒失。”秦瞿见她手忙脚乱地站稳，脸色稍霁，“还有什么事？”

梁枝却只是朝他脚边看去，那里躺着一瓶矿泉水。

“刚才捡的时候漏掉了一瓶。”梁枝坦然地蹲下，捡起那瓶水，便要往回走。

秦瞿忍不住叫住她：“梁枝，你是在开玩笑吗？”

梁枝脚步一停，回头看向秦瞿时，面露异色。

“您觉得什么才叫不开玩笑？我肯示弱回到您身边？”没等秦瞿回答，她便轻笑起来，“秦瞿，你这样千方百计想让我回头，只会让我觉得，你其实爱上我了。”

话音落地，秦瞿浑身骤然一紧，僵滞在原地。

他回过神时，女人已经转了个弯，消失在他的视线里。

路边昏黄的灯光闪动了一下。像是被一记闷棍敲醒，秦瞿木然地从兜里拿出一个盒子，握在掌心。

他打开盒子，凝视了里面的戒指许久，苦笑一声。

他到底在做什么？

他明明是想把这枚戒指给她重新戴上的，却没想到，在看见那个陌生男人同她交往如此密切时，他终究还是失了理智。

这样一来，他反而把她推得更远了。

03

梁枝一觉睡到了天亮，神清气爽。简单地洗漱了一下，她便往工作室走去。

当年她在工作室只待了几个月便去了米兰，这两年多的时间里，工作室员工来来往往，如今她回来，只有几个当年的熟面孔还记得她，同她打了声招呼。

顶着其他人好奇的目光，梁枝向他们点了点头，径直朝着最里面的办公室走去。

叶青苑一如往昔，笑吟吟的，等她上前。

“那边情况怎么样？”她问。

“地面渗水比较严重，防水问题有待解决。”梁枝说着，随意找了个地方坐下。

叶青苑也不多问，继续听她说。

梁枝讲得差不多了，叶青苑点点头，忽地转到了另一个话题：“青林路那边和你合作的那个咖啡馆，举行剪彩仪式邀请你，你怎么没去？”

梁枝“啊”了一声，解释道：“有个设计方案临时出了问题，我需要跟进，所以就推掉了。”

“是这样啊，”叶青苑点点头表示了解，半开玩笑道，“我还以为你是和我一样，不愿意露面，想保持神秘感呢。”

梁枝笑了下：“我倒没想那么多。”

她一向秉持着作品高于本人的观念，又想要隐藏自己的行踪，所以常常推拒各类活动的邀请。没想到，一来二去，她竟在自己都不知道的情况下，被传成了第二个叶青苑。

现如今连家住哪里都被秦瞿发现了，她也不需要刻意去隐瞒什么了。

叶青苑招手，示意她过去。于是梁枝站到她的桌前。

叶青苑双手交叠，忽然笑着说："恭喜你，今后不再属于 OW 工作室了。"

梁枝一惊，不明所以地看向她："苑姐？"

叶青苑转了转手中的笔，说道："你应该明白我让你出国的目的吧？"

梁枝垂下眸子，不说话了。

"我从一开始，就没有打算让你一直留在这里，"见梁枝这副模样，心知她明白了自己的意思，叶青苑收敛起刚才说笑的表情，继续道，"我所做的这一切，都是为了把你推出去。现在看来，我的眼光完全没有问题。"

"你现在完全可以自立门户，打拼出属于你自己的一片天地，我留你在这里只会浪费你的才能。"

梁枝张张嘴："可是……"

"我知道，如果我不提起这件事，你是舍不得离开的，"叶青苑敲了敲桌子，"可我惜才，即便我知道，你留在工作室，是将成本最大限度转化为利益的方式。"

明白叶青苑这次的决定不容她拒绝，梁枝沉默了片刻，郑重道："嗯，我知道了。"

叶青苑这才重新展露笑容。她从抽屉里拿出一个文件袋，推到梁枝的面前："前些日子有个邀请，我把你推荐过去了，试试吧。"

梁枝接过，点点头："好。"

从叶青苑的办公室里出来，反正也没有东西留在这边，用不着收拾，梁枝直接从大门离开。

刚出门，她便听见有人叫她："梁枝？"

梁枝觉得这个声音有点儿耳熟，于是先应了一声，抬头看去，便望见了付羽然，她顿时露出惊讶的神色。

付羽然表情惊讶，仿佛见到了鬼："你怎么在这里？也是来面试的？"

"面试？"梁枝摇摇头，"我回来办点儿事。"

付羽然脸一下子涨红了，尴尬地移开视线，然后她便注意到了梁枝手上拿着的文件——最外头一张纸上，“离职”二字赫然入眼。

她神情复杂，看了看梁枝，半天才蹦出一句：“你辞职了？”

本来两人关系就不算好，这次见了下次不知道什么时候能见到，梁枝不想同她解释太多，只点了下头。

付羽然复杂的眼神慢慢转变为幸灾乐祸。

“离了我哥，你确实过得还不错嘛，连OW工作室这么好的地方都舍得走。别是被扫地出门了吧？”她阴阳怪气地说道，“也怪我，好不容易见你一次，就瞧见你灰溜溜的模样。”

“总比没有离开你哥也这副模样的你好。”梁枝诚恳地道，“你之前不是说考研吗？考上了吗？”

显然被戳到了痛点，付羽然狠狠地瞪她：“梁枝，你别哪壶不开提哪壶。”

“啊——行。”梁枝本就不在意，“那祝你好运。”

看得出梁枝对她的不在意，付羽然冷嗤了一声：“得意什么……”

大门再一次被打开，付羽然停了嘀咕，登时像是换了一副面孔，笑着迎上去：“岑姐姐。”

被称作“岑姐姐”的女人冷淡地“嗯”了一声，看见梁枝时，反倒颇为热络地唤她。

“小枝，回来啦？我还有顿饭没请你，下回约？”

梁枝也友善地冲她笑了笑，带着歉意道：“我要走了，可能没机会了。”

“啊，是这样。”女人有些遗憾，“没事儿，你不在OW工作室了，咱们一样有机会约，以后常联系。”

看了一眼梁枝手上的材料，她会意地凑上去小声问：“是老大让你走的吧？”

得到梁枝肯定的回答后，她赞许地拍拍梁枝的肩膀：“恭喜你呀。”

付羽然在一旁看得一头雾水，直到眼前二人互相道别、梁枝离开后，才敢小声询问：“岑姐姐，她是……”

女人收敛起方才的表情，不悦地轻睨她一眼，仿佛在对待什么麻烦。

“你母亲让我帮你一把，我只能把你带到这个程度，”她深吸了一口气，面色不悦地接着道，“剩下的只能凭你的本事。本身我做这件事就是破格了，希望你至少不要像之前那样，临阵脱逃、眼高手低。”

她态度的变换让付羽然心理不太平衡，但碍于有求于人，她只能乖乖闭嘴。

“知道了，岑姐姐。”

女人把付羽然带到面试间外面的椅子上，便款款离开。

付羽然趁机拿出手机，点开和应晗的聊天框。

“应晗姐，我看到梁枝了，她好像回国了。”想了想，她又连忙补充道，“我绝对不会告诉我哥的，你放心！”

那边过了一会儿才回她：“嗯，我刚才有事儿，才看到。她在哪儿？”

付羽然回：“在我面试的地方这儿，好像刚辞职，也不知道要去干什么。”

“是这样啊。”

付羽然本就无聊，和人聊着天便来了兴致，忍不住没话找话地八卦：“说起来，你和我哥怎么样了？你追他那么久，他还没答应你啊？”

应晗没回。

付羽然也意识到自己这话不合适，于是又发了一条：“没事儿，你别担心，我哥那人性子就这样，他在你回来之后愿意和梁枝离婚，就意味着他还喜欢你，你当我嫂子是迟早的事儿，到时候，我帮你在他面前多说说。”

应晗这才回道：“谢谢你。”

付羽然刚准备打个“不谢”过去，便听到她旁边坐着的两个似乎是朋友的女生窃窃私语起来。

“应晗为什么要回国啊……不回国也不会糊成这样吧……她好歹也是个影后，怎么最近净拍些低成本小糊剧，是没戏可拍了吗？”

“我觉得还是她自己的问题。回国之后，她明显心思不在这上面，演技一部比一部油腻，还老炒自己富二代的人设，她不糊谁糊？”

付羽然轻嗤一声，不爽道：“人家再糊也比你们赚得多，酸什么呢？”

旁边的人停下交谈，用莫名其妙的眼神看向她。

这时屏幕亮起，应晗又发了条消息：“我这边有个网剧在找演员，你要不要来试试？”

付羽然看后，眸子一亮，回道：“好好好！这次我一定好好把握机会！”

她清了清嗓子，起身装模作样地道：“这面试等着真没意思，先走了。”

付羽然从工作室出来，下楼，刚好碰见停在路旁的秦瞿的车。

她惊奇了一秒，过去利索地打开车门，直接钻进车里：“哥，你怎么在这儿？是我妈让你来接我的吧？”

秦瞿没说话，一只手放在方向盘上，手指有一搭没一搭地敲击着，突然问她：“你看见梁枝了吗？”

“什么？”付羽然装傻，“哎呀，你又提起她干什么？真是的……哎呀，快点儿开车，送我去一趟万象城。”

“万象城？”秦瞿疑惑地问，“不是回你家吗？”

“呃……这不是有点儿事嘛。”付羽然一时卡壳，磕磕巴巴地说。

秦瞿意识到不对，看了一眼车上的时间，语气变得低沉：“你没面试？”

自知瞒不过秦瞿，付羽然心虚地低下头，妄图狡辩：“这不是有更好的机会嘛……应晗姐都说了……”

“付羽然，”秦瞿敛起表情，语气严肃地打断她，“这已经是第几次了？”

“让你少和应晗来往，不要在我身上动心思，你怎么屡教不改？！”秦瞿不满地道，“你现在回去面试，我是不会送你去万象城的，少做点儿不切实际的梦！不然我会将这件事转告你的父母，不知道他们会怎么处理。”

付羽然仿佛被踩到尾巴的猫，霍然抬头，尖声反驳：“凭什么！我就是想和应晗姐一起拍戏怎么了？”

“应晗和你交朋友，别有用心。”秦瞿眼睛微眯，“你应该知道的。”

“每次你都是这套说辞，也不见得你自己有多透彻，离都离了还装什么深情不移？应晗姐再怎么也比你那心心念念的梁枝好，她要是有本事，也不至于被人炒鱿鱼！”

秦瞿眼中闪过一抹异色：“她离职了？”

意识到自己气急失言，付羽然索性破罐子破摔，说道：“是啊，她刚刚收拾好东西从公司里滚出去了。真不知道应晗姐那么好，为什么你还追着那种人不放……行了，你不送我，我就自己走，不劳你费心！”说完，付羽然便打开车门，迅速跳下了车。

秦瞿无暇管她要去做什么，向后靠了靠，陷入沉思。脑中不断回放的，是昨晚梁枝毫不客气地对他说的那些话。

能在 OW 工作室工作，怪不得她之前拒绝他拒绝得那般果断。可现在，她突然没了工作，又该怎么办？

想象里，是女人情绪低落地往家走的画面。

秦瞿启动汽车，掉转方向，当即往梁枝所在小区的方向赶去。

停在梁枝的那栋楼下，他悠悠点燃一支烟，不紧不慢地吸着。一支烟抽到一半，他终于等到熟悉的车停进不远处的停车位。他半闭着眼，手放在门把上，做好随时开门下车的准备，却在此时看见从她车的副驾驶走下一个男人。

是昨夜他见过的，被梁枝载过一程的男人。

男人关门后，推了推眼镜，颇为绅士地帮着梁枝开了门。

梁枝带着笑走下了车，丝毫没有他想象中的丢了工作的失落和伤感，她正心情颇为不错地与那个男人谈论着什么。

注意到这点，秦瞿心微微一沉。

那个男人又对梁枝低语了两句，两个人默契地笑了起来。

梁枝笑起来很好看，秦瞿一直知道。可这是他第一次看见她笑得如此纯粹。

她这不带任何杂质、发自内心的开怀笑容，在和他相处时，他从未见过。婚后，她在他的面前，就算是笑，也总会带一点儿讨好或是小心翼翼。

她就这么把他当作洪水猛兽吗？

还没来得及深入思考，秦瞿便看见两人一路交谈着。往单元楼里走去，男人还不时抬手，帮梁枝遮挡住头顶刺眼的阳光。

单元楼的门关上，两人的身影消失在他的视线范围内。

许久，再无动静。

秦瞿一动不动地目睹了全程，收回视线后，手指蜷了蜷。手上的香烟燃尽，烟灰随着他的动作扑簌簌地往下掉。他没管这些，只缓缓拿出手机，拨通了一个电话。

提示音响了一阵后，杨牧河接了电话。

听见秦瞿的声音，他明显愣了愣，一头雾水地问道："老秦，你怎么突然给我打电话？"

秦瞿把烟头丢进手边的烟灰缸，薄唇抿成一线，半晌才哑声问："我问你，如果一个女人同意一个男人和她一起回家，这会是什么情况？"

"啊，这个啊。"杨牧河顿了顿，一边思考一边说，"应该是对他有意思吧。毕竟女生很少会让别人去自己家里——怎么突然问这个？又有哪个女人对你有意思了？"

秦瞿沉默了片刻，说道：“有没有可能，只是普通朋友？”

“这……不太可能吧？反正我身边没见过这样做还只是普通朋友的。你问这个做什么，被绿了啊？”

“……”

“喂？老秦，怎么不说话？真被绿了啊？”杨牧河见那边半晌没动静，于是问道，“你要是不说话，我就挂了啊。”

“没有，随便问问。”秦瞿慢慢地答道，忽然又转移了话题，“今天晚上有空吗？”

“啊，今晚有。怎么了？”

这个话题跨度有点儿大，杨牧河愣了一下，紧接着又听那边的人开口：“陪我去喝几杯酒。”

“啊？”

秦瞿挂断电话，在车里独自坐了很久。

烟头渐渐堆满烟灰缸，秦瞿看着烦躁，倏地将盖子扣上，狠狠地踩下了油门。

04

傍晚。

在酒吧门口碰见秦瞿时，杨牧河被他的状态吓了一跳。

“咋了？又失眠了？”看清楚男人眼下的乌青，他抬手往秦瞿眼前晃了晃，“你这精神恍惚，烟味又重，很难不让人怀疑你下一秒就可能猝死，要不咱不喝了吧？”

秦瞿没说话，径直往酒吧里面走。杨牧河只好跟在他后面。他总觉得秦瞿今天的情绪有点儿怪怪的。

他不敢多猜，心中却有了一个念头。

秦瞿这个样子，该不会是失恋了吧？或者，他真被哪个胆大包天的女人给绿了？

杨牧河带着秦瞿刚一找着卡座落座，就有相熟的人上前来搭讪。

两个人心思各异，秦瞿冷着张脸，一直不搭话，杨牧河也没空去和那群人玩闹，随意客套两句便没了下文。

店里的娱乐氛围倒是不错，两人之间诡异的安静气氛却不知道该由谁来打破。

桌上的酒换了一轮又一轮，秦瞿闷头一杯接一杯地喝，不发一言。

杨牧河见状，斟酌许久，最终还是忍不住率先开口：“老秦，你约我出来喝酒，又不告诉我发生了什么，那你叫我出来的意义何在？纯粹找个人看着你，不让你出事？”

“差不多。”秦瞿言简意赅。

杨牧河一噎，这下彻底感觉到秦瞿不对劲了。

他好声好气地再一次开口劝道：“你别老把事憋在心里，这样身体容易出问题。”

秦瞿睨他一眼，“嗯”了一声。

“不会是因为小嫂……梁枝吧？”杨牧河仿佛从他的眼神里读懂了什么，问，“你找到她了？”

“她回来了。”

杨牧河手一抖，险些摔了杯子，问道：“她回来了？什么时候的事儿？”

“昨天。”

杨牧河这会儿脑瓜子转动起来了，瞬间从秦瞿的回答里品出了些别样的意思，问道：“你怎么知道得这么清楚？不会是一直惦记着人家吧？”

“哐当——”酒杯被秦瞿重重地放到桌面上。

杨牧河当即会意，讪讪地止住这个话题，举起酒杯道：“哎，喝，没事，喝。”又是连着几杯下肚。

酒意上头，杨牧河最终还是忍不住将憋在心底的问题问了出来：“老秦，你别告诉我，你今天问我那个问题，是因为梁枝啊。”

秦瞿看他一眼，算是默认。

杨牧河这下彻底悟了：“所以，你约我来喝闷酒，是因为你看见梁枝和一个男的一起回了家，是吧？”

被说中心思，秦瞿眸光微敛，良久后才“嗯”了一声。

杨牧河眼神变了。

“那我收回之前跟你说的那些话。”他把酒杯放下，欲言又止。

“什么话？”秦瞿一时间没明白过来。

“说你被绿了的。”

杨牧河身体前倾，语重心长地同秦瞿道：“说实话，老秦，你不觉得你这做法像极了跟踪狂吗？”

刚才酒喝得太猛，秦瞿已经有了些醉意，不太听得进杨牧河在说什么。

“虽然我知道这样说不好，但是我们是兄弟，我还是得好好提醒你一句。”杨牧河喝了酒胆子也大，话说得直白，“你和人家都离婚这么久了，说句你不喜欢听的，她带谁回家都是她的自由，不关你的事。”

“非要让我给你出主意的话，只有一个办法，就是你放低身段哄她原谅你，让她同意带你回家，不然没辙。”

秦瞿沉默两秒，又给自己倒了杯酒。

杨牧河醉眼蒙眬，抬起酒杯直截了当道：“你是不是不愿意啊。你这样能把人追回来才怪。当年人家跟你的时候，受了那么多委屈都没吭一声，有时候，我都觉得你压根儿没把她当成个人……哎，我知道你这人一直这样，要不然你们就别互相折磨了。”

杨牧河接下来说了什么，秦瞿已然听不真切了。他低着头，忽然回想起很久以前的生活片段。

那个时候，梁枝看向他时眼里有星星，会为了他对她的一点儿好开心得在夜晚抱着他呢喃，倾尽一切将爱意向他尽数奉上。

可随着时间的不断流逝，那个记忆中本来鲜活的形象，一点一点变得麻木。

而他从未意识到这一点，甚至越发把她当成自己手里召之即来挥之即去的小玩意儿，将她圈在自己的范围内，看作私有物，从不顾及她的意愿。

突如其来的“啪”的一声，打断了秦瞿的思绪。

杨牧河拍了下大腿，总结道：“再怎么说，你也要尊重人家啊！让人家知道，你意识到自己的错处了，将来会用行动证明……你确实是爱她的，对吧？”

他爱她吗？

秦瞿沉吟片刻，点了下头。

许是酒精的作用，他此刻清晰地意识到，梁枝是他的生活中不可或缺的一部分。

他要是不爱她，在她离开的这些年里，又怎么会总在深夜想起她，辗转反侧，不得好眠？

放下身段去道歉……

脑中琐碎的思绪随着酒精上头而一点点增多，秦瞿狠狠地捏了下鼻梁，拿出手机。

翻到通讯录里那一个熟悉得不能再熟悉的号码时，他忽地有了一种奇异的预感，试探着拨了电话。

早就停机的号码，再一次被接通。

秦瞿手指动了动，在那边的梁枝“喂”了一声后，正犹豫着准备说话，又听梁枝快速道：“啊，抱歉，稍等一下，我待会儿给您打过去。”

手机似乎被拍到了柔软的布料之上，他隐约听见了那边的梁枝惊呼了一声。

女人的声音很细，尾音放软，仿佛在撒娇：“别……”

秦瞿的脊背猛地变得僵直。

听筒里又传来一道邈远的细碎笑声，是个男声。下一秒，电话被挂断了。

秦瞿一直保持着将手机贴近耳边的姿势，电话被挂断后，久久没有动作。

杨牧河喝高了，正和经过的熟人高谈阔论。直到听见一声闷响，他才朝秦瞿看过去。

借着室内昏暗的灯光，他看见了秦瞿泛红的眼眶，被吓了一跳：“老秦，你怎么回事？”

胸口闷闷地发疼，仿佛心脏在一遍一遍地被揪扯。

秦瞿深呼吸几下，以稳定情绪，捡起被他狠狠地掷到一边的手机，咬牙勉强道：“没事。”

另一边。

梁枝捏着猫的后颈，把小家伙放到脚边，无奈地揉揉它的脑袋：“行了，乖一点儿，不要闹啊。”

“这说明它喜欢你嘛。”任夏夏笑了笑，看向一旁的夏谦恒，“表哥，你说是不是？”

夏谦恒也跟着笑起来：“是啊，它平时不怎么黏人的，对我都高冷得很，看来它是真的很喜欢你。”

梁枝笑了笑，任由那只猫又一次跳到自己的腿上，顺手撸了两把。

猫是夏谦恒养的，是只捡来的三花。今天任夏夏带它去检查，检查完跑到她家，美其名曰好不容易盼到她回来，为了弥补之前几年的缺失，要多找她玩玩，顺便也让夏谦恒过来把他家的猫带回去。

梁枝知道任夏夏打的是什么主意，不过她不在意这些，所以任夏夏提议让夏谦恒一起吃了晚饭再回去，她也同意了。

面前的茶几上摆满了吃的，烤盘上的五花肉滋滋作响，任夏夏夹了一块烤得焦脆的肉，就着生菜一口咬下去，幸福地向后仰躺："果然，夏天啤酒配烤肉就是最棒的！"

梁枝笑了笑，提醒她："别把调料弄到沙发上。"

"知道了，知道了，我会小心的。"任夏夏一面把碗筷放回茶几上，一面冲她别有深意地眨眨眼，"沙发套脏了，就把我表哥留在这儿帮你洗。他可会做这些了，谁见了都得夸一句居家好男人。"

"夏夏。"夏谦恒被这么打趣，也没生气，温和地提醒任夏夏，"别闹。"

末了，他还小声对梁枝道："如有冒犯之处，很抱歉。"

"没事儿。"梁枝清楚任夏夏的性子，笑着摇摇头。

"知道了——"任夏夏听了夏谦恒的提醒，拖着语调坐起来，把猫抱过来，"奥利奥，小奥奥，喜不喜欢这个小姐姐啊……喜欢以后就让你爸爸多找她玩，好不好啊……"

梁枝弹了下任夏夏的额头："快吃肉。"

"嘿嘿，好。"

任夏夏终于不再造次，挪过去挨着梁枝坐好。

感觉有什么东西硌屁股，她伸手拿出来，见是梁枝的手机，便递给她："喏，你的手机。"

梁枝接过，突然想起刚才有个电话，于是起身道："你们继续吃，我先去回个电话。"

走到阳台上，她打开锁屏，屏幕上的来电记录映入眼中。

是打给副号的。

副号是她曾经用过的号码，和秦瞿离婚后，她曾经短暂地停用过一段时间。后来，怕和一些人联系不上，她便重新激活号码，作为副号使用，但其实已经很久没有人打过这个号码了。

即便没有备注，梁枝也一眼认出了那是谁的手机号。

又是秦瞿。

想不通秦瞿为什么会在这个时候给她打电话，梁枝虽然疑惑，但还是拨了回去。

她心里想着，要是他还跟她说那些没营养的话，她挂断电话拉黑他就是了。

“嘟嘟”两声后，电话接通。

“喂？”梁枝开口，“找我什么事？”

没人说话，梁枝只听见那边的人重重地呼吸了两声，随后通话中断。

望着手机屏幕上通话结束的界面，梁枝只觉得莫名其妙。

也许他是打错了吧。不过这也提醒了她，她忘记把这人拉黑了。

这样想着，梁枝将秦瞿的号码拉入了黑名单。整个过程干净利落，丝毫不拖泥带水。毕竟这不是一个需要多加思考的问题，只不过是历史遗留问题罢了。

时间不愧是治愈伤痕的好东西，曾经她回想起关于秦瞿的任何一点儿细节，都难免会有逃避的心思，现在却连回拨电话都很坦然。

夏夜的风一阵阵拂过她束起的发丝，挠得她的后颈痒痒的。城市灯光闪烁，霓虹流光衬得夜色格外迷人。

梁枝坐在外头的小椅子上，吹了会儿风。

小三花从客厅里跑出来，依偎在她的脚边，时不时蹭一下她的脚踝。梁枝被蹭得舒服，两条腿无意识地晃动着，手垂下去，抚过旁边花槽里的花。这是王娣之前买回来种上的，如今正到花期，花开得刚好。

难得有这么闲适的时刻，梁枝的心情也跟着放松下来。

从客厅里传来一阵脚步声，梁枝抬头看了过去。

夏谦恒缓步走来，在她身边蹲下，低头捏了下猫耳朵，问梁枝：“奥利奥没有打扰到你吧？”

梁枝摇摇头，笑着说：“我挺喜欢猫的。”

夏谦恒也跟着温和地笑起来：“那梁小姐为什么不自己养一只呢？”

“没空呀。”梁枝想了想，回道，“刚开始一个人住的时候，我有想过要养一只猫；后来我经常要到处跑，就暂时没有这个打算了。”

“原来是这样啊。”夏谦恒点点头，扶了一下眼镜，站起身来。

他斟酌片刻，忽然微微躬着身，询问梁枝：“我能冒昧地请求你一件事吗？”

“嗯？”梁枝有点儿意外，坐直了身子，“你说。”

“我以后如果有事需要长时间出差，可不可以拜托你帮忙照顾一下奥利奥？”他问。

或许是觉得自己这般请求太过唐突，他补充道：“夏夏不擅长照顾猫狗，奥利奥性子又有些怪，送去宠物店我不放心，它好像很喜欢你，所以……”

“好啊。”梁枝爽快地答应道，“你提前跟我说就好。”

夏谦恒舒了一口气，道：“真是帮大忙了。”

饭毕，天色已然漆黑。

夏谦恒先行离开，任夏夏待得久一点儿，又与梁枝聊了几句，这才离开。

与梁枝在楼道挥手告别后，任夏夏叮嘱道：“今晚可能要下雨，记得把门窗关好啊！”

梁枝点点头：“知道了。”

第七章
就算你不接受我，也不要把我推给别人，好不好

01

晚间，果然淅淅沥沥地下起了雨，还颇有越下越大的趋势。

梁枝坐在窗边，打开了叶青苑给她的文件。里面是一档叫《不一样的家》的节目的邀请。

这档节目梁枝早已有所耳闻，是风雨台的常青树节目，播出期间收视率居高不下，早在梁枝小时候，就家喻户晓了。

节目每一季的设计略有不同，这一季主要是邀请国内外各大设计师，为各种问题难以解决的房屋提供改造方案。

如果作品足够抢眼，参与节目不失为打出知名度的一个好方法。她正好可以借这个机会，为在国内的发展打好基础。

第二天，梁枝一早就醒了，她一看闹钟，才早上七点。

梁枝揉了揉眼，看向窗外。初夏的雨，来势汹汹，连绵不绝，一晚上过去，仍没有要停住的意思。

饥饿感袭来，梁枝下床洗漱一番，换了衣服，感受到空气中的丝丝凉意，她随手披上昨晚脱下的外套，便准备出门去吃早餐。

外面的地面上已经积了一个个水洼，细细密密的雨丝落下，激起涟漪，整个世界仿佛只剩下她自己，清净又自在。

伞撑在眼前，她看不清远处的路，往前走了几步，她才发现不远处站着个男人。

一个她熟悉得不能再熟悉的男人。

秦瞿没撑伞，高大的身躯倚在石栏上，浑身被雨淋了个透，他浑然不觉，只静静地看着走近的梁枝。

又靠近了一点，梁枝闻到了他身上淡淡的烟草味，即便经历了雨水的冲洗，也挥之不去。

男人眸中布满血丝，眼下乌青浓重，整个人都透着不正常的憔悴。

梁枝心里一惊，脱口问道："你不会在这儿站了一晚上吧？你的车呢？怎么不在车里等着？"

秦瞿点了下头，又摇了摇头，哑着嗓子回答："三点喝完酒打车过来的，没车。"

梁枝听他语气怏怏的，好看的秀眉深深蹙起，无法理解他这么做意欲何为。

望见雨丝一直往秦瞿的脸上飘，她抿了抿唇，将伞往那边倾斜了一点儿，问道："你在这里等着我，是要干什么？"

"不干什么，就想看看你。"秦瞿眼神略有些飘忽，似乎试图在她身上寻找什么痕迹，"你把我的手机号拉黑了，我打不通。"

不知道是不是错觉，梁枝总觉得自己刚才从男人的语气里听出了些微委屈。

她深吸一口气，把伞递过去让他拿着，开始在兜里翻找纸巾，准备给秦瞿擦脸："我待会儿上楼给你拿把伞，你赶紧找辆车回去。"

秦瞿眼中闪过几许希冀，看着她从兜里掏出纸巾，问道："你这是在关心我？"

"没有。"梁枝否认道。

她动作有些匆忙，本只想拿出纸巾，却在动作间不小心带出了兜里的小礼盒。

礼盒是昨晚临走前夏谦恒给她的，说是作为冒昧叨扰的感谢。

他们走后，梁枝打开才发现，里面是一个发卡，上面镶嵌了几颗蓝色的宝石，通体透着几分古典的优雅气息。

这礼物太过贵重，梁枝便想着下次找机会还给他，于是顺手塞进了外套兜里。

盒子从兜里跌出，沾上了雨水和灰尘。

梁枝见状，忙蹲下去把东西捡起来，用纸巾把水渍和灰尘擦干净，翻来覆去检查了几遍，才揣回兜里。

毕竟到时候要还给别人，有磕碰和脏污就不太好了。

起身时，她明显感觉到自己周身的气压变低，下一秒，手腕便被男人抓住了。

望着梁枝手里的礼盒，他的眸光变得阴沉，问道：“他送的？”

心头有一种难以言喻的隐痛蔓延开来，秦瞿只觉得自己头昏脑涨得厉害，却仍强撑着，用质问的眼光牢牢注视着她。

他了解她，若非对方与她关系极为熟稔，她是不会贸然收下礼物的。

况且，她还那么珍重地擦拭那个礼盒。

没明白秦瞿所说的“他”指的是谁，梁枝刚想让他松手，却忽然感觉到了自手腕处传来的滚烫的感觉。

秦瞿的体温，高得吓人。

梁枝心一沉，试图挣脱秦瞿的手，声音有些急切：“你发烧了，你知不知道？”

秦瞿仿佛对自己的身体状况一无所知，依然固执地握着梁枝的手腕不放。

他没有回答她的问话，而是再一次用逼问的语气问她：“他走没走？那个男人，我等到现在也没有等到他出来，他是不是还在你家？”

“秦瞿，你烧糊涂了？”梁枝一头雾水，感觉到手腕被他握得微微发汗，她难受地甩了两下，道，“什么男人？你到底在说什么啊？”

她感觉到男人捏住她的手腕的力道放轻了许多。

她正打算趁机从秦瞿的桎梏中脱离时，却发现随着自己的挣扎，那个摇摇欲坠的高大身躯离她越来越近。

下一秒，她便落入了男人的怀抱中。

一想到梁枝同夏谦恒一同远去的背影，秦瞿便不自觉地用力将后槽牙咬得发酸。

雨伞被扔到地上，秦瞿双臂箍住怀中的女人，他稳住身形，思绪翻涌片刻后，终是颓然地将下巴搁在了她的颈窝，喃喃道：“梁枝，跟我回去好不好？”

“那栋房子是我买下的，什么都没有变过，书架上属于你的位置也都还空着。”

秦瞿低叹一声，嗓音变得越发低哑，更似喃喃自语。

“你想要的爱，我可以给你。这样的话，我们是不是就可以重新开始？”

身体还保持着对男人拥抱的反应，梁枝不自觉地软了腰身。她没有抗拒，看似乖巧。

梁枝在等。

自知力量悬殊，她怕秦瞿神志不清之下还会做出别的事，只能等着他主动放开她。

雨水一点点浸润衣服，她穿得本就单薄随意，如今只觉浑身上下都透着潮湿黏腻的感觉，不大舒服。

病人终究是病人，就算强撑着用力，也没有办法坚持太久。随着秦瞿环住她腰部的手臂一再放松力道，她缓慢地从他的怀里退出，弯腰去把被吹远的雨伞捡起。秦瞿踉跄着想去拉她，被她巧妙地避开了。

天色阴沉沉的，天空是一种近乎泥土颜色的棕灰色，被密密麻麻的雨丝蒙住，一切都显得缥缈，时间仿佛被无限拉长。

“你真的爱我吗？”梁枝蓦地开口，声音混杂在雨声之中，显得极轻。

秦瞿浑身一颤，而后点点头。他的脸上已经泛起了不正常的红晕，就连呼吸也粗重了许多。

“可是，我不爱你了。”梁枝眸光一如既往地恬淡柔和，说出来的话却字字残忍。

秦瞿僵滞在原地。

梁枝说这句话时，没有很大的情绪波动，仿佛只是在陈述一件十分平常的事。

若是放在前两年，梁枝觉得，自己可能还会有一点报复成功的快感。可现在她已经不在意了。

不愿再在这种场景下浪费时间，梁枝一只手提着伞，一只手揪住秦瞿的衣袖，把他往外带。

她怕自己现在回去，秦瞿会在她家楼下再站上一天。

身上各处都已湿透，打伞也无济于事，她索性收了伞，带着他出了小区，拦下一辆出租车。

司机见秦瞿浑身湿透，不愿载他，听到梁枝承诺会赔偿车内坐垫的钱，这才勉为其难地答应。

要把一个身高将近一米九的男人强硬地塞进车里，实属不易。尤其是这人还是个病人。

梁枝感觉自己就像在照顾一个不听话的孩子一样，一边确认他坐好了，一边提醒："家里用人还没换吧？我会提前和他们联系，让他们出来接你……林医生还在吧？你自己记得联系。"

林医生是秦瞿的私人医生，不过梁枝与他不熟。

她天生擅长照顾人，叮嘱得周到，说完便要关车门，却被一只手挡住了。

秦瞿手掌拦在门缝处，隔着被雨水模糊的车窗，固执地盯着她。

"最后送我一趟吧。"他近乎恳求地说。

梁枝闭了闭眼，再次开门，俯身离他近了些，拿出手机同他对峙。

她按亮屏幕，是拨号界面。

"秦瞿，待会儿我数三下便会关门。"她开口，语气有些强硬，"你要还是不走，我会叫救护车直接把你接到医院。"

顾及车内还有第三个人，梁枝放低声音道："到时候，全江城都会知道，珩原的掌权人为了前妻，做出了那么丢人且幼稚的事情。"

"梁枝。"

梁枝看着秦瞿眼中的自己，不为所动。

不给秦瞿思考的时间，她开始倒数："三、二——"

"一。"拨开秦瞿的手，梁枝干脆利落地关上车门，伸过头隔着副驾驶位半开的车窗玻璃，对司机说，"麻烦您把他安全送回去。"

司机不明所以地"嗯"了声，被刚才梁枝的一系列动作整得有些蒙："小姑娘，你真不管你男朋友了啊？"

梁枝不做解释，冲司机挥了挥手："您送到就好，谢谢。"

车窗缓缓上升，关得严严实实。

出租车启动后，梁枝回头，用最快的速度在门口的早餐店买了两个包子，冒着雨大步跑回家。

02

由于天气不好，路上车辆不多，出租车司机一路畅通无阻地前行，车窗被雨点敲打得啪啪作响，雨刮器忽左忽右地工作着。

等红绿灯的时候，司机打开了广播，一首接一首的嘈杂音乐震响在车内，吵得秦瞿原本就发晕的脑袋疼到仿佛要裂开。

他浑身无力，只能象征性地按了按太阳穴，虚弱地出声提醒："麻烦小声一点儿。"

"啊，行。"司机见他这副有气无力的模样，目光含着同情。

他关了广播，专心开车，车内一时只剩下偶尔响起的导航提示音。

过了一会儿，司机实在觉得无聊，又好奇地和秦瞿搭话："小伙子，和女朋友吵架了？"

秦瞿烧得难受，听得见他说话，却没心思回应他。

司机当他默认，于是打开了话匣子："你也别生闷气，有什么问题就改。你女朋友看着好像对你很强势，但也是在关心你，你看她跟你说话的时候讲得多详细周全，而且她一看就是个温柔的女人……"

秦瞿闭着眼，听着司机的话语，脑内不断浮现出刚才的场景。他勾了勾唇，说不上是自嘲还是别的什么。

是啊，她一直是那么温柔的一个女人。现在她最缱绻柔软的声线，却如最薄最锋利的刃，在他心上缓慢划过一刀又一刀——

那是说不出的疼。

来接秦瞿的用人见他这副状态，结结实实被吓了一跳，连忙把人扶回家中。

林医生赶到时，秦瞿已经洗了澡，换好衣服，虚弱地躺在床上。

问出秦瞿昨夜的动向后，他严肃地皱起了眉头："你最近那么忙，还抽烟喝酒、淋一晚上雨？不要命了？"

秦瞿沉默着。

林医生见他这副模样，明白他此刻听不进去任何建议。他叹了口气，例行检查结束后，严肃地勒令他卧床休息两天，又向用人嘱咐了注意事项，便无奈地离开了。

用人知道秦瞿此刻情绪不太好，识趣地将冲好的药放在床头柜上，帮他将窗帘拉开了一点儿，便安静地退出去了。

走时，她一不小心碰倒了床头柜上斜靠着的相框。好在房间里铺了厚厚的地毯，玻璃相框从那么高的地方跌下，仍然完好无损。

注意到她手里拿的是什么，秦瞿眼中霎时间闪过一丝别样的情绪，他哑着声音开口让人把相框给拿过来。

相框有些重，边角锋利且冰凉。

秦瞿皱着眉，仔细观察着玻璃中封存的照片。

那是一张他和梁枝的婚纱照。准确来说算不上婚纱照，只是在家中的院子里拍的普通写真罢了。

那时他们才领证不久，恰好时间宽裕，梁枝看到网络上的一组婚纱照，心血来潮便约了个摄影师想要与秦瞿一起去拍。

秦瞿倒也没意见，毕竟结婚时太过低调，也算委屈了梁枝，这会儿能补偿，他便尽量补偿她。

原本两人连出行的机票都买好了，却因秦瞿临时有事，不得不将这个计划搁置。

最终，两人只在院里以门口开放的簇簇鲜花作为背景，简单地拍了几张照片。但梁枝毫无怨言，拍照前进衣帽间挑选了很久，最终选了一条有几分像婚纱的白纱裙。

那天阳光正好，别墅门口被精心修剪好的玫瑰正怒放着。梁枝摘了一片玫瑰花瓣放在手心里，问他颜色像不像她今天的口红色号。

拍完后，她脸颊红红地请求摄影师将照片好好封存在相框里，当晚紧紧抱着他的腰，乖顺得很。

他听她小声又认真地在他耳边低语，说她好开心好开心。

相框寄回家中，她便将其郑重地放在了床头柜上，还有一本相册，不知道被她藏在了哪里。

照片里，女人一身素白的长款纱裙，上面的碎钻闪闪发亮，衬得她整个人漂亮得不可思议。

那时，梁枝面容尚有些青涩，抱着他手臂的动作有些小心，脸上挂满了幸福与憧憬的笑。

秦瞿猛然意识到，原来那个时候，梁枝也曾经那样纯粹地对他笑过，并且这样的笑容，过去只属于他。

而现在，又会属于谁呢？

她会像曾经对待他那样，温柔的眼睛里闪着清澈的光，对那个男人笑得眉眼弯弯吗？

她会接受他的礼物，与他约会牵手、拥抱接吻，甚至……也那样乖顺地躺在那个男人身边吗？

秦瞿深吸一口气，头向后仰，后脑勺狠狠地磕在了床头上。

越让自己不去想，那些琐碎的画面越控制不住地如浪潮一般涌上，充斥在他的脑海里。

照片里女人的如花笑颜仍在眼前，他狠狠咳嗽两下，将相框反扣在床头柜上，端起还冒着热气的药一饮而尽，苦味霎时间充斥整个口腔。

秦瞿面无表情地将碗放回去，睁着眼睛，许久说不出话来。

窗外的雨越下越大，天也越来越黑，室内安静，气氛压抑。

心口疼得仿佛被一只手紧紧揪住，秦瞿弓着腰闷闷地哽咽了一声。

原来，这药这么苦。

梁枝到达滨城机场时，收到了节目组那边发来的信息，说前方出了车祸，道路堵塞多时，工作人员会晚些到。

她回了句“好”，在出口处随便找了个店进去坐下，点了杯咖啡。

外头聚集了很多接机的人，热闹喧嚷，不时还有几个人出来维持秩序。

服务员给她端来咖啡时，她多嘴问了一句：“是哪个明星？”

“不清楚是谁。”服务员迷惑地摇摇头，转身去服务另一桌的客人了。

梁枝低低地“哦”了一声，也没在意。

须臾，她又听见那边传来齐刷刷的尖叫声。

“小帆！小帆！”

梁枝从自己对那个圈子贫乏的记忆里，努力搜刮出了一点相关的资料。

初小帆是最近正当红的少女偶像，梁枝对她有印象是因为她人气太高，即便梁枝对她不怎么关注，也常常能在社交媒体上看到有关她的消息。

铺天盖地的尖叫声中，梁枝隐隐约约从里三层外三层的人里窥见了小姑娘的身影。

小姑娘摘了口罩，冲众人挥挥手，笑容甜美，确实是很讨喜的类型。

梁枝有点儿无聊，于是一直关注着那边的动静，直到那群粉丝跟随着小姑娘的身影一路出了机场，这才将注意力放回手边的咖啡上。

就在这时，接机口又传来一阵喧闹。

那边还剩下稀稀拉拉的几个人，似乎是在等着另一个人。

梁枝听见她们喊：“晗女神！”

心里有了猜测，梁枝再一次将目光朝那边投过去，刚好看见刚走出来的应晗。

梁枝没想到，时隔多年再次见到应晗，竟然会是在这样的场合。

与刚才粉丝欢迎初小帆的盛况相比，此刻应晗的境遇堪称惨烈。

在她的印象里，应晗应该是光彩照人、万人簇拥的，不知为什么，今日她竟然从应晗的姿态中看出了对方的失意和尴尬。

服务员再次从梁枝身旁经过，忽然想起了什么，对她说道：“哦，我记起来了，最近有一部网剧要开拍了……我记得之前看到过官宣微博，初小帆是女主角。”

梁枝点点头表示了解，正在此时，她莫名感觉有一道目光落在了自己身上，她疑惑地再一次望过去，正巧碰上应晗的脸转向她这个方向。虽然墨镜挡住了应晗的大半张脸，但梁枝总觉得，她是在看自己。

隔着人群遥遥相望，一秒后，应晗迅速转过头，匆匆离去，甚至有种落荒而逃的意味。

梁枝不知道这是不是她的错觉。

03

节目组接到梁枝时，已经是下午。

“开始导航，全程一百零八公里，大约需要两小时五十分钟。”

摄影师向梁枝解释道：“目的地在山里，从这边过去得走一段比较长的路，您可以先睡一会儿。”

“嗯，知道。”梁枝看了看窗外，应道。说完，她便真的闭上眼，睡了过去。

再醒来时，车已进山。

经过一处停满车的地方时，她揉了揉眼睛，打开窗，问：“是这儿吗？”

摄影师打了个哈欠，看过去，摇摇头：“不是，那儿好像是在拍戏。放心，和我们的拍摄不冲突，我们的拍摄场地在更里面的地方，互相不会打扰。”

“哦……”

汽车又颠簸了大约半个小时，终于停在了目的地。

这是一个十分老旧的院子，里面住着一位老画家和他的孙女。

老伴儿去世后，老画家的儿子儿媳又相继患病。为了给家人治病，老人家卖了城里的房子，又变卖了家里所有家当，可惜儿子儿媳最终还是撒手人寰。孤苦伶仃的祖孙二人蜗居在乡下早已破败的祖宅里，靠着老画家的一点儿微薄的养老金生活。

志愿者是今年三月联系到这家人的，经过一段时间的讨论，最终决定求助节目组，让他们帮忙改造生活环境。

此前，他们请人鉴定过，房子是木质结构，受损严重，若是不加以修缮，山上雨水多，恐怕过不了半年就会倒塌。

而这一家又是相对特殊的一家。

由于老画家收入微薄，参与改造的预算并不够，即便志愿者们想尽办法筹款，也未见成效。所以在与节目组商讨后，他们决定努力将预算压到最低，再由赞助商赞助一部分。

梁枝一下车，就有志愿者过来迎接她，带她在屋子里转了转。

确实如资料所说，房屋整体老旧，生活不便。祖孙二人甚至只能挤在一个狭小的房间内，因为只有那个房间不会漏水。

房间角落里堆满了画到一半的画与画材，有些因为太久没用，竟然长了霉斑。

老画家已经被节目组送到了临时安置的房子里，小孙女则在隔壁屋里收拾要搬走的东西。

小孙女叫柳之薇，刚满十二岁，今年在志愿者们的安排下，才回到了学校读小学三年级。

小姑娘眼睛大大的，见到梁枝后，将手背在身后擦了擦，才肯怯怯地与她握手。

梁枝看到她手边的箱子里放着几张画，虽然画得生涩，但保存得很好，甚至连一丝褶皱都没有，足以让人看出其珍重之意。

于是她笑着问柳之薇："你很喜欢画画吗？"

柳之薇连忙关上箱子，害羞地摇摇头："没有，都是爷爷的。"

梁枝弯了弯唇，揉揉她的头，没有拆穿她。

回到车里，她没有立刻离开，而是从笔记本电脑里调出了之前节目组给她传来的生活记录，仔仔细细地分析起来。

不知不觉，天色已完全黑沉。

梁枝二倍速看完最后一个视频，用手里的笔点了点纸上罗列出的各类问题，将文件整合好在电脑里存档，这才从车里出去。

柳之薇正在把收拾出来的东西一箱一箱往车里放，志愿者蹲在一堆箱子旁帮她盘点。

“薇薇，你这砚台都碎了怎么还带着啊？姐姐不是给你换了个新的吗？”

有个年轻女生拿起箱子里的一个巨大的砚台，砚台很重，已经裂成了两半，又被透明胶厚厚地缠住。

柳之薇看过去，固执地摇了摇头：“这个不能丢，是以前妈妈送我的生日礼物。”她说这句话的时候语气很平静，仿佛只不过是在陈述一个事实。

那个志愿者却浑身僵了僵，讪讪地“哦”了一声后，把砚台放回了箱子里：“带着吧，这个确实不能丢……”

梁枝鼻子忽然有点儿发酸，走过去帮着柳之薇搬东西。

小姑娘似乎不习惯别人帮她，动作别扭，很多东西不让碰。

梁枝只好站在一旁，偶尔搭把手。她朝着摇摇欲坠的房子看了一眼，又问柳之薇：“对房子的改造你还有什么要求吗？说给姐姐听，姐姐尽量满足你的要求。”

柳之薇低着头，似乎仍在专心搬东西。

许久之后，她小声开口：“想要照到很多的太阳。”

梁枝微微怔了怔，随后笑着说：“好。”

远处又有汽车引擎声响起，伴着极亮的远光灯，一路朝着这边靠近。

旁边的工作人员小声在她耳边解释：“赞助商今天想来看看这边的情况，本来早就能到，谁料底下那个剧组把路堵死了，结果到现在才上来。”

“说起来也挺倒霉，他们就比你们晚出发一点点……”

见那边的车门被打开，工作人员知趣地止住了声音，没再继续八卦，毕竟工作这么多年了，他知道什么该说什么不该说。

有男人逆着光从车上下来，不过因为车灯太亮，刺眼睛，梁枝没看清那人的脸。

她无所谓地转过头，反正这也不关她的事。

有人过来叫柳之薇，让她去给人介绍一下屋里的情况。

注意到小姑娘畏缩地向后退了一步，梁枝把人挡在身后，自告奋勇地说道：

“还是我去吧，天这么黑，屋子里光线暗，比较危险。”

负责人上下打量了梁枝一番，点点头，道：“麻烦梁小姐了。”

负责人带梁枝过去，看清来人的那张脸，梁枝错愕了一秒。

又是他。

“秦总，介绍一下，这位是负责这次改造的设计师，梁枝梁小姐。”

“梁小姐，这位是……”

负责人在旁边介绍着，梁枝差点儿脱口而出一句“你怎么在这里”。

上次雨天发生的事让她心里没底，她害怕秦瞿又做出什么让她猝不及防的事情，犹豫了一秒，率先伸手：“你好，秦——”

手掌仅被握住一秒，那只手便迅速收回。

秦瞿眉眼淡漠，看她时神情陌生得仿若与她初次见面，语气礼貌又客套。

“你好，梁小姐。”

梁枝疑惑地眨眨眼，也垂下了手。

男人目光沉静，眼中似乎还藏着些晦暗的情绪。

她一时竟有些分不清，秦瞿这样做到底是真的放下了，还是换了一种迂回的方式。只是目前她得顾及正事，便暂时压下了某些想法。

不过无论他的目的是什么，至少在这样的场合，她暂时是安全的。

这样的念头在脑海中浮现时，梁枝忽然觉得有点儿好笑。

她竟然会害怕秦瞿对她怀有什么心思。

“秦总，跟我来吧。”她略微欠身，带秦瞿过去。

假装陌生人的戏码她最为得心应手，一开口便在无形中把两人的距离拉开，仿佛此前他们真的从未见过面。

男人走在身侧，脚步稳健，不紧不慢，浑身透着上位者的优雅从容，与前些日子在雨里死死抱着她的狼狈的那个他判若两人。

也许，他是真的放弃了。

梁枝心头的警惕放松了几分，将注意力放回到面前的公事上。

在几个此前堆积过杂物的房间里随便转了转，梁枝最后带着秦瞿进了卧室。

屋里光线很暗，只有一盏老旧的灯还发着微弱的光，开关是拉绳式的，贴着墙，满是灰尘。

梁枝过去时，不知是哪里出了问题，原本就闪闪烁烁不稳定的灯光竟直接熄灭了。

室内陷入一片漆黑。

梁枝拿出手机打开手电筒，说道："我们继续。"

秦瞿在此刻出声："不用了，已经可以了。"

终于结束了。

梁枝如释重负，长舒了一口气。

走出屋子，晚风带着山间湿润的气息扑面而来。

梁枝本想带着秦瞿回到之前的地方，却听见身侧脚步声停了下来。她只得也止住步子，侧头询问："您还想继续吗？"

秦瞿只瞥了她一眼，便转过身，将目光重新投到了房子上。上上下下仔细打量一番后，他问："梁小姐的计划如何？"

梁枝早已猜到秦瞿会问这个问题，于是如实回答："我原本想用PC结构（装配式混凝土结构）做出功能区，但是老人家要求尽量保留原本的墙面，所以只能尝试加固墙面，置换横梁……但是如果这样的话，在保证质量的情况下，预算会有点儿超。"

梁枝说话的语调很轻柔，语速也不疾不徐，虽然是在诉说自己的苦恼，却丝毫不急躁。

秦瞿静静地听完她的初步计划，"嗯"了一声，道："预算方面不需要担心，我会解决。"

梁枝一怔，便又见他微微侧过身，斟酌着缓缓道："我没有别的意图，只是想在力所能及的范围内提供一点儿帮助。"

"这样啊，谢谢您。"

秦瞿这么说，她便不再追究他心里所想的到底是不是如此，至少这是一件好事。

周围再一次变得安静，两人话题终结，谁也没有再迈出一步，而是都站在原地静默地吹着晚风，仿佛有了某种默契。

"梁枝。"秦瞿蓦地开口唤她。

他喊的不是"梁小姐"，而是她的全名。

这样的称呼变换让梁枝神经一下子紧绷，她应了一声，退到安全距离问道："秦先生还有什么事？"

见她这副满是防备的模样，秦瞿手指僵了僵，眼里闪过一丝微不可察的慌乱，说道：“你不用怕我再做什么，我只是为我曾经的做法感到抱歉。”

他低声解释道，尽力克制住自己的情绪：“一直以来太过傲慢，是我的错。”

梁枝半信半疑地望着他，不明白他这突然的态度转变到底源自哪里。

秦瞿没再继续说话，而是抬步向那边热闹的光源处走去。

04

柳之薇和几个志愿者已经被送走了，剩下的人聚集在一块儿，不知道在谈论什么。

看见梁枝和秦瞿两个人肩并肩走回来，他们犹豫了一会儿，才上前沟通。

听他们描述一番，梁枝大概明白了现在是怎样一种情况。

梁枝所坐的那辆车，在司机尝试换一个地方停靠时，意外被地上的钢筋扎穿了轮胎，一时间没有办法开走。节目组的车不够用，即使众人挤着坐也还是会有一个人坐不下。

眼下最为便捷的方法，便是让一个人坐秦瞿的车，可他们不清楚秦瞿同不同意。

梁枝在听到这个消息的第一秒，便隐约感觉到了情况的不妙。

果然，秦瞿沉吟片刻，便向她提出了邀请：“不如让梁小姐坐我的车？”

梁枝的视线与他的交会一瞬，便立刻收回，她皮笑肉不笑地看向秦瞿，道：“不如让摄影老师坐吧？”

摄影师闻言，为难道：“可我还得拍一些素材，坐秦总的车可能不太方便。”

梁枝原本还想继续提出别的意见，却忽然感觉到耳郭微热。不知不觉，两个人的距离竟然已经离得那么近。

秦瞿薄唇贴在她的耳侧，用只有他们两个能听见的声音道：“放心，只有一段路，我不会对你做什么的。”

顿了一下，他不着痕迹地凑得更近了些，道：“他们都不方便，现在只有你最合适。”

耳朵本就是梁枝的敏感点，突然被秦瞿这么一撩拨，她身子软了软，提起手边的包便往他身上招呼了过去。

好在有夜色的掩映，他们之间的小动作看起来没有那么明显，工作人员只当是梁枝手滑。

梁枝隐约听见秦瞿闷哼一声，没太在意，抿了抿唇，不愿再掰扯太多，冷着脸上了秦瞿的车。

她就知道，他怎么可能会是那种让放手就果断放手的人，是她放松警惕了。

节目组的几辆车在前方开路，秦瞿的车慢悠悠地沿着山路开，落到了最后。

秦瞿坐在副驾驶位上，梁枝坐在后排，一路上除了车内悠扬的音乐，再没有响起别的声音。

梁枝觉得车里的空调吹得她有些不舒服，于是开窗透气。掠过耳边的风不时发出呼呼的声音，忙碌一天的疲惫使得困意涌上。

梁枝正准备闭眼假寐，秦瞿状似无意地问道："梁小姐，请问你还单身吗？"

"与你没有关系。"梁枝想也不想便回道，直接闭上了眼。

秦瞿眼中浮现出无奈之色，被她这么一呛也没了脾气，反而笃定地说："你还是单身。"

"随你怎么想。"梁枝懒得理他，心底的郁气仍存，不欲同他多说。

"和你一起回家的那个男人是什么身份？"秦瞿接着问，"情人？"

"你都在想些什么？"梁枝掀起眼皮，总算明白他问这一系列问题的意图所在。她看了一眼司机，提醒道，"这里还有别人在。"

"他受过专业培训，不会透露隐私。"秦瞿警告似的看了司机一眼，司机知趣地戴上了耳机。

"满意了吗？"秦瞿通过后视镜看着他，语气自然地接着道，"如果真是情人，你看我够不够资格？"

他语气认真了点儿："你清楚我的能力，如果你愿意，我们也可以从这样的关系开始。"

梁枝没想到秦瞿会说得这么直白，只觉太阳穴突突直跳，她忍无可忍，怒道："秦瞿，我说了，我们只是普通朋友关系。在你心里，我到底有多不堪？"

气氛再一次凝滞，甚至有些剑拔弩张。

秦瞿脸色黑沉，没有转过头，良久后，他颓然地闭了闭眼，勉强从喉间挤出一句话："梁枝，难道你看不出我这是在示弱吗？"

"我在迁就你，因为我想重新追你，不论用哪一种身份，只要能在你身边，我都可以。”

梁枝眼睫颤了颤：“何必呢？”

她用一种近乎苦恼的语气说道：“秦瞿，你所谓的示弱只是从你的角度出发，你到底有没有考虑过我的感受？”

秦瞿不语。

“这就是你的爱吗？”梁枝反问他，“这就是你所谓的爱我的表现吗？还是说，你觉得一点儿退让就能让我心软，甚至对你感恩戴德？如果你还是这样的想法，我就算跟着你回去，也不过是重蹈覆辙罢了，你自己想清楚。”

汽车骤然刹停，惯性带着她的身子往前猛地一倾。

梁枝扶住前座椅背，稳了稳身形。

“前面有人，稍等一下。”司机解释道。

驾驶座车窗被摇下，司机恭敬地说道：“付小姐，下次不要再拦在车前，很危险。”

付羽然满面笑容：“知道了！知道了！”

她身上还穿着烦琐的戏服，趴在车窗口越过司机朝副驾驶位上的秦瞿看去：“表哥，你怎么在这里？我这儿还有一场戏，简直要累死了——”

没等秦瞿回答，她又扭头向自己身后张望了一会儿，急慌慌地说：“你等我一下！应晗姐也在那边，我去找她过来！”

梁枝一边尽量缩在椅背后面降低存在感，一边偷眼望向秦瞿。

她差点儿忘了，这人之前还和应晗纠缠不清。

待到付羽然风风火火离开后，她轻轻颔首，语气耐人寻味：“这些年，你和应晗的关系怎么样了？”

她以玩笑的语气说起这件事，不仅是旧事重提或是转移话题，更是一种警告。至少在她看来，应晗永远是横亘在他们之间的一道疤。既然他还跟应晗有牵扯，他就不该再来招惹她。

“没发展过，也从来没想过要发展。”秦瞿言简意赅地回应。

“当初和她的交集，大多只是帮着处理她爷爷住院的事，没有别的。”他轻声解释道，“之前我一直想找机会告诉你，可惜你走得太快，我没法儿好好说给你听。”

终于找到机会把这个陈年旧账翻出来。

其实这是很简单的一件事，秦瞿甚至都不明白，当年这事怎么会发酵到那个程度。

他说完后就安静了，想听听梁枝的回应。

梁枝没说话，望向了窗外。

时至今日，再听到解释，她甚至觉得已经没了意义。

她这才明白，那些时日自己耿耿于怀的，根本不是应晗和秦瞿之间到底还有没有那段无法忘却的初恋感情，而是那些被抛弃、被冷落，和身份地位不对等的羞耻自卑，还有一次次产生希望又落空的心如死灰。

一颗赤诚的真心被燃烧成空，剩余的灰烬再无法燃起丁点儿火花，也就无所谓希望或是失望了。

她一直很安静，漂亮的眼眸也平和得仿若一潭死水，好像根本没有听见秦瞿的解释。

透过紧闭的车窗玻璃，梁枝望见提着裙摆往这边跑过来的应晗。

车窗贴了膜，从外面看不见里面的情况，是以梁枝靠在窗边，正大光明地朝外面观望。

女人一身装扮繁复琳琅，配色也端庄华丽，她跑动时甚至能让人想象到随之响起的叮叮当当的声音。

梁枝观察了一会儿，客观评价道："很漂亮。"

解释的话语被自动忽略，秦瞿放在车窗边扶手上的手指用力蜷起，青筋微凸，他刚想重复一遍，就听见从车外传来"咦"的一声。

坐在后头的梁枝已经矮下身子，又是一副躲着人的样子。

应晗很快就站到了司机的车窗边，弯下腰去，对着车窗里的秦瞿问："刚才羽然让我过来，是你叫我吗？"

她那张妆容得宜的脸上笑意盈盈，看着有些受宠若惊："怎么这么晚你还在这边？荒郊野外的，你怎么知道我们来这儿拍戏了呀？"

应晗不往后面看，梁枝便饶有兴趣地看戏。

"你放心，"应晗自顾自道，"我知道你是来关心羽然的，她被我照顾得很好——"

秦瞿偏过头，眉眼间满是不耐烦："开车。"

司机似有顾虑，看了应晗一眼，又看向秦瞿："秦总……"

秦瞿眼神一冷，司机只好对应晗小声道歉，而后踩下油门。

应晗要说的话被堵在喉咙里，只能眼睁睁地看着车窗上升，车子载着里边的人扬长而去。

在车窗完全升上去前，她隐约看见后座上坐着个人，是个她莫名感觉有点儿熟悉的女人。

回到片场，付羽然给应晗递过去一瓶水，冲她挤眉弄眼：“聊了些啥？”

应晗笑而不语。

旁边有个小演员好奇，从剧本里抬头，问应晗：“晗姐，刚才是谁找你啊？”

应晗没有回，反倒是付羽然在一旁抢答：“我表哥，珩原的秦总。”

付羽然是秦瞿表妹的事儿早已不是什么秘密。那个小演员看了应晗一眼，眼里闪过一丝了然，讨好地笑了笑，道：“原来是这样啊。”

正当小演员要离开之时，应晗瞥了一眼她手里装着水果的盒子，轻声询问：“我可以吃一点儿吗？”

小演员愣了愣，有点儿为难：“这是有人让我转交给初小帆的……”

听到“初小帆”这个名字，付羽然就一肚子火气，她不爽地直接上前抢过人家手里装着水果的盒子：“又是初小帆……你直接跟她说是我拿了就行，真是的，就那么点儿水果还要斤斤计较什么……”

小演员敢怒不敢言，付羽然仗着自己的身份横行霸道多时，不是她能招惹的。

付羽然拿了水果就转交给应晗，笑道：“应晗姐，下次有什么事就找我。”

应晗点点头，对她微笑道：“谢谢你了。”

付羽然嘿嘿一笑：“不谢不谢，小事情，我现在就希望你能和我哥在一起。”

应晗眸光微闪，略过这个话题，状似随意地说道：“最近你哥身边有别的女人？”

“没有啊。”付羽然迷惑地摇摇头，凑过去跟她小声八卦，“你别看我哥总是那副招女人的样子，但这么多年就没有一个接近得了他的……梁枝那是意外，我哥不过是找个人凑合过日子。所以我说应晗姐你肯定是特殊的啊，都能跟我哥聊得起来。要是别的女人过去，估计我哥就直接让司机开车走了……”

“啊，是这样。”应晗指甲使劲掐进掌心，故作自然道，“早知道你哥连聊天时间都那么宝贵，我就该多聊会儿再让他走。”

“嘿嘿，我就说嘛。”付羽然给她喂了一块凤梨，接着道，“他最近和梁枝也没什么交集，你放心。”

“嗯。”

梁枝没想到秦瞿会那么果断地开车走人，她往后张望了好一会儿，坐直身子道：“你真的不打算多说两句？”想了想，她诚恳地说，“其实你和应晗在一起挺好的，真的挺般配。”

秦瞿实在无法理解梁枝三番五次想把他推出去的举动，说道：“既然和她在一起都算挺好，那我和你在一起呢？”

“你啊……”梁枝弯弯眸子，“我又不傻，一个火坑凭什么要我跳第二次。”

“说真的，”抱着不想再被秦瞿纠缠的心态，梁枝理性地跟他分析，“江城那么多女人对你有意思，总有能让你满意的，你何必执着于我一个人不放？”

像他那样地位的男人，想要什么样的女人没有？

“可我只想要你。”秦瞿抑制住心里的无名火，压着嗓音道，“梁枝，就算你不接受我，也不要把我推给别人，好不好？”

梁枝眼睑微垂：“随你。”

第八章
梁枝，那我们现在，可不可以勉强算作是朋友

01

由于时不时要去看一看进度，计划开始执行后，梁枝便直接在滨城订了三个月的酒店。

施工队的效率很高，不到两天，外面的各项拆除工作已经完成。在进行了房屋横梁的置换与各处翻新，将安全隐患排除之后，施工队开始对屋顶进行处理。

由于柳之薇对光照有要求，梁枝在屋顶上设计了天窗。考虑到防水等一系列问题，又要顾及整体设计的和谐，最终她决定亲自去木材厂挑选木料。

她接连跑了好几个木材厂，总算是确定了木料。

做完这一切，梁枝又回到了施工现场。工人们正在用钢结构铺设阁楼，梁枝站在一旁看着。就在此时，她注意到了摄像机旁边秦瞿的身影。

男人正低声与施工队的领队交谈着，似乎是在了解此次装修计划。

梁枝本想假装没注意到他，奈何她刚才的目光投过去，已经引起了对方的注意。

秦瞿的视线越过人群朝她投过来，须臾，他大步朝着她的方向走来。

面对着镜头，梁枝没有办法做出抗拒的反应，只能借故朝着另一个方向走。

秦瞿快步走到她的身侧，问她："你要做什么？"

梁枝偏了下头，不看他："过去看看情况。"说完，她走到脚手架前，作势便要向上爬。

"危险。"秦瞿皱了皱眉，下意识地随着她的动作扶住她的腰。

梁枝感觉到男人的手掌覆在她的后腰上，忍不住轻斥一声："放手。"

秦瞿感受到她的不乐意，只好听话地松手，但仍站在下面，看着她往上爬。

她今天穿得很简单，一件黑色T恤搭配一条七分裤，裤子下露出的一截小腿又细又白，沾了些灰尘，纤瘦的身体在他眼前不停地晃荡，脆弱得仿佛一折就断。

秦瞿收了视线，一双桃花眼中情绪不明。

头盔有点儿妨碍视线，梁枝努力仰头，上面的人看见她想上来，于是过来给她搭了把手。在上头站稳后，梁枝四处望了望，与工人交流了一阵，叮嘱了几个细节，这才放心地从脚手架上下来。

下来时她走的另一边，没注意地上横着一根棍子，一脚踩上去，顿时滑倒，地上零星散落着建筑材料，梁枝只觉膝盖上一阵剧痛传来。

工作人员惊呼一声，赶紧上前去搀扶她。

梁枝膝盖还疼着，摆摆手示意旁人退开一点儿，试图自己站起来。

奈何腿部稍一用力，痛感便猝不及防加剧，梁枝只得保持跌坐的姿势，眼里不自觉流出泪水。

此时，她感觉身后有人靠近，接着周身被熟悉的气息所笼罩。

“伤到哪儿了？”秦瞿微喘着的声音响在耳边。不等梁枝拒绝，他便将她打横抱起。

害怕又触动伤处，她抱紧秦瞿保持平衡，小声说：“别碰着膝盖，疼……”

“知道了。”秦瞿沉声应道，不等梁枝继续说话，便大步将她抱上了车。

原本因为这个突发状况而有些混乱的节目组工作人员，在看见梁枝被人带走后，面面相觑，惊讶地目送秦瞿的背影离开。

有人追上去问：“秦总，您是要带她去医院吗？”

秦瞿睨他一眼，脚步不停，淡淡地道：“嗯。”

了解情况后，工作人员愣了愣，停住脚步，不再追过去，说道：“啊，好，那麻烦秦总了。”

直到目送秦瞿的车离开拍摄现场，才有人忍不住上前询问那个工作人员：“怎么样了？”

“秦总说他会把梁设计师送到医院。”那人回想着秦瞿刚才急切的模样，总觉得自己好像忽略了什么细节，挠了挠头补充道，“你别说，秦总人看着挺冷，好像啥都不在意，其实还是个挺好的人。”

秦瞿板着一张脸，目不斜视地开车。

梁枝坐在后座，腿搁在座椅上，随着车的颠簸，膝盖不断传来痛感，让她时不时地轻“咝”一声。

猫儿似的痛呼挠得秦瞿思绪时不时被带偏，他双手紧握方向盘，加快了车速，说道：“都说了让你小心，你怎么还是不注意？”

“可能是这两天没怎么睡，精神有点儿恍惚。”梁枝小声地解释道，“下次不会了。”

“没有下次，”秦瞿打断她，“好好休息，不要再熬夜。”

“哦。”人在屋檐下，不得不低头。梁枝刚应完，又是一个颠簸，她忍不住又“咝”了一声，“开慢点儿。”

车速减缓，秦瞿无奈道：“行，知道你疼。”过了一会儿，他眯了眯眸子，自嘲道，“你这一疼，我也跟着疼。”

梁枝假装没听见。

秦瞿摇摇头，自言自语道：“心疼，揪着疼，就算心都被你戳成筛子了，还是会疼。”

车子就近在一家医院门口停下，秦瞿带着梁枝折腾了一阵儿，总算是有了结果。

除了膝盖，身上还有多处擦伤，好在膝盖只是脱臼，没有骨折，复位后固定一段时间就能痊愈。

秦瞿不放心，又带着她去检查了别的项目，最后查出来梁枝由于最近过度疲劳已经出现了低血糖的症状，需要多加休息。

结果出来，梁枝松了一口气，本想直接回去休养，但秦瞿还是不放心，最后仍给她办理了住院手续，打算让她在医院多观察两天。

“这两天你就好好休息，不要去管那边的事。”秦瞿坐在床边，斟酌着用委婉的语气道，“事情你基本都安排好了，不需要操心别的，也就两天，出院了你再去看也没事。”

梁枝点点头。

确实，以她现在的状态，她也不好过去。

秦瞿见她妥协，眉头微舒，望着她出神的模样，他鬼使神差地想伸手去揉揉她的头发，却在手伸到一半的时候克制地收回："嗯。"

梁枝感觉到了秦瞿的蠢蠢欲动，不自在地低头玩手机。

秦瞿看出她的不自在，抿了抿唇，道："我去外面抽支烟。"

梁枝提醒道："医院里面都不能抽烟。"

"知道了，"秦瞿轻咳一声，"我到楼下去。"

秦瞿回车里抽了支烟，又开着窗等了许久，直到身上的烟味消散得差不多了，他这才回到住院部。

他推开门时，梁枝正在打电话。见他进来，她朝他做了个"噤声"的手势。

"啊，好，我知道了……不行，你们先不要动，我会处理的。"她秀气的眉紧锁，好像遇到了什么棘手的难题，最后道，"我马上来。"

见她挂断电话，秦瞿皱着眉问："你要去哪里？"

梁枝把手机往床边一扣，作势便要下床："木材厂那边出了问题，定做的窗框尺寸有偏差，要价也临时改动，现在需要我重新去商谈……秦瞿，可不可以麻烦你送我去一下？"

秦瞿脸色一黑，不容拒绝地按着她的肩膀，把她摁回了病床上："这件事我去处理就行，你把要求告诉我，节目组那边解决不了，我来。"

"太麻烦你了，"梁枝犹豫道，"而且我不亲自去，总不放心……"

"出什么问题我来承担责任，相信我，嗯？"秦瞿语气沉稳，说得有理有据，"你把我的联系方式从黑名单里放出来，有什么问题我会随时和你联系。况且以你现在的状态，就算你亲自去了，也没有办法好好谈。"

梁枝被说动了，拿出手机，正待动作，又有些犹豫。

看出梁枝似乎顾忌着什么，秦瞿揉了揉眉心，暗自懊悔自己曾经的一系列冒犯做法，抚慰道："放心，我不会纠缠你，要是我让你感到不适，你再把我拉黑也可以。"

梁枝低着头沉思了两秒，说道："行。"

怕梁枝反悔，秦瞿将手放在门把上，说道："那我先走了？"

"嗯。"

刚回到车里，秦瞿的手机便振了振，收到了一条消息。

来自梁枝。

秦瞿挑挑眉，点进聊天框，映入眼中的是一条转账信息。

三倍医药费，备注两个字——“谢谢”。

秦瞿盯着屏幕，撇嘴轻哂了一声。她还真是不留任何一点儿亏欠的可能。

接收了转账，回了句“不用谢”，秦瞿心念微动，点进了梁枝的朋友圈。

也许是因为当初直接拉黑，现在又直接从黑名单里放出来，梁枝没有对他屏蔽好友圈，也因此给了他可乘之机。

梁枝朋友圈发得少，设置的是一年内可见，他上下翻了翻，不过寥寥十几条，大多是工作方面的转发，然后便是偶尔发的日常。

最新的一条是前段时间发的——“回国后与友人的第一餐”。

配图的背景是自家客厅，烤盘上的烤肉冒着油，三个装着饮料的杯子相碰。

三个人……

秦瞿看了一眼发布时间，忽然笑了起来，一双桃花眼中是难得的轻松适意。

原来真的只是普通朋友。

意外得知了实情，秦瞿心情颇好地点进那条朋友圈，刚好看见了底下任夏夏的评论。

“我表哥帅吧？下次再一起聚一聚？”

梁枝回复：“好啊，有空聚。”

当年梁枝离开后，秦瞿为了问出她的行踪，便加了任夏夏的微信。

可惜任夏夏口风实在太紧，死活不告诉他，他只得作罢，没想到如今她给他提供了一条线索。

看起来，任夏夏很想撮合梁枝和她表哥。

而梁枝……态度不明。

原本放松下来的心情又变得紧张，秦瞿隐隐有了危机感。

02

秦瞿的办事效率梁枝一向信得过，不过两个小时后，她便收到了消息。

是一张测量图。

“这个尺寸是对的吗？”

梁枝点开图，确认了长度后，回他：“嗯，是对的，麻烦你了。”

说完，她又给秦瞿打了一长段文字过去，并叮嘱道：“一定要严格按照这个标准来，差半毫米都不行，不然到时候防水会出问题。”

过了许久，秦瞿回了她一条语音消息，不长，就三秒。

想不通为什么这么短的回复都要用语音，梁枝点了语音条，把手机听筒凑近耳朵。

“嗯，知道了，你好好休息。”

男人声音很有磁性，混着点儿气音，尾音不着痕迹地压低，莫名带了一种缱绻的性感，在她耳边响起时仿佛是他正附耳与她暧昧低语。

不过一句简单的话，愣是被秦瞿说出了一种不可描述的感觉。

梁枝浑身一个激灵，迅速把手机拿远，耳朵却不由自主地红了。

秦瞿是故意的吧……

秦瞿紧跟着又给她发了几条消息，说的都是公事，再无其他逾矩的举动，好像那一条语音里的那点儿暧昧意味只是他无意间流露出来的。

她要是抓着那条语音不放，反而会显得是自己有了别的想法。

梁枝有点儿郁闷地回归正题，回复得愈加公式化。

梁枝休养了一阵儿，直到腿伤痊愈，才重新投入工作。

好在梁枝前期对设计上的细节考量得细致入微，整体装修工作自始至终有条不紊，除了偶尔出一些意料之外的小问题，一切都算得上顺利。

一晃眼三个月便匆匆过去，装修彻底结束。

验收成果那天，梁枝起得很早，她好好把自己捯饬了一番，这才启程上山。

她对自己这一次的作品很满意，所以不怎么紧张，但隐隐的期待仍是让她的双颊显出点点红晕。

开门时，柳之薇给她来了个大大的拥抱。老人也走过来，高兴地与她握手。梁枝心里的石头终于完全落地。

柳之薇牵着她的手往里走，梁枝一边给人介绍房子里各项设计的功能，一边跟着兴高采烈的小姑娘走上阁楼。

阁楼上是一块很大的天窗，阳光从上面直射下来，阁楼的地板上也有几块长方形的镂空，装了玻璃，侧边也有空隙留出，刚好能让光线透过。整个屋子因为这一项独具匠心的设计，一扫往日的黑暗沉闷，变得通透起来。

阳光洒进阁楼，柳之薇拉着梁枝走到书桌前，指了指旁边柜子里放着的书问：“这些都是给我准备的吗？”

考虑到预算，阁楼内的书桌和书架是梁枝后来亲手用屋里的破旧餐桌和碗柜的木料翻新重新设计而成的，而上面放着的书，是家里一开始没有的。

梁枝扫了那些书一眼，轻笑一声：“嗯，送给你的。”

柳之薇愣怔了下，眼里分明有光。

望着小姑娘小心触碰书桌上的画具，又装作不经意地收回手的模样，梁枝低声道：“喜欢的话就坚持下去吧，不用遮掩。”

从包里拿出张名片悄悄递过去，梁枝蹲下身，微笑着说：“办法总比困难多，是不是？”

心思被看透，柳之薇双手捏着名片良久，重重地冲她点了点头。

节目录制结束当晚，有个庆功宴。梁枝本想推掉，奈何自己算得上主角之一，所以只得赴宴。

地点在滨城某知名大酒店的包间内，除了节目主要的负责人之外，还有各家赞助商代表。

进到宴会包间里，梁枝不着痕迹地环顾了一圈，确认没有秦瞿的身影后松了一口气。

毕竟庆功宴算得上正式场合，梁枝的穿着不似以往工作时那么随意，她穿着一身烟灰色长裙，配黑色针织外套，脚下踩着一双细跟高跟鞋，走起路来摇曳生姿。

她本就长相精致，稍一打扮便能吸引许多目光。

桌上几位男士见了她，皆是眼前一亮。

“久仰梁设计师大名，没想到你不仅业务能力强，人还这么漂亮。”

“哈哈哈，梁大设计师，快来坐，快来坐，你才是庆功宴的主角！”

梁枝不卑不亢地欠身，平静以对。

这样的应酬她应付起来还算有经验，落座后她便尽量避开风头，必须回话时说出的话滴水不漏，碰上敬酒也只是象征性地抿一口，好在无人为难她。

觥筹交错好一会儿，梁枝秉着低调的原则低着头专心应付自己眼前的菜，却突然感觉到一道令她不适的目光。

她正对面坐着个高瘦的小眼睛男人，大抵是喝醉了，他的脸泛红，正眯着本就不大的眼睛望着她。她一抬眼，便与那不怀好意的目光对上了。

梁枝依稀记得他好像是某赞助商代表，她抿了抿唇，移开目光，避免产生事端。

然而那个男人在意识到两个人目光交汇后，突然站了起来，用力清了清嗓子，开始跟周围的人喝酒。

一圈酒喝下来，他停在了梁枝身边。

“梁小姐的杯子怎么还是满的？是不满意今天的招待吗？”男人举着酒杯意味不明地问她，“还是怕喝了酒回去，被你老公发现？”

由于酒精的刺激，饭桌上大家的情绪都放松了下来，便有人没了顾忌。

男人半开玩笑地说完这句话，便有人插嘴：“人家梁小姐还是单身，别误会了！”

大家都只当这是开玩笑，气氛甚至在一瞬间变得更为活跃，几个男人交换着暧昧的眼神，哄堂大笑。

“哦，单身啊！”小眼睛男人笑得更加意味深长，上下打量了梁枝许久，更加放肆地冲着她示意，“那梁小姐就更该给我个面子了，我干了，你随意？”

梁枝不喜欢这样被人当作商品一样打量，不想与人如此拉扯，干脆站起身把手边的酒一口饮尽。

她正想坐下，却被男人制止住。

“不过说来，梁小姐都二十七八了吧？怎么还没结婚，连个男朋友都没有呢？”那人“啧啧”叹道，“可惜了，你要是再年轻个两三岁，说不定我也愿意成为你的追求者之一。”

“暂时没这个打算。”梁枝不满地皱了下眉头，强忍住心里的不适，回道，“抱歉，我并不是很想回答这类问题。”

“别这样嘛……”男人呵呵笑了两声，又靠近梁枝一步，说道，“听说录制节目的时候，梁小姐的膝盖还伤着了，让我看看好了没有。你看，意外受伤时，要是有个男朋友能依靠……”

他一边说，一边伸出手，朝她的腰搂去。

梁枝当即坐下，直接躲开。

“别这样啊，”男人见状，脸上堆着笑去扶她的肩膀，想把她拉起来，手不安分地再次朝她的腰摸去，“我这不是开玩笑嘛。这样，我自罚一杯，你要是再跟着我喝一杯，到时候我给你介绍几个好项目。”

啪！梁枝这次直接毫不留情地拍开了男人的手。

响声清脆突兀，引得整个包间都诡异地沉默了一秒。

小眼睛男人大概也没想到梁枝会是这般反应，他的笑容僵住了，揉了揉被打到发红的手，道：“梁小姐，你这样就太不给面子了啊。”

说完，他又冲着导演嚷嚷道：“这就是你们对待赞助商的方式，玩笑都开不起？”

导演也没想到会出现这样的场面，只得清了清嗓子打圆场：“都是误会，都是误会……梁小姐，一杯酒的事情而已……”

梁枝周身一冷，顿了一下，她将手边的杯子满上，又喝了一杯酒。

小眼睛男人的神色这才自然了些许：“这才对嘛……”

梁枝将酒杯放回桌上，忽略耳边的声音，捏着包，准备离开。

就在这时，包间的门再次被打开。

导演一愣：“秦总？”

小眼睛男人也换了副表情，惊喜道：“秦总，您也来了啊？”

秦瞿往桌上扫了一圈，淡淡地“嗯”了一声，目光若有若无地放在梁枝身上。

梁枝调整了一下坐姿，不自在地避开他的视线。

小眼睛男人直接迎了上去：“秦总，您坐……”

秦瞿睨他一眼，冷声道：“不用，我只是来接个人。”说完，他下颌轻抬，“我有些事想向梁小姐咨询，梁小姐可否跟我离开一下？”

梁枝巴不得早些离开，虽心头有疑惑，但仍点了点头，跟着他走了出去。

出了包间门，梁枝这才小声问：“你怎么在这里？”

秦瞿不语。

两人刚走两步，那个小眼睛男人的声音又在身后响起。

“秦总，您走得太快，我都忘记敬您一杯了！”男人快步走到秦瞿身前，手里端着一杯酒说道，“桌上的人我都敬了，总不能怠慢了您。”

梁枝不想再看到这张堆满油腻笑容的脸，小心地退到一旁。

秦瞿“嗯”了一声，不耐烦地抬手道：“酒给我。”

“啊？”男人一怔，有些摸不着头脑，却仍把手里装着酒的杯子递了过去。

下一秒，秦瞿抬手，直接将酒从男人的头顶浇下。他的动作很快，丝毫不给男人反应的机会。

男人被浇了满头满脸，愕然地看向秦瞿。

秦瞿抬起眼皮，冷笑一声道：“对我的人都敢那么放肆？”

虽然知道他是在给自己出气，梁枝在听见秦瞿说出“我的人”三个字时，背脊仍僵了僵。

下一秒，她的手腕便被人捉住了。

秦瞿的拇指摩挲过女人手背的皮肤，他语气散漫地下定论：“看来你是没挨过教训。”

男人明白秦瞿话里的意思后，震惊地看了一眼梁枝，面色顿时灰败下来。他这才意识到，自己招惹到了不该招惹的人。

谁都知道珩原秦总手段狠戾，性情凉薄，一旦招惹，便只有尸骨无存的下场。

男人嗫嚅道：“秦总，都是误会……”

秦瞿无视男人宛如天塌下来的神情，牵着梁枝的手从他身边走过，声线冷硬，带着几分讥诮：“误会？”

他警告道：“你以为，发生了什么我不知道？”

杯子骨碌碌滚到男人脚边。男人心肝发颤，不敢再挣扎，扑通一声跌坐在了地上。

梁枝被秦瞿一路牵出了酒店。

秦瞿松了手，梁枝揉了揉被捏得有点儿疼的手腕，再次将心里的疑惑问出口：“你怎么来了？”

女人手腕细腻的触感仍在，秦瞿手握成拳，抵在唇下轻咳了一声：“我放心不下你，一直在这附近等着，有人告诉了我情况，我就过来了。”

怪不得他出现得那么及时，原来他一直在旁边守着。

梁枝心头漫过一丝异样的感觉，不由得多了看他一眼，轻声道：“谢谢。”

站在他身边时，她竟莫名多了一点儿安全感。

夏日早已过去，这会儿夜风有些凉，梁枝觉得有点儿冷，便拢了拢针织外套。外套有点儿漏风，挡不住凉意，她又跺了跺脚，调整了一下姿势。

须臾，她感觉肩上突然一热。

秦瞿脱下外套，盖在了她的肩头。

沾满男人温热气息的外套裹在身上，梁枝抿紧了唇，将他的外套扯了下来，递回给秦瞿："我要打车去机场了，订的晚上回江城的飞机票，就不再麻烦您了。"

秦瞿没接外套，一挑眉，悠悠道："巧了，我也要坐晚上回江城的飞机，待会儿就要去机场。"

03

梁枝闻言呼吸一顿，"哦"了一声："好巧。"

秦瞿看着天色，在指间转了转车钥匙，说道："这么晚了，你一个人打车不安全。"

梁枝还抱着秦瞿的外套，怎么会听不出他意有所指。

她收拢手指，沉默一瞬，敛眸道："那就麻烦你了。"

"以后别跟我说麻烦，反正都是朋友，不过是顺路的事儿。"秦瞿说着，转身走向停车场，"你等我一会儿，我把车开过来。"

"嗯。"

秦瞿把车开过来后，梁枝先把外套叠好放在副驾驶位上，然后才坐到后座去。

"还有行李要拿吗？"他问。

"没了，都寄回去了。"

梁枝关好门，门锁立刻"咔啦"一声扣上了。

"那直接过去？"

"嗯。"

机场高速旁边的景色单调，梁枝往外看了一会儿，觉得无聊，于是打开手机，处理刚才没来得及看的消息。

手机上有条来自夏谦恒的未读消息，他问她在不在江城。

梁枝回他："待会儿的飞机，就要回江城了。有什么事吗？"

那边显示"对方正在输入……"，大概三分钟后，他才给她回过来一段话："我过几天有事要去洛城出差，想问问你最近有没有空。有空的话，可以拜托你帮忙照顾一下奥利奥吗？"

后头还跟了一张奥利奥的卖萌照。小猫两只眼睛睁得很圆，乖巧地坐着望向镜头。

"你看，它是不是看起来就很有礼貌？"

盯着夏谦恒发过来的这句话，梁枝忍不住笑出声，利索地回道：“行。我什么时候去接它？”

“我到时候提前跟你联系吧。”

梁枝回了个“好”字，转头去处理其他的事情。

“车上玩手机容易头晕。”

秦瞿冷不丁开口，梁枝被吓了一跳。

“哦……”她确实有点儿头晕，于是熄了屏，闭上眼。

“刚才和谁聊得那么开心？”

“夏……朋友。”

梁枝差点儿把夏谦恒的名字脱口而出，反应过来后迅速改口。

秦瞿轻轻颔首，不再追问，继续专心开车。

梁枝松了口气。

就在这时，秦瞿又问：“梁枝，那我们现在，可不可以勉强算作是朋友？”怕她误会，他强调道，“普通朋友。”

“啊。”梁枝还没仔细思考过这一点，她看着窗外沉吟许久，才慢吞吞道，“也许算吧。”

仔细想想，一直逃避也不是解决问题的办法。

平心而论，这段时间相处下来，她确实感觉到秦瞿比起从前性子改变了许多。他也帮了她许多，并且没有再出现罔顾她意愿的逾矩行为，也绝口不再提起曾经那些事。

假如能一直保持这样的距离，他们也不是不可以做朋友。

但仅限于朋友。

她的话音落下后，秦瞿也读懂了她的言外之意，“嗯”了一声，反应很淡：“那就好。”

虽然他并不愿意只跟她做朋友，但至少她没有像之前那样坚决地躲开他。

这是个好的开端。

在梁枝看不到的地方，他一只手继续操控着方向盘，另一边手肘抬起，搭在了车窗边。

手心微湿，沁出的细汗被风一点点吹干。

过了安检，梁枝一边看着手机上的电子登机牌，一边对比着寻找登机口：“38……”

秦瞿捏着她的肩膀，把她转了个方向，说道：“后面。”

“啊，好。”梁枝看清指示牌，点了点头，往那边走去。

走到一半，她发觉不对劲，皱了皱眉，试探着问秦瞿：“你是哪个登机口？”

“和你一班。”秦瞿回答得十分理所当然，“晚上只有这一班。”

梁枝头也不回地走向候机室。

登机时，梁枝没有行李，轻松地找到位置落座。

她坐的是窗边，于是直接系好了安全带，抬头时，发现秦瞿还站在她旁边。

梁枝心头一紧：“你不会……”

“又挺巧。”秦瞿看了看自己的登机牌，半眯着眼坐到了她身边，“我也是第八排。”

梁枝的表情蓦地变得有些古怪。

“这么巧也是缘分，”秦瞿看到她的反应，笑了笑，“对吧？”

“不是。”梁枝指了指座位，解释道，“这不是第八排。”

“这是第七排，第八排在后面。”

望见男人微沉着脸坐到后面去，梁枝忍不住勾了勾唇。

看这人吃瘪还挺有趣。

登机的乘客陆陆续续上来，见梁枝身边迟迟没有人坐下，秦瞿的脸色才稍微好了一点儿。

梁枝压根儿没注意秦瞿是什么反应，给任夏夏发过去一张机舱内的照片，表示自己已经顺利登机。

秦瞿盯着手机上面不断变化的时间，快到停止登机的时刻，他眉头微舒，将手机扣在了身侧。

就在这时，他听见前面传来一个青年的声音：“差点儿没赶上……”

那人喘着气，似乎在和乘务员核对升舱的信息。

“对，登机口升舱那个，好，我自己去就行。”

梁枝听见这个声音，下意识抬头，视线里出现了一个高高瘦瘦的青年。他走到她身边时，看了一眼手里的机票：“就这儿。”

“打扰了。”青年低声说着，坐下后给自己系好安全带。

抬头看清梁枝的脸，青年眼中闪过一丝惊艳，他挠了挠后脑勺，不好意思地转过头去。过了一会儿，他又忍不住转过头来问道："小姐姐，你是回江城还是去江城旅游啊？也是一个人？"

梁枝礼貌地点点头："回江城。"

"这么巧，我也是！"青年眼睛一亮，"你是江城哪个区的？"

梁枝刚准备回答，便听见身后传来低沉的咳嗽声。

她笑了笑，没回答。

见梁枝这般反应，青年也明白自己唐突了，连忙道歉："不好意思，我这个人有点儿自来熟……"

"没事。"梁枝感觉到飞机开始滑动，于是低头将手机调成飞行模式，从随身的包里找到眼罩戴上，径自睡了过去。

那青年也看出梁枝没心思搭理自己，于是闭了嘴，不再打扰她。

梁枝这一觉睡得不错，等掀开眼罩时，空姐已经在提醒飞机即将降落。

梁枝坐直身子，薄薄的毛毯从身上滑落，她恍惚了一下，疑惑地整理了一下毯子。

她记得，她没要毛毯啊？

旁边的青年见她醒过来，笑了笑，说："你刚才睡觉的时候打了个喷嚏，我怕你着凉，就要了条毛毯。"

"这样啊。"梁枝点点头表示了解，"谢谢你了。"

身后隐约传来"嘎嘣"一声，像是有什么薄薄的塑料片碎裂了。

青年这时从兜里掏出手机，说道："不用谢啊，我还想让你帮我拍拍外头的景色呢。"

"行。"

举手之劳而已，梁枝大方地接过青年的手机，对着窗外照了几张。

这时候，飞机已经越过了薄薄的云层，下方陆地的颜色隐约可见。

"拍得不错。"青年接过手机，赞叹道，"小姐姐，你一定很会拍照。"

"一般。"梁枝淡淡地道。

"这几张真的很好看。待会儿飞机停稳了，不如我们加个微信吧？"青年把手机放到她面前，提议道，"我到时候把照片发给你。"

嘎嘣。

这次塑料断裂的声音比之前的还要清晰。

梁枝又往后看了一眼，视线透过座椅的缝隙隐约与一道深沉的目光交会了一瞬。

秦瞿移开视线，一副若无其事的样子。

于是梁枝转回了头。

空姐从旁边走过，经过秦瞿那一排时，低头看了他一眼，忍不住道："先生，需不需要我帮您把杯子扔掉？您这都快捏碎了……"

梁枝听见后方传来一阵窸窸窣窣的声音："嗯。"

她似乎明白了什么，突然觉得有点儿好笑。

她摇了摇头，婉拒了那个青年加微信的请求："抱歉啊，我不怎么喜欢用微信。"

"哦，是这样啊……"青年失望地点点头，"那好吧。"

飞机缓慢下降，梁枝有些无聊，扬手伸了个懒腰。

手腕忽然被人捉住，那人拇指的薄茧刮过她手腕的皮肤，似试探，似撩拨，只短短一瞬便已松开。

梁枝迅速收回手，扭头透过座椅的缝隙警告地瞪了秦瞿一眼。

秦瞿薄唇轻启，无声地冲她道："不小心碰到了。"

不小心你个头……她心说。

04

飞机落地，梁枝听见身后秦瞿的手机铃声响起。

秦瞿的手机铃声很好辨认，是一小段小提琴曲加振动。她听见男人轻声对旁边的人说了声"抱歉"，便接通了电话。

"喂？"

不知道那边的人说了什么，秦瞿用十分不耐烦的语气回道："这件事我没有办法解决。付羽然，你真的以为我已经神通广大到什么事情都可以解决了？"

那边的人又说了些什么，秦瞿越发不耐烦，语调冷硬得仿佛能把人冻僵。

"这件事我不会帮忙的，希望你能吸取教训。"

付羽然……出什么事了？

梁枝拿出手机，然而她还没打开微博，就被微信上的未读消息吸引了注意力。

是任夏夏发来的。

“到了没？我在停车场D区等你，你还记得我的车牌号吧？”

“赶紧的啊，我就不下车了，停车场这边蚊子多，你注意一点儿。”

“明天我在你家附近处理点儿事，你能不能收留我一下？”

梁枝扬了扬唇：“行。”

回过神来，她点进微博，目光在热搜上扫了一圈，忽然忘记自己要搜什么了，于是退出去，给王娣发了条“到达”的消息。

王娣回了个“OK”的表情，给她发了张图。她正和她那几个好姐妹在家里打麻将。

王娣在城里和那群姐妹建立起了深厚的友谊，随着广场舞将姐妹情进一步推进，她便提议腾一个房间做麻将室，方便姐妹们过去娱乐。

挺好的。

梁枝脸上挂着笑，瞅了一下时间，叮嘱王娣不要结束得太晚，便退出了聊天框。

节目组的微信群里有人发了洋洋洒洒的道歉信，仔细一看正是之前饭局上那个小眼睛男人，还有几个在场的人也跟着发了对她的道歉。

梁枝没心思理会，随意看了两眼便退了出去，也没回应。

廊桥对接完毕，下了飞机，梁枝没等秦瞿，大步往外走。奈何秦瞿个高腿长，长腿迈两步便轻松地追上了她。

梁枝回头看他一眼，继续往前走。

秦瞿寸步不离，直到跟到了停车场入口，才停下脚步。

梁枝回头又看了他一眼，留下一句“再见”，便匆匆离开。

目送女人的身影消失在黑暗中，秦瞿低笑一声，倚着旁边的柱子摸出支烟，也不点燃，漆黑的眼里满是无奈。

这个女人，太招人觊觎了。看见别人靠近她，他根本忍不住内心的嫉妒和不满。

他走到一旁的吸烟室，把烟点燃，深深地吸了一口。

有什么办法，是他自作自受。把自己折磨死算了！

手机铃声再一次响起。

秦瞿看着来电显示上的“付羽然”三个字，直接拒接。

停车场角落。

梁枝打开车门坐进去，长舒一口气：“你怎么停得那么靠近角落？害得我好找。”

任夏夏语调夸张地道：“这可是我好不容易找到的车位！你居然还嫌弃！哇——枝枝，三个月不见，你变残忍了！”

“你也变戏精了。”梁枝戳戳她的脑门，系好安全带，说道，“好了，走吧，早点儿回去休息。”

“好嘞！”任夏夏做出一个“遵命”的手势，把车开出停车场。

回到燕和，任夏夏熟门熟路地开门进去，问梁枝：“今晚我睡哪儿？和你一起？”

“行啊，”梁枝欣然点头，“睡前记得洗个澡。”

任夏夏想了想，摆摆手：“算了算了，我明天要早起，怕打扰到你，你好好休息，我睡沙发。”

“也可以。”梁枝说完，从门口的储物柜里取出一条浴巾丢给她，“我帮你铺床，你去洗澡。”

“好的！”拿了浴巾，任夏夏给梁枝抛了个媚眼，“我这就去。”

待到梁枝也洗完了澡，把头发吹干走出来，任夏夏已经换上了一件宽松的睡裙，盘腿坐在沙发床上，吊儿郎当地玩着手机。

梁枝把吹风机递过去，说：“吹头发，吹干睡觉。”

“好。等等，我看个东西……”任夏夏一边说一边伸手接吹风机，不知看到了什么，她突然“哇”地大喊一声，差点儿没接稳吹风机。

她把吹风机往旁边一扔，看一眼梁枝，把手机递给她：“枝枝你快看这个！”

映入梁枝眼中的是一条营销号发的微博——

“娱乐吃瓜酱：据小道消息，初小帆被同剧组十八线小龙套开车撞伤，听说对方背后有点儿势力，撞了人还对着初小帆叫嚣。对此事，各位怎么看？”

底下配的是一个视频。

梁枝一眼就认出了视频里那个主人公。

在车灯的照耀下，跋扈的付羽然神情有几分狰狞，她身后已经聚了许多人，场面极为混乱。只见付羽然高高抬起手指着众人，用一种极为嚣张的态度尖声道：“追什么责啊，我撞到谁了？！”

她满脸通红，说完这句话还踉跄了一下，似乎是喝醉了。

底下有人说：“你都把初小帆撞得起不来了，怎么说话的？”

付羽然狠狠地往镜头方向瞪了一眼，扯着嗓子吼道：“什么起不来，她都是装的！就算我撞了她又怎样！你们来罚我啊！我哥是秦瞿！”

……

又是一阵混乱，随后视频结束。

“看完了？”任夏夏凑过来，给梁枝使了个眼色，“这人我看着还挺眼熟，是不是秦瞿那个表妹，老对你阴阳怪气的那个？”

“是。”梁枝点点头，想起之前秦瞿接到的那通电话。

是那个时候的事情吗？

“这可是大瓜啊，还是和你有点儿关系的人的大瓜。老天是不是故意的，选在我第二天要早起的时候给我吃上这么大一个瓜。”任夏夏一边刷评论一边说，“又是酒驾又是撞伤人……你觉得，秦瞿会不会保她啊？”

“不会。”梁枝笃定道。

“真的啊，你怎么那么肯定？”任夏夏稀奇地看她一眼，话锋一转又跟着附和，“也是啊，那么大的事，他就算想保也保不了啊，非要保她说不定会激起民愤。”

“初小帆最近那么火，粉丝一人一口唾沫都能把付羽然淹死，她怎么想不开开车去撞人家……看起来还是酒驾。”

“谁知道呢。”梁枝懒得去想这些事，点了点任夏夏的额头，“好了，快睡觉。”

梁枝知道付羽然这件事的时候，甚至都不觉得意外。以付羽然的跋扈性格，迟早会出事的。

第二天一早，梁枝神清气爽地起床，然后就看见了黑眼圈浓重的任夏夏。

任夏夏见她出来，惊了一下：“你怎么起这么早？”

“睡够了。”梁枝解释道，秀眉微挑，好整以暇地打量着她的脸色，“你呢？”

“我……没咋睡。”任夏夏从床上蹦起来，“差不多该去办事了。”

她从梁枝身边走过，忍不住道：“你知道昨天晚上还发生了什么吗？”

梁枝："嗯？"

"因为付羽然那句话，秦瞿微博的评论区沦陷了你知道吗？网友都在要求他道歉。"任夏夏用看戏一样的语气道，"还有人扒出了之前付羽然仗着秦瞿是她哥在剧组横行霸道的事，理直气壮地抢别人的东西给应晗什么的，啧啧，真是没脑子！"

梁枝反应仍然平淡。以付羽然的性格，这也是她会做出来的事。她不觉得意外。

"对了，还有——"走到盥洗室门口，任夏夏折身回来，接着道，"然后一群'现代福尔摩斯'就开始推理，发现付羽然做什么最后占便宜的都是应晗。还有人说付羽然会这么围着应晗转，可能是因为……秦瞿和应晗的关系——"

任夏夏观察了一会儿梁枝的表情，确认她面色无异，才继续说道："有人翻到同一剧组的另一个小演员的访谈节目，说有一天他们在深山老林拍戏的时候，秦瞿还专程开车来山里找应晗。两个人前两年不就有过一次绯闻嘛，所以他们俩可能是真的……呵，昨天这些事儿看得我眼花缭乱的，太精彩了。"

山里……

梁枝听完任夏夏的讲述，稍微消化了一下，忽然感觉有哪儿不对劲儿。

山里，晚上，见了应晗……不会是她在车上的那次吧？

盥洗室里水声刚停，就突然传出杯子掉到地上的声音，任夏夏嘴里还塞着牙刷，便夺门而出。

"秦瞿怎么回应得这么快？是因为被骂得太狠了吗？我还要去办事啊，后续能不能稍微延迟一点儿！"她一边刷牙一边凑到梁枝身边，把手机递过去，含混不清地道，"吃瓜就得姐妹一起吃——"

"秦瞿：与应晗女士并无任何瓜葛，上山另有目的，切勿恶意揣测。"

下面还配了行车记录仪的相关视频。

视频里虽然没有出现应晗的脸，声音也有些失真，但熟悉的说话语调还是让一部分粉丝率先辨认了出来。

"羽然刚才让我过来，是你叫我吗？"

是应晗自说自话的声音。

"我知道你是来关心羽然的，她被我照顾得很好——"

"开车。"

整个视频时长很短，能听出秦瞿拒绝得十分干脆，并没有与应晗多交流。反倒是应晗说话间的那点儿小心思昭然若揭。

看完视频，任夏夏让梁枝先帮她拿着手机，自己去盥洗室又收拾了一下。

梁枝拿着手机躺进沙发里，慢慢地往底下翻了翻评论。

“我就想知道，为什么当年好好的影后会沦落到这个地步……”

“演员靠作品吃饭呗，她越演越烂，越演越油腻，能怪谁？怪这个世界吗？”

“纯路人，谁知道这段视频有没有经过恶意剪辑呢？大家就信他这一面之词？”

……

“哎，快给我看看网友都说什么了。”

任夏夏收拾完出来，接过手机看了一会儿，若有所思道：“对啊，就一个视频也没什么说服力吧？谁知道他前后说没说别的话……更何况大晚上深山老林的，除了去他们剧组，秦瞿上山还能做什么？”

“他确实没说别的话。”

梁枝冷不丁开口，任夏夏撑着身子坐直，说道：“你怎么又那么肯定了？又不是亲眼见证了，你为啥这么相信那个渣男……”

梁枝轻咳一声，别开视线，道：“我当时也在车上。”

迎着任夏夏惊疑的目光，梁枝看了一眼时间，说道：“你差不多该出去了吧？回来再说。”

“不，我过一会儿还可以飞奔过去。”任夏夏不依，坐着没动，“你今天必须跟我说清楚，到底是怎么回事？”

梁枝理了下头发，无奈地将节目的来龙去脉简略解释了一遍。

“大概就是这样。”

任夏夏的表情越来越微妙。

“牛，秦瞿真的牛。”她比了个大拇指，“这应该算是千里追妻了吧？”

她感叹了一声，阴阳怪气地评价：“男人都是这样，失去了才懂得珍惜。枝枝，你可要记得教训，千万别又被骗得沦陷了啊。”

梁枝冲她笑了笑：“当然不会，你放心。”

“行。”任夏夏这才放心下来，准备出门。临走时，她忽地又想起了什么，回头对梁枝道，“我知道你心软，你想报复回去玩玩他也行，就是千万别再动心了……”

梁枝仍笑着：“知道啦。”

任夏夏离开后，梁枝没急着收拾，而是又看了一会儿手机。

不知道是不是由于秦瞿出马了，这件事结果出来得很快。

江城警方的官方号迅速表明了态度。

“平安江城：关于付某醉酒后撞伤人一事，警方将会依法惩处，望各位引以为戒！”

这件事算是尘埃落定了，再无人有异议。

《不一样的家》节目官博趁机宣传了一波自己的节目。

“不一样的家：巧了，#秦瞿上山目的#竟是小家！作为赞助商爸爸，秦总可以说是相当负责任了。欢迎各位届时收看《不一样的家》，每周六晚九点，咱们不见不散！”

梁枝笑了笑，给那条微博点了个赞。

过了一会儿，她刷朋友圈时，发现秦瞿给她昨晚回江城时发的朋友圈点了个赞。

她顺手一刷新，就见他也发了一条朋友圈。

“回来了。”

寥寥三个字，没有配图，时间显示“刚刚”。

不知道是什么意思。

第九章
不用猜了，是我在单方面追她

01

回到江城以后，梁枝休整了两天便再次投入了忙碌的工作，生活充实且有趣。

一晃便过去了半个月。

某天清晨，梁枝睡得迷迷糊糊，突然接到了一个电话。

她眯着眼睛，没看来电人是谁，便接通电话道：“喂……”

“梁枝，我把奥利奥带过来了。”

“啊，哦。”梁枝听到对方的声音后，清醒了几分，连忙下床，趿拉着拖鞋往外走，“你稍微等我一下，我马上下来。”

之前梁枝和夏谦恒说好了今天接猫，没想到因为昨晚熬得太晚，睡过了时间。

梁枝简单洗漱过后便迅速下楼，看见单元楼下站着的男人的身影时，脚步又加快了许多。

“抱歉，让你久等了。”梁枝说着，接过夏谦恒手里的猫包，掂了掂，有点儿沉，“奥利奥又长胖了呀。”

“是啊，这孩子最近很能吃。”夏谦恒笑了笑，“接下来这将近一个月的时间，就麻烦你了。”

梁枝摇摇头：“不麻烦的，它多可爱。”

夏谦恒摇摇头，无奈地叹道：“它皮得很，要是出现了什么让你觉得棘手的事情，你可以随时联系我，我再另想办法。”

梁枝也不忸怩："好。"

夏谦恒微微躬身，隔着猫包逗了逗里头的猫，提议道："你今天有空吗？不如一起去吃个饭？就当是我对你的感谢。"

"不用了，"梁枝摆摆手，婉拒道，"家里还有吃的，今天不吃完怕浪费。"

"这样啊……"夏谦恒眸光动了动，似乎注意到了什么，朝着梁枝的身后看了一眼，笑着朝她挥挥手，"那我就不打扰你了，先走了。"

"嗯，好，回头见。"

梁枝与他挥手道别，刚提着猫包转身，目光便撞进了一双熟悉的眸子。

她眨眨眼，一阵风恰好从背后吹过来，将她长而柔顺的发丝拂起，触到男人胸前又缓缓落下。

梁枝的眼睛本就大而有神，此刻含着些迷茫，竟意外有几分可爱。

秦瞿心念微动，抬手将她被风吹乱的鬓发别回耳后，手指在她的发间停留一秒，便克制地收回。

梁枝盯着他问道："你怎么在这里？"

天气开始转凉，她只穿了件薄外套，风一吹便有些冷，于是她脚步轻移，想避开秦瞿回家。

秦瞿挡在她身前，声音淡淡地道："刚巧路过。"

说得跟真的一样，"刚巧"能巧到她家楼底下？

梁枝歪了歪头，立刻拆穿他："接下来你是不是该说，来都来了，不如一起上楼坐坐？"

秦瞿沉默了一瞬，开口道："我来都来了，"他清了清嗓子，一本正经地道，"不如你带我上去坐坐？"

梁枝没想到这个男人的脸皮能有这么厚。

她敛了敛眉，再开口话便带了刺："我家里可没什么可以招待秦总的。"

秦瞿呼吸一滞，眼神飘忽间与猫包里的奥利奥对视上了。奥利奥歪着头直愣愣地盯着他，似乎对他有些好奇。

秦瞿脑中灵光一闪，生硬地道："我喜欢猫，想摸摸它。"

"喜欢猫？"梁枝跟听了什么笑话一般，拢了下被风吹开的衣服，不由得轻哂，"可是我记得，秦总以前是出了名的有洁癖，还对猫毛轻微过敏。"

犹记当年大学时，秦瞿的室友不知从哪儿捡了只野猫说要养，因为这个秦瞿连夜搬出了宿舍。

自那之后，梁枝在秦瞿面前再没提起过养宠物的话题。

秦瞿薄唇轻抿，迎着梁枝带笑的目光，眸中的情绪微妙地变了又变。

他又斟酌片刻，欲盖弥彰地解释道："以前那只是怕麻烦的借口……现在没有了。"

"是吗？"梁枝状似了解地点了点头，没有再拆台。

周围来来往往路过的人多了起来，梁枝怕有人认出秦瞿，不想再跟他在这个地方僵持，于是无所谓地耸耸肩，从他身边绕过去，说道："那你到时候如果过敏，责任自负。"

秦瞿眼睛登时亮了起来，"嗯"了一声，跟在她身后进了单元楼。

进到电梯里，梁枝正望着不断上升的楼层数字发呆，耳边忽然又响起秦瞿的声音。

"他经常来你家？"

梁枝回过神，照实回答："就一次，来吃饭。"

话音刚落，她便感觉到身边男人的心情变得轻松了几分，就连眉头都舒展开了。

"那就好。"

梁枝回到家里，第一件事就是把其他房间的门都关上。

她倒了杯白开水放在桌上，一边把奥利奥放出来，一边抬头看向秦瞿："呆站在那里做什么？"

秦瞿收回环顾四周的视线，长腿一跨，便坐到了沙发上。面前的茶几上摆着一个花瓶，里面插着的香槟玫瑰开得正好。

无论是角落里摆着的手绘画，沙发上设计得独具匠心的抱枕，还是阳台上随风摇曳的绿植，处处透着十足的生活气息。

看得出，她是真的很享受这样的生活。

秦瞿端起桌上的热水喝了一口，氤氲的白气扑到脸上，微微模糊了他的视线。他垂下眸子，眼里的情绪说不上是高兴还是遗憾。

梁枝抱着奥利奥，搬了个小马扎坐到茶几对面，始终跟秦瞿保持着距离。奥利奥乖乖地躺在梁枝的怀里，舒服地将肚皮朝上，任她轻挠。

女人眉眼柔和安宁，下颔微低，几缕发丝垂下，外面的光照进来，给她周身覆上一层光晕，她含笑看着怀里的猫，整幅画面美好得不可思议。

秦瞿置身于这样的情境中，忍不住放缓了呼吸。

梁枝在这个时候抬头，用询问的眼神看向他：“喝完了吗？”

秦瞿回过神，把杯子放下：“嗯？”

梁枝起身，直接把奥利奥放到了他怀中，说道：“一直在等你手上有空呢，来，你不是想抱着它吗？”

怀里蓦然多了只小东西，秦瞿先是不适应地浑身一僵，随后下意识地望向始作俑者。

梁枝眼中隐约闪过一抹狡黠的光。

秦瞿难得生出点儿手足无措的感觉，他抬手，动作笨拙地捏了捏奥利奥的耳朵。

奥利奥被送到陌生的怀抱里，不太习惯，毛茸茸的背部耸动了两下。

秦瞿又不敢动了。

梁枝见他这副吃瘪的模样，忍不住“扑哧”一声笑起来，道：“要顺毛摸。”

秦瞿愣了一会儿，低低地“嗯”了一声。

梁枝见他专心应付奥利奥，勾了勾唇：“那我不管你了。”

说完，她从电视柜底下翻出个小花桶，又拿了把剪刀，朝阳台走去。

梁枝在花槽边蹲下拿着剪刀给里面的花修剪枝叶。秦瞿辨认不出那是什么花，但是能明显地感受到她浑身散发的舒适气息，那是她与他一同生活时，他很少能感觉到的东西。

或许是因为他一开始就忽略了……

与他的婚姻生活磨平了她的棱角，而今鲜花与梦想又让她重新闪闪发光。

秦瞿头一次如此深刻地意识到，自己曾经错得有多离谱。

梁枝似乎感受到了他的目光，偏头看了过来。秦瞿迅速收回视线，将注意力放到自己手上。直到感觉到梁枝将注意力放回到手上的事情上面，他才重新抬起头，继续注视着她。

房间里很安静，只有不时从外面传进来的些许微小动静，气氛竟诡异地颇为和谐。

女人似乎是觉得长发垂下来碍事，于是拢了拢头发，随意用修剪下来的花枝盘了起来，微仰的脖颈暴露在阳光下，修长且白皙。

秦瞿无端想起了过去的那些旖旎画面，脑中某根弦紧了紧。

他自认不是一个重欲的人，这三年来，身边不断有人想要勾引他，他从来都是无动于衷的，甚至有狐朋狗友问过他，是不是禁欲太久身体出了问题。

被说得多了，有的时候，他也会自我怀疑。

可在与梁枝重逢后的短短的时间内，他已记不清身体产生过多少次的冲动。也许是他对她的气息太过熟悉，食髓知味后，便一辈子都忘不了。

只有她能轻易勾起他的欲望。

如今，她近在眼前，他却连碰也不敢碰。

秦瞿脱力似的往沙发靠背倒去，突然的动作吓到了怀里的猫，它叫了一声，挣扎着从他的怀中跳了下去。

秦瞿怕它乱跑打翻客厅里的摆设，忙伸手去捉，却不料小家伙抗拒得厉害，他还没反应过来，手上便传来尖锐的疼痛感。

秦瞿吃痛，松开手，奥利奥跳回地上，快速跑向了阳台。

梁枝刚好把最后一点儿花枝修剪完成，听见动静转身，便看见朝她跑来的奥利奥和不远处捂着手、面色冷沉的秦瞿。

她蹙眉，把桶放下，大步走到秦瞿身边，问道："怎么了？"

秦瞿抬起另一只手盖住伤痕，说道："被猫抓了，没事，小伤。"

梁枝没有被秦瞿安抚到，眉头蹙得更深："让我看看。"

秦瞿拗不过她，于是把盖着的手挪开给她看，冷白的皮肤上突兀地躺着两条鲜红的抓痕，甚至渗出了一点儿血珠。

梁枝当机立断道："走，去医院处理一下，顺便打疫苗。"

02

好在秦瞿的伤口不深，处理起来没什么难度。搞完后，两人往外走。

等着乘电梯的人太多，梁枝干脆跟秦瞿一起从医院消防通道往下走。

梁枝一边慢悠悠地往下走，一边叮嘱道："记得按时来打第二针、第三针。"

"知道了。"秦瞿点点头。

梁枝把手里的单子递给秦瞿，抱歉道："没看好奥利奥，是我的问题。"

"不关你的事。"秦瞿拿着病历，开口道，"是我非得去你家看猫。"

梁枝还是有点儿愧疚："你的手也不知道会不会留疤——"

话音猝不及防被一阵吵闹声打断。

"趁我不在，你就偷偷去向初小帆献殷勤。应晗，我帮了你那么多，你要不要脸啊！"

梁枝停下脚步，看见有两个人停在下一层楼的楼梯口，似乎在争吵。而且，两个都是熟面孔。

应晗取下墨镜，面带责怪地盯着面前的人："这次明明是你做事不小心，还把我牵连进去了。"

付羽然被拘留了半个月，刚被放出来，从前的趾高气扬不见了，站在应晗身边，显得很是憔悴。

她双眼一瞪，怒道："什么叫牵连？那些被扒出来的事大多数可都是你让我做的，你别想装无辜！我的演艺生涯毁了，你也别想靠着讨好初小帆洗白自己！"

"我哪里需要靠初小帆？"应晗双手抱臂，理直气壮地说道，"我是在努力为你争取，让她原谅你。况且之前我给你提供机会，让你圆梦，也没亏欠你什么吧？"

"对我好？你以为我不知道你以前接近我是为了我哥？"付羽然指着她，说话声音又高了几个度，"亏我一直以为在我哥眼里你是特殊的，你戏演得真不错啊，明明我哥对你根本就没好感，你硬是把我骗得团团转，让我拿你当未来嫂子好生供着！"

被戳中痛点，应晗面色一白，跺了下脚，道："明明是你自己一厢情愿，自己脑补过多，你还怪我？"

"什么叫我一厢情愿？！"付羽然质问道，抬手抓住应晗的头发就要扇人耳光，"我让你知道什么叫一厢情愿！"

应晗手里的墨镜掉在地上，也不肯示弱地揪住付羽然的头发，两个人就这么扭打起来，动静越发大，过路的人都看不下去，过去拉架。

当年两个人姐妹情深在她面前晃荡的模样还历历在目，而今她俩竟已反目成仇，梁枝倚着栏杆望着她们，心里难免有些唏嘘。

理智回笼，应晗匆匆捡起墨镜戴上，免得被人认出来，徒生事端。付羽然可没这个顾忌，被路人分开后仍不死心地挣扎着，骂声也一刻不停。

两人压根儿就没注意到一直在不远处看戏的梁枝和秦瞿。

梁枝被吵得耳朵发疼，不愿再在这个地方待着，于是低声对秦瞿说：“上去坐电梯吧。”

秦瞿立刻表示赞同：“嗯。”

梁枝没想到秦瞿回答得这么干脆，忽然想起以前的事情，嘲讽道：“你表妹你不管一下？”

“不需要。”秦瞿情绪毫无波动，“她自己做了什么自己承担，医院里有人保证她的安全。”

梁枝点点头，没再说话，转身抬步上楼。

走了两步，她感觉背后有一道视线如芒刺一般扎得她不舒服，回头瞥了一眼，刚好与应晗的视线对上。

应晗正试图从这个混乱的场面中脱身，怎料一抬头她便看见了熟悉的背影，是梁枝和秦瞿。

他们什么时候又勾搭上了？慌张与愤怒在刹那间盈满胸腔，应晗本就气得头昏脑涨，盯着梁枝的眼神也愈加凶狠。

两人视线相交，应晗愣怔了一下。

曾经她最为看不起，在暗地里打压示威过无数次的女人，此刻站在台阶上，淡漠的眼神落在她的身上，似乎连嘲讽都显得浪费感情。女人身边的男人是她可望而不可即的，费尽心思却求不得一个回眸的终极目标。

反观她自己，浑身凌乱，头皮和脸颊都火辣辣地疼，毫无形象可言。只是这样简单的对比，就已表明她输得彻底。

耳边付羽然还在叫嚣：“你不是说我哥对你是真爱吗？费尽心机勾引了他那么多年，还不如一个被你赶走的梁枝，怎么，现在你还想继续把我当枪使？”

应晗不甘地张张嘴，却什么也反驳不了。

她怎么也没想到，秦瞿那么凉薄散漫的一个人，居然会对那个女人……动了真心。

刚才发生的事就如同一段与他们完全不相关的闹剧，两人上了电梯后，都默契地没有再提起。

什么样的选择造就什么样的结局，这一切都是她们咎由自取。

梁枝是个不喜欢记仇的人，就算当年付羽然那样针对她，她也从没想过要主动做些什么报复回去。就像叶青苑同她说过的“好人会有好报”那样，她一直相信善恶因果，恶人自有恶人磨。

所以就算发生了刚才那样的事，她也只不过唏嘘一阵，便将其抛之脑后。

这些恩怨都与她的生活无关。

秦瞿和梁枝在负一楼的电梯间分道扬镳，原本秦瞿想要送她，被她婉拒了。

“秦总，我还要去其他地方处理一点儿事情。”她看了一眼刚才收到的新消息，说道，“我就送你到这里了？”她的语气又和之前一样客客气气，疏远地保持着距离。

秦瞿一哽，像是刚准备伸出去的手半路上被一道无形的墙阻隔那般憋屈。

“你要去哪里？我可以送你。”他斟酌了一下，自以为有道理地说，“医院门口车难打，而且比较贵。”

“离得很远。”梁枝拒绝得坚定，“秦总应该很忙吧？我就不打扰了。”

秦瞿已到嘴边的“不忙”，被她坚定的眼神堵了回去。

最终他只能妥协：“那你注意安全。”

直到梁枝的身影被电梯的厚重铁门完全遮挡，秦瞿方才不舍地收回目光，转身离开。

秦瞿刚把车开出地下停车场，电话铃声便响起，他随手接通，杨牧河的声音便在狭小的车厢内响起。

“老秦，今天轮到我做东，晚上大家在华悦城聚一聚，来捧个场吗？”

自离婚后，秦瞿参加酒局的次数多了不少。之前杨牧河是不会多找秦瞿的，这两年习惯了，便每次都不忘问上一句。

秦瞿专心开车，只淡淡地回答：“不了，最近忙。”

“这样啊，也行，我知道你是个工作狂，以后有空再说。”杨牧河很自然地接受了这个回应，仗着隔着电话线秦瞿打不到他，又忍不住问道，“哎，你之前不是跟我说梁枝回来了吗？怎么样，你还准备追不？”

秦瞿喉结滚动了下，没说话。直到在一个红灯前停下，他才道：“现在暂时是朋友关系。”

“朋友？”杨牧河微讶，“你们两个能和平相处了？”

“算吧。”秦瞿看了一眼窗外，眼神不自觉地飘忽了下。

杨牧河愣了愣，随后道："听你这语气，好像还是想把她追回来？"

秦瞿没否认。

"那以后呢？你是打算就这么一直当朋友守在她的身边了？她又是什么态度？"

秦瞿眼神凝了凝："等她什么时候愿意接受我，再说别的。"

杨牧河的语气一下子变得语重心长："老秦，说真的，你这样等，估计等到地老天荒人家都不一定能接受你。

"你看之前老四不也看上了个姑娘吗？就是这么个迂回战术，本想从朋友关系慢慢转正，结果眼睁睁看着人姑娘有了男朋友，然后结婚了。问题是那姑娘还真的以为他们只是朋友。

"老秦，你不跟人家说你想追回她，到头来她也许真的觉得你就只是想和她做朋友，你舍得这样啊？"

杨牧河也跟着着急，他觉得纠纠缠缠这么多年，还是梁枝最适合秦瞿，甚至他隐隐有预感，要是不能和梁枝重新在一起，他这兄弟可能会疯掉。

"你要追就直接追，别打着朋友的旗号，说什么只想守着她，你忍得住一辈子不碰她？老四现在天天找人借酒消愁，你可别啊。"

秦瞿下颌线绷紧，望着由红转绿的交通灯，伸手挂断电话，一脚踩下油门。

OW 工作室。

梁枝刚走进去，前台接待的小姑娘见了她，就把旁边放着的一封信递了过来："这个是给您的吧？苑姐跟我说过。"

"啊，是。"看着上面工工整整的"柳之薇"三个字，梁枝笑着接过信。

节目结束后，她给柳之薇留下了电话号码。小姑娘想给她寄东西，又不好意思直接问她地址，多番查找后在 OW 工作室的旧版官网页面里找到了她，于是直接把东西寄了过来，直到快递快到了才给她发短信说了这件事。

信封鼓鼓囊囊的，里面除了信似乎还装着些别的东西。

梁枝道了谢，在门口的椅子上坐下，把信封里的东西都拿了出来。

这是一封感谢信，配了几张柳之薇与新房的合影，还有小姑娘亲手画的新房子，别出心裁地做成了一个钥匙扣。

梁枝把钥匙扣挂到自己的包包拉链上，开始读信。

信里主要是些表达感谢的话，信的最后，小姑娘向她要家庭住址，说是方便以后给她寄小礼物和土特产。小姑娘不敢用短信直接问她，说梁枝收到信后直接发消息告诉她地址就好。

还是个心思挺敏感的小孩儿，怕她不读信，专门在最后设置了这个小细节。

梁枝眼前一下子便浮现出初见时柳之薇那副怯怯的模样，她笑了笑，把地址通过短信发了过去。

刚发完信息，她就感觉肩膀被人拍了拍，转头便瞧见了叶青苑带笑的脸。

“苑姐。”她往旁边挪了挪，给人让出一点儿位置。

叶青苑在她身旁坐下，问：“最近怎么样？”

“挺好的。”梁枝想了想，道，“过得还算充实。”

“那就好。”叶青苑眉目舒展，又问她，“你那期节目这周六就要播出了，紧张吗？”

梁枝摇了下头，又轻轻点了点头：“是有点儿，我也不太清楚我的风格会不会有人喜欢。”

“怎么不会？”叶青苑拍拍她的肩，安慰道，“别忘了你以前那些成就，你这个人性格就是这样，喜欢妄自菲薄。”

她扬了扬手机，上面是视频播放完的页面，说道：“我刚才看完了预告，很期待完整地欣赏你的作品。”

梁枝心境平复了些，把信收好，弯了弯眼睛：“嗯，谢谢苑姐。”她起身告辞，“那我先回去了？”

叶青苑颔首：“嗯。”

待到梁枝转身，她又特意叮嘱：“今晚记得看啊。”

“好——”

03

奈何计划赶不上变化。

晚间，梁枝本来早已打开了电视，但是由于临时有事儿，她只能把看节目的事情往后面推了推。直至晚上十二点半，她才结束工作。

错过了电视直播，她只能在电脑上打开视频网站，看回放。她没有想到短短的时间内，这期节目竟然已经满屏都是弹幕了，而且好评颇多。

看完全集，观众们的反馈都还算正面，梁枝心情愉悦地关掉了页面。

没一会儿，任夏夏给她打来了电话。

“你怎么这么晚了还没睡？”梁枝接通电话，有点儿惊讶。

任夏夏没接茬儿，焦急地冲她道：“你看你那期节目了没？”

“刚看完，怎么了？”梁枝疑惑地问。

“花絮呢？也看了吗？”任夏夏追问道，顿了两秒，又道，“算了，你别看了，赶紧先上微博去瞧一眼，出事儿了。”

“嗯？”梁枝心头一惊，点开微博。

电脑屏幕上热搜排成排，其中一个标有上升趋势的话题映入她的眼中——梁枝和秦总太甜了。

梁枝顿觉不对劲，点进去浏览了一会儿之后，总算是明白了事情的来龙去脉。

在节目组放出的花絮里，秦瞿不经意地入镜，敏锐的网友们观察到不正常的火花后，纷纷变身“福尔摩斯”，从正片和花絮里翻出了好几个两人同框的镜头，加以脑补后，纷纷喊甜。

“所以梁枝跌下去的时候，秦瞿那是……直接把人抱起来了？”

“后面还亲力亲为帮人家跑腿做事，那是秦总啊，如果不是对她有意思，他哪儿用得着自己出马？”

“这个眼神好苏好苏，我想到了那句歌词，什么我的眼里只有你——”

“等一下，我发现了……秦总上次说上山另有目的，不会就是为了梁枝吧？他一个赞助商何必天天跑过去视察？要说不放心进度，我可不信，除非是为了某个人……”

“楼上的姐妹，我觉得你应该是发现真相了！！”

……

任夏夏的声音还在耳边响着：“你看到了吧？网上都炸锅了，你要不要发个澄清微博？”

梁枝打开自己的微博主页，随着这个热搜的热度不断上升，她的微博也被人挖了出来，粉丝数在短短几个小时内便已疯涨了好几万。

她正准备打字，又听到任夏夏惊呼一声：“秦瞿他怎么回事？他疯了吧？快快快，你快去看他刚才发的微博！”

梁枝不明就里，感觉到任夏夏的急切，将发微博的心思搁置，搜出了秦瞿的微博。

“秦瞿：不用猜了，是我在单方面追她。”

微博消息发于两分钟前。

“完了，完了，枝枝你这回是真的要火了……”任夏夏嘀咕道，“所以秦瞿这家伙是玩真的啊……”

梁枝深吸一口气，满脑子都是猝不及防的震惊和疑虑。

“没什么事的话，我先挂了。”她说完，直接挂了电话。

原本已经按下了秦瞿的电话号码，梁枝犹豫了一会儿，又退出了通话界面，用微信给秦瞿发了消息。

“怎么回事儿？”

她完全没有想到秦瞿会在这个时候直接公开承认这些，以至于她现在用手机打开微博，界面都有些卡顿。

卡了一阵儿，梁枝终于进入微博，此时热搜页面已经刷新了。

“应晗追不到的男人属于她”这一热搜横空出现，高高挂在了“梁枝和秦总太甜了”上边。

梁枝皱了皱眉，她不喜欢在这些事儿上牵扯到其他人，更何况是拿应晗来同她比较。

这个热搜的热度比上一个飙升得更快，短短几分钟，评论区已经炸开了锅——

“是‘霸道总裁爱上我’的戏码没错了吧？这回绝对没错了，对吧？！”

“这也太般配了，我已经脑补了一出忠犬总裁追妻的大戏了。呜呜呜，有太太吗？笔给你，求你写！”

“怪不得应晗追不上，姐姐气质太棒了！和应晗那种矫揉造作的人完全不一样！”

……

梁枝眉头越皱越紧，她退出话题，切换回和秦瞿的聊天框，又发了条消息：“不是说好只做朋友吗？你把事情解释清楚。”

秦瞿沉默许久，他终于回了她：“我想要试着追求你。”

不等梁枝回复，他接着又发了一条消息：“梁枝，我也想过今后和你只以朋友的方式相处，可我发现我忍不住，我真的做不到。”

不知为什么，梁枝竟然从这短短几行字中读懂了他谨慎克制却又渴望被她注意到的矛盾心理。

“对方正在输入……”

心情复杂地盯着这几个字，梁枝打字的手指悬在半空。

“这件事你不需要表态，这是我单方面的事，我想告诉你我的心意，仅此而已。你至少给我一个撞南墙的机会，好不好？”

梁枝慢慢删掉刚才打了一半的质问的话，一时竟不知道该怎么回复他。秦瞿用这样的语气同她交流，甚至卑微到说出只是他单方面的事这样的话，已经足够让她意外。

她心一软，轻叹一口气，回他：“好吧。只要不影响到我，你随意。”

她也说不上自己是因为什么而心软。

也许等他像她那样体验过了无望，那些执念散去，他就不会再那么执着了。

是这样吧……

更何况，她也阻止不了他。

算了。

梁枝晃了晃头，直接把手机扣在桌上，放弃了那些无谓的胡思乱想。

只要她的生活不受影响就好。

这期节目播出后取得了意想不到的效果，因此梁枝在接下来的一段时间内一直是众人关注的焦点。

颜值在线、才华横溢、被珩原掌权人公开追求……这些都使得梁枝的微博粉丝一路上涨，即便她从未发表过任何回应。

“原来Cepheid咖啡厅就是她设计的！！那个地方我经常和我朋友去，拍照真的太棒了！”

“哇……姐姐以前还属于OW工作室，同Yee大神有过合作，两个都是我超爱的设计师！”

“求问咖啡厅坐标！周末想去打卡！”

……

彼时，任夏夏正坐在工作室的窗台前，语气夸张地给梁枝读着评论。

“你别说，那家咖啡厅最近真的被挤爆了！这次节目一播，一大堆人为了你过去打卡。知道我今天为什么来得这么晚吗？为了给你买这杯咖啡，我硬生生排了两个多小时的队！”

任夏夏指了指桌上还冒着热气的咖啡，继续嘀咕：“不过说实话，这家的咖啡味道确实还可以，下回我再去的话给你打电话，到时候你让我走个后门儿啊。”

“我直接让老板送过来都可以。”梁枝笑了下，眼睛依旧盯着手上的画纸，不时在上面打几个点。

任夏夏站起来，好奇地倾过身，看到纸上繁复的细节，她皱了下眉：“这是什么？”

“这个单子要求有点儿复杂，大体构思我已经有了，还在推敲细节。”梁枝回答道，“等这个完工，年后我打算组个小团队，能方便一点儿。”

任夏夏点头表示赞同：“确实，你这样单打独斗的，确实挺累。”

门铃声穿透门板，飘进两人的耳朵。

任夏夏从飘窗上跳下来，赤着脚就往外跑。

梁枝出声提醒：“地上凉。”

“知道了，”任夏夏头也不回地说道，“反正就一会儿。”

防盗门开了又关，任夏夏抱着一束花进来，奥利奥从门缝里挤进来，跳到梁枝腿上。

“这家伙非得跟进来，没法儿啊。”任夏夏把花放到桌上，无奈道，“黏人精。”

梁枝弯了弯唇，抬手给奥利奥顺了顺毛，然后从花束里拿出卡片看了一眼。

任夏夏冲她挤眉弄眼：“玫瑰哦，谁送的？”

“秦瞿。”

梁枝也不避讳，把卡片扔进抽屉，又从花束里抽出几枝玫瑰，取了剪刀在底部斜着修剪几下，插到手边的花瓶里。

“哇——”任夏夏露出一副“我就知道”的神情，感叹道，“他这回是动真格的啊？”

“随他。”

这几天，秦瞿每天都给她送花，在她几次三番提醒不需要后，仍然锲而不舍。

她只好接受，毕竟花可是无辜的。

最后的结果就是，家中花瓶里的花几乎都换成了玫瑰花。

“这个年代居然还有人用每天送花的方式追人，好土啊。”任夏夏评价道，“还是我表哥聪明，用猫……”意识到自己说漏嘴了，她连忙止住话头，小心地观察梁枝的反应。

见梁枝好像没听到她说什么的样子，她松了口气，欲盖弥彰地朝奥利奥伸手：“奥奥，来，姐姐抱！”

奥利奥高冷地瞥了她一眼，继续窝在梁枝腿上。

任夏夏也不恼，只是嘻嘻笑了两声。

梁枝一只手放到奥利奥的下巴上挠了挠，另一只手操控鼠标，刷新了一下邮箱页面，又有好几个人发来征询的邮件。

在这里面，她不时能看到几个熟悉的名字，是曾经同秦瞿有过商业往来的客户。她记性不算差，对这些人的名字隐约还有印象。

无端地，梁枝心中忽然生出了点儿不太好的预感，但又说不清到底是哪里有问题。

随着知名度的提升，梁枝接到的订单也越发多了，甚至有好几个品牌向她发出了代言邀请，最后都被她一一推掉。

她并不习惯长久曝光在镜头下，这次突如其来的万众瞩目已经让她有些不自在了，现在她只想安静地投入工作。

这样平静的状态持续了一段时间后，被一通电话打破。

“枝枝，你看微博了吗？”

早上七点，任夏夏怒气冲冲地给梁枝打了个电话。

梁枝从床上慢吞吞地坐起，回她：“嗯？怎么了？”

任夏夏沉默了一会儿，道：“要不然你去看一下，昨晚发生的事，现在还在热搜上。”

听了任夏夏的话，梁枝感觉事情不太对劲，忙说道：“嗯，那我先挂了。”挂断电话后，她心跳加快，带着不祥的预感打开了微博。

“梁枝 小三”这个话题已经升到了热搜第五。

起因是营销号深夜的一个爆料。

“有人知道秦瞿以前结过婚吗？不过后来离婚了。根据曾经在珩原任职的知情人爆料，梁枝以前是秦瞿的秘书。她离职以后，秦瞿就离婚了……结合秦瞿现在追求梁枝的事情，不得不说，这个瓜有点儿大啊……”

配图是几张打了码的聊天记录，爆料人贴出了公司开年会的时候梁枝站在秦瞿身边的图片。

由于这个瓜着实吸人眼球，虽然是深夜放出的，热度却依然很高。现在才早上六点，吃瓜网友依然讨论不断。

“这个是大瓜啊，睡不着了……有课代表总结一下吗？怎么我有点儿看不懂？”

“大概就是怀疑秦瞿当年离婚是因为梁枝的介入吧，毕竟她是秘书嘛……再说，梁枝现在的职业和秘书八竿子打不着，说不准那会儿她就是秦瞿养在身边的小情人呢……”

“所以当初这两人就有一腿，气走原配之后秦瞿还想追梁枝？哇，不得不说，原配太惨了。那会儿秦瞿和应晗的事也闹得沸沸扬扬吧，前有应晗跟秦瞿闹绯闻，现在前夫还正大光明追小三，我要是原配，得气死。”

“合理怀疑之前那个‘应晗追不到的男人属于她’是梁枝买的热搜。不会是两个人当年争秦瞿，现在梁枝赢了，在示威吧？”

……

网友们各种猜测都有，甚至有人义愤填膺地骂起了梁枝，引来许多附和声。

梁枝翻着评论，渐渐没了睡意，她没有想到，这样的陈年旧事居然还有人扒出来妄加揣测。

铺天盖地的恶意向她袭来，甚至有许多人已经转移战场，到她的微博下一条一条地骂过去。

她的私信更是成了重灾区。

譬如“不要脸”之类的谩骂层出不穷，私信的红点不断跳动，梁枝越发觉得这些刺眼，直接退出了微博。

她头一回遇到这种突如其来的状况，被刺激得有些头晕目眩。微信图标的右上角也有一个不断跳动的红点，梁枝恍惚了一阵儿，才小心翼翼地打开微信。

是来自任夏夏的消息。

“枝枝，你现在还好吗？”

“要不然早点儿澄清一下，不然会出问题的。”

“冷静一下，冷静一下，那些都是谣言。你也知道的，有些人就是喜欢乱带节奏，你别太生气啊……”

“你不用回我，先平静一下心情，我去找秦瞿，看看他打算怎么处理这件事。”

深呼吸数次，待到心跳恢复正常，她才回复任夏夏：“我没事，我想想怎么处理。”

回完这一条，又弹出了一条消息。

看清上面的内容后，梁枝把手机放到一边，迅速下床，简单收拾了一阵儿后便出了门。

04

咖啡厅内。

“抱歉，我们讨论后决定，不再继续与您合作。”

对方这句话落下，坐在对面的梁枝面色微变，轻轻地敲了下桌上的草稿，据理力争：“可是我认为，目前这个方案应该没有其他人能够胜任。”

对方望着她，满脸公式化的笑容：“是吗？作为新人设计师，您未免对您的作品太过自信。”

梁枝眼神沉了沉。

那人又道：“原本我们选择您，只是看在秦总的面子上。可我们方才了解到关于您和秦总的关系……实在抱歉，恕我们无法继续与您合作。”

又是秦瞿。

梁枝忽然觉得有一点儿屈辱。出门前在网络上看到的那些恶毒的字眼再一次浮现在脑海里，挥之不去，不断刺激着她的神经。

明明她已经脱离了珩原，与秦瞿也没有什么瓜葛了，为什么那些人还是认定她在仰仗秦瞿？

梁枝忽然嗤笑出声，片刻后，她敛起笑容，面无表情地将手里的草稿撕成了两半。

“既然这样，麻烦贵公司按照合同支付相应的违约金。”她深吸一口气，尽量使自己冷静下来，接着陈述，“不过我还是认为，您这样的主题，很难再找到合适的人做，就算是按照我的初稿做，你们也难以寻找到有能力进一步完善方案的人。”

对方不置可否，只当这是梁枝恼羞成怒后的气话，冷冷地道：“梁小姐，有的时候，盲目自信不是一件好事。”

“可我认为，这不是盲目自信。”梁枝不再争辩，她拿着手边的包站起身，轻声说，“祝您找到更为合适的人选。”

走出咖啡厅，冷风直直灌入袖口。梁枝扯紧袖口的束带，一边戴上耳机，一边朝自己的车走去。

手机铃声响起，梁枝接通电话。

一句有些别扭、带着浓重外国口音的话倏地入耳：“MU，好久不见！”

梁枝好久没有听过这个语调，愣了一下后，用意大利语流利地回应：“好久不见，安德鲁。”安德鲁是梁枝在国外认识的业内好友之一。

“我在向你炫耀我新学的中文，MU。”玩笑罢，对方转回意大利语问道，“回到那边的感觉怎么样？”

梁枝坐进车里，把手机放在一边，顺手系好安全带，笑道：“我过得还不错。你找我有什么事？”

“我有个客户让我问问你最近有没有空闲。”安德鲁话匣子一打开，就颇有收不住的趋势，“你的名头太大，好多人都想跟你合作，只是碍于不清楚你的行踪，不得不放弃。”

梁枝轻笑了一声，搪塞道：“我近期遇到了一些小事，这段时间暂时没有投入工作的意愿，帮我转达一下，抱歉。”

“哦，那真遗憾……”

梁枝听着对方的小声感叹，无奈地笑了下，挂断了电话。

回家的路上，梁枝接到了来自王娣的电话。王娣有些犹豫地说：“发生了什么事情，夏夏都告诉我了。”

梁枝愣了一下，没说话。

王娣沉吟了一会儿，又跟她说：“夏夏让我告诉你，清者自清……是这么说的吧。”

“你要是不开心，可以回来住一段时间。”王娣语速很慢，顿了一会儿，又道，“山上空气好，冬天城里老是有雾霾……”

梁枝呼吸蓦地放轻，她感觉自己鼻腔有些发酸，轻声道：“妈，我知道了。”

她没挂电话，王娣便也不挂，知道她还想说些什么，便耐心地等着她两次开口。

梁枝将车开过了一个路口，才做了个重要决定。她努力让自己的语调显得轻松，问道："妈，玉山那块地还在不在啊？"

王娣愣了下："那边种不了东西，一直荒着……怎么了？"

梁枝笑了笑："没怎么，我就随便问问。屋子还在吗？"

"你说那个木头屋子？这个你得自己去看看。"

"好。"

跟王娣说了再见，那边挂断电话后，梁枝在路边停下车，去买了杯咖啡。有路人看到她，突然惊了下，试探着问："你是不是那个……"

梁枝细眉微皱，对她礼貌地道："你应该是认错人了。"

说完，她便捧着咖啡回到了车里。

回到小区，电梯门打开，她意外地碰见了一个不速之客——秦瞿站在她的门前，静静地等待着。

梁枝愣怔了一会儿，从电梯里走出来时，拿起手机假装看消息，越过男人打算开门。

"梁枝。"秦瞿叫住了她。

梁枝脚步顿了下，手指无意识地点开了微博。

热门里的第一条微博入眼。

"我刚才好像看到了梁枝。她还能那么淡定地出来买咖啡，这心理素质我也是服……"

配图是她上车时的背影。

这个时候，事件还在发酵，无论梁枝做什么都会吸引众人的视线。

"她怎么没跟秦瞿出双入对了？哦，我忘了，秦瞿还在'追'她呢，笑死了。"

"有心思买咖啡，没心思回应一下？"

……

"梁枝。"秦瞿再一次唤她。

"嗯。"梁枝不想再跟他说些有的没的，果断打开门。

"这件事怪我，"秦瞿说，"你想要我怎么澄清？"

他怕引起梁枝的误会，放缓了语气，解释道："我的意思是，你如果想要隐瞒我们之前结婚的事情，我可以换一种方式，把这件事压下去。”

梁枝闭了闭眼，摇摇头，轻声道：“不是你的原因，这件事我自己可以解决。”

谁都没有想到会出现这样令人猝不及防的状况。这些陈年旧事就算现在没被挖出来，她名气一大，也总会被有心人发现。

只是秦瞿的所作所为引起了网友们的兴趣，间接加速了曝光而已。

秦瞿低头道：“我会多加注意，以后不会再把你置于这样的风口浪尖。”

梁枝将手放在门把上，忽然被秦瞿的声音勾起了情绪。

今天所受到的铺天盖地的谩骂，以及被拒绝的委屈刹那间尽数涌上心头，她想起他人用蔑视的语气说出的那句“只是看在秦总的面子上”，愈加觉得难受得要命。

梁枝定了定神，踏进门，没有转身，只用平静的语气道：“秦瞿，你也看到了，只要你接近我，我们就会处在风口浪尖，谁知道以后还会发生什么？所以……我们还是保持距离吧。”

她的确不怪秦瞿，这件事要澄清并不难，她只是觉得现在心很累，往事与现在扑面而来的恶意攻击堆叠在心间，急需找个地方静一静。否则，她觉得自己的情绪可能真的会失控。

话音落下，她不再理会秦瞿是什么反应，径自关上了门。

不多时，微博上，梁枝做出回应。

“已婚是和我，离婚也是和我，此前我确实曾在珩原任职，后因个人原因辞职，去做了自己想做的事。一切不过出于和秦先生理念不合，请大家不要恶意揣度，也请勿再传谣。年前闭门谢客不接任何事务，希望一切到此为止。”

配图十分简单，一张离婚证的照片足以说明一切。

这又使网络上掀起了轩然大波。

“神反转……所以其实这是秦总浪子回头的故事？”

“怪不得花絮里梁枝对秦瞿的反应那么微妙……原来是真的有一段前情啊。”

“这么一想我才发现不对劲的地方：爆料人既然对秦瞿的婚姻状况那么了解，怎么连他的对象是谁都不知道？”

……

当天下午，秦瞿再一次发出声明。

“秦瞿：@应晗 关于您恶意传谣的律师函已发出，这件事严重影响了珩原的声誉，珩原将追究到底。”

这条微博一经发出，给本就沸腾的局势再添了一把火。一时间，“应晗滚出娱乐圈”和“欠梁枝一个道歉”双双登上热搜榜。

事情影响扩大，珩原摆明态度后，与应晗有合作的品牌方纷纷宣布与她解约，撇清关系，就连应晗所在的经纪公司都紧急发布声明，将对应晗的工作进行调整，明眼人都能看出经纪公司这是准备将她雪藏。

与此同时，应晗家中是另一番情形。

经纪人焦头烂额地接着一个又一个电话，不时骂两句，望向坐在一旁满脸惊慌的女人。

待到终于有时间喘息，她训斥道：“你说你惹谁不好，非得惹珩原？你疯了吧？”

应晗本就慌乱，此刻扯过经纪人的手，声音带上哭腔：“我只是一时冲动……以后不会再这样了……”

她也没想到，自己竟然会因为嫉妒心做出这样的事情来。

在放出刻意扭曲了事实的信息后，她的内心产生了报复的快感，然而清醒过后，她便后悔了。只是她还没想好该怎么办，就收到了珩原发来的律师函。

经纪人恨铁不成钢地甩开她的手，又接了一通电话后，摔门而去：“就这样吧，我先回公司了，你好自为之。”

只剩应晗一个人呆呆地坐在沙发上，一颗心不断下坠。

她明白，自己这次算是彻底完了。

事情还没有平息几天，又有人找出了关于梁枝的其他信息。

“先说一下情况，我是学建筑设计的，由于家族关系，接触过很多还算有钱的朋友。我之前跟一个朋友闲聊的时候，得知他的别墅是我的偶像MU设计的，然后知道了一些不得了的事情——MU是个华人设计师，本名叫梁枝，最近回国了……所以，是我想的那样吗？”

这是一个发在匿名问答区的帖子，发布时间在节目播出前。这个帖子原本已经沉了下去，这两天又被有心人挖了出来。

“MU？！那个传说中总是在练手的MU大神吗？她的作品回回说练手，回回震撼我全家。”

“不会吧……我看过她的作品图，不像梁枝现在的风格啊……”

“人家本来就是想打破原有的风格，当然不会像。而且最近梁枝的个人主页上好像说停止各项工作直到年后？MU的官网最近也发了类似的通知。”

……

就在众说纷纭的时候，楼主再一次出现。

“我是楼主，朋友已经确定了，MU和梁枝就是同一个人。”

此刻仍处在话题中心的梁枝却再没理会这些纷纷扰扰的事情。

小区楼下，梁枝把奥利奥交还给夏谦恒，伸手揉了它两把。

夏谦恒见她一副依依不舍的模样，笑着问：“它没给你造成什么困扰吧？”

梁枝摇摇头：“没有。”

不仅没有，它甚至在某种程度上成了她的精神安定剂。

夏谦恒放心地笑了笑：“那就好。”

“梁枝，”他斟酌了一会儿，又道，“前段时间发生的事我都知道了，你现在情绪好些了吗？”

梁枝背脊一僵，淡笑道：“本来就不是什么大事。”

夏谦恒点点头。

梁枝见他一副欲言又止的模样，疑惑地问：“还有什么事吗？”

“我就想问一问，”夏谦恒清了清嗓子，放低声音说道，“我有机会和你再进一步吗？”

梁枝一时间没反应过来，直到和夏谦恒的眼神对上，她才明白他指的是什么。

她哑然失笑，摇摇头：“抱歉啊。”

是早已预料到的结果，夏谦恒遗憾地笑了笑，最终只是很自然地揭过了这个话题：“没事，只是我之前以为也许奥利奥会有奇效。”

梁枝被他逗笑了，问他：“那我先回去了？”

夏谦恒微微弯腰：“在此之前，我能邀请你一起吃顿饭吗？”

梁枝想了想，欣然应允。

路上，手机铃声响起。

梁枝对夏谦恒说了声抱歉，接通电话。

那边是一个客客气气的女声：“您好，请问是梁枝小姐吗？”

梁枝微微蹙眉，不知道对方有什么意图，说道：“嗯，我是。怎么了？”

“是这样的，我们是中 × 国际的，关于之前与您中止合作的项目，我们想重新与您建立合作关系。”对方将姿态放得很低，“您看您愿不愿意……”

“抱歉。”梁枝眉眼弯弯，语气冷淡，“我这个新人自认能力不够，暂时闭门谢客，麻烦另请高明。”

见通话结束，夏谦恒问她：“怎么了？”

梁枝看向窗外，轻描淡写地道：“没事。”

梁枝偏爱靠窗的位置，于是选择坐在巨大的落地窗边，外面就是街景。

夏谦恒是个很会把握分寸的人，说话进退得宜，两人相谈甚欢。一顿饭下来，梁枝全程都保持着笑容。

吃完饭，窗外已经飘起了淅淅沥沥的细雨，梁枝“啊”了一声，惊觉自己没有带伞。

“我送你回去？”夏谦恒问。

犹豫了片刻，梁枝点点头：“那好，麻烦你了。”

夏谦恒轻笑一声，道：“一点儿也不麻烦。”

夏谦恒将伞往梁枝的方向略微倾斜，问道：“闭门谢客，是准备这段时间多放松放松，在家里多休息？”

梁枝摇摇头：“不是放松，更多的应该是……放空吧。我打算换个清净的地方住，等过完年再回来。”

“这样啊……”夏谦恒道，“需要我转告夏夏吗？”

梁枝摇头：“我跟她说过了。”

……

夏谦恒体贴地帮梁枝拉开副驾驶位那边的车门，等她坐进去后，才走到另一边。开车门前，他似是无意地往某处看了一眼，淡淡地笑了笑，这才收了伞进到车里。

汽车开动，缓缓消失在雨幕中。

街角，望着远去的车子，秦瞿阴沉着脸收回视线。

又是那个男人。

不过是等红灯时的无意中一瞥，他便精准地在数米开外捕捉到了梁枝的身影。看着他们说笑着一起进入餐厅，秦瞿心里憋着一股闷气，掉转车头，将车停在了餐厅斜对面，默默地关注着那两个人。

他不知道那个男人和梁枝现在到底是怎样的关系。他无法用“他们是普通朋友”来说服自己，至少，他可以肯定那个男人对梁枝别有所图，可他偏偏又无法上前警告他离梁枝远一点儿。到底是他闯了祸，是他太过急功近利，本想拉近距离，却偏生再一次把梁枝推远。

现在他明明因为别的男人的靠近而嫉妒得发疯，却只能远远观望，就连对方隔空向他示威，他也只能生生克制住上前的脚步。

他怕再这样莽撞地出现，会让梁枝彻底消失在自己的世界。

想起梁枝毫不犹豫地坐进男人车里的动作，秦瞿心脏越发疼，他红着眼一拳打到了方向盘上。

第十章
不要害怕，我在

01

每个冬季，江城周边最早下雪的总是玉山。

玉山开始下雪时，梁枝正在屋里同王娣进行视频通话。

屋里很暖和，旁边壁炉里刚烧起火，将前方一小片天地映得红彤彤的，窗外雪花在不断飘落，模糊了远处的树林，好像整个世界只剩下风与雪。

梁枝蹲在窗下，面前是好几个大大的快递包裹。

“妈，你怎么给我寄了这么多东西？”她一边说着，一边从快递包裹里取出冬衣和各式各样的日常用品。

桌上的手机屏幕里是王娣的脸，她心情不错，大概是刚和好姐妹打牌赢了钱，满脸笑容。

她呵呵笑了两声，道：“下雪了，我怕你下山不方便。”

透过梁枝手机的前置摄像头，她观察了一会儿梁枝屋里的摆设，叮嘱道：“注意安全……别冻着自己，住得太久不好。”

“知道啦。”梁枝笑着应下，“等冬天过完我就回去。”

自那次闭门谢客后，她便搬到了玉山。这里是她家分到的一片荒山，山上没什么有价值的东西，以至于被遗忘了，只剩下很早以前搭建的一个简陋的小木屋。

她过来时，屋子早已破旧不堪，她索性重新改造了一番。虽然由于时间关系，处处做得简单，但也显出别样的简约美感。

几经折腾将包裹都拆开整理好，梁枝拿着一个小盒子回到桌前，晃了下，问王娣："这里面是什么呀？"

王娣没直接告诉她，而是催她："快打开看看。"

盒子打开，里面还有个小盒子，看盒子的大小，大概是首饰一类的东西。

"怎么还给我买这些啊……"梁枝一边疑惑地嘀咕，一边打开盒子。

看清里面是一枚戒指后，她微惊："买戒指做什么？那么贵——"

王娣看到她这样的反应，终于忍不住哈哈笑起来，拖腔带调地笑她："假的！是小薇送你的！"

梁枝闻言，又仔细地打量了一番戒指。

戒指做工算得上精致，就连上面镶嵌的水钻也亮闪闪的，乍一看跟真的一样，不过多看两眼还是能看出真假。

梁枝放了心，又听王娣继续催她："快戴上给我看看。"

"行。"梁枝跟着笑了两声，把戒指往手指上套。

戒指不能调整大小，她一个指头一个指头地试过去，最后只有无名指刚好合适，不松也不勒。

梁枝的手指本就纤细修长，戒指戴上去，衬得手更为精致漂亮。

"真好看。"王娣赞许地点点头，"小薇眼光好，你戴着玩玩挺合适。"

梁枝把手抬起来，直直地对着光线看。

戒指上除了中间镶嵌的稍大一些的水钻，周边还有几颗小的水钻，像小时候衣服鞋子上贴的那些。

梁枝一下子想起了小学时，自己喜欢和朋友一起去操场上找那些掉在地上的小水钻，把它们收集在一个小盒子里。

那个年龄段的小孩儿，果然都喜欢一些亮晶晶的东西。

梁枝正自出神，突然听见身后传来敲门声。

她对着身后道："放门口吧。谢谢。"

王娣好奇道："谁啊？"

梁枝想了下，解释道："应该是来送菜的。"

王娣有些意外："菜都要人给你送，你过得挺好啊。"

梁枝笑了笑："你不是都说了嘛，下山不方便。"

她这边比较偏远，周围没几户人家，要采买生活必需品，得开半个多小时的车去镇里。所以，她直接联系了几个固定在镇里卖菜的农户，让他们帮忙送菜过来。

“你这样，要注意安全。”王娣不放心道，“现在出去拿，我看着你。”

梁枝于是听话地起身道：“好，我这就去——”

然而她没有看见门口地上放着的熟悉的塑料袋，而是看到了一双皮鞋，上面虽沾了雪水，不复整洁，可看得出来价值不菲。

来人的影子投下，将她整个笼罩住。梁枝心头一震，抬眼看向门口站着的男人。

秦瞿与她眼神交会，也不躲闪，就这么静静地看着她。

一时间，外头飘飞的雪花都仿佛停了，万籁俱寂。

男人眼下泛着疲惫的乌青，脸色有些苍白，身上还有速食品的味道。一辆房车停在木屋前，车顶已经积了点儿雪，看起来他是从江城一路开到了这边。

梁枝无意识地将唇瓣咬得发白，她一时间竟然不知道要做什么反应，手搭在门把手上，愣在原地。

她没想到自己都躲到这里了，这个男人居然还能找得到她。

秦瞿动了动唇想说点什么，忽然被梁枝无名指上的戒指吸引了注意力，他身子蓦地一僵，不可置信地颤声问：“你和谁结婚了？是他吗？”

突如其来的问题把梁枝弄蒙了，她避开秦瞿向她伸过来的手，没回答他的问题，只问道：“你怎么在这里？”

秦瞿仍紧紧盯着她手上的戒指，魂不守舍地回答：“来找你。”

梁枝闭了闭眼，问道：“谁告诉你我在这里的？”

玉山这个小地方过于偏僻，如果没有人专门告知，他是不会想到她到这里来了的。

秦瞿倏地回神，眼神飘忽片刻，突然皱起了眉，回头看了一眼周边的情况。

发现这里环境如此荒凉，他眉头越皱越紧，不由分说便要去牵她的手：“事情都处理好了，不会有别的问题，我们回江城，好不好？”

触碰到男人冰凉的掌心，梁枝抗拒地收回手，往后退了一步，有意与他拉开距离。

秦瞿掌心被冰凉的戒圈硌了一下，凉意顺着中指一直延伸到指尖。他仿佛被一棍子敲醒，手足无措地停下动作，眼神变得有些慌乱。

梁枝没再看他，低着头，睫羽轻颤：“我说过闭门谢客，就是闭门谢客。

这里很好，秦总的好意我心领了，请回吧。”

说完，她仿佛没有注意到面前男人瞬间崩塌的神情，用一扇门将他的视线隔断。锁门时她故意磨蹭了一下，平复好不知为何剧烈跳动的心脏，这才若无其事地坐回去。

手机上的视频电话还在继续，也就意味着王娣看完了他们的整场争执。

顶着王娣欲言又止的目光，梁枝忘记了刚才自己说过的话，在桌子上随便扒拉了两下，语调故作轻快：“妈，我就说，这么个大雪天，送菜的怎么可能上来。”

“嗯……”王娣好像在沉思，过了一会儿，试探着问，“刚才那是秦瞿吧？”

梁枝顿了下，点了点头，承认：“是啊，不知道他怎么找过来的。”

王娣突然沉默了。

梁枝见状，以为她是找不到话题，于是玩笑道：“妈，你怎么不说话了？不会是你告诉他的吧？”

没想到，王娣悄悄抬眼看了看她，低声承认：“嗯……我，不小心说漏嘴了。”

梁枝一时语塞，竟不知道该怎么接话。

王娣慢吞吞地解释道：“你走之后，他就来我这儿找你，怎么赶也赶不走。他又是打扫卫生又是帮着做菜，每天就睡在车里……好好的一个大小伙子，人都憔悴了。”

“然后……有次劝他的时候，我跟他说，玉山那地方多远啊……说完才发现说漏嘴了。”

梁枝不知道说什么好，望着满脸小心翼翼的王娣，耐心地道：“没事，我已经让他走了。”

“唉……”王娣小声叹气，“以那个小伙子的性格，他可能不会轻易走。”

“不会的，这种天气，难不成他还能待着不走？”

梁枝不知是安抚自己还是安抚王娣，语毕，她的目光往窗外瞟了瞟，倏忽间停住了。

秦瞿没走，修长的黑色身影就这么立在车旁，孤寂地挺直腰板，周身气息沉静，定定地看着她的方向，好像除她之外什么都入不了他的眼。

雪下得又大了些，模糊了他的身影。他衣着单薄，衣摆随着风雪乱舞，让人看着就觉得冷。

“是吧，我说了他不会走的……”王娣还在嘀咕，“这天可冷了，一直站在外边那还得了，会出人命的。”

梁枝的身子不自觉地轻颤了下，想了想，她还是切屏给秦瞿发了条消息过去。

“回去吧，太冷了，你会冻得生病的。”

她看见秦瞿从兜里掏出手机，可是看了一眼后，他又把手机放了回去，仍站着。

很快，他的肩头便积了一层薄薄的雪。

王娣观察梁枝的表情，便知道结果如何。她摇了摇头，道：“实在不行，你就把薇薇送你的戒指戴在手上给他看，假装已经结婚了，让他知……知难什么什么退。到时候他要是还不相信，让他来我这里，我帮你说说。”

“如果这些都做了，他还不走，就随便他吧，等不到，他总归会走的。”

梁枝“嗯”了一声：“妈，我先挂了。”

挂断视频，梁枝闭了闭干涩的眼，一股无力感涌上来，带着隐约的纠结。

他怎么就不懂得放弃呢……

冬日的夜幕逐渐落下。

梁枝吃了饭，静静地坐在窗边看书。

秦瞿还是像白天那样，一动不动地站在那儿。飞雪落满了肩头，堆积了厚厚一层，他恍然不觉，仍是那副孤寂的模样，仿佛根本感觉不到冷。他的视线越过层层雪幕，望向木屋里坐着的女人。

梁枝背脊挺直，专注地看书，未曾看过来一眼。屋里炉火烧得正旺，照在玻璃窗上，女人偶尔抬手撩发时，无名指上的戒指反射着刺目的光。

秦瞿不知道自己是第几次将注意力投到那枚钻戒上，积雪埋掉了他的半只脚，他的身体已经从一开始的刺痛逐渐变得没了知觉，然而看到钻戒带来的心痛不仅没有随着次数的增加而减轻，反而愈演愈烈。

雪夜安静得吓人，积雪遮盖了来时的痕迹，天地间仿佛只剩下这一片空间。

不知又过了多久，梁枝合上书，起身离开了窗边。窗帘被毫不留情地拉上，过了没多久，从窗帘缝隙漏出的光也暗了下来。

秦瞿收到了一条来自梁枝的消息。

“你看到了吗？”

秦瞿眼中掠过苦涩，知道她指的是什么。

“看到了。”

梁枝没再回复他。

手机界面上方又出现了一条消息提示，来自杨牧河：“兄弟，你在哪儿？”

秦瞿手指已经僵硬了，动作迟缓地打字回复：“玉山。”

对方明显是惊了下：“好家伙，跑那么远，去看第一场雪了？”

秦瞿抬眼再次朝已经漆黑一片的木屋看过去，半晌才回杨牧河：“看月亮。”

“看月亮？大哥你跑那么远就为了去看月亮？能有个鬼月亮！那么冷的天，赶紧回来一起喝酒啊！”

“不了。”

秦瞿扯了扯嘴角，把手机放回兜里，而后继续站在原地，不肯挪动半步。

许久，雪停了，上空月亮慢慢显现。

秦瞿抬起眼皮看了看，哑着嗓子笑骂：“不是这个月亮啊。”

02

第二日清晨。

梁枝起了个大早，下床后去到客厅，迷迷糊糊地打开窗帘，看见外面站着的人影，她眨了眨眼，骤然清醒。

这个男人不会真的在雪地里站了一晚上吧？

昨晚收到秦瞿的回复后，她便以为那人听懂了她的意思，会知难而退。没想到早上看见的第一个人，居然还是他。

男人肩上还有雪，见到她后，抬手拍了拍，冲她勾起一个笑，无声地冲她做口型——早。

除了脸色更为苍白，看起来比之前还要疲惫一些之外，他没生病，也没晕倒被埋进雪里。

梁枝面无表情地拉上了窗帘。

她走去厨房做早饭，一遍又一遍地自我安慰——该做的她都做了，各种赶人的办法她都试过了，是他自己坚持待在这儿的，出了什么事都与她无关。

可就算这么想着，她的一颗心还是七上八下的，不舒服。

直到听见门口响起敲门声，送菜人的声音穿透门板传到屋里，她几乎想都没想就过去打开了门。

见梁枝这么快就来开门，送菜人有些意外："平时不是都让我放在门口的吗？怎么今天直接出来拿菜了？"

梁枝笑了笑，接过一大袋子菜，说道："刚好离门近，叔您慢走啊。"

送菜人也不觉得奇怪："好嘞！"他往旁边看了一眼，顺口问道，"新买的车啊？真气派！"

梁枝刚想摇头，却突然抓到了关键点，往秦瞿停车的方向看过去。果然，房车门窗紧闭，不见了男人的身影。

他终于肯放弃了吗？

梁枝心里的石头总算落了下来，她跟送菜人随便说了两句，便回了房。她重新拉开窗帘，再次确认秦瞿原来站的那个地方没了人影，这才回到厨房。

她把菜洗好，切了点儿青菜碎，和米一起放进锅里。青菜粥做好时，梁枝的饥饿感恰好袭来，她食指大动，盛了一碗便坐到桌前。梁枝舀起一勺，吹了吹，余光却突然透过雾气注意到了外面的动静。

秦瞿换了身衣服出来，拉开车边的炉灶，竟然自顾自地做起饭来。

看起来他并没有要离开的意思。

梁枝手上动作一顿。他这是想干什么……

早上化了雪，气温比昨晚还要低。等油热时，秦瞿将双手拢在一起，吹着气暖手。他并没有朝这边看过来，而是拿锅铲在锅里翻了翻。

油被烧热，烟气上升，秦瞿将菜下锅，有些手忙脚乱，却又意外地没有出错。

可梁枝总有点儿担心，生怕他一不小心闹出火灾或是爆炸什么的，毕竟她真没见过秦瞿正儿八经地做饭。

看了一会儿，她突然意识到自己刚才都在干什么，摇了摇头，将已经有些凉的粥送进嘴里。

她忽然听到手机提示音响起，是秦瞿趁着空当给她发了消息。

梁枝忍不住又看了他一眼，发现对方还在认真地对付锅里的东西。

"你是一个人住，对吗？"

"不用理我，我只是觉得，这附近没有安全保障，你一个人住太危险，有我守着至少能有个照应。"

“实在不行，我可以把车开远一点儿。”

看完消息，梁枝说不上自己是怎样的心情，只是喝粥的时候有点儿出神。

一碗粥见底，她把碗放回水槽，便任由自己摔进了柔软的沙发里。

秦瞿的身影在脑海中越发挥之不去，她狠狠地捏了捏鼻梁，思绪又变成了一团乱七八糟的毛线。

她是真的没有想到，这个男人竟然会执着到在雪地里站了一晚上都没放弃。

他以为她还是因为那件事生气吗？那件事过去了那么久，其实梁枝早就冷静下来好好想过了。

那件事无论怎样错都不在秦瞿，只是她头一回直面这么多人的恶意攻击，一时招架不住，暂时失去了思考能力。

诚如当时她同别人说的，她真的只是需要一个冷静下来的空间。

现在回想起来，她走前对秦瞿的态度确实有些欠妥。大约是迁怒，或者是逃避的心态在作祟。

直到现在，她仍在逃避。

逃避什么呢？逃避自己的感情吗？

心底最敏感的那一块被戳到，梁枝猛地坐直身子，头皮有些发麻，不愿再去细想。

敲门声适时入耳。

梁枝猜到了是谁，犹豫了一下，从抽屉里找出一袋感冒药攥进掌心，将手背在身后，慢吞吞地去开门。

门开了，秦瞿站在外面。他抿着唇，鼻尖被冻得微红，周身的优雅冷峻却仍不减。

梁枝看见他手里端着一个盘子，里面装着两个像丸子一样的东西，由于天气太冷，这会儿已经没有了热气。

她抬眼，疑惑地道：“干什么？”

秦瞿把盘子往她面前送了送，嗫嚅道：“我做的蔬菜丸子……尝尝？”

见梁枝用一种见鬼的眼神望着自己，他沉默了一会儿，又解释道：“我尝过一个……味道还算可以。”

他面上表情依然平静，但梁枝从中读出了一些不一样的东西，他像是在……紧张？

梁枝心底暗笑，把盘子推回去，婉拒道：“我吃饱了。”说完，她假装没注意到男人眼中闪过的遗憾，把手里的感冒药塞进他手里，便关上了门。

站在门前等了好一会儿，梁枝才听见缓缓远去的脚步声。

回到壁炉前，梁枝忍不住往窗外看去，看见男人用一只手捏着感冒药，另一只手端着盘子，单薄的背影稍显落寞。他走到灶台前，把盘子放在一边的小桌上，用筷子戳了一颗，自顾自地吃了起来。

即便是面对那样简陋的条件，他仍是以往那副背脊挺直的模样。

只是，梁枝看着看着，竟莫名感觉到了一丝委屈的气息。

有点儿滑稽，又有点儿反差的……可爱。

自那天以后，梁枝家旁边就多了一辆赶也赶不走的房车。

秦瞿应该是第一次尝试房车生活。最开始梁枝偶尔看着他做事，总能看出他的不适应，后来他才慢慢熟练起来。

梁枝本以为过两天等储备的物资都用光了，他就会放弃。毕竟玉山的冬日漫长且苦寒，像他这种养尊处优惯了的人又怎么可能适应？

却不想，秦瞿一待就是好久。

在此期间，他甚至学着梁枝的做法，去镇上找人定期送东西过来。

有一次，梁枝忍不住发消息问他：“你真的要一直在这里等下去？”

得到的回复是男人发过来的语音，沙哑的嗓音显得有点儿慵懒，尾音上扬，带点儿戏谑：“三年都等过来了，不差这几天。”

“梁枝，你哪次见我等你，不是等到最后你把我赶走才放弃？”

梁枝回了他一个省略号，顿了下，又回了句：“那我这次也赶你了，你怎么还不走？”

“对方正在输入……”的状态持续了一会儿，最后秦瞿只回了三个字——“不敢走”。

过了一会儿，他才又发过来一条消息：“我怕走了，就再也没有机会了。”

梁枝捏着手机，心情有些复杂。

在那之后，两人再没交流过，好像那段对话只是生活中一个无关紧要的小插曲。

但只有梁枝感知得到，自己的防备在一天天地卸下。

“枝枝，你快看！咱们江城终于开始下雪了！”

临近一月的一个清晨，梁枝一睁眼就看到了任夏夏给她发来的消息。

她拿起手机，刚看完对方给她发的消息，便又收到了一堆图片，是江城街道上的雪景的图。

梁枝艰难地打开了第一张图，由于信号不好，便退出去不再看了。

正在这时，任夏夏又给她发过来好几条消息。

“某人在那边倒是过得挺滋润，我馋了那么久雪景，江城终于给力了一次。”

“今年的雪比去年的要大得多，可惜你今年看不到江城的雪景了。”

“好了，我不继续刺激你了，你在那边过得怎么样？”

梁枝换了个姿势在被窝里躺着，睡眼惺忪地回她：“大雪封山。”

昨天晚上雪下得前所未有的大，把上下山的好几条道都堵了。这边本来就偏僻，外面现在还在下大雪，估计一时半会儿没法通行。

想不到梁枝那边是这种情况，任夏夏先是发过来一串问号，然后道：“我看看去！”

了解了下情况后，任夏夏问她：“你那边东西够吗？”

梁枝想了一下，回她：“够的，你放心。”

任夏夏很快回道：“那就行，注意安全。”

“嗯。”

放下手机，梁枝下床去洗漱。洗漱完后，裹上毯子，点着壁炉，她窝在沙发上继续打瞌睡。身子歪倒下去时，她忽然想起刚才任夏夏的叮嘱，便打起精神，稳了稳身形，起身去了厨房。

摸进空荡荡的储藏间，她忽然意识到情况不妙，有些迟钝的大脑终于勉强转过了弯来。梁枝顿了一下，默默地关掉了储藏间的门。

她忘记了，前两天送菜的大叔有事儿，跟她约了今天来，然而今天猝不及防大雪封了山，他怕是来不了了。

刚巧这个时候，送菜人给她打来了电话。

梁枝接通电话，由于信号不好，那边传来的声音断断续续。好在梁枝大概懂得他打过来的意思，艰难地回应完后挂了电话。

把手机丢在一边，她在屋里寻找了一阵儿，找到了几包小零食，还是当初从江城带过来的，她嫌不好吃，一直扔在那里。

梁枝丧气地往沙发上一躺，有气无力地扯开一袋零食，边吃边在心里想着大雪会下多久，路多久能通，难不成接下来这段时间她要靠这点儿零食过活？

不然还是吃雪球吧……就是有点儿扎嘴。

梁枝的思绪不断发散，越想越往无厘头的方向飘，最后被敲门声拉了回来。

没人来山上，那敲门的只可能是一个人。

她打开门，果真看见秦瞿站在门口，男人手里提着一袋子东西，梁枝仔细一看，发现是一袋子菜。

“你来干什么？”她盯着菜问。

秦瞿掂了掂手里的袋子，神态自若：“给你送菜。这两天都没见有人给你送菜，我估摸着你家的菜应该快没了。”

确实是快没了。

毕竟是关乎温饱的问题，梁枝不再推拒，大大方方地从秦瞿手里接过袋子。

袋子很重，里面菜很多，她一个人吃的话，能吃好几天。

感受到袋子的重量，梁枝犹豫了两秒，问他：“那你自己呢？现在封山了，别到时候你也没的吃。”

“我没事啊。”秦瞿语调轻松地答道，“没菜了，我就让直升机送过来。”

直升机？！

她这下算是明白了，为什么这个人在这里过了这么久，竟然一点儿也不担心。

“知道了。”梁枝提着袋子后退一步，顺手把门关上。

只是木门还没合上，就被一只手挡住了。

“梁枝。”秦瞿唤她，盯着她的目光灼灼，忽地扬眉道，“你不留我吃顿饭，表达一下感谢吗？”

梁枝神情错愕地瞪着他，扶着门的手紧了紧。

这个男人，当真把她的心理拿捏得死死的，知道她不爱亏欠人，这时候说不出拒绝的话，他便借着这个由头得寸进尺。

虽然对秦瞿的意图门儿清，但梁枝还是转过身，认输般轻叹：“进来吧，我去做饭。”她没发觉男人眼底倏然闪现的亮光。

把菜放到厨房里，她正准备洗菜，便听得客厅传来手机铃声，接着秦瞿唤道：“你电话响了。”

梁枝应了一声，出去接电话。

手机倒扣着放在茶几上，一旁的秦瞿一双长腿屈起，泰然自若地坐着。

梁枝拿起手机，走到信号稍好些的窗边接起电话。

透过窗玻璃的反光，梁枝能看见秦瞿一直有意无意地朝她这边观望，她不自在地压低声音道：“刚才没听清……你再说一遍？”

电话那头是王娣，任夏夏告诉她大雪封山的事之后，她放心不下，打过来问问情况。

听着那边王娣的叮嘱，梁枝不时轻轻点头，温声回应。

“嗯，我知道的，我会注意。”

“不用，我住得挺习惯的。”

“嗯……我知道了，会早点儿回去的，你在那边也要注意安全。”

“好，拜拜。”

梁枝一只手拿着手机，另一只手轻掩着嘴，声音放得很低。

不远处，秦瞿眼睛一瞬不瞬地盯着她的身影，眼中闪过一丝莫名的紧张。

他身体向前倾了倾，试图听清梁枝在说什么，却只能偶尔从梁枝温柔的声音里辨认出一点儿细碎的话语。

是谁？

她跟对方说话的语气那么熟稔，又那么亲近。

一个猜测不经意地从脑海里闪过，他不由得攥紧了拳头。

梁枝说完“拜拜”后，那边的人似乎又说了什么，她突然勾起嘴角，语调带了一丝俏皮。

“嗯，知道啦，我也想你。”

这句话秦瞿听得一清二楚，他瞳孔缩了缩，浑身骤然紧绷。

梁枝打完电话，愉悦地转身，便对上了秦瞿的目光。

眼神交会的刹那间，男人迅速移开视线，再看向她时，神色已经恢复了正常，只是仿佛压抑着什么，让人看不出他的情绪。

梁枝没理会他，把手机重新放下，抬步走进厨房。经过沙发的时候，她的手腕被秦瞿轻轻地抓住。

秦瞿的力道很轻，只用手指圈住了她的手腕，像是对待什么珍贵的易碎品，不敢用力，但牢牢地抓着让她脱离不开。半晌，他松开手，将一个剥完皮的橘子塞到她手上，薄薄的眼皮敛起，没看她。

梁枝捏着手心里的橘子，觉得莫名其妙。

随后，便听秦瞿低声道："吃个橘子。"

梁枝越发摸不着头脑，说了声"谢谢"之后，便准备往厨房走。

"梁枝。"秦瞿这时又突然出声，还是没看她，他给自己也剥了个橘子，顿了下，声音努力放得平和，"刚才……是谁给你打电话？"

03

梁枝手里还捏着男人给的橘子，客厅里烧着壁炉，暖烘烘的，只有手里的橘子冰冰凉凉，捏着还挺舒服。

"怎么突然问这个？"她看着秦瞿，摘了一瓣橘子往嘴里送，入口冰凉，酸甜的味道充满口腔。

秦瞿剥了橘子之后没吃，屈着手指摘着上面的橘络，他清了清嗓子，说道："就随便问问，你不想说就——"

"我妈。"梁枝说完又送了一瓣橘子进嘴里，好像意识到了什么，弯了弯眸。

秦瞿紧绷的身体骤然放松，他点了下头："阿姨她……"

"挺好的。"梁枝笑了笑，转身径自回到厨房。听见身后传来动静，她回头一看，秦瞿也跟了进来。

小木屋里的厨房本来就小，这人长腿一迈跨进来，使得狭窄的空间变得更为逼仄。

"你进来做什么？"梁枝有些意外，问道。

秦瞿环视了一圈厨房里的锅具，问："今天要做些什么？"

"啊，我看看……"梁枝低头往袋子里翻了翻，低声说，"炒个青菜吧，然后炖个萝卜汤。呃……你怎么还买了香肠？"她翻开一堆蔬菜，袋子最底下是一大截香肠。

秦瞿看了一眼，解释道："家里用人做的。"

"哦。"梁枝点点头，"那就再蒸个香肠。"

说完这句话，她自己都愣了愣。

不知道为什么，她莫名地感觉到，两人之间好像多出了点儿什么。明明两人早已没什么关系，此时的对话模式却像极了老夫老妻的，大约是之前相处时培养出了默契。

她正走神，却见秦瞿已经熟练地把要用的食材从袋子里拿了出来，开始处理。洗菜用的是冷水，他修长的手指泡在冷水里，骨节很快便泛了红。梁枝看不下去，过去拧开了另一侧的热水阀门。

收回手时，她的手背从秦瞿眼前掠过。

秦瞿瞥了一眼，问："你的戒指呢？"

梁枝"啊"了一声，不怎么在意地道："戴着麻烦，摘了。"

"哦。"

秦瞿停顿了一会儿，手指动了两下，手里那片菜叶被撕得破破烂烂，他把菜叶丢进旁边的垃圾桶里，故作客观地评价道："戴着确实挺麻烦。"

梁枝注意到了他的那点儿小动作，突然抿着唇静静地笑了，仿佛看透了什么。

梁枝将蒸好的一小节香肠从锅里拿出来，感觉有点儿烫手，便把它放在砧板上晾了晾，然后拿过菜刀打算将它切成片。

她刚把菜刀拿在手中，身后就站了个人，他从她身后伸出手来，想要拿走她手上的菜刀。

"我来切吧。"

梁枝微怔："你能切好吗？"

秦瞿想了想，说道："应该可以。"

梁枝不怎么信任他，把削好皮的萝卜递到他跟前："你先试试这个，切成片，稍微薄一点儿。"

秦瞿犹豫了一下，伸手接过。

确实如梁枝所顾虑的那般，秦瞿切萝卜切两下便要换一种握刀姿势，却依然切不好，隐隐显出几分滑稽的模样。

刀有些锋利，梁枝想拿回刀自己切菜，却被秦瞿拒绝了："我可以，你去做别的。"

秦瞿专心对付眼前的萝卜，继续努力尝试，终于在消耗了小半根萝卜后，勉强切出了形状工整的萝卜片。

梁枝见状，终于舒了一口气，去烧油炒菜。

一时间除了做菜切菜的动静，没人再出声。窗外是漫天飞雪，一扇玻璃将内外阻隔，衬得室内的氛围更显温馨。

梁枝正翻炒着锅里的青菜，秦瞿蓦地又问她："你来这边这么久，你的丈夫就那么放心你，不过来看一眼？"

梁枝眼神奇怪地看过去。

秦瞿没往她那边看，手上切菜的动作还在继续。过了一会儿，他洗了洗砧板，又把香肠放上来。没有听到梁枝的答复，他握着菜刀的手紧了紧，补充道："我只是觉得，如果是这样的话，他是不是对你并没有那么关心。"

香肠有些难切，他切片时比切萝卜时要用力。

梁枝耸耸肩，随意地回道："你老问这些干什么？难不成你吃醋了？"

一阵诡异的沉默后，男人忽然轻"嘶"了一声。

秦瞿放下菜刀，抬起手指，指尖渗出了血，刀锋很利，伤口开始不断冒出血珠，顺着手指往下滑。怕血滴到砧板上，秦瞿后退一步，任其落进地板缝隙里。

梁枝见状，连火都顾不上关，跑出去找了创可贴，让秦瞿伸出手。

秦瞿垂着眸子，听话地伸出手。他皮肤本就白，这会儿上面蜿蜒着的血迹更显鲜艳刺目。

帮他擦掉血迹，贴好创可贴，梁枝回头看了一眼切得歪歪扭扭的香肠，忍不住小声道："活该。"

谁让他非得切，这下可好，切到手了。好在菜刀没生锈，不然这时候也找不到地方打预防破伤风的针。

秦瞿把手垂到身侧，像是做错了事的孩子一般，也不反驳，就这么默默地站着，等候发落。

梁枝看着他这副模样，心一软，道："还是我来吧。"

回头把锅里的青菜炒好，装好盘，她过去切香肠，一边切一边小声絮叨："要这样斜下来一点儿，会比较好切……待会儿你端上桌去，我再煮点儿汤……"

香肠片好，她往盘子里放了一圈，转头轻声唤道："秦瞿……"感受到身后男人灼热的呼吸，她的声音戛然而止。

秦瞿就站在她身后，正微微俯身，她转过头时，唇瓣险些擦过他的下巴。

梁枝愣住了，心脏重重地跳动了一下。

许久没有跟他有过这样暧昧的距离，她的大脑一片空白。男人的气息还是记忆里熟悉的木质香调，轻易便能调动她脆弱的感官。

梁枝猛地往后一退，手往后撑住台面。

秦瞿顺势抬手，也将手撑在了台面边缘，看起来像是把她禁锢在了自己怀中。

梁枝回过神，以警告的语气道："秦瞿，你不要这样。"

秦瞿一双桃花眼黑沉深邃，有克制不住的情绪汹涌而出，与梁枝紧张的眼神对峙良久。他苦涩地牵牵唇，一只手扣着她的后脑勺，另一只手揽着她的腰，带着点儿失控的狠劲儿，仿佛要把人嵌入身体里。

梁枝被他的气息包裹，心头一慌，还没来得及挣扎，便感觉到男人将下巴搁在了她的肩头，咬牙切齿地说道："是，我是在吃醋，心都要疼死了。"

秦瞿声音颤抖，显然在努力控制着自己的情绪，想要让自己显得没那么失控。

他的手指动了动，穿插进梁枝的发间，用一种近乎哀求的语调说道："让我抱一会儿，可以吗？求求你，就一会儿，没人会发现的。"

这段时间，他无时无刻不在被感情和理智拉扯，日夜被折磨，近乎发狂。

理智让他明白，如今的梁枝属于另一个人，他只能远远地看着她，不能再靠近一步，更不可以做出越界的事。但失控的感情又主导着他，让他不受控地朝她靠近，不断自我催眠，这里没有第三个人，他是不是可以……稍微再靠近她一点儿？

两方就这样时刻让他的心弦紧绷，互不退让。

终于在这一刻，理智彻底崩盘。

鼻尖萦绕着女人淡淡的发香，秦瞿用仅剩的一点儿理智抑制住身体的冲动，也止住了吻下去的念头。

他的手指顺着女人顺滑的发丝缓缓向下，他将姿态再一次放低，哑着声，喃喃道："一分钟……可以吗？"

梁枝说不上自己此刻是怎样的心情，她能感受到对方强烈的情绪波动，甚至能意识到这都是因为什么。

她睫羽扇动，本想将人推开的手最终无力地放下，轻轻地攥住了自己的衣摆。

"嗯。"

她好像……隐约明白了什么。

在曾经的那段关系里，秦瞿作为主导者，予取予求，而她出于自卑，如同木偶一般，只为迎合他而活，最终在患得患失中失去自我，渐渐变得可有可无。

而现在，角色互换，主动权落在了她的手上，由她来主导这一切。她可以选择接受，也可以选择拒绝。

恍惚了一阵儿，梁枝感觉到男人依依不舍地松开了环抱着她的手。

温热的触感从身前撤离，男人指尖的伤口因为用力，再次渗出了血，他却仿佛感觉不到。他避过梁枝，端起一盘菜，好像刚才什么事都没发生过，转身走出了厨房。

他沉默着，甚至不敢观察她的反应。

梁枝望着他的背影，倏地笑出了声。

梁枝把最后一道汤摆上饭桌，袅袅雾气上升，将两个人阻隔开来。

深吸一口气，萝卜汤的香气钻进鼻腔，梁枝先给自己盛了一碗，小口小口地喝着，然后对秦瞿说："饭在电饭煲里，自己去盛。"

秦瞿点点头，拿着碗准备去厨房，却在起身时一不小心碰掉了摆在桌上的筷子。筷子在地上翻滚两下，掉到了梁枝脚边。

见此，梁枝小声说："我来吧。"

她弯下腰，将筷子拾起，却在同一时间触碰到了男人的手指。

秦瞿单膝跪地，从她手里拿过那双筷子，两只手相触的瞬间，他迟疑片刻，迅速道："抱歉。"说完，他起身，大步走向厨房。

梁枝注意到他的指尖已经洇了一小片暗色血渍的创可贴，忍不住出声提醒："记得换一片创可贴。"

秦瞿"嗯"了一声，没停脚步。

厨房水流声持续了一会儿，须臾，他端着一碗米饭坐回了座位上。

两人相对而坐，各自埋头吃饭，不再说话。

梁枝饭量小，小半碗饭慢悠悠地吃完后，又给自己盛了一碗汤。她很满意今天的萝卜汤，咸淡刚好，是她喜欢的味道。端着碗轻轻吹气时，热气氤氲在眼睫上，她喝了一口汤，舒心地捧着碗暖手。

对面秦瞿解决完碗里的饭菜，缓缓地把左手放到桌下。心不在焉地又夹了几筷子菜入口后，他将筷子放下，站起身来。

“我去洗碗。”说完，他便拿着碗筷准备离开饭桌。

梁枝出声问：“吃好了吗？”

秦瞿从鼻腔里哼出一个“嗯”字，语气带着刻意的疏离：“吃好了，谢谢款待。”

看来他是有心同她拉开距离。他走出去几步后又折返，对着她的空碗伸出了手。

梁枝感觉莫名其妙，又听他淡声道：“吃好了吗？吃好了把碗给我，我去洗。”

梁枝摇摇头：“我再喝点儿汤。”

“嗯。”秦瞿把手缓缓收回，没再多问，去了厨房。

见他云淡风轻地转身，梁枝余光突然注意到了什么——他的左侧膝盖处有一圈褶皱，看起来像是被用力攥住过。

联想到他之前将左手放在桌下的举动，梁枝似乎明白了什么，她眼尾慢慢弯出一道漂亮的弧度。

这个人，原来也不像表面那样淡定嘛。

秦瞿洗了碗从厨房出来，举着湿淋淋的手，问梁枝：“创可贴在哪里？”

梁枝放下汤碗，让他先坐到沙发上，然后在茶几下面的小抽屉里翻找：“稍等一下。”

茶几的抽屉里放着各式各样的杂物，创可贴在最里面，梁枝拿出来时，不小心碰翻了一个小盒子。小盒子是塑料质地，能一眼看清楚里面装的戒指。

戒指折射出来的光线太亮眼，秦瞿移开视线，不愿意去看。

他斟酌了许久，尽量把语气放得委婉：“这么贵重的东西，还是换个地方放比较好。”

梁枝好像没听见他说的话，扯了一片创可贴，往两边各剪了一刀，丢给他：“两边剪开的地方交叉着贴，你伤在指尖，这样贴比较好。”

秦瞿“哦”了一声，把创可贴接过去，听她的话贴好。

梁枝把抽屉里装着戒指的小盒子打开，把戒指戴在了手上。看到她的动作，秦瞿指尖蜷了蜷，又装作若无其事地继续处理伤口。

关上抽屉，梁枝坐到秦瞿旁边，秦瞿十分有自知之明地挪开了一小段距离。

梁枝仿佛没有注意到他的这些小动作，从手指上再次摘下戒指，递到秦瞿面前，说：“你看看。”

戒指的反光刺得秦瞿心脏一疼，他偏过头不去看，后槽牙咬得发酸。他不明白，自己已经努力不去提这个话题了，为什么梁枝偏偏还要将这些东西放在他面前。

是故意刺激他，借此报复他吗？

梁枝好像没发现他的抗拒，手仍然举在那儿，等他看过来。

秦瞿见没办法躲，索性抬手捂住了眼，身子向后微仰，认输般苦笑着道：“梁枝，你说，你是不是就想折磨死我？”

“不是，”梁枝提醒他，“你仔细看看。”

秦瞿小心翼翼地放下捂着眼的手，从她手里捏起戒指。

对着光观察了两秒，他抬眸，试探地询问：“假的？”

梁枝含笑点点头，解释道：“是之前节目里那个小女孩儿送的，就是一个戴着玩的小玩意儿。”

他听了，仿佛从不断的凌迟之中得到赦免。

秦瞿眼神一亮，片刻后，他意识到梁枝态度的变化。

“突然告诉我这个，”他把戒指还给梁枝，视线紧紧盯着淡笑的女人，哑着嗓子问，“你是允许我……追求你了吗？”

梁枝仍在笑，没有正面回答这个问题，说道：“没什么事的话，你可以出去了。”

秦瞿深深地看着她，须臾，笑了起来，好像浑身的压力都卸掉了。他站起身，一双桃花眼里含着浓浓的愉悦：“遵命。”

梁枝不再搭理他，专心观察手里的戒指。就在这时，她的手心猝不及防又落了个小玩意儿，梁枝下意识地握住，定睛一看，也是一枚戒指。

这枚戒指梁枝无比熟悉，是曾经的那枚婚戒。没想到会在这样的情况下再一次见到它，梁枝愣了愣。

秦瞿这是……一直把它带在身边？

她正愣神，头顶的男声再一次响起：“戴那个不如戴着这个玩，反正是你的，别还给我了……你要是觉得碍眼，卖掉也行。”

秦瞿说完这句话，像是生怕她反悔一般，没等她回答，便匆匆离去。

门被关上，室内只剩梁枝一人，她坐在沙发上，歪着头看了看手里的戒圈。

戴着玩吗……

梁枝勾着唇，将两枚戒指一起丢进刚才的小盒子里。

04

晚间。

梁枝窝在床上跟任夏夏聊完，正准备睡觉，发现有一条未读消息，来自秦瞿。

“睡了没？”

梁枝回：“准备睡了。”

“嗯，冷不冷？”

许是这几个字勾起了梁枝感官的敏锐感受，她忽然感觉背后有点儿冷，于是把被子又裹紧了点儿，回：“不冷。”

“那就好，晚安。”

“嗯。”

梁枝将手机熄了屏，放到床头，身体蜷了蜷，莫名想起了从前。

从前他们发消息的次数屈指可数，除了工作方面的对话之外，就只剩她偶尔的主动询问。

诸如“很忙吗”“还在开会吗”“需要给你准备咖啡吗”一类的问题，她都需要斟酌许久，才敢发给他，生怕他厌烦。就连偶尔问出这些问题时，她也会惶惶不安，害怕自己打扰到了他，然后在心里一遍遍告诫自己，不能再这样了。

公司里的女生们跟她亲近，偶尔闲聊的时候会与她分享恋爱日常，她不止一次听到她们抱怨男朋友回消息太慢，或者嫌弃男朋友太黏人。虽是埋怨的语气，但她们眼里总闪着幸福的光。

当然会羡慕，她想肆无忌惮地找他，也想得到同等的回应。

屏幕再一次亮起。

她脸颊擦过柔软的枕头，换了个姿势，趴在床上，下巴垫着枕头，拿过手机看消息。

秦瞿：“睡着了？”

梁枝犹豫了一会儿，正准备打字，就看见秦瞿又发来一条消息。

秦瞿：“好爱你。”

下一秒，他又撤回了消息。

梁枝手指停在打字的界面上，沉默了好一会儿。

好像，她不小心撞见了什么不得了的秘密。

她抿了下唇，耳朵尖微微发热。

她假装自己什么也没看见，正准备熄屏好好睡觉，自门外突然传来一道细小的碰撞声。

咔。

闷闷的声响在寂静的夜里显得无比清晰，接着，又是木板与木板互相摩擦发出的轻微“嘎吱”声。

黑暗中，梁枝蓦地有了一种不好的预感，心怦怦狂跳了起来。

应该只是风吹动了门……梁枝不断地在心里安慰着自己。

雪已经停住了，夜晚安静得吓人，那两声突兀的响声结束后，外头的动静便停止了。

即便跟自己说了很多次“没事的”，梁枝仍十分紧张。她紧紧捏着手机，就连熄屏也不敢。整个人闷在被窝里，梁枝能清晰地听见自己的呼吸声，一下，又一下。过了良久，奇怪的声音没有第二次响起，她才松了口气，给手机熄了屏，将脑袋探出被窝，恢复顺畅呼吸。

“嗒、嗒——”脚步声再一次响起。

这次她绝对没听错，外面有人！

梁枝脑中顿时“嗡”的一声，心脏骤紧。

是谁……

她屏住呼吸，注意着仍未停下的脚步声。

大概以为梁枝睡着了，这人的脚步声比之前要放肆一点儿，没有再停顿，像是……在客厅里不断翻找着什么。

那人同她只有一门之隔。

梁枝紧张得绷紧了身子，这是她头一次碰到这样的情况，她只觉得那脚步声一下又一下仿佛踏在她的神经上，让她头皮发麻。一片漆黑中，其他的感官暂时失灵，只有听觉越发敏锐。

怎么办……

强迫自己冷静下来，梁枝给秦瞿发消息：“我家好像进人了。”

不到三秒，秦瞿回她：“我马上到。”

梁枝攥着被子，呼出绵长的一口气。

得救了……

这是她第一次庆幸秦瞿在她附近。

她伸出一只手，从床底摸索到了一根木棍，然后轻手轻脚地下床，蹲在了门边。那个闯进家里的人似乎没有要进她的卧室的意思，脚步声几次经过她卧室门口，都没停顿。可梁枝不敢放松警惕，卧室门没加锁，轻易就能打开。

不多时，一阵迅疾的脚步声从屋外传来，由远及近。

她听见门外一个粗嘎的声音低低地骂了句什么，而后脚步声变得慌乱。门板比较薄，她听得清那人近在咫尺的动静，不过片刻便又安静下来。接着便是木门打开的声音，一个略显紧张的脚步声渐近。

卧室门被敲响，门板轻震，那边秦瞿的声音响起：“梁枝，开门，是我。”

得救的感觉顿刻间涌上心头，梁枝当即扔了木棍，扶着墙壁站起来，用最快的速度开了门。客厅灯光大亮，一道身影逆着光站在她面前。

蹲下又站起，脑袋暂时缺血使得梁枝有些头晕，内心紧张与恐惧交加，在看见眼前高大的男人后，她几乎是立刻便歪倒在了他的胸前，像是找到了主心骨。

秦瞿来得匆忙，只穿了薄薄的睡衣，被投怀送抱，他一怔，想要顺势把人拥进怀里，却在触碰到她的瞬间克制地停住手，只虚虚地扶着她。

“没事了……”他轻声安抚道，“我来的时候没有看见人，那人应该已经走了。”

梁枝踮起脚，在他颈侧轻声提醒了两句，她听出了刚才那个人的行动轨迹，他只是躲起来了，并没有逃走。

秦瞿一愣，点了下头：“我知道了。”

扶着梁枝重新站直身子，秦瞿放轻脚步走向厨房，便看见了正蹑手蹑脚试图从窗户爬出去的人。

听到动静，对方惊慌地加速往外爬。下一秒，秦瞿冲上前，抬手稍一用力，便轻松地把他扯了回来。

来人是个瘦瘦小小的男人，被秦瞿扯着衣领，挣扎得厉害。

“你放开我，我什么都没做，你不能抓我！”

秦瞿眯了下眼，径直扯着他往屋外走。他力气很大，这个瘦小的男人完全无法招架，只能踉跄着被他拖在身后，直至被拖入雪中。男人还想逃，被秦瞿往腿弯上狠狠地踢了一脚，直挺挺地往雪地里栽了下去。

秦瞿单脚踩在男人的肩膀上，眯着一双桃花眼，逼问："都拿了什么？"

瘦小的男人被冻得瑟瑟发抖，扯着嗓子道："我说了我什么都没做！你怎么就追着人不放——"

秦瞿踩着他的力道加重了些，语气狠戾："交出来！"

男人梗着脖子，咬紧牙关。

秦瞿把人从雪里提起来，照着脸就揍了过去。听到那人一声痛呼，他手一松，把人扔回雪地，脚又踩在那人的背上，眼底闪过狠戾之色，道："你再说一遍试试！"

他明明只穿着睡衣，头发凌乱，周身气息却意外地让人感到胆寒。

男人痛苦地呻吟出声，自知躲不过，只能颤抖着把兜里藏着的小盒子递给他。秦瞿接过，往透明的盒子里看了看，两枚戒指，一枚没缺。

秦瞿稍稍放松了力道，似笑非笑地问："还有吗？"

见对方疯狂摇头，秦瞿这才满意地站起来，顺势踢他两脚，警告道："下次再敢来，就不可能这么简单了，听到了吗？"

梁枝站在家门口，远远地望着眼前雪地里的场景。秦瞿弯着腰又跟那人说了些什么，这才挺直脊背，捏着戒指盒向她走来。

他把东西交还给她，笑道："给你找回来了。"

梁枝伸手接过，触碰到了秦瞿的指尖，冰凉一片。

她低下头，有点儿愧疚地说道："麻烦你了。"

"还好我在这儿，"秦瞿收了满身戾气，笑容轻松，"不然真的挺不安全。"

梁枝这回没反驳。

雪地里又有了动静，那人费力地站起来，眼眶青紫，不敢再往这边看一眼，跌跌撞撞地往远处跑去，很快便隐匿进了边上的树林。

梁枝担忧地收回视线，问秦瞿："不报警？"

秦瞿淡然解释："现在封山，警察也进不来。玉山这边监管没那么严，经常发生这类事情，他们都不愿意大费周章去处理。"

"啊……是这样。"梁枝闻言，遗憾地道。

可就这样让他走了，她心里始终有点儿忐忑。

秦瞿看出了她的心思，安抚地笑了笑，沉声道："没事的，我问了他的名字，王平富，就住在上面。之前送菜的大叔就说过，这人游手好闲，经常在村里各家做些小偷小摸的事，让我们小心些。等这边道路通了，我亲自去找那边的人说说。"

梁枝"嗯"了一声，稍微放下心来。

神经极度紧张后，再松弛下来，先前被忽略的困意顿时袭来，梁枝偏过头，打了个哈欠。

"好困。"她向后指了指，"我先回房了？"

见秦瞿点头，她挥了挥手，便转身进屋，正待关门，却见秦瞿也跟着她走进了房中。

梁枝疑惑地眨眨眼。

男人娴熟无比地把门关上，落了锁，又找了把椅子顶着门，这才走到沙发前坐下。

"今晚我睡沙发，守着你。"他顿了一下，询问，"可以吗？"

梁枝犹豫片刻，最终心中的忐忑还是战胜了其他顾虑，她点了点头，回房间去给他拿了一床被子出来。

秦瞿受宠若惊地接过被子："我不怕冷的，你不用……"他话音突然停住，迅速拉开了被子。

梁枝看着他那副小心翼翼的模样，嘴角不自觉地勾了勾。

回到黑暗的环境中，一沾床，梁枝又有点儿害怕。毕竟她刚刚经历过那件事，怎么着都会心有余悸。

她按开手机，便看见秦瞿给她发的一条消息："不要害怕，有我在。"

她回了个"嗯"，想到外面还有人守着，确实安心了不少。

半晌，秦瞿又问："刚才那条撤回的消息，你怎么不问问我发了什么？"

梁枝故意装傻："什么？"

她忽起一念，饶有兴致地发过去一句："难不成是什么真情表白？"

外头传来一连串的咳嗽声，他像是被呛到了。

半晌，秦瞿回她："没，就是打错了字。"

明明是他自己问出来的问题，他这会儿却又不敢承认了。不敢让她知道，却又不甘心她不知道。

梁枝抿着唇，在被窝里笑得身子发颤。她依然假装什么都不知道，回道：“哦。”

那边又是长久的“对方正在输入……”，他大概是想摊牌，最终却又选择了放弃。

梁枝等了半分钟，只收到了两个字：“晚安。”

梁枝仍扬着嘴角，回他：“嗯，晚安。”

第十一章 除了你，我没喜欢过别人

01

梁枝自己都没想到，经历这么一件事后，她居然安稳地睡了过去。一觉睡醒才清晨六点，想着没必要这么早起床，她把手机往旁边一扣，又睡了过去。没想到再醒来时已临近中午，空气中飘荡着一股食物的香气。

梁枝推门出来，便与端着碗从厨房走出来的秦瞿打了个照面。

秦瞿早已收拾整齐，身上还围着围裙，手里端着两碗面，步履从容。

见梁枝出来，他勾了下唇："吃饭了。"

梁枝看看秦瞿，又看了看刚起床不修边幅的自己，有些不自在，转身迅速跑进卫生间。她用最快的速度洗漱好，又对着镜子好好收拾了一番，这才慢吞吞地出来，坐到桌前。

客厅已经被秦瞿收拾了一遍，就连她昨晚给秦瞿的被子也被叠好，整整齐齐地放到了沙发的边缘。

壁炉被烧起来，她只穿着一件单薄的长袖睡裙也不觉得冷。

他做的是番茄鸡蛋面，这还是梁枝第一次尝到秦瞿的手艺。她夸赞道："不错。"

秦瞿一本正经地说道："你要是喜欢，我可以天天过来给你做。"

不、要、脸！

梁枝默默不语，低头吃面。

吃面时，她从手机上找出一个视频，放在手边看。

秦瞿目光落在她的手机屏幕上，颇为好奇："这是什么？教你怎么养花的？"

梁枝看到中间，把进度条往回拉，又看了一遍，说道：“教插花的。等下山的路通了，我打算去买点儿花回来。”

她往屋里看了一圈，家里没些鲜花点缀，怪沉闷的。

秦瞿点了点头，不再多嘴。

梁枝乐得安静，慢条斯理地舀了口汤喝。面吃到一半，她忽然听见秦瞿闷哼一声，抬眼便见男人单手扶着肩，面露痛苦之色。以为他只是想引起她的注意，梁枝瞥了一眼，不怎么关心地随口问：“怎么了？”

“昨晚睡得浑身疼……”秦瞿捶了两下肩膀，苦笑道，语气有点儿委屈。

确实，以秦瞿的身量，窝在那么小一个沙发上，是挺难受的。梁枝抬眸看了看沙发，又面无表情地低下头。

见梁枝还是那副反应平平的样子，秦瞿有些泄气，自己又揉了几下肩膀，可他的手法不得当，越揉越觉得不舒服。

于是他收了心思，继续吃面。

吃完面，将厨房收拾好，秦瞿抬手开门准备离开，忽又一顿，捂着肩膀缓了会儿。

梁枝轻叹一声：“回来，坐沙发上来。”

秦瞿脚步顿住，满是期待地坐回沙发上，问道：“你终于肯留我在这儿了？”

梁枝不明白这个男人的话怎么越来越多，没回答他，只说：“伸手。”

秦瞿听话地伸出手。

男人的手很好看，手指修长，骨节分明却又不突兀，青筋若隐若现地蔓延至手腕，带着一种别样的性感。

创可贴还留在指尖上，只是经历了昨晚那一场折腾，已经有些松了。梁枝垂眸，回过头去从抽屉里扯出一张创可贴，给秦瞿换上。原先的创可贴被丢掉，露出里面已经开始结痂的伤口，上面沾了水，伤口边缘有些泛白。

梁枝细眉皱起。

秦瞿连忙解释：“可能是做饭的时候沾到了水，下次我会注意。”

梁枝点了下头，帮他用酒精消了毒，换上新的创可贴。

指尖刺痛持续了一段时间，秦瞿听话地一动不动，眼神中却难免带着一丝遗憾——原来她只是想为他重新包扎……

给他换好创可贴后，梁枝站起身。按往常的相处模式，这个时候她应该会直接下逐客令。秦瞿十分自觉地双手撑着沙发，准备起身离开。梁枝却没说什么，还绕到了他身后。

不多时，一双手落在了他的肩上，秦瞿浑身僵了僵，旋即听到梁枝淡淡地说道："放松。"

他于是放松下来，愣愣地向后躺在了沙发靠背上。

梁枝手上的力道不轻不重，捏得人很舒服。纤细的手指在他的肩上游移，偶尔擦过颈侧，若有若无的肌肤相触，勾得他心头泛痒。没过多久，秦瞿便感觉自己肩膀的僵硬感缓解了许多。感受到梁枝松开手，他眼底还含着依依不舍的情绪。他照着指示活动了几下肩膀，疼痛感变得极为轻微，活动时几乎感觉不到。

下一秒，他耳边响起梁枝的询问声："好了吗？"

秦瞿的动作猛地一顿，随后，他慢慢地躺回原本的位置，低声道："还有些僵，你再帮我揉揉。"

梁枝将他的反应观察得一清二楚，不由得失笑："行。"

她怎么会看不出这人的心思？可在经历了昨天那件事后，她突然发现，自己好像不排斥他的靠近了。至少，在这样的情况下，有他在的话，她真的会有一种莫名的安全感。

又按了一会儿，梁枝觉得手有点儿酸。

秦瞿感觉到她的动作放缓了，明白过来，有些不舍地轻声道："好很多了。"

于是梁枝收手，看着他站起来，半开玩笑道："终于舍得回去了？"

秦瞿挺直脊背，摇了下头。须臾，他抬起手揉了揉手腕，用一种十分小心的语气提议："我觉得……我可以帮你按一下。"

这个男人怎么越来越死皮赖脸了？梁枝拒绝道："不用了。"

"好吧。"秦瞿有点儿失落，面上却不显，他起身正待往外走，突然又转身望向她，问道，"晚饭需要我来帮你做吗？"

梁枝这次没干脆利落地拒绝，而是想了想，撑着沙发靠背，沉下肩膀，道："也行。"

几缕发丝晃晃荡荡地垂落至锁骨处，隐匿入衣领，她抬起双手，把长发向后拨。睡裙的领口开得有些大，本就因她刚才俯身的动作向下滑了些，她这样一抬手，领口又朝下落了落，隐约露出点点春光。

大约是一个人在家中时习惯了这样随意的穿着，梁枝自己并未发觉有何不妥。

秦瞿收回视线，喉结滚动了一下，背过身去。

任何一个正常的男人在看见自己喜欢的女人这副模样时，都不可能做到视而不见。更何况，这是他日思夜想、唯一想要拥有的女人。光是平时的一些肢体接触，就足以让他压抑得近乎疯掉。

梁枝双手撑回沙发上，见他站着没动，问道："怎么又站着不动了？"

女人声音有些软，尾音因为疑惑而上扬，此时落在秦瞿心间，轻易便激荡起了一股电流，将他心头的最后一丝防线击溃。

想碰她……

一念忽起，便一发不可收拾。

秦瞿原本欲离去又折返。

他弯下腰，手撑在沙发靠背的边缘，身体稍微往梁枝身前倾。这样的做法使得两人的距离变得极近，几乎额头相抵。男人本就生得好看，一双桃花眼略带着勾引的意味看着她，爱欲盈满，仿佛下一秒就要吻上来。

梁枝微愣，一时间竟然忘了推开他，问道："你干什么？"

秦瞿撑在沙发靠背上的手不着痕迹地朝两边挪了挪，带有几分得寸进尺的意思，覆上了她的手背。一只手按在她的手背上，另一只手顺着脊背的线条往下轻抚，缓缓地朝她的腰际靠近。

她感觉腰窝被那只手隔着衣服布料轻轻地按了一下。

他沙哑着嗓子，低声哄道："让我抱一会儿。"

梁枝的大脑反应在男人凑过来的那一刻便有些迟缓，这会儿敏感处忽受刺激，她双腿一软，顿时清醒了几分。

然而，心底一些隐秘的欲念还是被勾了起来。

空窗了太久，光是这一点儿熟悉的刺激，就能让她有所反应。更要命的是，她并不排斥，甚至……想要更多。

梁枝呼吸一滞，便又感觉没等到她拒绝的男人用指腹在她手腕的皮肤上摩挲了下。她咬着牙，小声警告："秦瞿，你再这样，晚上就别来了。"

秦瞿这才安分下来，松手与她拉开距离。感觉到她并不怎么抗拒，他像是突然意识到了什么，桃花眼中的光亮越发璀璨。他抬手做了个"投降"的手势，随后帮她整理好衣领，闷笑道："抱歉，没忍住。"

厚脸皮！

梁枝脸色微红，轻轻地踢了他一脚，绕过沙发，说道："赶紧走。"

这一脚没什么威慑力，秦瞿眼底笑意更甚："所以，还是晚饭见？"

梁枝转过头，不想理他。

这个男人，在她面前真的越来越放肆了。

关门声响起，她跌坐回沙发上，平复了一下心情。摸索到手边叠得方方正正的厚被子，她身体向那侧歪倒，将仍泛着红晕的脸颊埋了进去。

今天壁炉的温度，好像比前些天高了些……

接下来好几天，秦瞿借着各式各样的理由过来找梁枝一起吃饭，又总以保护她的安全这样冠冕堂皇的理由留在她这里过夜，连睡觉的地方也从沙发变成了稍微舒服一点儿的地铺。

两人之间的关系，似乎变得微妙了些。

外头的雪又接连下了好几天，终于有了减小的趋势。

是件好事。

雪一小，山路清雪的工作便开始进行，很快他们便清出了一条下山的道路。

送菜人打电话来，说明天就可以把菜送过来。

梁枝颇为开心地挂断电话，转眼便看见秦瞿给她发来的消息。

"我待会儿要下山一趟，你要一起吗？"

梁枝正裹着毯子在壁炉前烤火，置身在暖烘烘的环境里，她根本不想动。她抬头望了眼窗外，一阵风裹着雪片卷到窗户上，她仿佛感觉到了扑面而来的寒冷。

裹紧了毯子，她回："不了。"

秦瞿大约是猜到了她不想去，很快又问："需要我帮你买点儿什么回来吗？"

梁枝想了想，说道："有几个快递，你帮我取一下吧，去驿站报我的手机尾号就行。"

"好。"

梁枝已经习惯了这样的聊天模式。

明明一开始上山的时候她打的是独居的主意，不知道从什么时候开始，她忽然习惯了有个人参与她的日常生活。

梁枝把手机扣在一边，没再想下去。她打了个哈欠，趿拉着拖鞋往房间里走。才吃了午饭没过多久，她居然又困了。

她进到房间里，一头栽倒在床上，睡了过去。

中午这一觉她睡得不是很安稳，闭着眼迷迷糊糊的，也算不上睡着，总感觉心里闷闷的，有种不太好的预感。

好像要发生什么不太好的事。

这样的预感让她觉得很不舒服，于是她起床给房间门落了锁。锁是秦瞿给她安上的，自从那件事发生后，他给家里的每扇门都安了把新锁。

落锁后，梁枝不安的心情总算稍微平静了下来，终于睡着了。

再睁眼，她是被外面的踹门声吵醒的。

外面的声音越来越大，梁枝顾不得穿鞋，赤着脚走到房间门前，贴着门听外头的动静。

砰！她突然听见了大门被一脚踹开的声音。

“我就不信这新锁还撬不动了！”外头那人说话根本没有避讳，张狂得很，像是故意要让梁枝听见。

辨认出这声音，梁枝脸色微白，蓦地忆起了那个夜晚的骇人状况。

居然又是那个王平富，而且看这样子，他恐怕是蓄意报复。

心头警报声轰然炸响，梁枝使劲抿了下唇，手抵在胸口，试图平复自己的心跳。

没事的……必须冷静下来……

她掏出手机，开始给秦瞿打电话，可半天都没人接，无奈之下她只好给秦瞿发消息：“他又来了。”

“那个王平富，好像是专门来报复的，他现在在砸门。”

发完这两条信息，梁枝心中的恐惧感越来越强烈，忍不住又发了条消息：“秦瞿，你快回来，我害怕。”

那边仍没有回复。

外头的脚步声又重又响，王平富大摇大摆地向着里面走来，很快便停到了梁枝的卧室门前。

门被推了一下，没开。锁头碰撞的声音一响，王平富便骂了起来：“连卧室都上锁了？”

门板有些薄，梁枝恐惧之下从床底捡起了那根木棍，然后努力把房间里的桌子往门边推。桌子很重，梁枝费力地推着，桌腿与地板摩擦出一阵刺耳的声音。

外头的王平富听见了动静，顿时发了狂。他使劲往门板上踹了一脚，朝里面狠声叫嚣：“我知道你在里面！好不容易等到你落单，你给我等着！老子马上把你的门踹开！”

砰！又是一声撞门声。

梁枝一颗心在猛颤。桌上的瓶瓶罐罐有些落到了地上，可她现在无暇顾及这些，只想快一点儿用桌子堵住门。

“给老子开门！”

砰！

感觉到梁枝那边的堵门声，王平富踹门的力道又加重了几分。

“嘎吱嘎吱”的摩擦声和撞门声交织，梁枝吓得双腿发软，总觉得下一秒自己就会被这恐惧感压垮。

桌子终于抵在了门板上，每次王平富一踹，上面的东西都会跟着哗啦响。梁枝脱力般蜷缩在墙角，脑中一片空白，一只手拿着棍子，另一只手不断地给秦瞿发着消息。

可那边仍没人回应。

梁枝的心一点点沉到谷底。

是没看到吗……

薄薄的门板随着王平富的每一次撞击发出哀鸣，好像随时会倒塌。过了一会儿，他大概是踹累了，开始尝试用别的东西砸门，甚至偶尔会把刀片伸进来，嘴里还不断地叫嚣威胁，一声比一声刺耳。

疯子……

梁枝神经紧绷，强撑着用发抖的手给秦瞿发消息，结果一下没拿稳，手机“啪嗒”一声摔在了地上。梁枝咬紧嘴唇扑过去捡起手机，却听到外面的砸门声停了下来，她定了定神，隐约听见外面的王平富低声咒骂——

“怎么烧起来了？！”

接着，便是一阵渐行渐远的急促脚步声。

许久，撞击声再没有响起，梁枝眼睫抖了两下，有些疑惑地望着门的方向。

王平富，他好像就这么……跑了？

双腿恢复了知觉，她扶着墙站起来，钻到桌子底下，贴着门听外面的动静。她没再听到脚步声和踹门声，只听见了微小的“噼里啪啦”的声响。

好像是……有什么东西烧着了。

隐约闻见焦煳的味道，梁枝一颗心再一次高高悬起来。她把桌子拉开一点儿，尽量用最小的动静打开了门。门刚开了一道缝，便有浓烟扑入，梁枝猝不及防之下被呛到了。挥开源源不断的浓烟，她把门缝开大了些。

等看清外面的景象，她瞳孔骤缩——壁炉外，烧着的木头散落得遍地都是，甚至在离她这道门不过一步之遥处，还燃着一根。显然，王平富刚才砸门的时候用了这些木头。

而不远处，沙发正熊熊燃烧着。

由于屋子的建筑材料大部分是木头，火势蔓延得极快。从刚才王平富离开到现在，火势已经开始波及旁边的家具，不断冒出的浓烟盈满了整个小屋。梁枝不过看了两眼，便已呛了好几口烟，眼里满是泪水。

火光带来的热意直直地扑过来，梁枝脑中只剩一个念头——快跑！

她试图走出房子，可是浓烟使得她根本无法跨过那道门，不过往前跑了两步，她便迷失了方向。四处都是燃烧着的家具，她根本不知道往哪里跑才能出去。

憋着的一口气泄了一半，梁枝感觉自己又呛进一口烟，咳得满脸是泪。

无奈之下，她只好后退一步回到卧室，紧紧地关住门。她也想从窗户翻出去，可是窗上有防盗的铁栏杆，她根本出不去。

火势蔓延得极快，梁枝蹲在门边，能听见外面不时有东西倒塌的声响。

怎么办？

梁枝蜷缩成小小的一团，满脑子只剩这三个字。都说生死关头人会被激发出最大的潜力，可她现在什么办法也想不到。

她拿出手机，发现手机上有好几个来自秦瞿的未接电话，可能是因为刚才摔了一下，铃声没有响起。梁枝心头那根弦一松，又想哭又想笑，她狠狠地咬了下唇，直接拨通了秦瞿的电话。

这次提示音只响了一下，电话便被接通。

那头似乎有水声。

“枝枝。”秦瞿语气沉着，“我回来了。”

带着安抚意味的声音入耳，几乎是瞬间，梁枝心里的最后一道防线土崩瓦解。

她带着哭腔颤声道：“秦瞿……我好害怕。”

她真的好怕。

秦瞿沉默了一会儿，听着她咬着唇低声呜咽。

那边一阵莫名的响动后，梁枝忽然听他道：“开门。”

一个几乎不可能的念头闪过脑海，梁枝不管不顾地站起，颤抖着手把门打开。口鼻忽然被一块湿润的布捂住，灼热呛人的烟气被隔绝，梁枝神情错愕地抬眼，目光撞入一双熟悉的黑眸中。

秦瞿抬手，直接揽过她纤细的腰肢，女人瑟缩了一下，狼狈且脆弱地跌进他的怀中。

“走。”秦瞿语气坚定地道。他将用水浸湿的外套披在了梁枝身上，帮她阻绝周围灼热的空气。

低头瞥见她赤着的双脚，他皱了皱眉，不由分说便将人打横抱起。

“抱着我。”

梁枝一只手用湿布掩着口鼻，另一只手艰难地抬起，像是抓住最后一根救命稻草，环住了他的脖颈。

02

秦瞿再没说话，抱着梁枝一路穿过层层浓烟，直到逃离木屋后才停下脚步。他抱着梁枝没撒手，急促地喘了几声。

梁枝这才发现他根本没有任何防护。男人的脸已经被烟熏黑，额头上不知是水珠还是汗珠，正沿着脸颊缓缓滑落。他十分狼狈，甚至衣服上还被烧出了两个破洞。

梁枝扔掉捂住口鼻的布，感官终于慢慢回笼，被冻得打了一个寒战。

心脏仍狂跳不止，她回头看了一眼仍燃烧着的屋子，颇有一种劫后余生的庆幸。

“冷吗？”看着她一副心有余悸的样子，秦瞿笑了笑，逗她。

“嗯。”梁枝点点头，吸了下鼻子。

她只穿了条睡裙，外面还披着件湿透的外套，双脚光着，在这样的温度中，她怎么可能不冷？

于是秦瞿抱着她，准备带她进入房车。

一直被人用这个姿势抱着，梁枝有点儿不适应，她晃了晃腿，说：“要不然，你放我下来？”

“想都别想。”秦瞿说道，“脚不想要了？”

确实，她现在要是赤脚在雪里走一段，恐怕会被冻坏。

感觉到怀里的女人安分了，秦瞿抱着她的力度又加大了几分。他偏过头咳嗽两声后，道：“回来的路上我才看到你给我发的消息，给你打电话你也没接，吓死我了。”他低头用脸颊轻轻地蹭了蹭梁枝的头发，低声道，“还好赶上了。”

梁枝心底涌起一股热流，她抬头看着秦瞿，小声道：“谢谢。”说完，她正准备收回视线，余光突然瞥见了一个男人，她定睛一看，瞳孔骤然紧缩。

秦瞿全部心思都在梁枝身上，丝毫没有注意到有人逼近，还在安抚梁枝：“我已经报警了——”

“秦瞿！”梁枝倏地扬起语调，提醒他，“后面有——”

话音未落，一根长棍照着秦瞿的后脑勺狠狠落下，“砰”的一声响起，梁枝嗓子里卡着的“人”字还未说出，便见秦瞿脸色蓦地变得极为难看。

他力气一松，梁枝跌坐在地上，刹那间刺骨的寒意从脚底向上蔓延。

秦瞿身体摇晃了两下，见梁枝一脸惊慌，他竟还冲她笑了笑，然而下一刻他的身体便沉沉地照着她压过去。

两人狠狠跌入松软的雪地里。

梁枝下意识地伸手抱住了他，张了张嘴，几近失声：“秦瞿……”一滴鲜血从男人的后脑勺蜿蜒向下，滴在了她的脸上。

一旁的王平富见状，愣了下，喃喃道：“我没想杀人啊……我没想……”他只是看到两个人逃出来，报复心理作祟，想要补上一棍子泄愤而已。

头一回碰上这样的情况，他登时清醒过来，扔了棍子便飞快转身跑走。

空旷的环境重归一片死寂。

背后是冰凉的雪，冻得梁枝身体几近僵硬，但她仿佛没有感觉到冷。

她试探着出声：“秦瞿？”

没有回应。

梁枝又唤了几声，抬手去摸秦瞿的后脑勺，摸到了一手黏稠的鲜血。

她骤然清醒——他受伤了，而且伤得很重。

挣扎着从男人怀里出来，梁枝试图起身，由于身体被冻得僵硬，她差点儿没能站起来。她狠狠咬了下舌尖，用疼痛让自己忽略寒冷，跑进房车去找处理伤口的东西，却只找到了一包遗落在角落里的绷带。

没时间仔细寻找，梁枝拿着绷带迅速跑出去，跪坐在秦瞿身边，把绷带一圈圈缠绕在他头上，试图止血。

远远地有汽车的声音响起，一辆警车停在了这附近。

里面的人下来时，刚好目睹了眼前这一幕——

女人手上、脸上、身上尽是鲜血，衣着单薄，纤瘦的身板仿佛被风一吹就会倒，却执着地跪在男人身边。绷带一圈又一圈地绕过男人的脑袋，又瞬间被汩汩流出的鲜血染红，她仿佛没有感知到，仍机械地重复着这一动作。

所有人皆是一愣。

为首的警察很快冷静下来，沉声联系医院："嗯，对，开到玉山脚下。"

打完电话，周围的人很快上前将梁枝拉开，把秦瞿抬进了警车。

为首的警察见梁枝还呆坐在雪里，走过去把她扶起来。

梁枝这才回过神来。膝盖发疼，她有些站不稳，低声对人说了句"谢谢"，便自己深一脚浅一脚地往警车那边走，虽然她的双脚早已麻木得仿佛不是自己的了。

经过大开着门的房车时，梁枝突然看见副驾驶座上放着一束花。她愣了下，打开车门拿起花，继续走向警车。

警车呼啸着一路开下山。

下山的路上，梁枝一直紧紧地攥着手里的那束花，一张卡片随着车子的颠簸掉落。

梁枝眼神微闪，将卡片拾起打开，上面是秦瞿的字迹，潇洒有力——

看了你那天看的视频，我觉得这束花最适合摆在家里，也最适合你。

这束花是我亲手挑选、包装的，用它来表白，用它来请求你原谅我最合适不过。

以前是我浑蛋，我罪不可赦，可是，我还是想请求你给浑蛋一个机会。

原谅我，好不好？

因为，我真的好爱你。”

梁枝将卡片合上，眨了眨眼睛，仿佛终于意识到刚才发生了什么，眼泪簌簌地落了下来。

这是她第一次经历这样严重的事件，清醒之后，担忧和愧疚几乎占据了她整颗心。

警车从山上开下去，正好碰上过来接应的救护车。眼见秦瞿双眼紧闭被抬进救护车，梁枝也跟着坐了上去。

慌乱中塞进衣兜的手机，在这个时候振了下。

梁枝接通电话，任夏夏的声音从那边传来。

“枝枝，你现在在哪儿？”她声音轻快。

梁枝嗓子有点儿哑，低声回答：“在去医院的路上。”

“我想去你那边看看——什么，你去医院了？！”轻快的语调一变，任夏夏猛地提高了音量，“你去医院做什么？！你生病了？！”

梁枝深吸一口气。

“不是我，”她轻声说，“是秦瞿。”

江城医院。

手术室外，任夏夏提着一袋子衣服步履匆匆地赶来。见到梁枝，她松了一口气，把袋子里的衣服扔给梁枝，道：“赶紧换上，怎么穿得那么少？”

梁枝已经在手术室外等了两个小时，一直沉默着。

她木然地接过衣服，套在了身上。

任夏夏坐到她身边，帮她整了整衣服，安慰道：“不会有问题的。”

良久，梁枝才极轻地“嗯”了一声。

任夏夏又陪着梁枝说了几句话，梁枝听她说一句，便轻点一下头，手里一直捏着一枚戒指。这是秦瞿的那枚，在他被送进手术室前，有人从他的衣服里找到交给她的。

她没想到，这人竟然还随身带着这枚戒指。

陪她坐了好一会儿，任夏夏接到一个紧急电话，只得面带歉意起身离开。

梁枝点了下头，轻声说：“谢谢。”

“谢什么。”任夏夏冲她挥挥手，“等他手术成功了，你可要好好休息一下。”

梁枝扯了扯嘴角：“嗯，好。”

任夏夏还是不放心，一步三回头。梁枝安慰她道：“我没事。”

“但愿吧。”任夏夏叹了口气，走进走廊尽头的电梯。

过了几分钟，梁枝的手机又振了两下，是任夏夏给她发来了消息：“我看到付羽然上楼了，估计是来找你的，你注意点儿。”

梁枝正准备回一个“好”字，手机电量耗尽，自动关机。

怎么偏偏是这个时候……梁枝闭了闭眼，靠在背后冰凉的墙上。

不久，有一道气势汹汹的脚步声靠近，梁枝不用睁眼也知道来人是付羽然。脚步声越来越近，最后停在了她身前，她抬眸，便见一个巴掌朝她袭来。

梁枝偏头避过，巴掌落了空。

付羽然跺了下脚，声音尖锐地冲她道：“你还敢躲？要不是恰好撞见路娜行色匆匆地往外走，我还不知道我哥出了这么大的事儿！”

“你知不知道公司的人要是知道这个消息会乱成什么样儿？都是因为你！他要是不去找你，哪儿会变成这副模样？！”说着，她神情越发激愤，作势又要扇过去一巴掌。

梁枝抬了抬眸，轻松握住了对方的手腕。她蓦地笑了笑，目光如利刃一般，仿佛下一秒就能将付羽然刺穿：“付羽然，你在害怕什么？”

付羽然眼神躲闪了一下，梗着脖子大声说：“我能害怕什么？我就是关心我哥的公司——”

“是啊，这不就说出来了吗？”梁枝轻声打断她，一字一句道，“你是在害怕你哥出了事以后，你不再有那些特权吧？”

被戳中最隐秘的小心思，付羽然一噎，辩解道：“才不是，我是真的关心我哥……反倒是你，你这个罪魁祸首，凭什么还那么嚣张？！”

“出去。”梁枝语气极冷。

付羽然愣了一瞬，随后不可置信地说道：“你让我出去？”

“医院里不允许喧哗。”梁枝头也不抬地道，“如果你来只是为了兴师问罪，那大可不必。秦瞿出事我只通知过他的秘书，而且公司暂时离了他也能正常运转，你担心这些不如多担心一下你哥的状况。”

“你要是真的关心你哥，不如等他转出 ICU，过来帮忙照顾一下。”

付羽然心一虚，声音又跟着变高：“好啊，梁枝！你就是不想承担责任照顾我哥是不是？！”

她还没嚷嚷完，肩上突然被人拍了下。

“姑娘，请你声音小一点儿，可以吗？”护士望向她，有些为难，“我们这里……”

连续吃瘪，付羽然已经没了耐心，她狠狠地瞪了护士一眼，道：“知道了，知道了！我不在这儿待了行不行？！”说完，她转身仓皇离去。

梁枝望着她的背影，神情疲惫地捏了捏鼻梁。

旁边的护士见状，好心给她倒了杯水。

梁枝接过，说了声：“谢谢。”

她已经不知道自己今天说了多少次谢谢。

好在，手术很成功。

从下午五点到深夜十一点，这场手术持续了整整六个小时。

看着手术室的门打开，梁枝霍地站了起来，却又因腿软重重地跌坐了回去。

太紧张了。

手术结束后，秦瞿被送往 ICU 病房。

三天后，他的各项生命指标都稳定了，转到了普通病房。这三天，梁枝着实不好受，不过现在秦瞿转到了普通病房，对她来说已是莫大的安慰。

医生告诉她，如今秦瞿的身体状况已经没有了大碍，现在只需要看他什么时候醒来。

梁枝坐在病床边，认真听着，轻轻地点头道谢。

秦瞿的手很凉，手背上扎着输液针头，管子里药液缓缓滴着，她轻轻地握住他的手，他的手心干燥微凉。她的满腔情绪在此刻再一次涌上来，除了愧疚，更多的是伤心。

梁枝抿了下唇，手伸进衣兜里，捏住了那枚戒指。

03

自此之后，梁枝便揽下了照顾秦瞿的任务。

病房是单人病房，旁边有张陪护床。她每天就这么寸步不离地待在秦瞿身边，等待他醒过来。

然而，三天过去了，秦瞿没有醒过来。一周过去了，秦瞿仍未醒过来。

不知是谁走漏了风声，秦瞿昏迷的事被传得沸沸扬扬，珩原的股价也因此暴跌。瞬间，珩原被置于整个江城商界的风口浪尖，公司里各大股东虎视眈眈，皆在观望时机。

危急之时，梁枝戴上原本的婚戒，以秦瞿未婚妻的身份，暂时揽下珩原的管理权。

她甫一上任，便引得外界议论纷纷，不赞同的声音铺天盖地传来。梁枝仿佛没有听见这些声音，凭借多年来对珩原的了解，力挽狂澜。

短短几天内，“梁枝”这个名字再次冲上了热搜榜。而梁枝本人对此毫不在意，每天只机械地在工作和看护秦瞿之间打转。她也不知道自己为什么会这样，明明愧疚不足以成为她揽下这些的理由。

转眼间半个月过去了，秦瞿仍未醒来。

一天半夜，梁枝从梦中惊醒，突然听见了门外传来的嘈杂声。

她揉揉眼，走出去，想提醒他们小声一点儿，却刚好看见一张病床被推出，上面蒙了白布。家属跟在病床边，有的大哭，有的痛呼，有的默默地别过脸抹着眼泪。

梁枝沉默片刻，最终静静地关上了门。她没有继续睡，而是坐在了秦瞿身边。

一阵心慌的感觉袭来，梁枝双手轻颤着握紧了秦瞿的手，回想起刚才的场景，她深吸一口气，眼眶突然红了。

真的，心好慌，慌到浑身都要跟着不安地颤抖。堆积许久的情绪在这一刻被释放。她俯身，额头抵在了男人冰凉的掌心上。

“浑蛋啊。”她声音带着微微的颤抖。

“你不是说，让我给你机会吗？”

“你再求我一次，说不定我就原谅你了，你不试试？”

“当然，我也有可能不原谅你，得看你以后的表现。”

这一晚，她碎碎念了好久好久，语句琐碎到她已经不知道自己在说什么。到最后，她近乎哽咽，趴倒在他的病床边，再说不出一句话。

那是好漫长的一夜。

可是秦瞿仍未醒来。

第二十天，江城又落了雪，王娣过来看梁枝。

彼时，梁枝正好结束一个视频会议，瞧见王娣后，她合上电脑，迎上去："妈，你来了？"

王娣"嗯"了一声，打量了她好久，最后慢吞吞地挤出一句话："要不然，你回去住几天吧？"

梁枝摇了摇头，冲她笑了一下："没事的，我都习惯了，等他醒了我就回去休息……"

最后的"快了"两个字落得很轻，让王娣沉默了好一会儿。

就连梁枝自己都不再相信。

没有人敢断言秦瞿什么时候能醒来，即使是主刀的医生，也只能告诉她一个模糊的结果。

王娣心下明了，转移了话题："吃饭了吗？"

梁枝摇摇头："我不饿。"话音刚落，她的肚子适时发出了细微的响声。

她一怔，有些羞窘地看向王娣："忙忘了……"

王娣无奈又宠溺地捏了下她的脸，转身走出病房："我去给你买。"

"好——"梁枝也不拒绝，乖乖应下。

待到王娣离开，梁枝又坐到了秦瞿身边，去端详他的脸。

虽然昏迷多时，男人的面容却一如既往俊朗到让人移不开眼，略显苍白的脸色反而让他多了几分病弱书生的气质，显得温和且安静。

注意到秦瞿的胡子又长长了，梁枝拿出剃须刀，细心地帮他把胡子统统刮干净。刮完她又观察了一会儿秦瞿的脸，这才满意地点点头，轻声道："快点儿醒过来吧。"

随后，她坐到一边，帮他捏了捏手指，活动肌肉。

昨晚没睡好，她捏了一会儿，便觉得困意再次上涌。她本想只在病床边趴一会儿，不想一闭眼便睡了过去。

病房里重新陷入一片安静。

半晌，秦瞿手指忽然动了动，随即他缓缓睁开了眼睛。

他觉得自己做了好长的一个梦，可是已经忘记了梦的内容，但依稀能感觉到，他这一梦，好像过了很多很多天。

身旁有仪器在嘀嘀作响，秦瞿听着听着，突然一下便有了实感。

他真的醒过来了。

病房墙上有电子钟，上面显示着日期。距离他昏迷，过去了整整二十天。

那么久了啊……

秦瞿恍惚一阵，动了动手腕，忽然触碰到了一片细腻的肌肤。他低头，女人的睡颜入目，安静美好。

秦瞿怔了怔，迟疑着抬手摸了上去。

是真的。

梁枝睡梦中被打扰，柳眉微蹙，似是不满地含糊道："别闹……"

于是秦瞿收了手，歪着头，仔细盯着她瞧。

梁枝这二十天就没怎么睡好，闭眼时眼睫投下的阴影使得黑眼圈更加明显，整个人肉眼可见地憔悴了。

秦瞿望着望着，心突然疼了起来。钻心的疼令他想要落泪。

他红着眼眶，又自顾自地笑了起来，低声道："瘦了好多。"

她怎么那么傻，都不关心自己的身体，就这么傻傻地一直守在他的身边。

明明他一点儿都不值得她这么做。

他压抑着哽咽声，喃喃道："怎么瘦了那么多……"

像是有了什么感应，趴在床边的女人身体忽然颤了颤，缓缓地睁开了眼睛。

对上秦瞿微红的双眼，她顿时僵在原地。

"秦瞿……"她试探着喊。

"嗯，"秦瞿说话还带着点儿鼻音，笑着看向她，"我醒了。"

梁枝还以为自己刚醒来迷糊着，怀疑自己是在做梦，声音含糊地问："真醒了？"说着，她站起身，凑上去想仔细辨认秦瞿的脸。

她凑得极近，一双眼里含着水光，在他面前忽闪忽闪的。淡淡的发香萦绕鼻尖，秦瞿呼吸一滞。

"真醒了？"梁枝不确定地问，很快又变得紧张兮兮的，"没什么不舒服吧？身体没出什么问题吧？"

温软微哑的声线挠着心，秦瞿终于没忍住，抬起胳膊扣住面前女人的后脑勺，重重地吻了下去。

这一吻来得猝不及防，梁枝还没反应过来，就被卷进了欲望的旋涡中。

唇舌交缠，气息中泛着淡淡的药味，微苦，却又透着让人欲罢不能的暧昧缠绵。

秦瞿吻得又重又急，宛如狂风骤雨。梁枝无法招架，呜咽一声，被迫承受，许久后，她试探着抬手缓缓圈住了男人的脖颈。

仿佛受到了鼓励，秦瞿吻得更深了几分。

窗外的阳光照进来，将两人的影子不断拉长，投射在墙壁上。

恰在此时，病房的门被打开，王娣提着饭盒往里张望："吃——"

屋内的暧昧氛围被打破，梁枝被这一道声音唤回理智，挺直身板与秦瞿分开。她回头，刚好对上王娣尴尬的目光。

两人尴尬对视了片刻。

王娣小声说："我先出去，待会儿再来。"说完，病房门再次关上。

梁枝脸一红，恨不得找个地缝钻进去。

秦瞿轻咳一声。

梁枝回头瞪他一眼，又过去帮他把手背上的针头重新固定好，按了呼叫铃，安安静静地等着医生过来。

室内重归宁静。

秦瞿在意乱情迷的情绪过去后，很快清醒过来。他脸色变了变。差点儿忘记了，以他们现在的关系，他还不能做出那样出格的举动。

他甚至不知道，现在梁枝对他是怎样的态度。

心情跌入谷底，秦瞿望着反应平静的梁枝，手足无措，不知该怎么应对。

她生气了吧……

他垂着眸子，开口道歉："抱歉……刚才是我情绪激动，冒犯你了。"他顿了一下，小心地扯过梁枝的袖口，说，"我知道我逾越了……我保证以后不会了，你别抛下我。"

梁枝没说话，只低头看着手机。

病房门再次被打开，几位医护人员鱼贯而入。梁枝挣扎一下，起身给医生让位。盯着梁枝离他远去的身影，秦瞿的心情顿时跌入了谷底。

医生给秦瞿做了一个全面的检查，确定没有别的问题后，将结果告诉了梁枝。

梁枝点点头，关好病房门，坐回了床边。

秦瞿再一次拽住梁枝的袖子，不愿意放开。

“枝枝……”他慌了神，“不要丢下我……”

梁枝放下手机，神色仍没有透露什么准确的信息。

就像是钝刀割着肉，秦瞿心里又疼又煎熬，他别无办法，只能一遍遍低声唤着：“枝枝……”

忽然，梁枝抬头，对他露出一抹淡淡的笑。

“我没想过要丢下你。”她轻松地笑道，“你以为，以你现在的身体状况，我推得开你？”

秦瞿怔了怔，有些没反应过来梁枝话里的意思，细细想了一阵后，他骤然被巨大的狂喜所包裹。

他声音颤抖，不确定地问梁枝：“真的？你同意了？”

梁枝轻轻地点了下头。

在医院里待了这么多天，见多了人情冷暖，她也看开了些。

她确定了自己对秦瞿的感情，并且不再觉得承认自己还对他有感情是件多么羞耻的事。毕竟人生那么短，意外又那么多，谁能知道明天和意外哪个先来？

她可以选择在感情被消磨干净的时候果断地抽身离去，也可以在意识到旧情复燃时大胆承认。反正，如今她与秦瞿是平等的，若这段关系让她感到不舒服，她大可以随时抽身离开。

思及此，她补充道：“不过，一切还得看你将来的表现。”

秦瞿忙不迭点头，直到感觉脑袋一阵眩晕，他轻“嘶”一声，低着头突然陷入思考。

过了一会儿，他踌躇着再度不确定地开口问道：“你真的愿意……和我重新开始了？不是因为这件事，不是出于什么愧疚或者怜悯，而是真的……有点儿喜欢我？”想了下，他清了清嗓子，补充道，“这绝对不是我的苦肉计，我也绝不想凭借这样不光彩的方式同你重新在一起。”

梁枝听着他的絮语，只是挑眉笑了笑，而后俯身毫不忸怩地在他的唇上轻啄了一下，偏头微笑：“你认为呢？”

秦瞿再一次呆愣住了。

许久后，他竟然流出了眼泪。

他抬头捂眼，道：“我太高兴了。”他抹掉眼泪，指了指自己的脸颊，得寸进尺道，“不然再亲一个？让我再多点儿真实感。”

梁枝睨他一眼，他便乖乖地闭了嘴，跟个听话的小孩儿一样。

梁枝满意地弯弯唇，慢条斯理地拿出手机，把屏幕对着他。

“在此之前，你不如先给我解释一下，你这初恋是怎么回事？”

“初恋？”秦瞿皱起眉，“除了你，我没喜欢过别人。”

手机界面上是应晗最近发表的一首单曲。

影视的路走不通，她改走音乐路，但因为上次的大规模脱粉事件，捧场的人寥寥无几。

就算新歌以“初恋”为噱头，也没能激起什么水花。

但这首歌的名字，一下便让梁枝忆起了过往的细节。

“那我就更奇怪了，”梁枝收回手机，淡淡地道，“当年你和应晗出双入对，闹得沸沸扬扬、无人不知……别的不说，就应晗出国那次，你喝了酒，在天台上抱着我哭着说应晗走了，这还不能说明你喜欢过她？”

这才是她关注的重点。如果秦瞿坦然地告诉她，他确实喜欢过应晗，那她便可以直接把这件事放过，毕竟感情这种事，她目前抱持的是“不谈过去，只说未来”的心态。

但为什么秦瞿要一再强调自己不喜欢应晗？

听了梁枝的话，秦瞿低着头思考了几秒，苦笑着解释道：“大学时我和应晗的接触，都是因为当年和她的父母有一些商业往来。他们让我帮帮应晗，我也就顺手帮了。闹得沸沸扬扬我是真的不知道，当时我那么忙，你总跟我待在一块儿，不可能不知道。”

他顿了一下，接着说道：“至于抱着你哭那件事儿……那天我外婆去世了，她是家里唯一关心我的长辈，所以我情绪一时有点儿失控……我真不知道应晗那天出国。”叹了口气，他继续说道，“外婆不喜欢张扬，所以我从来没跟别人说过她的事，没想到竟引起了这样的误会。”

听完秦瞿的解释，梁枝心头豁然开朗。

如果是这样，那一切好像都说得通了……

她摇了摇头，不由得笑了。

没想到，自己竟然会因为这些事耿耿于怀这么多年，大概真的是因为当时自己太自卑吧，甚至连光明正大问出口的勇气都没有。

陈年的迷雾被拨开，梁枝心情好了许多，正准备出去找王娣，袖口再一次被秦瞿拉住。

男人一双桃花眼恢复了神采，满心期待地望着她：“不亲一个了？”

梁枝低声轻斥：“幼稚。”虽嘴上这么说，她仍俯身在秦瞿的脸颊上亲了一下。

唇瓣即将触碰脸颊的刹那，秦瞿转了下头，于是原本该落在脸上的吻自然而然地落到了他的唇上。

紧接着，他抬手，轻轻地捏了捏梁枝的脖颈。

感受到男人唇舌的贴近，梁枝触电般往回退，脸颊红了红。

仿佛偷到糖的小孩，秦瞿嘴角上扬，脸上满是得逞的笑容。

04

秦瞿在医院里又住了一段时间，待到确认再没有任何问题后，顺利出院。

他出院后做的第一件事便是带着梁枝去了一趟外婆的坟前。

秦瞿牵着梁枝的手，恭恭敬敬地对着墓碑鞠了三个躬，介绍道：“外婆，这个就是我上大学时跟你提过的，经常跟在我身边的女孩子，她叫梁枝。”说着，他笑起来，“您当时跟我说，我俩会在一块儿，我还不信。”

他单膝跪地，整理了一下摆放在墓前的花，喃喃道：“下回来看您，我争取带您的曾孙儿或者曾孙女儿一起来。”笑了笑，他补充道，“亲生的。”

梁枝站在他身后，轻轻地踢了他一脚。

没正经。证都还没重新领回来，只能算是“试用期”呢，他就开始说些这样的话。

秦瞿回头看她一眼，桃花眼里闪着促狭的光。

离开公墓，两人先去街上吃了顿饭，这才启程回家。

到家时，夜色已深。

再次回到几年前住的别墅，梁枝颇有种恍如隔世的感觉。这里的一切真的几乎没有变动，所有的摆设都还是梁枝记忆里的模样。不用秦瞿介绍，她便脚步轻移，四处转悠了起来。

一层一层地重新看了一遍家里的布局，梁枝抬步上楼，到了顶层的天台。

别墅楼层不高，站上去刚好与院子里的树齐平，梁枝随手摘了两片树叶，便听见身后有脚步声响起。

秦瞿跟了上来，手里还拿着两罐啤酒。

梁枝怔了怔，突然有种回到了过去的感觉。

秦瞿开了一罐啤酒，递给她，自己也开了一罐。

两人有一搭没一搭地随便聊着，聊到中途，梁枝突然想起什么，从口袋里找出之前那枚戒指，递给秦瞿："忘记还给你了，这个是你的……我的好像掉在玉山了。"

秦瞿接过戒指，对着月色看了两眼，忽然笑了起来，手伸到天台外面，直接将它丢了出去。

梁枝见状，一惊："你干什么？"

将空啤酒罐放在一旁，秦瞿望了望天空，走到梁枝身后，弯腰把下巴埋在她的颈窝里，轻轻地蹭了蹭。

"过去的就不算数了。"他从正面把女人揽进自己怀里，帮她挡住天台的风，说道，"我们重新开始，这些东西都重新买。"

梁枝被男人温暖的气息包裹，周身也染了淡淡的酒气，听他继续喃喃："戒指、婚纱、婚礼、结婚照、蜜月……都得重新来，一个都不能少——"

话音有些突兀地中断了。

梁枝正疑惑，就听秦瞿忽然低叹一声，薄唇贴着她的耳朵，压低的声线带了一丝不易察觉的艰涩。

"枝枝，怎么办？我越说越觉得，我真的好爱你。

"可是越爱你，我越觉得难受，越不能原谅曾经的那个自己。"

梁枝抱住秦瞿劲瘦的腰身，踮脚在他耳边小声道："我不需要你这样对我忏悔。"

"以后，用行动向我证明。"

向她证明，她再一次选择他，是一个正确的决定。

月光下，女人一双眼眸潋滟夺目，静等着眼前人的回应。

秦瞿捧着她的脸，愣怔许久，最终还是忍不住低头，克制地在她漂亮的眼睫上吻了吻。

他声音微微发颤，缓慢而郑重地说道："好。"

月色是情感最好的催化剂。

总有人在经历了追逐、挣扎、迷惘，分离与重逢、懊悔与折磨后，仍会坚定不移地选择从余烬中重燃爱火。

然后，交颈厮磨，旖旎痴缠，至死方休。

第十二章
他与这万千灯光，都属于她一人

01

大年初八。

村里的麻将声经久不息，麻将桌从村口这家一直摆到村尾。外面不时有小孩儿嬉闹的声音，好一派热闹景象。

麻将桌上。

“哎，王姐，外头好像有人，你要不要去看一眼？”坐在王娣对面的人抬头往外张望一眼，而后扬着嗓音问她。

王娣听见了，不慌不忙地摸了张牌，说道：“他们自己会进来的。”

对方兴趣来了，八卦地问道：“女儿女婿？”

王娣笑而不语。

于是对方也跟着笑：“王姐是真的有福气。前几天我看到了她那女婿，那真叫一表人才。啧啧，脾气也好，忙前忙后都不喊一声累的！”

“梁枝也有出息嘛，”同桌的邻居也说道，“长得漂亮不说，又有才气，听说搞设计还搞出了点儿名气——”话音未落，就被一道带笑的嗓音截断。

“陈姨、张姨、苏婆婆，都在呢？”

梁枝笑吟吟地走到牌桌前，看了一眼王娣的牌，嘴角的弧度越发上翘：“妈，你这牌不错啊。”

“哎呀，小枝回来啦！”陈姨热络地招呼道，看到跟在梁枝身后的秦瞿，她顿时笑眯眯地揶揄道，“都回来那么久了，不介绍介绍你旁边这位小伙子？”

自从过年那会儿梁枝带了秦瞿回来，村里就有不少人好奇，毕竟两个人都太扎眼。只是两人待在这儿的时间不多，乡亲们都没逮着机会问。

王娣适时把牌一推："哎，和了。"

"哎哟，你看我，光顾着问都没注意看牌，"陈姨瞅了一眼王娣的牌，顿时把刚才问的话忘在了脑后，啧道，"王姐这手气太好了，打了这么久我居然还没赢过！"

桌上顿时一片笑闹声。

王娣趁着这个空当，偏过头问梁枝："你怎么来了？"

梁枝稍一弯腰，笑说："我们今天回去，忘啦？"

王娣恍然大悟："哦——那你们注意安全。"

陈姨"咦"了一声："这么早就走啊，不多玩玩？"

梁枝礼貌地摇头："不了，还有点事儿。"

在一旁听了许久的邻居张姨忽然插话道："对了，说起来我家那姑娘今天正好返校，我让她现在过来，你看看能不能捎她一程？"

梁枝想了想，点点头："好啊。"

梁枝也好久没见邻居家小姑娘了，高三最后一个学期压力大，过年这几天都没看她出来走动过。

见牌局又要开始新的一轮，她跟王娣道别："那我们先去车里等着，就不打扰你们了。"

"嗯，"王娣眼都没抬，说道，"下次有空再回来。"

"行，妈再见。"

梁枝转身，悄悄扯了秦瞿的衣角一下，示意他该走了。

当了许久背景板的秦瞿略一欠身，低声道："妈，下次来我们家住几天？"

王娣愣了愣，思索片刻，缓缓地点了点头。

感觉到秦瞿的愉悦，梁枝侧头疑惑地问道："怎么这么高兴？"

秦瞿摇了摇头，唇间笑意未散。

上了车，梁枝倚在副驾驶窗边，一边注意着来人，一边笑眯眯地对他道："回来待了这么久，感觉如何？"

女人精致的巴掌脸微仰，双眼如月牙般弯起，像是藏了细碎而璀璨的光。

秦瞿心念微动，伸手过去轻轻地捏了捏她的脸颊："还不错。"

"别捏，"梁枝轻轻地拍掉他的手，"会捏胖的。"

秦瞿也不恼，嘴边噙着笑收回手，就这么看着她，好像怎么也看不够。

梁枝只瞥他一眼，便不再管他，继续做自己的事情。

自从重新在一起后，两个人的相处模式变得越发轻松。原本梁枝就习惯了与他共同生活，加上秦瞿对她充分的爱意和尊重，她也没有了以前患得患失的感觉。找到了一个平衡点，她过得十分自在。

梁枝本想就这么晾着他，奈何男人的目光过于炽热，她就算低着头，也能感受到，注意力完全无法集中。

过了一会儿，她终于有点儿受不住，伸过手去胡乱推秦瞿："你别老盯着我。"手腕却被男人一把抓住。

秦瞿在她的掌心轻轻地吻了一下，下巴搁在她的手心里，有一下没一下地蹭着，闷笑着道："枝枝，你也看看我。"

梁枝被秦瞿这突然的亲昵举动刺激得浑身轻颤了一下，眼眸轻抬，就见秦瞿撒娇似的看着她，一双眼里含着几分笑意，似是戏谑，更似撩拨。

梁枝抿了下唇，决定坚守阵地："别闹——"

男人眼尾微挑，忽地凑到她脸前。

梁枝后半句话卡在喉咙里，话音戛然而止。她耳尖红了红，扭过脸收回手。这人长得实在太好看了，她压根儿就没有抵抗力。

秦瞿深谙自己的优势，俯身过去替她系好安全带。

动作间两人距离再次拉近，男人精致的眉眼近在眼前，喉结稍一滚动，满是诱惑。

梁枝轻咳一声，刚准备移开视线，便听秦瞿轻声开口："什么时候再给我个正式的名分？"男人仍旧垂着眼眸，没看她。

梁枝只轻轻地"嗯"了一声，意味不明。

秦瞿眼中闪过一丝失落，须臾后，面色如常。

两个人重新在一起还没多长时间，这么一想，确实是他逼得太紧了。他不奢求梁枝能在这么短的时间里忘记上一次失败的婚姻，毕竟连他都觉得，自己那时候是个十足的浑蛋。

车里变得十分安静。

秦瞿慢慢地直起身，手忽然被拉住。

梁枝捏着他的手攥了下，很快又放开，随后盯着窗外，一副若无其事的样子。

秦瞿怔了怔。

车门在这时被打开，小姑娘探头进来，喊道：“枝枝姐……呃，秦……”她有些不知道该怎么称呼秦瞿。

她对梁枝和秦瞿的事情多多少少有所耳闻，所以即便村里人都说他是梁枝的丈夫，她也不敢随便喊一声“姐夫”。

秦瞿看穿了小姑娘的顾虑，宽慰道：“叫我秦——”

梁枝轻声打断：“叫他姐夫就行，快坐上来，外边冷。”

“姐夫！”小姑娘从善如流地唤了一声，迅速上了车，“嘿嘿”笑了两声，“那就拜托你啦。”

秦瞿抿着唇，沉声道：“嗯。”

梁枝看出旁边人的紧张，不动声色地弯了弯眉眼。

下山的路有些颠簸，小姑娘大概是晕车，靠在椅背上闭着眼不动弹。直到车开上大路，她才坐起来，趴在梁枝身后的椅背上，跟梁枝聊天。

“枝枝姐，好久没见你了，你真是越来越漂亮了哦。”

“每次见面都说这句啊。”梁枝开玩笑，“高三了，累不累？”

“那肯定累！你也知道我除夕才回来，这才几天又得回去了……”小姑娘眼睛转了转，语调突然扬起，“不过我们老师说，如果我保持这个成绩，稳上江大！不错吧？！”

梁枝颔首，予以赞许。

聊天时，小姑娘老是偷眼瞧着秦瞿，欲言又止。许久，她终于忍不住道：“枝枝姐，你觉不觉得……姐夫长得有点儿像许亦？”

“嗯？”梁枝眨了下眼，“许亦是？”

“最近很火的那个明星啊！”提到自己的偶像，小姑娘激动地打开话匣子，“长得又帅演技又好，许亦哥哥真的超级棒的！姐夫你就像是成熟版的许亦哥哥！”

梁枝有点儿接不上她的话题，打开手机开始查许亦的资料。

看到所谓的“许亦哥哥”的照片后，她又抬头细细地端详了一会儿秦瞿，若有所思地点点头：“是挺像。”

秦瞿平视前方，淡淡地应了一声，表示自己知道了。

几秒后，他又问：“那他更帅还是我更帅？”

梁枝：“……”这都要较劲？

小姑娘看热闹不嫌事大，说得理所当然：“许亦哥哥要帅一点儿。”

梁枝悄悄用余光观察秦瞿，男人面色不变。

她笑了笑，煞有介事地跟小姑娘说：“确实，人家更有少年感一点儿。”

秦瞿脸一黑。

将小姑娘送到学校门口，梁枝趴在车窗边，看着学校门口的金色牌匾，感叹道：“没想到一晃眼就毕业这么多年了，想想还是挺怀念这儿的。”

秦瞿不置可否，直接将车启动。

梁枝回头看他一眼，吐槽道：“不解风情。”她不就是刚才开了两句玩笑吗，他怎么还记恨着呢？

车稳稳地停在了学校不远处的停车场，梁枝“哎”了一声：“你干什么？”

秦瞿解开安全带，不疾不徐地说道：“你不是说想学校了吗？带你回去看看。”说到这里，他偏头，似笑非笑地看着她，“我解不解风情？”

梁枝默默地下车，关门。

她以前怎么不知道，这人那么记仇……

今天是开学日，学校允许家长进出，两人进去得很轻松。

一进校门，梁枝就感觉到身边人握住了她的手，然后与她十指相扣。

梁枝手腕不适应地动了动，最终红着脸由他去了。

秦瞿弯腰，低声问她：“想去哪里看看？”

梁枝想了想，说：“要不先去礼堂？”

无论是宿舍、教室还是食堂，现在估计都还比较拥挤，在操场上绕圈又太过扎眼，只有礼堂相对清静些。

秦瞿点头，带着她轻车熟路地往那个方向走。

正值人潮涌入的高峰期，他们又是逆行，路过狭窄一点儿的道路时，两个人不再并肩，而是变成了一前一后。

梁枝跟在秦瞿身后，任由他高大的身躯护住她，替她开辟出一条通道。

他们的手仍牵在一起，没有放开。

逆着人流向前，周围擦肩而过的学生身影仿佛都变得模糊了。梁枝望着秦瞿的背影，蓦地有了种时光倒流的感觉，好像回到了中学的时候。

甚至在碰上教导主任时，她的手下意识地一抖，想要甩开秦瞿的手，只是她没能甩开，温暖干燥的大掌反而将她牵得更紧。

“乾主任。”秦瞿停下来，喊道。

梁枝这才反应过来，也轻唤了一声。

教导主任还是原先那个，只是眉目间多了些岁月的沧桑。他一眼就认出了两人，呵呵笑着同他们随意聊了聊，离开时不忘留下一句：“百年好合啊。”

梁枝听见身边传来一声极低的笑声。

“会的。”

礼堂被闲置了一个寒假，两人进门时有股淡淡的灰尘味扑面而来。

梁枝抬手在鼻前扇了扇，慢慢地沿着过道走了一圈，而后站上了讲台。

手撑在讲台边缘，她清清嗓子，有模有样地开口：“下面有请学生代表——秦瞿同学上台发言！”说完，她回头看向秦瞿，“怎么样，我学得像不像？”

秦瞿宠溺地点了下头，走到她旁边，学着她清了下嗓子，一本正经地问她：“梁枝同学，该我发言了？”

梁枝点点头，往下扫视一眼，指了指中间的一个位置：“你看，就那里，第七排第十个位置。当时你回来演讲，我就是坐在那儿对你一见钟情的。”

说这话时，梁枝神色坦荡，丝毫不露羞怯。

“当时你演讲完，我们宿舍里所有女生都在议论你，甚至都脑补起了你接受表白的情景。”谈起过去，梁枝更多的是说笑的语气。

秦瞿望着她，笑问：“你呢？”

“真想听？”

“嗯。”

“那你别笑我。”梁枝回想了一下，说道，“那几天，我老想象着你演讲到一半，突然停下来向我表白。”

她侧身望向台下：“是不是有点儿意思？”

“你说的……是这样吗？”

沉默大约半分钟后，秦瞿的声音回响在空荡荡的礼堂内。

梁枝有些意外，回头便见男人单膝跪地，手里正捧着一个装了戒指的盒子。

梁枝站在原地没动，神情愣怔地望着他。

她设想过很多种秦瞿与她提起这件事的场景，唯独没有想过，会是她少女时代想象的那种场景。

她好像有一点儿反应不过来……

秦瞿低着头，似乎有点儿紧张，声音都有些颤抖，却仍故作轻松道：“只是表白的话，太没意思了，梁枝同学，你愿意接受我的求婚吗？”感受到她的沉默，秦瞿内心有点儿失落，但仍故作镇定，“拒绝也没有关系。”

梁枝仍沉默着。

秦瞿不敢再去观察女人的反应，声音艰涩地再一次唤她：“枝枝……”

岂料，下一秒他就听见了梁枝离去的脚步声，秦瞿的心一下便凉了。

偌大的空间里，只能听见清脆的脚步声。

梁枝没有明确拒绝，秦瞿仍怀抱着一丝希望，依然一动不动地捧着戒指盒。

又过去了三分钟，秦瞿眸中的情绪随着一颗心慢慢地跌落至谷底。

忽然，礼堂原本处于关闭状态的音箱响了一下。秦瞿被这突兀的响声惊动，下一秒，便有一个声音从音箱里传出。

“秦瞿，我同意了。”女声透过音箱，响彻整个礼堂。

梁枝拿着话筒，从幕布后面笑吟吟地走出来。

内心突然被巨大的惊喜淹没，秦瞿手一抖，差点儿将手里的盒子掉在地上。他有些踉跄地站起，语无伦次地冲梁枝道：“枝枝，我……”

梁枝关了话筒，站在原地，看到他这风度尽失、略显滑稽的反应，笑得前俯后仰。

她笑着笑着，就笑出了眼泪。

秦瞿见状，连忙跑过去，手足无措地把她揽进怀里，笨拙地帮她擦眼泪：“怎么还哭了？”

梁枝摇摇头：“没。”

她也不知道自己为什么会突然哭出来。

可能是因为这么多年的渴望被满足了吧……

在秦瞿怀里平复了一下情绪，梁枝轻轻地推了推身前的男人，示意他的手臂放松点儿。

秦瞿以为梁枝又要嫌弃地推开他，不肯放，一遍又一遍地确认：“你真的同意了？”

梁枝被这个男人的幼稚逗笑了，没好气地从他怀中挣开：“我只说一遍，没听清就算了。”

反应过来的秦瞿眼睛更亮了，把她拉回怀里深深地吻了下去。

这一吻极为绵长，以至于中途梁枝有些出神。

秦瞿见她眼神微微涣散，不满地轻咬了一下她的唇瓣，直接托着她的腰，把她抵在了讲台边。

女人的腰很细，仿佛轻轻一折就会断，秦瞿双手掐在两侧，想用力又舍不得，越发欲罢不能。

坐在冰凉的金属台面上，身后是上千个座位，即便无人，梁枝依然恍惚觉得有无数目光朝她投来。她被吻得动情，忍不住轻吟一声，攥着男人胸前的衣料，气喘吁吁地小声说：“这里不可以……”

秦瞿眉眼舒展，在她的眼睫上亲了亲：“我知道，我不会的。”

梁枝仰头，眼里蓄了点点水光：“我们回家好不好……”

秦瞿见不得梁枝冲他撒娇，呼吸微滞，他目光灼灼地望着她，而后俯身，声音有些发哑：“再亲一下就回家？”

梁枝不太适应身后空荡荡的情况，拉着他的衣角轻轻摇晃，脑海里一闪而过之前的某个场景，她轻声求他：“哥哥……”

秦瞿桃花眼微眯，笑了声：“之前不是还嫌我老？”

梁枝心虚地道：“什么时候……”

秦瞿轻松地把她打横抱起，一扬眉，眸间水光潋滟：“行，回去再说。”

突然间失去平衡，梁枝惊呼一声：“这样怎么出去——”

秦瞿低头，见她这副可爱到不行的模样，忍不住又在她的唇上轻啄了一下：“回去之前，先领个证？”

梁枝环着他的脖子，在他的颈窝处闷声道：“可是……”

“户口本那些我都带着。”秦瞿轻松堵死梁枝想说的话，脸上笑意浓浓，眯着眼哄道，“下次记得叫老公，嗯？”

梁枝吐槽道：“厚脸皮。”

“我脸皮有多厚，你最了解。”秦瞿毫无心理负担地道，“不这样又怎么能把你追回来。”

梁枝不想理他。

果然这个男人只要给点儿甜头，就一肚子坏水。

秦瞿抱着她一路走到礼堂门口，才将她放下，给她整理了下衣服。

“还是不能让别人看见你这样。”他调笑着用小指碰了碰她的掌心，语调舒缓，“反正婚都求了，你想晚点儿领证也行。先回家，还是想在学校里继续逛逛？”

梁枝愣了愣，随后眼神微闪，一念忽起。

看了一眼时间，她故意一本正经地问他：“你真想在学校里再逛逛啊？”

秦瞿看向她：“嗯？怎么了？”

她慢悠悠地道：“我的意思是，再磨蹭下去，民政局都要下班了。”

秦瞿瞳孔微缩，待明白过来梁枝话里的意思，他攥紧她的手，开始发抖。

梁枝饶有兴趣地观察他的反应，像是发现了新大陆：“你的眼睛怎么又红了啊？”

“没有。”

02

领证过程梁枝已经历过一次，还算轻车熟路，秦瞿却紧张得不行。他像是生怕梁枝中途跑了，全程紧紧地牵着她的手不放，直到拿了红本回到车里才肯松手。

车里暖烘烘的，梁枝舒服地舒展自己的身体，顺便把座椅往后调了调。

“我睡会儿，”她偏头看向秦瞿，“到家了叫我。”神经一放松，她就有点儿困了。

秦瞿还在盯着手里失而复得的结婚证出神，闻言若无其事地把红本收起来，清了清嗓子，说道：“知道了，你睡吧，我开慢点儿。”

“好。”

梁枝闭上眼。

过了一会儿，她感觉到汽车还是没开动，于是又睁开眼，疑惑地问：“怎么了，还有事儿吗？”

秦瞿脊背绷得似乎更直了些，他放下手机，说道：“嗯，刚才有点事儿。”

梁枝没再多问，换了个更舒服的姿势重新闭上眼。直到车停进院子里的时候，她才被秦瞿叫醒。

回到家中，梁枝困意犹存，便径直上楼，想要再补一觉。半路听见衣帽间有动静，她疑惑地走近，盯着满地的包装袋，诧异地问道："这是……"

用人把架子上挂着的旧衣服拿下来，挂上当季新款，如实回答："这是先生前些天订的，说是太太您的衣服款式都有些旧了，该换新的了。"

梁枝："……"

她离开这么多年，衣帽间里这些衣服虽然款式确实旧了，却因有人定期清洗、整理，大部分还跟新的一样。而她并不怎么纠结款式新不新的问题，能穿就行，没想到秦瞿竟然直接把她的衣柜里的衣服都换了新的。

梁枝也不是不认得这些品牌，望着堆满整个衣帽间的衣服，她隐隐嗅出了金钱的味道。

轻叹一声，她拿了身居家服，无奈地转身出去。只是她刚走出衣帽间，腰肢便被人骤然揽住。

秦瞿把她往自己身前带了带，坚实的胸膛抵着她的后背，轻声问："怎么样，满意吗？"

"不用那么浪费钱的。"梁枝说着推了他一把，嗔道，"黏人。"

"嗯，我黏人。"秦瞿丝毫不觉得羞耻，坦然应道。

梁枝拿他没办法，只能无奈地任他抱着。

秦瞿把下巴靠在梁枝的颈窝处，语气轻缓地说："以后想要什么就直接和我说。"

梁枝眨眨眼："要是要求太过分怎么办？"

"只要是你提出的要求，都不算过分。"

"是吗？"梁枝眼波流转，忽然心生一念，问他，"那我让你帮我找几个小帅哥呢？"

秦瞿咬牙道："这个不行。"

梁枝戏谑道："啊……刚不是说我提的要求都不算过分吗？怎么，这就过分了？"

秦瞿放开她，把她的身体扳过来朝向自己。梁枝仍是那副悠然自得的模样，丝毫不害怕他会因此生气。

秦瞿定定地凝视着她，须臾后，慢条斯理地开口："其实也没有很过分。"

梁枝看他："嗯？"

秦瞿沉默了半秒，蓦地将她打横抱起。

身体猝不及防腾空，梁枝有点儿心慌："你干什么？"

秦瞿面色如常，抱着她往床边走："只是我觉得，他们能满足你的，我也一样可以。"

把人抵在床上，秦瞿手撑在她的身侧，好整以暇地说："试试，嗯？"

炽热的气息铺天盖地，梁枝终是招架不住。

不管两个人的身份立场怎么发生变化，她都不得不承认，这个男人在这方面永远都处在支配者的地位。

他太会撩拨了，带着薄茧的指腹只是轻轻地擦过她的锁骨，便引得她的身体一阵颤抖，连腿也跟着软了。

梁枝无力地晃了两下脚，挣扎道："衣帽间里还有人……"

秦瞿眼中的欲念消退几分，停住动作，回头看了一眼。

梁枝趁着这个机会，正准备悄悄地从他的桎梏中溜走，却见男人一秒便收回了视线，轻松地按着她的手腕，把她拖了回来。

秦瞿将人再次抱起，大步朝房间外走去，一双桃花眼里藏着笑意。

"那就去另一个房间。"

秦瞿抱着人在离得最近的一间客房门前停下，挑挑眉，示意梁枝开门。

门一开一合，两人隐入房中。

一室混乱。

男人缠着她怎么也不放手。

梁枝被动承受，只觉得自己溺在一片海中，不断随着欲望起伏。

"这些年，你有没有过别的男人？"

梁枝被撩拨得晕晕乎乎的，顾不得那么多，满脸通红地摇头。

男人心情明显愉悦了不少，在她的颈侧落下一吻，揽着她的手又收紧了几分。

……

结束后，梁枝望着一室狼藉，悄悄用被子将自己裹了个严严实实。太久没经历这样的刺激，羞耻感一上来，她觉得自己简直没脸见人。

秦瞿感受得到她那点儿小心思，闷笑着隔着被子抱住她，声音低沉地问道：

“满意吗？”

梁枝从被子里悄悄伸出一条腿，踢了他一下。

秦瞿脸上笑意更甚，把她拖回自己怀中，长腿一伸，把她的小腿压住，不让她动弹。

梁枝背对着他，耳朵都红了，轻声道：“你怎么这么坏……”

“嗯，我坏。”秦瞿顺着她的话说，随手拈起她的一缕发丝，耐心地帮她一点点理顺。

梁枝在他的安抚下放松下来，往后靠了靠。

她有点儿累，不想睁眼。

过了一会儿，她像是想起了什么，小声开口问：“你呢，这些年有没有找过别的女人？”

明明分开了那么久，这个男人今天在这事儿上依旧熟练。更何况，他们那个圈子里的人一个赛一个会玩，指不定离婚后有谁想着要帮他“转移注意力”。

虽然她知道，就算真是这样，也是正常的，但心里还是有点儿发堵。

因为喜欢，所以在意。

想到这里，她把脸埋进柔软的被子里。

秦瞿有些意外，失笑道：“我怎么可能找别人？”

梁枝没说话。

秦瞿耐心地等她回应。

几分钟后，房间里依然静悄悄的。

“枝枝。”他轻叹一声，继续道，“你要知道，我只有过你一个人，以后也只会有你一个。”

梁枝还是没有回应，房间内只能听见均匀的呼吸声。

秦瞿撑起身子，打量了她一会儿，而后无奈地笑了笑。

“居然睡着了。”

梁枝再醒来时，已经回到了原来的房间。她身上已经换上了居家服，棉布长裙规规整整地套在身上。

外面天已经黑了下来，身旁空荡荡的，秦瞿不知道去了哪儿。梁枝坐起身，余光瞥见自己手腕上的红色吻痕，脸颊再一次烧了起来。

竟然连这儿都有……

下床时，她还趔趄了一下，稳住身形后，她趿拉着拖鞋去浴室开始泡澡。身心的疲惫得到舒缓，梁枝拿出手机，刚摁亮屏幕，入目便是好几条未读消息。

全都来自任夏夏。

“不是吧？姐姐你怎么那么快就复婚了？我以为还要一段时间呢。”

“果然爱会消失的，是吗？领证居然都没有第一时间通知我。”

……

梁枝有些疑惑，她本来想晚些再和人说，任夏夏是怎么知道的？

她回：“刚才睡觉去了，我还没跟别人说，你怎么知道的？”

任夏夏秒回消息，还给她发了好几张微博的截图。

“你自己看！”

梁枝一一点开看。

第一张是秦瞿的微博。

“秦瞿：嗯。人追回来了。”配图是在车里拍的结婚证的照片。

第二张是公司官博的转发。

“珩原集团官方微博：恭喜秦总！新婚快乐！”

第三张就是秦瞿微博下的各种评论——

“我这是追了部连续剧吗？怎么感觉像是做梦一样！”

“你们必须给我幸福！！！”

“等一下，这是不是就意味着梁枝女神回来了？！”

……

梁枝关掉图片，再一次感叹——这男人幼稚不幼稚啊，刚领了证就恨不得向全世界炫耀。

任夏夏又给她发了一条消息过来。

“我不管，我不管！作为伤害单身狗脆弱心灵的补偿，你必须给我发个红包！”

梁枝无奈地笑着给她发了个红包过去。

任夏夏美滋滋地收了红包，问道：“你们还准备办婚礼吗？”

她很快又发来一条：“我觉得吧，以秦瞿这领证恨不得昭告天下的行为看，不给你整个什么世纪婚礼估计也是不会罢休的。”

梁枝笑道："他说过要重新办婚礼，不过现在还没跟我提过细节，估计要过段时间。"

"行，那我随时待命，给你当伴娘！"

……

结束和任夏夏的聊天，梁枝从浴池里坐起，收拾一番便直奔书房。

秦瞿果然在书房，正低头翻看着什么。

听见动静，他放下手里的东西，笑着看她："休息好了？"

梁枝瞪他一眼，走到他面前，没好气地道："你幼不幼稚，领个证而已，现在估计全网都知道了……"

秦瞿单手把她揽进怀里，吻了吻她的发顶："嗯。"

梁枝坐在他的大腿上，注意力放在了桌上的文件夹上："你在看什么？"

"婚纱。"秦瞿把文件夹翻开，放到她面前，"你挑一挑，看有没有喜欢的。"

梁枝"哦"了一声，低头去看。

文件夹里都是婚纱手稿，她对这个设计师有印象。当年在米兰时，她被朋友带着去看过几场他的秀，据说每一条他设计出来的婚纱到最后都能拍出天价。

而她现在手上有一整本的手稿……

梁枝再一次感叹起秦瞿的富裕。

见她全部翻了一遍还没有做出决定，秦瞿低着头轻声问："没有找到满意的？"

梁枝摇摇头："也不是，都挺好看的，我有点儿难以取舍。"

"那就全部订了。"

梁枝愕然，连忙推拒："别，太浪费了。"

"不然就多选两套，"秦瞿的手越过她的腰，简单地翻看了一下手稿，"用来拍婚纱照。"

"也行。"反正花的又不是她的钱。

从中选了最喜欢的三套出来，梁枝功成身退，使劲晃了两下腿，想从秦瞿腿上下来。

秦瞿却突然扣紧了她的腰，不让她动弹。

他凑近她，哑声道："枝枝，不要动……"

梁枝背脊一僵，她好像……感受到了秦瞿身体的异样……

梁枝暗自懊恼自己怎么就着了他的道，非得一直坐在他的腿上。她手撑着桌沿，咬了下唇：“不是刚刚才……”话音未落，尾音便被吻堵住。

这一吻着实激烈，吻毕，秦瞿帮梁枝整理了一下有些凌乱的衣领，望着锁骨处的印迹，笑道：“还好现在不是夏天。”

梁枝感觉有点儿羞耻，将头埋到男人的颈窝里。

忽然，她感觉周围灯光闪了闪，下一秒，书房的灯随着轻微的“啪”的一声，骤然熄灭。

书房陷入黑暗，梁枝一惊：“你关灯了？”

秦瞿否认：“没有，我一直在这里，也关不了……”

“那……是停电了？”

“应该是吧。”秦瞿眉头微微蹙起。

在黑暗中找不到方向感，梁枝不敢乱动，只能保持窝在秦瞿怀里的姿势。

秦瞿揉了揉她的发顶，温声道：“没事儿，我在呢。”

“嗯。”梁枝应了一声，一双手忽然动了。

秦瞿身体一僵，低声警告道：“枝枝，你让我缓一缓，别乱动。”

梁枝不听。

秦瞿蓦地扣住梁枝的腰：“枝枝。”

梁枝低着头，开口道：“秦瞿，你爱我吗？”

秦瞿轻喘一声：“爱。”

“有多爱？”

“远超你想象地爱。”秦瞿恨不得把怀里的女人揉进身体里。

这个女人……

他呼吸不稳地道：“你这是打定主意折磨我了，嗯？”

书房的灯陡然亮起。

梁枝仰头，冲他露出一抹惑人的笑容。

“你猜？”

03

拿到婚纱的第二天，两人便去拍了婚纱照，拍摄的地点选在郊区的一座山庄内。

这里是珩原的产业之一，以春日漫山遍野的樱花闻名。

此时正值樱花季，梁枝一下车便被那一树树的樱花吸引了注意力。

她小声惊呼："好漂亮——"

一旁的秦瞿问她："想在这里住一段时间吗？"

梁枝想了想，笑道："也可以呀。"

"好。"秦瞿欣然应允，捧着她的脸亲了亲她的鼻尖，"先去准备拍照吧。"

梁枝的底子本就好，这次的拍摄主题也偏清新，妆容淡雅，不一会儿便化好了。

化妆师帮忙给梁枝理了理裙摆，便带着她走出了化妆间。

秦瞿仍是来时的穿着，见她缓缓走出来，有一瞬间的失神。

梁枝本就肤白，穿上婚纱，更显得肤白胜雪。她身材匀称，纤秾合度，随着她的走动，一双纤细的长腿若隐若现。精致的巴掌脸上未加过多的修饰，一双眼眸弯弯，像是能荡漾出星光。

梁枝纤细的五指在他面前晃了晃："你怎么还没去换衣服？"

秦瞿这才回神："这就去。"

一旁的化妆师打趣道："先生这是想第一时间见到太太穿婚纱的模样呢。"

秦瞿轻咳一声，倒也没反驳，径自去了更衣室。

整个拍摄过程十分轻松愉快。原本两人颜值就高，站在一起简直可以说是绝配，怎么拍都很美。

拍摄结束，摄影师翻了翻相机，忍不住赞叹："太太穿上这身婚纱可真漂亮，连这山上这么多樱花都做了陪衬。"

秦瞿微微颔首，眼中的骄傲怎么也掩饰不了。

梁枝眯着眼笑了笑，小声问："开心吗？"

秦瞿点点头，嘴角勾出一个愉悦的弧度："嗯，开心。"片刻后，他补充道，"只要是和你一起，做什么我都开心。"

梁枝踩他一脚："别老这么肉麻，还有别人在。"

摄影师笑了笑："我去收拾东西了。刚刚我什么都没看见啊，你们继续。"

梁枝："……"

婚纱照拍完后不久，婚礼也如期而至。

婚礼在秦瞿的一个私人小岛上举行，只邀请了双方的亲朋好友和各界名流代表，还有少数媒体记者。虽然人算不得多，但阵容不可谓不豪华。

化妆间内，任夏夏穿着伴娘服，正帮梁枝整理发型。

“紧张吗？”她抬手拂开梁枝的刘海，问。

梁枝摇摇头，又点点头。

好像……确实有点儿。

任夏夏若有所思地说道：“今天这场婚礼估计会上咱们江城各大新闻的头版头条，我都为此专门去把头发染回了黑色，你作为主角，能不紧张吗？”

梁枝笑了：“说什么呢，哪儿会这么轰动？”

“你别觉得夸张啊。”任夏夏摇摇头，“就算婚礼没那么轰动，你家那位‘炫妻狂魔’也会让它变得轰动。他那么宠爱你，天天在微博上炫耀，我就不信他做不出来！”

说着她打开手机，翻到秦瞿的微博给梁枝看：“啧啧，特别是这条晒婚纱照的微博，我就问你，他这能不叫炫耀？他都得意得要上天了好吗？！”

对于自己的婚礼，很多事情梁枝都是亲力亲为的，这几天她忙得晕头转向，都没空刷微博。

这会儿打开微博一看，她才发现秦瞿这段时间确实一直在炫耀她。特别是婚纱照九宫格那条，配文就差把“我老婆天下第一好看”直接写上了。

有网友在底下评论：“我好嫉妒秦总！呜呜呜，为什么他能把我那么好的女神娶回家！女神嫁我好不好？！”

这条评论秦瞿还专门回复了。

“秦瞿：我的。”

梁枝没忍住，扑哧一声笑出了声。

“是吧，是吧，你家那位真是‘炫妻狂魔’，我鸡皮疙瘩都出来了。”任夏夏有点儿嫌弃地收回手机。

任夏夏左看看右看看，确定梁枝的造型没什么问题，满意地点点头：“时间差不多了，走吧。待会儿扔捧花的时候，记得朝我扔哦——”

“知道了。”梁枝满口答应，捏了她的脸颊一下，“怎么突然想要捧花了？”

“这不是看你过得很幸福嘛，”任夏夏嘀咕道，“我有点儿羡慕。我这两年找的男人一个比一个不靠谱，照这样下去，我恐怕得孤独终老——所以到时候你看清楚我在哪儿再丢啊！”

梁枝含笑颔首：“好。”

越临近出场时间，梁枝越是紧张。当婚礼现场的大门打开时，她却意外地平静了下来。

迎着众人的目光，她一步步坚定地走向在前方等候的男人。

她已经注意不到旁边不断闪烁的闪光灯、不停地擦眼泪的王娣以及挥着双手的任夏夏。

脚步的频率逐渐与心跳趋同。

红毯的尽头，秦瞿逆着光，静静地等候着她。

而她，正迎着灿烂的灯光，直直走向她年少时的痴想。

那是贯穿了她整个青春的，曾经她以为最难以企及的梦。

此刻，梦想成真，他与这万千灯光，都属于她一人。

会场里，豪华水晶灯将整个台子照耀得格外明亮，她仿佛置身于梦幻的国度。梁枝不知道自己是怎么走到秦瞿面前的，也不知道自己是怎么说出“我愿意”三个字的。

直到司仪宣布：“现在，新郎可以亲吻新娘了。”她才有了几分真实感。

秦瞿的薄唇贴近，带着火热的温度，一点一点将她整颗心填补得满满当当。

周围的掌声变得模糊，全世界仿佛只剩下他们两个人。

灯光变了颜色，星星点点，仿佛樱花花瓣飘落，落在梁枝发间。

梁枝闭着眼，任由秦瞿加深这个吻。恍惚间，她似乎看见男人眼角有晶莹的光一闪而过。

她抬手，攀住了他的双肩。

扔捧花环节，梁枝确认了任夏夏所在的位置后，便将捧花直直地向她扔了过去。可不知怎的，捧花竟落在了旁边的夏谦恒怀里。

任夏夏嫌弃地看了夏谦恒一眼：“你怎么在这儿？”

夏谦恒笑眯眯地回敬：“和你有什么关系？”

任夏夏作势要去抢捧花：“不行，不行！你破坏了我的好姻缘，你——”

夏谦恒比她长得高，手臂高举她便够不到捧花。任夏夏蹦了两下，一不小心滑了一跤。眼见着任夏夏就要向后仰倒在地上，她忽然被人揽住了腰身。

久不与人身体接触，她颇不适应，触电似的跳开，尴尬地道谢："谢谢啊……"她抬眼，便撞入了一双带着笑意的眼睛。

那人容貌清俊，薄薄的眼皮微掀，戏谑地冲她摇了摇头："没事，下次记得别穿这么高的高跟鞋。"

"啊……嗯。"

直到那个男人拨开人群，走远了，任夏夏才回过神来。

好像……有点儿心动。

夏谦恒走到她身边，问："没事吧？"

任夏夏摇摇头，转过身对着他手上的捧花深深地鞠了一躬："谢谢您嘞！"

夏谦恒："嗯？"

婚礼还未结束，现场的照片便已被媒体记者发布在了网络上，掀起了轩然大波。

"这个布景也太梦幻了吧！试问哪个女孩子小时候没有梦想过这样的场景！呜呜呜，以后我要是一夜暴富，也要办个这样的婚礼！"

"这场婚礼的预算保守估计五个亿……你要不要再考虑下？"

"那套婚纱我太喜欢了……头纱上和裙摆上镶的应该都是真钻吧……真的太美了……"

……

此话一出，更多的网友扒起这场婚礼的各种细节，他们发现，从婚纱到梁枝头发上的一个发饰，每一样单品都是天价。

很快，"世纪婚礼"这一话题便升到了热搜榜第一。

网友们讨论得激烈，这边宴席仍在热热闹闹地进行着。王娣端着茶水穿梭在人群之中，接受着来自各路人物的祝福。

王娣正跟人攀谈，对方抬头扫了一眼会场，有些疑惑地问："秦总和秦太太去哪儿了？"

"谁知道呢？"王娣毫不在意，"好不容易结了婚，让他们自己放松去。"

……

与此同时，楼上房间里。

梁枝后背抵着门板，红着脸攀着秦瞿的肩膀，整个人挂在男人身上，摇摇欲坠。她低着头，不时有破碎的轻吟声自喉间传出。脚边垂落的是已经被揉皱的婚纱，层层叠叠堆至脚踝。

门外不时有微小的脚步声响起，梁枝颤着声提醒："还要去敬酒……"

"没关系的，待会儿我自己下去。"

秦瞿瞥了一眼地上的婚纱，把她打横抱起放在床上。

他捧起梁枝的脸，轻轻吻去她眼睫上的细小泪珠，站直身子道："今天你应该也累了，先休息吧，我出去应付。"

梁枝身体软得不行，把自己整个人都裹进被子里，只剩一双眼睛露在外面。

她用狐疑的目光打量着秦瞿离开的背影：今天他怎么这么好说话？

梁枝总觉得不太对劲。

果然，秦瞿走到门前，又停了下来。

紧接着，梁枝便听他开口道："等我回来再继续。"

"……"

她就知道，今天想让这个男人放过她，是根本不可能的事。

04

海城港口。

梁枝和秦瞿到达时，签到点已经有了不少人。梁枝牵着秦瞿，径直去了一处人相对少些的地方排着。

两人气质着实有些惹眼，刚进来就吸引了不少目光。

梁枝有点儿不习惯地低着头，过了一会儿小声跟秦瞿说："你也低调点儿……"

秦瞿宠溺地看着她，勾唇："知道了。"

他们此时正处于蜜月期，而这是梁枝定的行程之一。

在米兰时，她曾被叶青苑推荐，前往W大商学院进修过一段时间。此次W大商学院邀请国内的校友在邮轮上举行校友会。梁枝听闻有她最为敬佩的老师的讲座，便欣然前往。

工作人员看着登记表，道："梁枝女士，和您的——"她顿了一下，又看了一眼登记表，犹豫着问，“家属对吧？”

梁枝点了下头。

工作人员没再多问，点点头表示自己明白了，给了他们一人一个小牌子。这时，旁边另一个工作人员递过来一个M记的纸袋子，她便顺势给了梁枝。

梁枝有些疑惑，工作人员解释道：“一点儿小礼物，您应该没吃午饭吧？”

梁枝道了声谢，拿回之前递过去的部分资料后，继续往里走。

一系列流程走完后，两人到了等候登船的地方。

梁枝找了个地方坐下，觉得无聊，又有些饥饿。于是，她从纸袋子里拿出一个汉堡，带着点儿顾虑看了一眼周围：“这儿应该可以吃吧……”

秦瞿看了一眼在离她不远的地方正专心致志啃着炸鸡翅的小男孩儿，说道：“少吃点儿这些东西，不健康。”

梁枝也看到了那个小男孩，她放下心来，咬了口汉堡。

想起刚才签到时工作人员的反应，她调戏似的勾了下秦瞿的下巴，轻笑道：“这回你是我的家属，可就要跟着我混了。”

梁枝柔软的指腹在他下颌处轻轻地移动，惹得人心痒。秦瞿反手将她的手指握入掌心，桃花眼微眯：“悉听尊便。”

感觉到手背被人轻抚了两下，梁枝挣了挣：“这儿人多——”

她话还没说完，就被一道稚嫩的童声打断——

“妈妈，不是说只有小朋友才发吃的吗？那个姐姐也是小朋友吗？”说话的是旁边那个啃炸鸡翅的小男孩儿。

梁枝看了一眼手里的汉堡，忽然觉得有点儿不好意思。工作人员也没告诉她这是给小孩子准备的呀……

迎着小男孩疑惑的目光，她尴尬地笑了下，悄悄地把汉堡放了回去。

秦瞿见状，松开手，凑过去，声音低低地开玩笑道：“怎么，梁枝小朋友这是又不饿了？”

梁枝瞥了他一眼，突然理直气壮地伸出刚才拿汉堡的手，说道：“小朋友手上沾了油，麻烦秦叔叔帮忙擦一下。”

秦瞿愣了一下，便笑道：“乐意效劳——”他眼尾微挑，戏谑道，“我的小朋友。”

登船后，两人顺着指示牌，畅通无阻地进了房间。

梁枝订的是邮轮上最为豪华的套房，各类设施一应俱全，阳台占据了那一层的船头位置，附带一个小小的私人泳池。

梁枝对着海平面拍了两张照片，发给任夏夏。

任夏夏最近忙着追人，消息都回得不及时。梁枝也不着急，打开校友会的群，了解这几天的安排。

过了几分钟，手机界面上方弹出新消息提示。

任夏夏：“抱歉，抱歉，我刚才忙着给他挑生日礼物，都没看手机。”

任夏夏：“你这又是去哪儿玩了？”

“海城。”

梁枝又说：“参加一个校友会，从海城坐邮轮去日本，在那边玩两天再回去。”

任夏夏：“秦瞿跟着？”

梁枝把拖鞋脱了，蜷在椅子上，像没骨头一样向后仰躺着：“嗯，他是家属。”

“啧啧……”任夏夏酸溜溜地回她，“隔着屏幕都能闻到恋爱的酸臭味。”

梁枝扑哧一声笑出来：“哪儿有。”

“在求而不得的‘单身狗’面前，任何一对小情侣都不无辜！”任夏夏气势汹汹地说完这句话，又变得沮丧起来，“可怜我连人都没追到，就开始想象和他原地结婚的场景了。”

梁枝微讶：“这么夸张？”

任夏夏回答得理直气壮：“那不然呢？你又不是不知道，有的人看到特别喜欢的人的第一眼，连以后孩子叫什么都想好了。”

梁枝握着手机，回想了一下过往，自己很多年前暗恋秦瞿时，好像……确实幻想过这些东西……

“说到孩子，你俩有没有想过要个孩子啊？”

梁枝愣了愣，说道：“我还没考虑过这个问题，他也没有和我提过。”

“他是怕你不愿意吧？你是什么想法？”

梁枝想了想，她好像也不是不想要孩子。

“我倒是有点儿想。”

“那就上！现在正是最合适的年龄，我还等着当干妈呢！”

任夏夏怂恿起她来不遗余力，说着就给她发了张截图。

“这个我暂时用不着，分享给你，你有机会可以在秦瞿身上试验一下。不用谢，我继续去逛下一家店了啊！”

截图里是一段话，梁枝没点开看已经猜到肯定不是什么好东西。

果然，打开图片后，一段醒目的文字赫然出现在眼前——

“当你想对你的老公或男朋友提出什么要求的时候，可以尝试坐在他的腿上，然后去亲他的喉结，再慢慢向上……最后在他的耳边提出要求。姐妹们，相信我！这招百试百灵！没有人抵挡得了！”

梁枝想象了一下这种场景。呃，太危险了。有效应该是有效的，但一想到平日里秦瞿折腾她的模样，她就有点儿害怕。

嗒、嗒。

身后有脚步声靠近，秦瞿走过来，顺势把椅子搬到她旁边，坐下后，他问道：“在干什么？”

梁枝猝不及防被吓了一跳，心虚地将手机熄屏，然后把手机倒扣在眼前的桌子上，耳尖都红了：“没，就玩手机。”

秦瞿瞥了一眼桌上的手机，没放在心上，又问她：“待会儿想去吃点儿什么？”

他主动转移话题，梁枝求之不得。

她沉思片刻，说道：“嗯，晚上不是还有个联谊晚会吗？等结束之后，我们去逛逛吧？”

秦瞿在她的唇上落下一个吻：“好。”

原本已经打消的想法被这一吻再次激活。

梁枝的视线有意无意地朝秦瞿的喉结瞄，男人下颌直至脖颈的线条优美，一路隐入齐整的衬衫领口中，喉结突出，稍一滚动，便带了点儿诱惑。

嗯……秀色可餐。

梁枝悄悄移开视线，假装自己什么都没看。

下午六点，联谊会现场。

主持人正邀请 W 大商学院的院长等一系列嘉宾上台致辞。

“我们就随便听他们说说。待会儿就是交换联系方式的环节，挺无聊的。”梁枝小声在秦瞿耳边解释，“等他们讲完话，我去跟院长聊聊天，然后咱们就可以溜了——”

“嗯。”

梁枝去找院长聊天的时候，秦瞿双腿交叠，在原地坐着等梁枝。

身旁来来往往的人不少，不乏商界精英，自然有人认出了秦瞿。

有人试探着上前寒暄：“秦总，您也在这儿啊？”

“嗯。”秦瞿敛眸，不咸不淡地回应，“陪太太过来玩一玩。”说到“陪太太”三个字的时候，他眉眼明显温柔了不少。

对方看出秦瞿没有聊下去的心思，点点头表示理解，笑着奉承了一句：“秦总和太太感情真好。”说完，他望见梁枝远远走来的身影，识趣地离开了。

梁枝把手上的酒放到桌上，双手背在身后，稍一弯腰，问秦瞿：“现在要去吃饭吗？”

秦瞿点点头，问她：“怎么聊了那么久？”

“碰到了同一期的同学，寒暄了一会儿。”梁枝如实回答道。

秦瞿敏锐地捕捉到关键词，突然问：“男的还是女的？”

“当然是女孩子啦。”梁枝有点儿无奈地道，“你怎么连这样的醋都吃？”

秦瞿闻言，微微放松。他站起来，捏着梁枝的下巴，左一下，右一下，细细地打量她一番，然后慢悠悠地凑近她。偶有细碎的灯光照射进他的眼中，在深黑的眼眸里流转出撩人的光。

近到离她的唇瓣只有几厘米时，他停下，声音很轻，似在呢喃——

“忍不住。”

两人离得极近，呼吸交缠。

梁枝下巴被擒住，只能任由男人靠近，忽然觉得有点儿晕。

刚才她好像也没怎么喝酒，那款鸡尾酒的度数也不高，怎么有点儿醉人……

秦瞿松开手，不再逗她。

他牵起她的手，心情颇好地说：“去吃饭吧。”

邮轮上餐厅还挺多，梁枝一路走一路看，最后决定在一家西餐厅解决晚饭。两人随便点了两份牛排，又点了个海鲜拼盘。等餐的时候，梁枝跟秦瞿有一搭没一搭地聊天。

“张妈准备辞职回家带孙子，回去得重新雇一个阿姨做饭。”她撑着脑袋，想了想，说道，“还有之前订花的那家店，最近质量不太好了，要不要换一家……”

秦瞿耐心地听着，不时回应她一两句。

有个女人走到梁枝身旁的时候停住脚步，“咦”了一声：“梁枝？”

梁枝抬起头来，认出她后，友善地笑了笑：“小菲，好久不见啊。”

“我们是好久没见了。刚才沛沛跟我说看见你了，我还找你来着，结果找了半天都没找到，原来你溜出来吃饭了。”

“我就是来玩的。”梁枝摇了下头，转向秦瞿，介绍道，“这是我同学，望山集团的CEO陈小菲。”

“小菲，这是我先生。”她又向陈小菲介绍道。

“秦总，久仰大名。”陈小菲礼貌地朝秦瞿伸出手。

双手交握，一触即离。

陈小菲又和梁枝聊了两句，正准备走，不知道从哪儿跑过来一个小小的人儿，抱着陈小菲的腿就不撒手。

梁枝定睛一看，发现是今天登船前碰到的那个小孩儿。

小男孩儿睁着一双大眼睛，跟她对视，然后奶声奶气地喊陈小菲：“小姨——”

陈小菲拍拍他的头，迎着梁枝好奇的目光，解释道：“这是我姐姐的孩子，我姐姐在那边等我。”说完，她低声教小男孩喊人，“叫叔叔阿姨。”

小男孩盯着梁枝看了看，固执地摇头：“这是小朋友姐姐，不是阿姨！”

陈小菲愣住了。

梁枝哭笑不得地摆摆手：“没事。”

余光瞥见秦瞿好整以暇的目光，她嗔怒地瞪了他一眼。

梁枝正和陈小菲解释着，小男孩忽然用夸张的语气说：“小朋友姐姐，你好漂亮啊！”

梁枝愣了愣，眼中漾起一抹温柔，弯下腰去捏了捏小男孩的脸颊，笑着跟陈小菲说：“小朋友真可爱。”

陈小菲感受到梁枝的喜爱，牵着小朋友的手，冲她眨了眨眼睛，打趣道：“不如自己生一个？”

梁枝被呛了一下，她偷眼看了看秦瞿，发觉他好似没听见这句话，于是也假装没听见。

陈小菲笑了笑，与她告别：“我先去找我姐了啊。对了，有几个同学也在，你要不要去打个招呼？好久没见了——”她兴致勃勃地说到一半，忽然话锋一转，神情变得有些古怪，“算了，你还是别去了，那个人也在……”

梁枝若有所思道：“那确实……下次吧？”

陈小菲有些遗憾：“那下次见，拜拜。”

陈小菲离开后，秦瞿问梁枝：“‘那个人’是谁？和你有什么恩怨？还是让你受了什么委屈？”

梁枝转向他：“你这么紧张做什么？”

顿了一会儿，她才慢吞吞地继续说道：“就是一个以前追求过我的人。他被我拒绝之后单方面宣布跟我决裂……每次见我，他都恨不得给我使点儿绊子以显示自己的优势。”

即使说的是这样的事，她似乎也不怎么生气。

秦瞿听着，渐渐锁起了眉头。

感觉到她不想谈论这些，秦瞿最终没再追问，只淡淡地说道：“先吃饭。”

饭间，他们默契地选择不再提起这个话题，却不想，有人不愿意安宁。

梁枝正认真地剥着虾，忽然感觉似乎有道视线正带着恶意注视她。还没等她回头，那人已经走到了她面前，是个高高瘦瘦、戴着金丝边眼镜的男人。

他就是梁枝口中的“那个人”。

他眯眼打量了一下梁枝，故作自然道：“好久不见啊，梁枝。”

感觉到他眼神里的不怀好意，梁枝强忍心中的不适，客套道：“马屿阳，好久不见。”

“没想到你这个大忙人居然还记得我的名字，”马屿阳语气里带着点儿阴阳怪气，“怎么不带老公来见见我们？好歹我们跟你也短暂地做过同学吧？”

梁枝不说话，只牵了牵嘴角。

马屿阳的视线从梁枝这里转移到秦瞿身上，他笑着向秦瞿伸出手：“秦总，我是AM公司国内分公司的总经理，您应该对我有印象——”

秦瞿抬了抬眼，没动。

马屿阳吃瘪，只好默默地收回手。估计是不甘心，他又转向梁枝，假意攀谈：“梁枝，我就说以前我追你的时候你怎么拒绝了我，原来是我还不够格啊——”

梁枝蹙了下眉，没接话。他说得好像她嫌贫爱富一样。

秦瞿也没什么反应。

马屿阳呵呵笑了两声："别那么严肃啊，我不是开玩笑嘛。说起来，你现在是在搞设计是吧？也是，只有嫁入豪门的人才有空闲时间做这些。我们这些人，整天为客户的需求忙前忙后，可累了——"他话里的讽刺意味再明显不过。

梁枝本不想理他，奈何这人跟苍蝇一样在她耳边说个不停。她被烦得有点儿受不了，正准备回嘴，秦瞿先她一步开了口："既然你不想那么累，不如我帮你减少一点儿工作量？"

秦瞿语气淡漠，仿佛只是在谈论一件极为平常的事。

马屿阳却顿时白了脸，意识到事情在朝严重的方向发展，他摆了摆手，赔笑道："是我失言了，秦总不要放在心上。"

秦瞿睨他一眼，反问道："不要放在心上？"他嗤笑一声，"你明里暗里嘲讽我放在心上的人，要我不把你说的话放在心上，你觉得可能吗？"

马屿阳的脸色又白了几分。

05

一顿饭被"苍蝇"搅了兴致，梁枝没怎么吃好。

回房躺在沙发上，她百无聊赖地拿着遥控器换台，浴室传来"哗哗"的水声，是秦瞿先进去洗澡了。

想着离秦瞿洗完澡还得有一段时间，她朝浴室里扬声道："我出去走走？"她只是告诉秦瞿一声，于是不等秦瞿回应，她便出了房间。

她回来时秦瞿已经洗完澡了，正穿着浴袍坐在沙发上打电话。梁枝不想打扰他，于是提着打包的小蛋糕轻手轻脚地坐到他身边，等他打完电话。

看见梁枝坐到他身边，秦瞿抬手揉了揉她的头发。男人刚洗完澡，头发微湿，浴袍领口敞开一片，慵懒且带着点儿性感，打电话的时候神色认真，帅得不行。

梁枝稍微凑近了些。

秦瞿垂眸看了她一眼，忽然对电话那边的人道："稍等一下。"

梁枝好奇地抬眼，与他对视。

秦瞿把手机放远了些，身体微倾，扣住了身前女人的后脑勺，十分娴熟地与她接吻。

梁枝被吻得喘不过气来，推他两把，怕电话那边的人听见，放低声音道："先做正事……做完再说。”

秦瞿放开她，眼睛含笑：“做完正事再说？”

梁枝努力平复着呼吸，瞪了他一眼。

秦瞿又亲了亲她的额头，才继续与那边的人交谈。

挂断电话后，秦瞿把梁枝揽进怀里，问：“想好怎么玩了吗？”

“嗯……”梁枝把嘴里的小蛋糕咽下去，说，“我看了一下，等会儿有音乐剧的演出可以看，听了讲座过去刚好能赶上；顶层的火锅需要预约，可以明天去……然后就没什么好玩的了……等到日本那边再看看。”

“好。”秦瞿听完，把她抱到腿上坐着，用邀功的语气向她汇报，“那个叫马屿阳的人，你不用担心，明天他应该就会收到降职的通知。”

“嗯？”梁枝一惊，“降职？”

“嗯，估计他会被调到西北地区的分公司去，看他们那边最后的决定。”秦瞿把下巴搁到她的头顶上，说道，“以前他是不是经常像今天这样针对你？”

梁枝眨了眨眼，旋即眼尾弯起。

“知道了。”

她不是什么圣母，这人给她使的绊子不少，有几次还是在重要场合，没什么值得同情的。

秦瞿没再说话，沉默地环着她。

察觉到对方的情绪有点儿不对劲，梁枝猜测他又在自责，于是扭过头想转移话题。她脑袋转得太快，一个没注意，唇瓣便从秦瞿的喉结上擦过。

秦瞿低沉的声音在她头顶响起。

“枝枝，不要乱动。”

梁枝下意识地顿了一下，忽然想到今天早些时候任夏夏发给她的那张图片。鬼使神差般，梁枝又扭过头去，唇瓣贴上了秦瞿的喉结。

秦瞿闷哼一声，似乎想要躲开。

梁枝不知道从哪儿来的勇气，抬手环住秦瞿的脖颈，一路向上吻。

秦瞿呼吸急促了几分，趁着理智尚存，他用沙哑的嗓音道：“我让人送东西过来。”说完，他抬手去摸一旁的手机。

梁枝摇了摇头，抱住他的手又紧了几分。

脑海里浮现出今天那个小孩子可爱的模样，她贴近秦瞿的耳朵，小声说道：

“不用，就这样吧。”

秦瞿愣了愣，反应过来后，他呼吸一滞：“你认真的？”他其实早就想要一个拥有他和梁枝的血脉的孩子了，只是他担心梁枝不愿意这么早生孩子，便没有跟她提过。

梁枝点点头，改成跨坐在他的腿上，向他吻过去，说道：“秦瞿，我们要个孩子吧。”

秦瞿喉结狠狠地滚动了一下，托着她起身，想也没想便大步向着房间里走去。手撑在女人身侧时，他使劲攥住床单，克制地再一次向她确认：“你真的愿意吗？”

“枝枝，我不希望你是出于履行妻子的义务的考量做的决定，你——”

梁枝抿了抿唇，直接扯过他胸前的浴袍，把他拉向自己。

“你话好多。”

次日清晨，梁枝醒来时，正对上秦瞿带着宠溺笑意的双眼。

见她醒过来，他问：“醒了？”

梁枝迷迷糊糊地“嗯”了一声，撒娇似的闭着眼往他怀里缩了缩。

秦瞿爱极了她这副模样，心也跟着软了下来。肌肤相贴，亲密无间，他低头在她的发顶轻柔地吻了吻：“再睡会儿？”

“嗯……”

梁枝昨晚精疲力竭，这会儿手臂还是酸的，根本不想多动弹。

秦瞿也知道自己昨天有点儿过火，笑了笑，手指慢慢地抚着她的长发，享受这温存的静谧时光。

他曾经觉得，这些事不过是用来解决欲望的，不该浪费时间在这上面。

后来他才明白，全心全意地爱着一个人的时候，只会希望两人独处的时光长一点儿，再长一点儿。

就算做的是没有意义的事，也心满意足。

要是没有事，梁枝觉得她可以在床上闷头睡一天。然而今天有讲座不能错过，所以在发觉时间不多了的时候，她还是挣扎着起了床。

换衣服时，望着自己脖颈上无法掩藏住的痕迹，她不免红了脸，扯过秦瞿指着自己的颈侧控诉道：“你怎么在这儿也留了痕迹？！”

秦瞿悠然看着自己留下的痕迹，桃花眼微眯，笑得跟狐狸似的：“嗯，我的错，下次注意。”

梁枝：“……”

好在涂上遮瑕，再把长发向前拨一拨，基本能遮住痕迹。若不是这样，梁枝觉得自己可能没脸出去了。

换好衣服洗漱完，客厅里已经摆好了服务员送过来的早餐。梁枝早晨没什么胃口，只略微吃了一点儿就再也吃不下了。于是，她毫不犹豫地把自己盘子里剩余的食物都给了秦瞿。

秦瞿只宠溺地看了她一眼，便照单全收。

他慢条斯理地解决着剩下的餐食，梁枝在一旁无聊地玩手机。

海上网络不好，她来来回回不知道刷新了多少次，图片一张都加载不出来。她索性将手机放到一旁，观察秦瞿用餐。

秦瞿被一道不可忽视的视线注视着，忍不住看了她一眼。

梁枝心念微动，忽然开口问道：“秦瞿，我突然觉得我有点儿像那个什么……”

秦瞿微微挑眉：“嗯？”

“就是——养猪人。”梁枝憋着笑答道，“特别是刚才把东西都叉给你的时候。”

秦瞿无奈地抬手捏了捏她的脸颊：“净想这些。”

梁枝毫无愧疚之意，凑过去在他脸上亲了一口。

就是因为吃定了他，她才会这么肆无忌惮。

吃了早饭，两人前往讲座现场。由于吃早饭耽搁了些时间，他们到时，前排早已坐满了人。

梁枝自己倒是可以低调，但身边跟着个秦瞿，想不高调都难。所以她最终还是放弃了挤到前排的念头，拉着秦瞿找了个角落里的位置坐下。

甫一坐下，她便和他聊起了这位教授。

教授名叫周明菊，在学术界极有威望，在国内颇为出名。

“周教授真的教会了我很多，我特别感谢她……待会儿她讲完了，我可能要去找她合个影，你等我一下？”

秦瞿始终静静地听着她说话，不时微微颔首，表示自己知道了。

讲座的时间不算很长，待讲座结束，梁枝上去，和当年的同学一起拍了张合照。梁枝站得离周明菊很近，于是顺手挽着她。

众人都知道周教授的规矩，一般讲座结束后，她不会留时间用来攀谈。于是，拍完合照后，众人道谢后便纷纷离开了。

梁枝余光瞥见站在一旁等候的秦瞿，正准备往他那边走，忽然听见老太太叫住了她。

“我记得你。”老太太笑眯眯地看着她说道。

梁枝有些惊讶地止住脚步：“我？”

老太太点了点头：“是你当初找遍了人帮你请教问题吧？”

“啊……”梁枝有点儿尴尬。

当初她因为怕自己问多了问题会惹得周明菊心烦，只好从旁下手，找人帮她问。本以为这样就不会被发现，没想到还是被揪了出来……

周明菊似乎没注意到她有些尴尬的神情，抬眼看见正往这边走的秦瞿，问她：“你先生？”

“嗯……”

秦瞿走到近前，鞠了一躬：“周教授，偶有听闻您的事情，谢谢您对我太太的关照。”

周明菊叹了口气，道：“我并没有多关照过她，所有的机会都是她自己争取的。”

“我还记得，当年无论我在哪个地方举办讲座、会谈，她都会飞奔到那个地方参与。这姑娘这样执拗，一旦决定了要做什么，无论怎样她都会努力达成愿望。”

“是她的努力让我看见了，所以我不舍得让她拼命争取的东西辜负她。”老太太点到即止，说完别有深意地看了秦瞿一眼。

秦瞿听懂了她的话，微微笑了笑，郑重而又坚定地道：“一定不会的。”

周明菊点了点头，离开前，她叮嘱梁枝：“好生养胃。”

秦瞿闻言，眉头微皱，在老太太离开后，他低头问梁枝：“你有胃病？”

梁枝摇头，解释道：“以前工作压力太大，胃出过问题；后来闲了些，就养好了。周教授还记得，可能是因为有次我差点在课堂上痛晕过去。”

成长总是伴随着压力的，短短数年走到那样的位置，她所承受的压力可想而知。

欲戴皇冠，必承其重。万事哪儿有那么容易！

梁枝对此倒没有太大的感觉，毕竟都是自己的选择，只要走的每一步都不后悔就好。

她的反应很是轻松，反倒是秦瞿，蹙着的眉头许久都没松开。

梁枝担心他又陷入长时间的自责里，于是悄悄伸出小指钩住他的手指，再一次提醒：“已经好了，我很爱惜身体的。”

男人紧紧地握住她的手，许久未曾松开。

中午去吃火锅的时候，原本的辣味锅底在秦瞿的强行要求下，换成了番茄锅。好在番茄锅底算得上浓郁，煮虾滑和面筋泡都是一绝。

美食在前，梁枝心里的郁闷缓解了大半。听到邻桌的人抱怨辣锅锅底根本没什么味道后，她的心态更是平衡了不少。

火锅店里也有一个吧台，站在吧台后的是个金发碧眼的外国小哥。

大约是暂时没人点喝的，他有些无聊，于是拿过桌上的矿泉水瓶开始炫技。手上的矿泉水瓶被他抛出了花样，梁枝坐得近，不由得好奇地看去。

注意到梁枝的视线，小哥朝她抛了个媚眼，做的动作难度越发高，却不料，他突然失手，只听一声闷响，装满水的矿泉水瓶落到了地上。

小哥有些尴尬地弯腰去捡，梁枝收回视线，便听见了一声极为浅淡的笑。

她望向秦瞿，男人神色仍平静如常，只是恰好被她捕捉到了嘴角未能及时收回的笑。

梁枝托着下巴，调侃道：“你在幸灾乐祸什么呢？”

秦瞿嘴角微僵，假意认真帮她剥虾，说道：“什么幸灾乐祸？”

“我听见你笑了。”梁枝毫不客气地拆穿他，眼底闪着促狭的光，“你该不会是……吃醋了吧？”

秦瞿顿了一下，直接往她嘴里塞了一只虾，说道：“专心吃饭。”

虾肉微甜，味道很鲜美。

梁枝一边咀嚼，一边笑起来。

下午还有两场讲座，秦瞿临时有个视频会议，只能让梁枝自己去听。

散场后，她给秦瞿发消息：“你结束了吗？”

她收到秦瞿的回复：“出来。”

梁枝一愣，随即快步走出大厅。刚踏出门，她便一眼望见了人群中那个最为显眼的身影。

男人逆着人群，站在原地，一直专注地看着大门的方向。注意到混在人群中的梁枝，他一改原本的面无表情，扬起了一抹温柔的笑。

望见梁枝越走越近，秦瞿冲她伸出了手。

梁枝走过去牵住他的手，十指相扣。这是梁枝最为习惯的牵手方式，她总觉得这样能给她带来十足的安全感。

秦瞿小声地提醒道：“音乐剧快开场了。”

梁枝抬起秦瞿的手腕看了一眼时间，有点儿慌张：“哎呀，刚才听讲座都没注意时间。那我们得快一点儿——”

船上的剧院离他们现在所处的地方有点儿远，梁枝拉着秦瞿一路加快脚步，最终在开场前赶上了。

剧院里已经人满为患，他们不想挤来挤去影响别人，于是挑了角落的位置坐下。

两人落座后不久，室内的灯光渐次暗了下来，音乐剧开始了。

台上光影交错，演员们热情地旋转舞蹈，台下的掌声也一波高过一波。梁枝看得津津有味，也跟着鼓掌。

音乐剧的最后，男女主角热情拥吻，观众席再一次爆发出热烈的掌声。

梁枝沉浸在其中，眼眶湿湿的，嘴角却弯了起来。黑暗中，她的手在身旁摸索着，悄悄握住了秦瞿温热的大掌，指尖滑过他的掌心。

表演结束，灯光亮起，在所有演员上台致谢后，台下的观众有序退场。

人潮不断向后涌动，梁枝不着急离开，便在原地等了一会儿。待到人群散得差不多了，她起身，正准备离开，却被秦瞿拽着手，又坐了回去。

“干什么——”梁枝疑惑地回头，剩下的话被尽数吞进腹中。

秦瞿背对着人群，把她护在怀里，在她的唇上深深地落下一个吻，又亲了亲她的鼻尖、眼睫，最后薄唇落在她的额头上。

梁枝能听见耳边逐渐变得模糊的脚步声，和远处还未散去的人潮的响动，心底的那片潮水也跟着起落——她被秦瞿困在一方天地中，整个人藏在他的影子里，承受着他炽烈的爱意。

梁枝想抬头去看周围的动静，却被男人不满地咬了下唇瓣。

“专心一点儿。”

心尖狠狠地颤了下，对上他一双深邃的黑眸时，梁枝倏地感觉有点儿腿软。她只得扶着男人的肩膀，承受住这铺天盖地的欲望。

灯光再一次暗下来，秦瞿终于舍得放开她。此时剧院里已经没有别人了，他慢慢地坐起身，帮梁枝整理了一下有些凌乱的衣领。

梁枝闭着眼不敢看他，唇上还残留着男人独特的气息。

“睁开眼。”

梁枝听话地缓缓地睁开眼。

舞台灯光未灭，一道顶光打下来，在灯光的照射下，中间用玫瑰拼成的爱心愈加耀眼。

梁枝一愣，问他：“你准备的？”

是给她的惊喜吗？

秦瞿点了下头：“嗯。”

梁枝扑哧笑出了声：“你好土啊。”

秦瞿神色微变，随后假装什么也没听见，牵起她的手说道：“上去看看？”

梁枝揉了揉眼，点点头。

台上的玫瑰鲜艳夺目，拨开上面一层玫瑰花，最中间赫然躺着一个文件夹。

梁枝走过去拿起文件夹翻开一看，惊讶得浑身都一僵。

是股权转让书。

秦瞿手上握着的珩原的大部分股权，都将交付给她。

“这是……”她有些震惊，转头去看向秦瞿。

“我把我所拥有的一切都交给你。”秦瞿走上前，拉过她的手，十指相扣，笑道，“包括我这条命。可惜我的命现在不能直接交给你，不然你就失去你老公了。”

“说什么呢。”梁枝轻斥，“这么重要的东西，你不怕我拿不住啊——”

“有什么拿不住的？”秦瞿把人揽进怀里哄道，“以后你就是我的老板，我为你打工，你要是对我不满意随便怎么处置我都可以……我要是再让你失望了，你也可以选择让我净身出户。”

梁枝沉默了一会儿，在他身上拍了拍：“这会儿就开始想着让我失望了啊？”

“哪儿敢，我这不是哄着你收下股权转让书嘛。”秦瞿笑道。

他退后一步，扶住她的肩，深吸一口气，定定地与她对视，郑重道：“我发誓，我这一辈子只会爱你，也只会对你至死不渝。”

第三天，邮轮到达日本。在酒店休整好，两人出门闲逛。

酒店附近有个著名景点，此时又正值旅游小高峰，道路两旁的游客络绎不绝。

梁枝觉得秦瞿可能没兴趣去人很多的地方逛，于是盘算着要不就在周边逛一逛，却不想，秦瞿牵着她直接跟着人群走进了这个景点。

梁枝有些意外，不过景点的建筑别有风格，她很快便沉浸其中。梁枝出神地在宫殿前欣赏了十来分钟，回过神来时，突然发现秦瞿不见了。

她仔细寻找了一圈，在卖各类御守的店铺外面望见了排队的秦瞿。

队伍有些长，男人站在其中，西装革履，气质尤为出众，他双手抱臂，没有丝毫不耐烦。他身前排着两个学生打扮的少女，她们凑在一块儿激动地窃窃私语，不时偷眼朝他看过去。

梁枝凑过去小声说：“我先去附近逛逛，一会儿你好了跟我说？”

秦瞿“嗯”了一声。

于是梁枝离开这边，四下晃悠。

走走停停看了半晌，梁枝进到一旁的凉亭里歇脚。此时阳光正好，凉亭外的树影不时颤动，这条路上来往的人少，寂静中又带着别样的趣味。

她翻看着手机里记录下来的建筑细节，灵感都被激发出来了一些。

她在原地不知道坐了多久，秦瞿循着她给的位置找过来了。

梁枝仰头问他：“怎么去了那么久？”

秦瞿沉默半晌，解释道：“去挂了个牌子。”说完，他递给她两个小小的护身符，“给你买的。”

梁枝接过。

一个是小铃铛，大概是保佑幸福平安的；另一个是御守，大概是保佑爱情一类的，粉粉嫩嫩的，煞是可爱。

梁枝拿着铃铛晃了晃，打趣道：“没想到大名鼎鼎的秦总居然也喜欢这些幼稚的东西。”说话间，她眨了眨眼睛，眼睫扇动，在细碎阳光的点缀下，越发好看。

秦瞿眼神柔和了几分，没说话。

梁枝也只是随口打趣，不指望得到回应，手中铃铛声音清脆，还挺好听。

一阵风吹过，撩起她脸侧细碎的发丝，树叶婆娑，越发衬托出这里的静谧。

望着女人认真摆弄小铃铛的模样许久，秦瞿嘴角的弧度越发柔和。

他薄唇轻启，声音极轻：“因为你。”

因为是你，所以我愿意去相信所有幼稚的东西。

只要它能保佑我们长长久久地在一起。

番外一
日常

一、代理秘书

珩原总部。

公司小群内。

“你们猜我在公司楼下看见谁了？！”

“别猜了，我也看到了，是枝枝姐！她过来找秦总，还提着饭盒！”

“该叫总裁夫人了！说起来，前几年她在公司那会儿，我们居然没有一个人发现他俩是夫妻。”

“言情小说的剧情竟然发生在我们身边。路秘书，你当时有没有发现不对劲啊？”

“还是不要问娜娜姐了，这会儿她估计忙着接待夫人，没空看群里的消息。”

……

总裁办公室。

“秦总在会议室开会，麻烦您稍微等一下。”路娜给梁枝端了杯咖啡，轻声道，“还有什么需要的话，可以随时找我。”

“谢谢。”

梁枝望着略显拘谨的路娜，眉眼微舒，笑道：“在我面前不用这样。”

路娜愣了一下，低下了头：“嗯。”

口袋里的手机响个不停，她皱了下眉，暂时将手机调整到了静音模式。

她有点儿紧张。

一来，她面对的不仅是自己顶头上司的妻子，更是曾经方方面面都极其优秀的前辈。

二来，她曾经无意窥破二人的秘密，虽然如今这段过去早已尽人皆知，她还是有些心虚。

不过凭着长年累月训练出来的职业素养，她没有表露出这些情绪，只是微笑了一下，便知趣地准备离开。

她即将走出办公室，梁枝的声音忽然响起："路秘书。"

"嗯？"路娜止住脚步，回身面对梁枝，"您讲。"

梁枝蓦地冲她绽开一抹别有深意的笑："今天下午，这边的事就暂时交给我吧。"

路娜一开始有点儿愣怔，随后便在梁枝的眼神暗示下明白了。她笑了笑，点头应允后，便无声地走出了办公室。

这时她才有空看群消息，往回翻到提到她的那条消息。她笑了下，在群里叮嘱道："今天下午有什么事找我就行，待会儿也别在秦总面前多嘴，听到了没有？"

群里再次炸锅，众人齐刷刷发了"收到"，比收红包还要积极。

"我是不是知道了些不得了的事？！"

"都懂，都懂，惊喜嘛！"

这一场会议很重要，开了好几个小时才终于结束。秦瞿回到办公室时有些疲惫，他捏了捏鼻梁，打开门，不由得一愣。

落地窗前站了个女人，正面向窗外低声打电话。女人一头长发高高束起，一身职业装更显干净利落。

秦瞿感觉这个女人的身形甚是熟悉，却又担心自己是过于思念她而产生了错觉，愣在原地不敢上前。直到女人放下手机，不紧不慢地转身。

确认了自己心里的猜测，秦瞿眼中漾起一抹惊喜的笑，大步走到她身边，把她拥进怀里："你怎么来了？难得见你把头发扎成这样。"

梁枝很少把头发扎得那么高、那么利落，平时她要么披散着一头长发，要么随便绑个低马尾或者丸子头，十分符合她本人的温婉气质。

这样的造型，她曾经在珩原的时候倒是有过。

思及此，秦瞿有些疑惑地问：“怎么这么穿？”

梁枝神秘地笑了笑，指着桌上的饭盒说道：“先吃午饭。我就知道你忙的时候不会按时吃饭。”

饭盒有很多层，装在一个袋子里。

秦瞿双眸微亮：“你做的？”

梁枝弯弯唇，轻抬下颔：“吃饭。”

秦瞿意会，轻笑一声。

梁枝已经吃过饭了，秦瞿吃的时候她就坐在一边跟他说话。

“今天下午我暂时接替小路，做你的代理秘书——怎么样？”她双手撑着桌沿，兴致颇高，继续道，“这身衣服还是在你的休息室的衣柜里翻出来的，我都没想到你居然还留着……”

她正说着，就见秦瞿放下手上的餐具，慢条斯理地把饭盒扣上了。

梁枝眨眨眼：“吃好了？”

秦瞿点了下头，随后起身，把她打横抱起。

梁枝惊呼一声：“你怎么……”

秦瞿睨了她一眼，迈开长腿，走向休息室。

直到将人抵在床上，他才慢悠悠地戏谑道：“你觉得呢？秘书小姐？”

梁枝伸出食指抵在男人即将落下的唇边，似笑非笑地轻声提醒道：“秦总，您最近那么忙，工作时间不应该顾着这些私事吧？”

秦瞿一噎。

梁枝推了他一把，坐起来手撑着床沿，目光带了几分狡黠：“我说做代理秘书，当然只履行秘书的职责。”顿了一下，她细眉微挑，尾音拖长，语气淡淡的，却带了点儿别样的意味，“难道说，这也是秦总的秘书需要履行的职责之一？”

秦瞿薄唇抿了抿，认输般地弯腰在她耳垂上轻咬一下，咬牙道：“行。”

梁枝见他吃瘪，笑眯眯地站起来，走出去时脚步轻盈，就连鞋跟点在地面上的声音都显得轻快又好听。

时间静静流淌，整个下午二人各司其职，虽然待在一间办公室里，挨得极近，却什么事都没发生。

秦瞿的脸色随着时间的流逝，越发不好看。他以为梁枝过来是为了给他一个惊喜，没想到他等了一个下午，竟真的没感受出她有任何一点儿别的意思。

梁枝认真做事，偶尔用余光注意一下秦瞿的反应，感觉到他气压有些低，她眼中浮上了得逞的笑意。她不想再逗逗他，于是继续装作一副毫无所觉的样子。

手里的事情确实也多，她不知不觉就投入了进去。

临近收尾，她刚松了一口气，手腕便被擒住了。

梁枝一惊，身后覆上了温热的身体。

男性荷尔蒙的气息将她笼罩，他握住她的两只手，食指有意无意地在她的手背上摩挲。

梁枝有些惊讶地问："有什么问题吗？"

秦瞿握着她的手操纵鼠标，带着她把最后一点儿数据修改好，松开手，淡声道："没有。"

梁枝刚松了一口气，便见秦瞿的手臂直接越过她，帮她合上了手里的笔记本电脑，微带压迫感的磁性嗓音响在耳畔。

"现在已经不是工作时间了。"

梁枝自然听得懂他话里的意思，她望向办公室里的挂钟——刚过下班时间。

她欲盖弥彰地轻咳一声，起身朝办公室门口走去，问道："那，一起去吃个晚饭？吃什么——"只是她还没迈出几步，便被秦瞿轻松地拽回了怀中。

他一只手将梁枝禁锢在怀里，转身带着她站在落地窗前，而后轻轻地敲了下窗玻璃，笑容撩人。

"还没试过在这里，不然今天……"

梁枝瞬间明白了他的意思，下一秒，她就被男人按在了玻璃上。

"窗户材质进行过特殊处理，从外面看不看得到，你自己应该最清楚。"秦瞿看出了她的顾虑，一语道破。

"门在之前就被我反锁了，不用怕有人贸然闯进来。"温热的指尖顺着她胸口的纽扣一颗颗滑下，秦瞿哑着声诱哄，"听话，嗯？"

她还能有什么办法，当然是顺着他……

二、关于怀孕这件事

两人复婚后，梁枝开始着手组建属于自己的团队，单打独斗总归不太方便。

某日，在一次讨论方案的过程中，梁枝忽然偏头开始干呕。

事情发生得有些突然，众人停下讨论，纷纷向她投以关心的目光。

坐在梁枝旁边的小姑娘扶着她，低声问道：“枝枝姐，你没事吧？”

梁枝摇摇头，坐正身体，道：“没事，应该是这几天太累了，头有些晕。”

“是这样啊……”小姑娘还是不放心，提议道，“您要不要去医院看看？我朋友之前也总是干呕，去医院一查，结果是怀孕了……”

小姑娘不过是随口一说，梁枝却敏锐地捕捉到了关键词。

她真的是怀孕了吗？

当天下午，她便在众人的劝说下提前离开工作室，去了医院。拿到检查报告的那一刻，她彻底蒙了。

她真的……怀孕了。

当天秦瞿回家时，被用人告知，梁枝已经吃完饭回房间了。他有些惊讶，担心她身体不舒服，正想上楼看看她，却在走过茶几旁时看见了一张医院的报告单。

一字一句读完上面的检查报告，他的脑袋“嗡”的一声，顿时一片空白。回过神后，他捏紧手里的纸张，快步上了楼。

一开门，他便见梁枝站在窗边。听见动静，她也没回头，就这么望着窗外发呆。她只穿了一件吊带睡裙，露出白皙的肩膀和形状漂亮的肩胛骨，看起来有些脆弱。

秦瞿深吸一口气，走过去，把她揽进怀里。

她也没挣扎，乖乖窝在他的胸前。

秦瞿感觉到她的柔顺，一时间竟然有些慌神，原本想要询问的话语就这么全部憋在喉咙口。

一时间，房间里静谧无比。

直到梁枝开口。

“老公。”

就算是婚后，梁枝也极少这样称呼他。

秦瞿愣了几秒，点了点头，把她的手握进掌心：“我在。”

“我有点儿怕。”梁枝抿了抿唇，低声道。

她其实也不知道自己在害怕什么。

虽然这个孩子的到来是意料之中的事，可是事情真正发生的那一刻，她还是真切地感觉到了深深的不安——怕自己当不好母亲，怕其他未知的东西。

期待有多大，不安便有多深。

思绪越发紊乱，梁枝肩膀颤了颤。

忽然，一个吻轻轻地落在她的发顶，带着安抚的力量。

“不要怕。”秦瞿轻声道，“一切有我，你不需要担心。”

沉稳的声线莫名带着让人安定的力量，梁枝睫羽颤了颤，仰头去看他：“可是……”剩下的顾虑尽数消弭于一个吻中。

吻毕，梁枝沉默了一阵，抱紧他劲瘦的腰，把脸靠在他的胸膛上。

秦瞿轻叹一口气，顺着她的发丝向下抚摸，眼神温柔得仿佛能滴出水来。

他像是哄小孩一样，耐心至极地道：“我也是第一次当爸爸，也会害怕。”

梁枝把脸埋得更低，声音闷闷的：“你害怕什么……”

“怕你嫌我笨手笨脚，连个孩子都照顾不好。”

梁枝听着男人有点儿委屈的声音，被逗笑了。

要是外人知道，在商场上向来运筹帷幄、所向披靡的男人，在家中竟然会有这样一面，不得大跌眼镜？

“老婆……”感觉到梁枝心情好了些，他轻轻地把人往怀里拢了下，捧着她的脸要亲亲，“所以，不要嫌弃我，好不好？”

“我怎么可能嫌弃你呢？”梁枝成功被男人转移注意力，望着他小心翼翼的表情，笑着在他的脸上亲了亲，“我相信你会是个好爸爸。”

虽然他不怎么会哄人，但他也会用自己笨拙的方式，努力向她表达自己的爱意。

他那么爱我。梁枝低下头，摸了摸自己尚且平坦的小腹。也一定会那么爱你。她悄悄在心里说。

三、小朋友的日记

二月十四日，星期日，晴。

妈妈今天告诉我，我可以尝试自己写日记了。

这是我的新本子，用新本子写日记，我一定要好好把它写完。

首先自我介绍一下，我叫秦唯，家住御水山庄，听我的爸爸妈妈说，我们是在我出生以后才搬到这里来的。

我今年八岁，上小学二年级，本来我的爸爸想让我跳级，可妈妈不愿意，说要让我多体验一下快乐的小学生活。

我的爸爸叫秦 qú（我不会写这个字），我的妈妈叫梁枝，我们是很幸福的一家。

今天我的妈妈让我在家里写日记，然后就和爸爸一起出门了，好像有急事。

这就是大人的烦恼吗？明明是周末，他们还那么忙，要出门工作，都不能在家陪陪我。

他们经常这样，从我上幼儿园开始，就总是有急事要出门，只能让外婆来照顾我。

唉，我什么时候才可以长大，分担他们的烦恼呢？

……

因为这是本子的第一页，秦唯小朋友写字写得十分认真，下笔很重。等到翻页时，他发现第一页的笔痕竟然印到了第二页。

他有点儿沮丧，在凹凸不平的纸张上把剩下的话写完，闷闷不乐地盯着摊开的本子发呆。

这时，从他身边凑过来一个脑袋：“小唯唯，在写什么呢？”

王娣一直待在儿童房里陪着秦唯，见他停笔，便好奇地凑了上去。

秦唯连忙合上日记本，转头看向王娣，一本正经地道：“妈妈说，日记是我自己的小秘密，不能给别人看。”

王娣也不恼。小孩儿鼓着一张包子脸小大人似的看着她，可爱得不行，她忍不住伸手捏了捏秦唯的小脸：“好，外婆不看。”

秦唯满意地点点头，道：“外婆，你怎么和我的妈妈一样，那么喜欢捏我的脸？”

“因为你可爱。”王娣笑得脸上的皱纹层层叠叠，她看了一眼时间，问他，“今天的任务完成了，唯唯想让外婆带你去哪里玩？”

秦唯煞有介事地想了一会儿，认真提议：“想去看最新的电影。”

那部动画大电影他已经期待了半年，这两天刚上映。

王娣想也没想便一口答应："好嘞，那我们出门去看电影！"

电影院里。

梁枝取了票回来，就看到秦瞿一只手拿着爆米花，另一只手抓着可乐。

她笑着走过去，接过他手里的可乐，吸了一口，又拿了颗爆米花送进嘴里，说道："今天辛苦秦爸爸陪我逛街啦。"

秦瞿轻笑一声："好不容易能有独处的时间，你开心最重要。"

梁枝抬眼望着他，笑而不语。

自从有了秦唯后，二人世界挤进了第三个人，他们大部分的独处时间被占据，秦瞿的家庭地位也直线下滑。

特别是前几年，秦唯黏妈妈，常常抱着梁枝不撒手。秦瞿大为吃醋，却只能自己一个人默默不开心。

明明都结婚这么多年了，这男人还是跟个醋精一样，连孩子的醋都要吃。

梁枝早就看出了秦瞿的那点小心思，碰到今天这样的特殊日子，决定给他点儿甜头。

今天既是周末也是情人节，影院的人多得不行，大厅里十分拥挤。

检票的时候，梁枝环顾了一圈，发现除了他们，周围大多是一些年轻的小情侣。也就他们，明明都结婚好多年了，还跟热恋期的小情侣似的。

这是一部有关暗恋的校园题材影片，演员们个个都是正当红的新生代，颜值一个赛一个高，看着颇为赏心悦目，只是剧情有点儿无聊。

前面的小情侣头挨着头，靠在一起，周围仿佛满是粉红色泡泡。

梁枝有点儿看不下去了，索性专心吃起爆米花来。一小桶爆米花解决到一半，她才想起秦瞿，于是捏了一颗送到秦瞿嘴边。

指尖触及男人的唇瓣时，她感觉到对方僵了一下。她以为他是不想吃爆米花，坚持把爆米花往男人嘴里送。

下一秒，爆米花被男人吃下，与此同时，男人轻轻含住了她的指尖。

猝不及防的温热感觉让梁枝触电一般缩回了手。

这么多年过去了，他怎么还是这么热衷于搞这些小动作……

借着银幕投射过来的微弱的光，她毫无攻击性地、软软地瞪了秦瞿一眼。

秦瞿勾了勾唇，手缓缓覆上她的手背，一点儿一点儿将手指挤进她的指缝之中。

梁枝抿了抿唇，假装不想理他。

银幕上的亮光在她的脸上不断变幻，只有耳朵尖的那抹微红，一直没变。

电影演到一半，梁枝无聊得开始后悔看电影的这个决定。就在这时，银幕上的画面变成了男女主角在雨中激吻。

这个吻极为漫长，至少在梁枝看来是这样。她有点儿尴尬，悄悄看向四周，却发现四周的小情侣似乎都有了些蠢蠢欲动的意思，坐在他们前面的那对小情侣已经抱在了一起。

梁枝咽下嘴里的爆米花，偷眼望向秦瞿，却发现对方一脸平静，甚至在这样盈满暧昧气息的环境中，岿然不动。

这个男人平时哪儿会这么老实？只要能找着机会亲亲抱抱，这人就不会放过她。

于是她凑过去，悄声问："你现在是什么想法？"

秦瞿睨她一眼，似笑非笑道："别闹，影院里这些动静，后台监视的工作人员都看得到。"

怪不得。

于是梁枝向后靠了靠，视线再次转向前方。

前面那对小情侣还抱在一起接吻，想想工作人员通过监控把这一幕看得清清楚楚，梁枝忽然有点儿替他们感到尴尬。

梁枝又昏昏欲睡了好一阵子，电影终于散场。

不想跟人挤来挤去，梁枝等到其他人都离开后，才带着秦瞿走出放映厅。

出门时，她刚踏出一步，便触电似的收回脚，躲到了门后。

秦瞿注意到了梁枝的异样，眉头微蹙，问她："怎么了？"

梁枝指了指外面，小声说："唯唯刚过去……"

她刚才一脚刚踏出门，就瞧见王娣牵着秦唯，正朝着另一个放映厅走去。

怎么就这么巧……

秦瞿挑了下眉，往门外看去，过了一会儿，他牵过梁枝，神情轻松了几分："他们进去了，可以走了。"

梁枝“嗯”了一声，跟着秦瞿往外走，心里默默感叹：有了孩子之后，就他们连做这些事儿都得躲躲藏藏的，生怕小孩儿知道他们出去玩不带他，会不开心。

两人去了常去的餐厅吃了顿烛光晚餐，便打算回家。

下楼的电梯是观景电梯，从这个视角看去，能看到十分漂亮的江景。

此时天色已黑，江对岸霓虹灯闪烁，染得一池江水五彩斑斓。

梁枝正欣赏着夜景，忽然观察到对面两栋大楼的LED大屏幕变了颜色，许多色块胡乱飞舞，光彩四溢，不断地变换着模样，到最后，拼接成两排竖着的大字——“梁雨欣我爱你”和“我要和你永远在一起”。

接着，上空升起了一束彩色的烟花。

电梯持续下行，梁枝的视野被遮挡住了，她有点儿遗憾地收回视线，挽着秦瞿的手，感叹道：“真高调啊。”

“你要是想，我也可以。”秦瞿带着她出电梯，往车里走，慢悠悠的话语回响在有些昏暗的地下停车场内。

梁枝一个激灵，连忙道：“别，我刚才就随口一说，那个方式太令人羞耻了……我可不愿意。”

秦瞿没说什么，轻轻地揉了揉她的发顶。

上车后，梁枝还没来得及系安全带，后颈便被人按住了。秦瞿的气息铺天盖地地袭来。他丝毫不给她拒绝的余地，在车里抱着她便吻了下去。

这么多年过去了，要说秦瞿有什么变化，大概就是更让她招架不住了。成熟男人的魅力太过致命，一旦将她包裹，她便只能顺从地被他引导着沉沦。

而她……甘之如饴。

吻毕，车内暧昧的气氛仍存。

梁枝有点儿喘不过气，无力地掐他的手臂。

男人的手臂肌肉十分结实，她根本掐不动，用尽了全身力道，秦瞿也只觉得跟挠痒痒似的。

他桃花眼里含着笑，任她掐着，直到她没力气松了手，他才帮她把安全带系上，在她耳边闷笑道：“电影院那次，补上了。”

梁枝靠着椅背，有气无力地“嗯”了一声。

夫妻俩回到家中时，小秦唯正盘腿坐在沙发上看电视。听见门口的动静，他看过来，一双眼亮晶晶的：“你们终于回来啦！工作太忙啦！”

梁枝有点儿心虚地点头，移开视线。

秦瞿泰然自若地顺着他的话答：“是啊，公司最近事情很多。”他神色坦然，丝毫不慌。

秦唯从沙发上跳下来，过去拉住梁枝的手，一边拉着她往沙发旁边走，一边叽叽喳喳地跟她说今天自己都做了些什么。

“我把日记写完后，外婆带着我去看了电影。看的《羊羊大战之森林奇缘》，可好看了！就是今天电影院里人好多啊！”

梁枝不擅长睁眼说瞎话，点了点头，只道：“嗯，唯唯玩得开心就好。”

秦瞿长腿一迈，朝秦唯走过去。

“唯唯，妈妈今天太累了，让妈妈先休息好吗？”他看向梁枝，眼中有别样的情绪流转，暗示意味明显。

梁枝嗔怒地瞪他一眼。

秦唯看不懂他们两个人的眼神交流，过去坐在梁枝的腿上，仰着头看向秦瞿不服气地道：“我和妈妈一起休息！”

兔崽子。

感受到梁枝看好戏的目光，秦瞿有些头疼，揉了揉太阳穴，说道：“妈妈要和爸爸一起睡。”

“我也可以和爸爸妈妈一起睡！”

“你已经是大孩子了。”

“我才六岁。”

“嗯，六岁，挺大了。”

……

梁枝看着父子二人拌嘴，哭笑不得。

最终，毫无悬念是秦唯胜了。

因为梁枝心软，每次只要秦唯一哭，她就忍不住纵容他，就算知道他是装的也如此。

这会儿，小孩儿眼眶还红红的，便以一种胜利者的姿态挤到了两人中间，手里还拿着秦瞿的手机，兴致勃勃地摆弄着。

秦瞿有点儿气闷，梁枝觉得好笑，安抚地摸了摸他稍显凌乱的头发。男人没有拒绝，只用余光睨秦唯一眼，便泄气似的任由她摸，跟一只听话的大狗似的。

梁枝忍不住笑了：他都三十多岁的男人了，怎么还那么幼稚？

秦唯见状，闹着也要梁枝揉他的脑袋。

梁枝没法，只好也把他的头发揉乱。

秦唯这才满意，继续翻着手机。他低着头自顾自玩了一会儿，忽然把手机塞到梁枝手上：“妈妈！我看到你和爸爸了！”

梁枝眼皮一跳，朝着手机屏幕看去——那是一条营销号发出的微博，配图是在电影院的偷拍。

“昔日火遍全网的豪门夫妇结婚多年恩爱依旧，情人节竟手牵手看电影，宛如热恋情侣！”

图片正是两人走出电影院的场景。

秦唯兴致勃勃地跟她说话：“妈妈，你们也去看电影了吗？”

梁枝尴尬地笑了笑，企图搪塞过去：“我们今天在那边办事儿。”说着，她把手机切换到另一个页面，交给秦瞿，“你给唯唯讲个故事吧。”随后，她又对秦唯说，“唯唯听完这个故事，就要睡觉了哦。”

秦唯一向奉梁枝的话为圣旨，听她这样提议，十分听话地点了点头，钻进被窝，一脸期待地看着秦瞿，将刚才发现的东西全然抛在了脑后。

秦瞿瞥了眼眼中满是期待的秦唯，心顿时软了几分。

梁枝不再说话，轻轻地拍着秦唯的肩，试图将人哄睡。

一时间，房间里只剩下秦瞿低沉而充满磁性的声音，一派温馨的景象。

秦瞿讲故事时，梁枝偷眼看他。

男人的侧脸轮廓被昏暗的光勾勒得极为优美，他的眉眼深邃，薄唇微启，认真起来的模样性感得要命。他握着手机，睡袍的袖子向下滑落，露出手腕处凸出的骨节和清晰的青筋，隐隐透着一股强大的力量。

想到这只手常将她的一双手腕禁锢住，或将她圈进怀中，霸道却又不失温柔，梁枝的脸颊忽然有点儿发热。

她晃了晃头，试图忽略脑海里的这些画面。

怎么回事，明明都是老夫老妻了，她居然还会因为这件事而害羞？

秦瞿念故事的间隙，抬头扫了梁枝一眼，注意到她的反应，他眼尾微挑，带了点儿戏谑。

小孩子易困，一个故事讲完，秦唯便已经沉沉睡了过去。

秦瞿见状，放下手机，轻手轻脚掀开被子，把他抱出房间。

梁枝也松了口气，躺进被窝里，感受秦瞿残留的温度。

不一会儿，秦瞿回来了。

梁枝问他："怎么样？"

"他睡得很沉，没事了。"秦瞿回答道，"妈陪着他。"

梁枝放下心来："那就好。"

秦瞿掀开被子躺回去，梁枝便伸手过去环住他劲瘦的腰。她额头抵着他的肩膀，声音轻柔地说道："秦爸爸，今天委屈你了。"

秦瞿眉峰微挑，沉默了一会儿后，得寸进尺地道："你也知道啊？"他的语气隐隐带着点儿委屈，好像在控诉她今天的"心狠"。

梁枝把他抱得更紧："秦瞿，别那么幼稚。你都这个岁数了，怎么还吃你儿子的醋？"

秦瞿眯了眯眼，将她压在身下。他薄唇轻勾，伸出手拈起她的一缕发丝放在指间把玩，似是漫不经心地问道："他一哭，你就心软？"

女人长发披散，一双眼中尚带着几分迷茫。

她眨眨眼，张了张嘴，忽然抬起一只手捂住了眼："今天好累……"她想蒙混过关。

可秦瞿哪里会放过她。

他从喉咙里溢出一声散漫的笑，随后，低头将她细碎的惊呼尽数堵住。

带着笑意的气音从唇齿间溢出。

"今天晚上，你哭也没有用。"

四、复婚日常

江城的雨来势汹汹，靠近江边的地方已经积了很深的雨水，踩过去整个脚背会被淹没。

梁枝刚接到一个委托，结束一个阶段的工作时已是傍晚。外面的雨依旧下个不停，梁枝泡了桶泡面，趁着等待的工夫，走到窗边。

新租的工作室所在的楼层不是很高，从这个角度能看见楼下的情况。此时街道上鲜少有人来往，偶有几个，也是裹着雨衣或打着伞，小心翼翼地蹚着水。

这积水着实有点儿深了，现在回去估计不太方便。

梁枝想了想，给秦瞿发条个消息，说她今天就不回去了。

过了一会儿，秦瞿的电话打了过来。

正好泡面好了，梁枝一边吃面，一边接通了电话。

秦瞿的声音传来："真不回来了？我可以去接你。"

"真不用了。"梁枝声音有点儿含糊，"中间那段路被淹得最严重，我刚看到网上有人说旁边小区一堆人都出来捞鱼了。你要过来的话太麻烦了。"

"行。"秦瞿听到了梁枝那边的动静，又问，"你在吃什么？"

"泡面——"梁枝意识到自己说漏了嘴，忙补充道，"加了点儿菜一起煮的……"

见形势不对，她连忙说道："还有什么事吗？我现在有点儿忙，没事我就挂了。"

秦瞿还是没答话，透过听筒，她隐隐能听见男人浅淡的呼吸声。

过了十几秒，那边的人再次开口。

"没什么别的事。"秦瞿顿了一下，接着道，"只是，想你了。"

素来强势的男人偶尔露出柔软的一面，用一本正经的语气说出这样的话，似乎有点儿犯规了。

梁枝的心弦被狠狠地拨动了一下，她捏着筷子的手颤了颤，无奈地道："不是今早才分开的吗？"

"好了，我明天就能回去了。没什么事的话，我先挂了。"

没等秦瞿再回话，她迅速挂断了电话。再这么黏糊下去，她会失去理智冲回家的。

她在工作室有单独的休息间，东西齐全，休息一晚还是没问题的。吃过饭，她又处理了一会儿工作，这才伸了个懒腰，进浴室洗澡。

她洗完澡出来，正擦着滴水的长发，就见放在床头柜上的手机亮起。她拿毛巾包住头发，过去拿起手机。

看完消息，她一惊，忙起身过去开了门。

秦瞿站在门外，手里拿着一把滴着水的雨伞，身上湿了大半。

“路上有一段被淹了，车开不过来，我把车停在那附近，走过来的。”虽然有些狼狈，他的语调却依旧轻松。

“怎么突然过来……”梁枝把他拉进了房中，带着他往浴室走，“你先去洗个澡再说，别着凉了。”

把人推进浴室，她忍不住小声吐槽了一句：“黏人精。”

秦瞿勾了下唇，似乎对这个称呼还算满意。

待到秦瞿洗完澡收拾好，梁枝才松了一口气。她坐在外面的沙发上，打开电视，找感兴趣的电影。

这时，她听见身后传来开火的声音。

工作室的玄关处有一个很小的开放式厨房，她一般用来放些零食或者杯具，很少开火做饭。

见男人从壁橱里找到了锅铲，梁枝忍不住提醒：“这儿没什么能吃的。”

“我带了。”秦瞿指指手边的袋子，说道。

梁枝一愣，问道：“你什么时候买的？”

“过来的时候。”秦瞿头也不抬地道，“刚才放在地上忘记拿进来了。”

“哦。”梁枝点点头，看着秦瞿的眼神变得温软，“所以……你过来就是为了给我做饭？”

秦瞿把处理好的牛排放进锅中，室内顿时弥漫起一股香味。

他垂着眼眸，语气淡淡地问：“你不是说这儿没有什么能吃的吗？泡面里加了些什么菜？”

梁枝心虚，没回答。

肉香萦绕在鼻尖，她听见自己的肚子叫了。泡面那么小一桶，貌似确实吃不饱……

浇上酱汁的牛排摆到她面前，秦瞿在她身旁坐下：“做法有些简单，但味道应该还不错。”

“哦……”

夜间，梁枝窝在秦瞿怀里，悠闲地看着电影。她很享受爱人之间这样亲昵的相处模式，这让她感到格外放松。

电影节奏很慢，看到后半段，她抵挡不住困意的侵袭，昏昏欲睡。

秦瞿见她这副模样，关掉电视，将她打横抱起，走进房间。

工作室的床很小，只比普通的单人床大上一点儿。秦瞿躺在上面，便使得整张床显得过于拥挤。梁枝只好把秦瞿抱紧一点儿，再抱紧一点儿，这样她才不至于睡到床的边缘。

秦瞿亲了亲她，提议道：“不然我睡地上？”

梁枝摇摇头：“不用，这样可以睡。”抱着秦瞿睡觉，她更有安全感。

关了灯，她试图在秦瞿的怀里找一个最舒适的姿势，直到头顶传来一声闷哼。

“老婆。”秦瞿扣着她的腰，把她往自己怀里带了带，随后紧了紧手臂，不让她再乱动，语气里带了几分克制的调笑，“再这样，我就不得不躺地上了。”

感觉到男人身体的异常，梁枝自然明白了他的意思。

她眨眨眼，慢慢地不动了。

秦瞿身体绷紧，揽着她的力道加大了一些，闭上眼缓解自己身体的反应。

在她面前，他很难做到克制。

过了许久，他的身体刚刚放松下来一点儿，他便感觉到怀中的女人揪住了他胸口的衣服。

“可惜，这里什么都没有。”她仿佛在遗憾着什么，语气却又带着点儿狡黠。

感觉到秦瞿的身体再一次绷紧，梁枝丝毫不慌。

她就是故意逗逗他。她清楚这个男人的性子，在这方面，要是她不愿意不戴套，他不会勉强。

她轻叹一口气：“可惜了，要不是条件不够，我也没什么不愿意的。”

房间安静片刻，她忽听秦瞿轻笑一声。

一个念头在脑海里闪现，她还没来得及细想，便听他再次开口道：“其实，我带了。”

梁枝猛地抬头。

秦瞿放开她，下床走出房间，回来时，手里拿着一个没开封的小盒子。他走到床边，极为熟练地拆封。

“以防万一，来的时候，我顺便买了一盒。”

他居然是有备而来的？！

梁枝错愕间，男人的气息已经压了下来。

“我本以为没机会用上了——”秦瞿嘴角噙着一抹笑，“没想到，你居然这么主动。”

梁枝：“……”

她现在反悔还来得及吗？

五、家长会

一个平平无奇的周五，正值午后，阳光正好。

衣帽间里，梁枝整了整自己的衣领，有点儿紧张地原地转了一圈，问身后的秦瞿：“这样穿，应该不会有什么问题了吧？”

秦瞿早已整装完毕，细细地打量了梁枝一通，颔首。

梁枝松了一口气：“那就好……”

秦瞿揽过她的腰，漫不经心地说道：“这么紧张做什么？你穿什么都好看。”

“家长会嘛，这还是第一次。”碰到与自家孩子有关的事，她难免紧张。

秦瞿“嗯”了一声，揽着她没动，静静地盯着她看，好一会儿都没移开视线。

梁枝被盯得久了，有点儿不好意思，羞赧地轻推他：“别凑那么近，都能看到皱纹了。”

结婚这么多年，她保养得再好，也难免自然衰老，不如二十多岁时那般青春气息逼人。

然而她无疑是受了岁月的眷顾的，时光匆匆划过，也只不过在她的眼尾生出一丝微不可察的痕迹，不显年纪，反而为她增添了几分成熟的韵味，令她越发美得令人移不开眼。

美人羞怯，勾得人心痒。

秦瞿爱极了梁枝这般反应，忍不住情动，在她的眼角落下一个吻。

“好爱你。”

这些年，秦瞿从不吝啬于表达自己的爱意。反倒是梁枝，平时很少说出“爱”这个字眼。

感觉到男人灼热的气息，怕再这么下去会耽搁太久，梁枝头脑清醒了几分，手往他的腰际掐了一把：“行了，该走了。”

“好。”秦瞿依依不舍地放开她，转而牢牢牵住她的手，怎么也不愿放开。

在学校门口停好车，梁枝看了一眼校门口来来往往的家长，怕引人注意，最终还是没让秦瞿和她一起去。

为了安抚有些不满的男人，梁枝在他的脸上亲了下，随后说道：“我走了？”

秦瞿面色平静，但眼中明显浮起了些许愉悦。

他指了指唇畔，身体向后靠了靠：“刚才有点儿敷衍。”

他还得寸进尺了。

梁枝没法，只能再凑上去在他的唇上落了一吻。下一秒，她的后脑勺便被他稳稳地扣住了。

唇与唇触碰，辗转许久，秦瞿才餍足地放过她。

唇上沾了梁枝今天涂的口红，他用拇指轻轻擦了擦，眼里含着的笑意愈加明显。帮女人整理好发型，他终于满足了：“去吧，我在这儿等你。”

梁枝到达教室的时候，人已经基本到齐。

秦唯一见到她，便过来牵着她，一路走到自己的位置上。

除了刚看到她时眼神亮起了一瞬，其他时候他一直低着头，也没跟梁枝多说什么，看起来怪怪的。

梁枝不知道发生了什么，顾及小孩儿的心情，她暂时没问。她本想回家之后再解决，却在家长会结束后有了答案。

家长会结束，一部分家长留在教室里围着老师问自家孩子的情况，剩下的纷纷离开了教室。

梁枝正准备出教室，突然被老师叫住。

“您是秦唯的家长吗？可不可以稍微等一下？有一些关于您家孩子的事，我想跟您讲讲。”

梁枝有些疑惑地点点头，在一旁随便找了个位置坐着等候。

门外探进一个小脑袋，是秦唯。

梁枝注意到他，指了指台上的老师，对他做了个口型：“等一下。”

秦唯明白了她的意思，小脸一下子垮了下来。他什么都没说，又消失在门外。

直到教室里的其他家长都走了，老师才跟梁枝交谈。

"抱歉秦唯妈妈，耽搁了您的时间，主要是您家孩子的问题我需要单独跟您谈一谈。"她把成绩单放在梁枝面前，斟酌着道，"这是上一次秦唯的综合测评成绩单，他在其他科目上都是第一，除了……体育。"

"这孩子好像对运动很抗拒，无论是体育课还是课间操，都不愿意参加……我们问他原因他也不说。秦唯妈妈，您可以和他交流一下，了解下情况吗？"

梁枝怔了怔，接过单子，感激道："我知道了，辛苦老师了。"

梁枝从教室里出来的时候，走廊上已经基本没人了。秦唯靠着门外的墙壁，正发着呆，看见梁枝走过来，他眼中闪过一丝忐忑，姿态扭捏，十足的做错了事的心虚模样。

梁枝十分自然地向他伸出手："回家了。"她绝口不提刚才的事。

上车后，梁枝没有坐副驾驶位，而是和秦唯一起坐在了后排。

秦瞿通过后视镜看了她一眼，问她："不坐我旁边？"

"嗯，陪着唯唯。"梁枝牵着秦唯的手，温声道。

梁枝把家长会结束后的事大致说了一下，秦瞿颔首表示自己了解，眉间的些许不爽有所缓解。

汽车缓缓开动。

梁枝扭头看了一眼又低下头的秦唯，揉揉他毛茸茸的脑袋，放柔了声音问道："可以讲讲原因吗？"

秦唯忸怩半天才小声解释道："我跑不好，他们都笑我。"

"别的都可以当第一，这个做不到……还会落在最后……"

秦唯越说越沮丧，声音也越来越小。

梁枝了然，他这是钻牛角尖了。

她捏捏秦唯的鼻子，柔声道："没有人规定你必须要方方面面都当第一啊。"

"可是叔叔阿姨们都说，我一定会像爸爸那样优秀。"

"嗯？"梁枝敏锐地抓住了秦唯话里的细节。

她把手放在他的肩上，身体往前倾，小声问秦瞿："你经常带他去公司，记得谁这么给他说过吗？"

秦瞿低声叹了一口气："这个问题我来解决。"

梁枝这才满意，回过头，俯身捧着秦唯的脸，认真地道："宝贝，你要知道，你并不需要活在别人的期待下，也没必要因为一方面的不足而一味地选择逃避。”

“不要总是过多地要求自己，也不要把别人的意愿投射在自己身上。”

怕秦唯听不懂，她又放缓了声音说道：“你快乐就好，爸爸妈妈会永远喜欢你的，不要害怕。”

秦唯仍低头摆弄着自己的手指。

梁枝也不着急得到他的回应，耐心地坐在一旁。

秦唯有点儿犹豫地问：“可是爸爸……”

梁枝接过他的话，轻哄道：“他也是这么觉得的。”说着，她又伸手轻拍了下秦瞿的椅背，“是吧，秦爸爸？”

秦瞿“嗯”了一声，他知道自己说的话常常不怎么中听，便也没多说。

梁枝知道秦瞿的性子，也不勉强。小孩子的脸颊白白嫩嫩的，软得过分，她忍不住多捏了两下。

这些话讲给这么小的孩子听，他也只能听懂个大概，不过安抚效果的确不错。

秦唯眼睛睁得大大的，终于肯抬头。梁枝和他对视，眼神温柔而坚定。

秦唯犹豫了一会儿，再次向梁枝确认：“只要我开心，爸爸妈妈就会开心，对吗？”

梁枝点头。

秦唯抓住梁枝的衣角，小声问：“那我今天晚上能让妈妈陪我睡觉吗？”

还没等梁枝回答，前面专心开车的秦瞿抢先出声：“不行。”

秦唯被拒绝，撇了撇小嘴：“妈妈才说了——”

“今晚自己睡和待会儿出去绕着江边跑十圈，”秦瞿打断他的话，回头看他一眼，“自己选一个。”

……

六、任夏夏的男朋友

夜色弥漫，逐渐将整个江城包裹。

松明庭酒店是珩原旗下新开发的度假酒店，位于江城郊区，以养心禅意为特色，整体设计简约清幽又不失大气。

顶楼总统套房门外。

梁枝给家里打了个电话，确定秦唯乖乖睡觉了，不哭也不闹后，才轻舒一口气，挂了电话。她转身，看向抱臂倚在门边的任夏夏，问："你确定他是跟一个女人一起进去的？"

任夏夏重重地点头，压低声音道："我确定。"顿了下，她感激地冲梁枝道，"谢谢你啊，帮我查了他的房间号，还大老远陪我过来……我都没想到他会是这样的渣男！"说到后面，任夏夏的语气里都有点儿咬牙切齿了。

梁枝理解地拍了拍她的肩："没事儿，大不了咱再换一个。"

没错，今天晚上，她是陪着任夏夏来捉奸的。

就在两小时之前，任夏夏给梁枝打电话，说她晚上逛街的时候，看到自己的男朋友和别的女人一起甜甜蜜蜜地逛街吃饭，完事儿后还一起回了酒店。

任夏夏正在酒店外面盯着，就接到了对方的电话，说是晚上有事不回来了。

这么大一顶"绿帽子"扣下来，任夏夏急火攻心，想也没想便让梁枝帮忙查了下房间号。

任夏夏的男朋友梁枝认得，叫苏亦驰，和秦瞿生意上有来往，出席过她的婚礼。任夏夏在她的婚礼上对苏亦驰一见钟情，在锲而不舍地追了他大半年后，两人终于修成正果。

交往两年多，任夏夏暗示了几次都没见对方有要结婚的意思。原本任夏夏都忍不住要主动去跟人求婚了，却出了这种事情。

"这都什么人啊。"任夏夏颓丧地靠着梁枝的肩膀，叹了口气，任由对方帮她顺毛，嘴里还在碎碎念，"不过也好，还没结婚出了这种事儿，也算是及时止损了。"

梁枝"嗯"了一声，问："你现在打算怎么办？"

"捉奸当然要捉得正大光明啊。"任夏夏语调故作轻松，几步走到门前，贴着门板听了一会儿里面的动静，结果什么也没听到。

随后，她毫不犹豫地敲响了房门。

从里面传来一道男声，是苏亦驰的声音："是谁？"

任夏夏清了清嗓子，尽量改变自己的声线，将声音捏得又柔又软："请问是苏亦驰先生吗？这里是您定的客房服务，麻烦您开一下门——"

半分钟后，门被打开，苏亦驰的身影出现了。

男人穿着一身笔挺的西装，和她之前在街上看到的不一样，整个人像是精心打扮了一番。这个场景和她想象的大相径庭。

看见门口站着的人，苏亦驰眼中竟然丝毫不见诧异之色。

任夏夏心里闪过一丝犹疑，却被满心的愤怒盖了过去，依然恨恨地瞪着他。只是她还没来得及出声，便被男人牵着手腕，拉进了房中。

猝不及防之下，任夏夏怒道：“苏亦驰，你干什么——”

苏亦驰没有回答，牵着她径直往前走。

房间里只留了玄关长廊的感应灯，随着他们的前进，感应灯渐次亮起。

任夏夏挣扎未果，被苏亦驰拉到了客厅。

烛光下，一束巨大的玫瑰伸到了她的眼前。

任夏夏呆呆地接过花，那个陌生女人笑着冲她眨了眨眼睛，一句话也不说就退开了。她面前只剩苏亦驰，他低着头，眼睛一眨不眨地望着她。

时间仿佛在这一刻凝滞。

蜡烛静静地燃烧着，照亮了男人的侧脸。

光芒映在任夏夏的眼中，她心里已经有了猜测，却有些不太敢相信这是真的。

男人垂眸望着她，缓缓解释道：“那是我的堂姐，也是这里的酒店主管，我只是拜托她来帮忙。”见任夏夏依然一副愣怔的样子，他有些无措地捏紧了掌心里的丝绒盒子，继续道，“虽然不知道这样会不会太突然，但是——”

“表白和追求都是你主动的，求婚总不能再让你主动了。”说完，苏亦驰单膝跪地，“夏夏，嫁给我，可以吗？”

他表情虔诚，目光始终锁定在她的身上，仿佛在看他的全世界。

任夏夏张了张嘴，深呼吸了几下，才终于平复了心跳。

她感觉自己的声音都在颤抖：“嗯。”

手指被人温柔地捏住，感觉到戒指的凉意，她抬起手腕想揪苏亦驰的脸：“好啊你，原来这都是你计划好的！”

“不然怎么能把你引到这里来？”苏亦驰依旧笑得温和。

任夏夏沉默了一瞬，忽然扑进了男人的怀里。

另一边，助攻完成的梁枝知趣地退场。下楼时，她给秦瞿打了个电话，走到大厅，便见门口停着辆熟悉的车。

她一坐进去，身旁的秦瞿便问她：“怎么样？”

梁枝弯了弯眸：“皆大欢喜。”

汽车开进夜色中，稳稳地穿行在交错的霓虹灯之间。

梁枝望向窗外，随口问秦瞿道：“你有没有想过用这样的方式求婚？”

她本以为秦瞿至少会思考一会儿，没想到她刚说完，对方便回道：“没有。”

“嗯？”梁枝有点儿惊讶，却也不追问。这本来也只是她闲得无聊随口说的。

汽车遇到红灯停下，梁枝手撑着车窗沿，昏昏欲睡时，耳朵敏锐地捕捉到了秦瞿极轻的声音，带着纵容而又宠溺的笑意。

“我实在是，舍不得再让你感觉到一点儿委屈。”

番外二 过去·现在·未来

一、初遇

九月初。

学校里各年级的学生陆陆续续返校，原本冷清的校园重新变得热闹起来，而这个时候，高三生已经开学半个月了。

晚间天气尚热，宿舍里空调呼呼开着，还没熄灯，四人间的宿舍里有些喧闹。

陈若熙一边将瓶瓶罐罐里的东西往脸上抹，一边道："你们听没听说，我们班那个沈小雨今天在操场上和一个男生遛弯，被教导主任发现了——"

董甜甜有些惊讶："真的假的？"

陈若熙点头："还被批评了。我都不知道她是怎么想的。"

孙晓璐撇撇嘴，道："咱们学校连一个帅的男生都没有，净是些歪瓜裂枣，竟然也有人喜欢。"

"别这样说，我看三班有个男生就不错。"

"你不会喜欢他吧？"

一阵窸窸窣窣的耳语之后，几个女生嘻嘻哈哈地互换了秘密，董甜甜突然想到什么，抬头道："梁枝，你有没有喜欢的人啊？"

梁枝是唯一一个在床上的人，她的床位就在空调出风口旁边，冷得要命，她躲在蚊帐里，裹着厚厚的被子，正在看书。

闻言，她摇摇头，轻声说："没有。"

董甜甜见她一副兴致缺缺的样子，便没再跟她聊。

这个室友，在她们眼中简直就是怪胎一个。她平时温温柔柔的，没脾气，但更像是对什么都没兴趣，从不参与她们的话题，明明每天与她们同处一室，却好像是游离在她们甚至整个班级之外。

宿舍里有一秒钟的沉寂，随后陈若熙问道：“明天那个演讲你们要去不？”

明天在学校礼堂有个演讲，邀请了几位优秀校友回校宣传。

董甜甜毫不在意：“先去看看，要是没意思再找借口溜呗。”

“也是。”

几人达成共识，正好到了熄灯时间。头顶灯光一暗，宿舍里几个人当即手忙脚乱起来。

“哎，我脸还没擦完，怎么就熄灯了！”

“地上是谁的拖鞋？我踢到了！”

“我先去上个厕所啊——”

……

在一片刻意压低了的吵闹声中，梁枝的床位默默地亮起台灯，她一言不发地继续看书，仿佛外界任何事情都影响不到她。

第二日，上完第三节课后，初三、高三全体学生在礼堂外的篮球场上集合，而后按次序进入礼堂。

梁枝坐下的时候，看了一眼自己的位置，第七排第十座。

旁边的三个位置坐着她的室友，三个人叽叽喳喳说个不停。班主任邱福生几次维持秩序，三个人声音确实降低了不少，可嘴依旧没停下来。

梁枝没兴趣参与他们的谈话，拿着手里的小册子安静地背单词。

不多时，话筒调试的杂音响起，礼堂里众人总算安静了下来。

年级主任在讲台上致辞时，董甜甜眼尖，瞧见前头的班主任邱福生坐下后，跟其他两个人使了个眼色，说：“就是现在！”说完，她又转头去叮嘱梁枝，“梁枝，要是待会儿邱福生过来问我们去哪儿了，你就说我们去上厕所了啊。”

梁枝已经见怪不怪，默默地点点头。

旁边的位置空了出来。

灯光变得有点儿暗，耳边又充斥着台上年级主任拿腔拿调的讲话声，梁枝背不进单词，于是把小本子揣回兜里，却又觉得这样干坐着着实无聊。她看了一眼旁边空着的三个座位，又看了一眼前面，有几个人正要离开。

法不责众……这个念头一起，梁枝忽然也有了回教室的心思。

可这还是她第一次尝试逃离这种场合，她没有经验。思来想去，她学着刚才董甜甜的做法，拍了拍旁边人的肩膀，道：“同学，待会儿老师来问这边的人去了哪里，就帮我说一下去上厕所了，好不好？”

那人似乎没听见，毫无反应。

梁枝以为是自己声音太小，被音响盖了过去，于是提高声音，再一次唤道：“同学——”声音在对方扭过头的那一瞬间戛然而止。

看清对方的脸，梁枝愣了愣。

对方不是班上的同学，她一点儿印象也没有。

男生没穿校服，而是穿着一件白衬衫，袖口挽起，露出线条优美的小臂，坐姿有几分懒散，看起来不像是来听讲座的，更像是来玩的。

他一双桃花眼微眯，眼中带着似笑非笑的玩味，一张脸精致好看得过分。

“同学？”这两个字在他的舌尖绕了个圈，旋即梁枝便听他笑了一声，意味不明。

“这就准备溜了？”

与男生眼神交会，梁枝触电般垂下眸子，不知道是因为被抓包还是别的什么原因，心跳一下子变得奇快无比。

她摇了摇头，慢吞吞地道：“没。”说完她便逃避般转开脸，一句话也说不出来了。

耳边又传来一声轻笑，带着几分磁性。

梁枝只觉得自己耳朵尖烫得惊人，头埋得更低了。

梁枝不得已打消了溜走的念头，又拿出单词本，却感觉自己的注意力怎么也集中不了，总是忍不住用余光去观察旁边那人。

年级主任说完一大堆大道理后，清了清嗓子，骄傲地仰起头，说道：“下面，由我们历届的优秀校友上台分享自己的学习经验。首先有请我们当年以理科状元的身份考上江城大学的秦瞿同学！”

年级主任话音还未落下，梁枝身边的人突然用只有他们两个能听见的音量说道：“下次听话一点儿啊，小同学。你那么努力，有机会的话，来江大吧。”

不等梁枝回答，他径直站了起来，迎着众人的目光，从狭窄的过道一步一步走向讲台，侧颜在灯光的照射下，轮廓分明。

他甫一走上讲台，立刻响起了热烈的掌声。

秦瞿双手向下压了压，嘴角淡淡的笑意未散，他轻咳一声，微微鞠了个躬。

“大家好，我是秦瞿，现在就读于江城大学金融系，在此感谢各位老师和同学能抽空前来参加此次分享会……”

说到这里，秦瞿抬眼，向观众席某处看了过去。

那一瞬间，梁枝正好对上他的视线。

两人遥遥相望，时间仿佛在这一刻停滞。

梁枝其实不确定秦瞿是不是在看她。她低下头，把表情藏匿于阴影中。

一旁传来匆忙的脚步声，刚才离开的室友们纷纷回来，坐回了座位上。

董甜甜袖子里藏着手机，落座后才拿出来，急慌慌地对准台上拍了张照片。

陈若熙连忙凑过去问：“拍到了吗？”

“拍到了，拍到了。”董甜甜把手机藏在椅背下，偷偷给陈若熙看，“还好我们没走远，这次幸亏可可给我通风报信，要不然我们就错过大帅哥了。”

“那可不。这也太帅了吧……”

室友们的聊天内容梁枝已经听不太清。

她仍埋着头，只觉自己的心跳声一声又一声，越发清晰。

“有机会的话，来江大吧……”

梁枝抿了抿唇，她真的有机会吗？

次日，班上的同学热烈讨论了很久关于秦瞿的话题。

晚间，几人回到宿舍。

依旧是熟悉的情景，梁枝一个人在床上看书，其他三个人聚在下面聊天。

“我今天看到好几个偷偷拿着手机放大看秦瞿的，太夸张了吧……还有人因为这个，手机都被没收了。我要笑死了。”

“有什么好笑的？你的不也差点儿被没收吗？可惜我没带手机。”

“不得不说，秦瞿的皮肤真的好好，比我们女孩子的皮肤都好。你说这样的男生以后会便宜哪个女生啊？什么样的女孩子才配得上他？”

“说这些有什么用，反正不会是你也不会是我。人家是学霸，我们宿舍除了梁枝，谁成绩好啊？我们这几个吊车尾连上一本线都悬呢。”

“太有道理了。”孙晓璐转头问，“甜甜，你不是说讲座结束之后要去问联系方式吗？问到了吗？”

董甜甜拍了下桌子，摇摇头：“人家大学霸男神的联系方式哪儿能那么容易要到啊？我刚去他就走了，我就看到了个背影。”

说到这里，她话锋一转：“但是啊——”她眨了眨眼，“我认识一个学长，他以前和秦瞿是同班同学，虽然毕业之后删了联系方式，但是多问问应该能问出来。”

“哇！那等要到了能有我一份不？”

董甜甜“嗯”了一声，开始敷面膜，余光瞥见梁枝下床，她想起什么似的，突然问：“对了，梁枝，邱福生让我们定的高考目标你想好没有？”

这是她们返校第一天班主任就布置了的事，所有同学的高考目标明天必须报上去。

梁枝把书放在桌上，点点头。

董甜甜猜测道：“是科大吧？我记得老师说过，你保持现在的水平的话，上科大没问题。”

梁枝否认道：“上个月我和我妈讨论了一下，还有一年，我想冲一下江大。”

“江大？！”董甜甜手上动作停住，诧异地问，“江大那么高的分，你确定？”

“试试呗，只是一个目标而已，考不上也不丢人。”梁枝笑了笑，又从桌上抽出了两本书。

她正准备爬上床，动作顿了一下，又状似不经意地道：“甜甜，我想找那个学长问问江大的事，你那边要是有了他的联系方式，麻烦给我发一份哦。”

许是平日梁枝表现得实在太过与世无争，董甜甜只愣了一下，不疑有他，道：“行，那到时候给你。”

梁枝笑了笑，低头敛去眸中微小的喜悦。

好像这样子，就能离他更近一点儿。

二、再遇

“C 教 504……”梁枝手里抱着一小沓资料，步履未停，嘴里不停念叨着。

找到挂着 504 牌子的教室，她停下脚步，站在门前深吸一口气，而后敲响了门。

从里面传来一声极为冷淡的“进”。

梁枝咬了下唇，迫使自己冷静下来，而后推门而入：“学长您好，我是——”

“梁枝。”坐在教室中间第一排的秦瞿掀了掀眼皮，打断她的自我介绍，“你昨晚发到我邮箱里的资料我都看过了，不需要再介绍。”

教室里只有秦瞿一个人，他指了指自己前面，示意梁枝过来。

梁枝乖乖地走到他面前，把手里的资料递给他。

许久不见，他比上次多了几分成熟，也有了几分……颓废。

“学妹？”他翻了翻梁枝交给他的资料，蓦地问道。

“嗯。”梁枝眼底的光芒倏然亮起，却在看清秦瞿眼中的疏离后，又一点点地熄灭，直至消失不见——他根本不记得她了。

也是，不过是礼堂里的一面之缘罢了，她念念不忘就算了，又怎么能要求别人也像她一样有那么深的印象？

秦瞿压根儿没注意到梁枝这些纠结的小情绪，他只注意自己眼前的事情，譬如面前这沓梁枝准备了很久的资料。

秦瞿翻看资料的时候，梁枝也在看着秦瞿。

她也说不上来自己为什么会做这个决定，这个在外人看来她也许是疯了的决定。

入学不久，她便跟随一个人创业。为此，她零基础生啃了一本又一本与她的专业毫无关系的书籍，只为在这一刻不怯场。

她不知道，将来她会不会为自己今天所做的这个决定后悔。她只知道，这是自己第一次向着自己所喜欢的人义无反顾地奔赴。

她认定了这个人，决定追随他，陪伴他，直到他成长为那个光芒万丈的人。

她笃定，他一定会站在众人仰望的高度，而她现在站在他身边，或许将来才会有机会与他并肩。

思绪猛然被男人的声音拽了回来，秦瞿指了指资料上的文字，问道：“明明学的是建筑设计专业，怎么会想着跟我一起创业？”

秦瞿望着她，那双带笑的眼，仿佛一把刀，想要剥开她内心最深处的那些小心思，将所有见不得光的念头，尽数暴露在光天化日之下。

梁枝手垂在身侧，指甲陷进掌心带来的丝丝疼痛将她的理智重新唤醒。她垂着头，试图编造一个类似“选错专业但想用一些方式证明自己”的借口，却发现自己实在不擅长撒谎，嗫嚅半天也说不出一个字。

“这样可不行啊。”

秦瞿轻飘飘的一句话，引得梁枝猛地抬头，即将错过这次机会的恐惧与紧迫感逼得她几乎是脱口而出：“我行的！”

秦瞿被梁枝激烈的应答弄得一愣，手撑着头看向她，等她说下来。

梁枝这才意识到自己的失态，整理了一番情绪，她换了个说法：“呃……我是说，我觉得我应该能胜任。”

“学长，”她抬起头，声音带了几分哀求，“至少给我一个试用期可以吗？我真的很需要这个机会……”

“比如？”秦瞿换了个坐姿，越发显得慵懒，像是对她的这个请求兴致缺缺，“奖学金？据我所知，建筑学院评奖学金不需要这些吧？”

“或者——是因为你喜欢我？”

气氛在这一刻凝滞。

梁枝“啊”了一声，手足无措地低下头：“不是……我只是……”

女孩儿慌乱的样子有些滑稽，却又莫名透着种青涩的可爱。

秦瞿望着她，眼中兴味一闪而逝，而后他手在桌面上敲了两下，扬唇笑道：“我知道了。”他把手里的资料收下，手撑着下颌，对仍处于慌乱状态下的梁枝道，“那就先试试。”

见女孩儿惊喜地抬起头，他又补充道：“收起你那些从别的地方带来的养尊处优的坏习惯，我只需要一个能严格执行我的任务、完美配合我的伙伴，明白吗？”

梁枝愣怔片刻，旋即真心实意地笑了起来：“明白了。”

这是不用说她也能完美做到的事情。

过去的那一年，追随他、仰慕他，了解他的近况和相关情况，已经成为她前进的动力。只要能在他身边，让他记住她，她怎么样都可以。

待到一切都谈好，秦瞿又给她讲了些别的东西。梁枝静静地听着，不时点头表示自己听进去了。

结束后，本应离开的梁枝脚步顿了一下，轻声唤道：“学长。”

“嗯？”秦瞿一边低头整理资料，一边问，“还有什么别的事情吗？”他显然不想再在这样的交流中浪费时间。

梁枝手背在身后，声音又小了些，小心翼翼地问：“我可以冒昧地问一下，学长您是……换号码了吗？”

秦瞿怔了怔，旋即颔首，淡淡地道：“早就换了。你有我以前的联系方式？”

“啊……”梁枝张张嘴，有些心虚地解释道，“当时我有考江大的意愿，所以……就拜托老师去查了下您的电话号码。”

秦瞿“嗯”了一声，没有再深究。

真的是换了号码啊……梁枝呼出一口气，有些自嘲地扯了扯嘴角。

归根结底，还是她没勇气踏出那一步，以致错过了最好的时机。

“对了，这个拿回去吧。”秦瞿叫住往外走的梁枝，将从牛皮纸档案袋里掏出来的东西递还给她。

梁枝注意到了那是什么，三步并作两步上前接过。那是她的身份证，不知道之前整理资料的时候怎么就掉进去了，她居然没发现。

梁枝拿得着急，没注意太多，手指从秦瞿的指间穿过，差点儿交缠在一起。

秦瞿的手指有点儿凉，但掌心是热的。肌肤相触碰的一瞬间，梁枝觉得好像有一阵细密的电流通过她的手指传递到了大脑皮层。

她指尖微颤，迅速缩回了手。

太近了，这还是她第一次跟秦瞿有这么近的接触。

她偏过头想掩饰住自己的脸红，生怕秦瞿发现她对他的这点儿觊觎，从而对她有所不满。

这时，她听见秦瞿略带促狭的调侃：“我这儿可不是什么不正经的地方，不需要抵押身份证啊。”

梁枝的脸彻底红了。

“身份证照片拍得挺漂亮。”秦瞿看她一眼，又道。

突然被喜欢的人这样夸赞，梁枝指尖颤了颤，手上的身份证差点儿没拿稳。

感觉到梁枝的羞窘，秦瞿收了继续开玩笑的心思，说道：“没什么事的话，你可以走了。”

梁枝定了定神，鞠了一躬后，匆匆离开。

教室的旁边就是卫生间，梁枝从教室里出来后，便走到了卫生间的洗手台前。

她对着镜子，这才注意到自己的脸颊有多红，一颗心依旧平静不下来。

双手掬起一捧水，梁枝往自己脸上拍了两下，直到感觉脸颊温度降下来后，才再一次望向镜子。

秦瞿刚才是不是夸了她漂亮？梁枝对着镜子，看清楚了自己眼里的光，也清晰地看见自己的嘴角不受控制地扬了起来。

她抿抿唇，暗骂自己没出息。

这只是一点儿小小的甜头，也许只是对方不经意间的随口客套，却能让她雀跃成这样。

收拾好自己的仪容，梁枝刚走出卫生间，不期然听见楼道传来另一个男声。现在不是上课时间，走廊上空荡冷清，那人一开口，声音便响彻了整个走廊。

“秦瞿！”一个梁枝不认得的男生径直走到刚才的教室前，敲门，“应晗叫你过去一下，有事找你！”

应晗？梁枝听说过这个名字，但不太清楚究竟是谁。

她远远看见秦瞿开了门，跟着那个男生从另一边的楼梯离开。

他走得那么急，要见的应该是很重要的人吧。

梁枝这样想着，收回视线，心里原本的雀跃消退了大半。

如果是这样，自己的喜欢会对他造成困扰吧……

暗恋本来就是一个人的事情，为了能更长久地留在自己仰慕的人身边，对于这个秘密，她决定守口如瓶。

三、那些被藏进备忘录的秘密

十一月二十三日。

他最近好像不太喜欢喝咖啡，更喜欢喝茶，得了解一下这方面的事情了。

今天开会，公司资金周转好像又出了点儿问题，虽然他说问题不大，但我还是好担心他。

他这么努力是为了和她在一起吧……

十二月三十日。

明明都年底了，他还在通宵工作。

说好了明天大家一起去玩“密室逃脱”，也不知道他还能不能去。

十二月三十一日。

今天玩的“密室逃脱”很好玩。

摸黑往前走的时候，他抓住了我的手，我知道是他，因为他的气息跟别人的不一样。虽然很想一直跟他握着手，但怕他尴尬，我悄悄碰了下前面的人的手。

前面是杨牧河，他们两个人吵起来了。

好险，差点儿就被发现了。

可是，我还是好想正大光明地牵一次他的手啊。

哦，对了，今天晚上是跨年夜。希望新的一年我能和他继续走下去。

不过，我好像没资格这样说……

三月五日。

今天和他一起在学校门口吃了路边摊。

他告诉我，以后不会这样了。

我相信他。

他还说，我是他最信任的伙伴。

可是我不想只做你的伙伴啊，我想成为你的爱人。

这些话绝对不能被他看见。

毕竟，“爱人”这个词，太放肆了。

三月十五日。

最近资金方面好像又出现了问题。

他越来越爱皱眉了。

可是皱眉也好看。

他怎么样都好看，怎么样我都喜欢。

怎么办，我真的好喜欢他。

三月三十日。

他好像看出我喜欢他了……

被发现了吗？那个时候，那么多人都在起哄，他肯定多多少少知道了一点儿吧。

有点儿没办法好好面对他了……

三月三十一日。

也许他还不知道……

太好了。

五月二十日。

未来会怎样呢？

四、后来

看到梁枝的备忘录里的这些被遗忘多年的秘密时，秦瞿额头抵着窗玻璃，笑出了声。

梁枝又羞又窘，伸手去抓秦瞿手里的手机。

都怪她今天提出大扫除这件事，导致旧手机被翻了出来，让这个“狗男人”找到了肆意嘲笑她的机会。

早知道，她就不拉上这人一起了。

想到自己以前那些隐秘的小心思，梁枝脑中唯一的想法只有“毁尸灭迹”。

她努力踮着脚，说道：“秦瞿……你还我……”

她和秦瞿的身高差导致她再怎么努力踮脚，都只能够到男人手指的边缘。就在她的指尖差点儿就能碰上手机的边角时，对方的手臂轻松地再次抬高，让她再一次与手机失之交臂。

秦瞿闷笑一声，倚在窗边，继续饶有兴致地查看她的备忘录，说道：“还差点儿。”

梁枝停了手里的动作，过了一会儿，她颇为委屈地揪着他的衣摆道：“秦瞿，你是不是不爱我了？”声音软软的，像是受了欺负。

秦瞿受不了她这般眼神，最终缴械投降。

他把手机还给梁枝，弯着唇道：“不是你让我随便看的吗？”

梁枝连忙把手机关了机，瓮声瓮气地为自己辩解："我没想到后面的内容那么矫情……"

"知道了。"秦瞿把人揽进怀里，耐着性子哄道，"以后我都不惹你生气了，好不好？"

梁枝不作声，伸出手环住了他的腰身。秦瞿笑了笑，明白梁枝这是不生气了，于是在她耳边轻轻吹气，逗她："你都是做妈妈的人了，大人有大量，饶我一命，行不行？"

梁枝闭了闭眼，明明根本没生气，却还是要故作宽宏大量地说道："知道了。"

秦瞿忍不住又在她的脸上亲了下："我去做饭。"

梁枝抬眸，有点儿疑惑："怎么今天你突然又想自己做饭了？"

秦瞿把她又往怀里揽了揽，像是还没有得到满足似的亲亲捏捏抱抱，然后才餍足地道："作为补偿。"

他揉揉梁枝的头发，眼神宠溺地说道："我的爱人。"

被这个突然的称呼击中心灵，梁枝一蒙，呆呆地看着男人松开手，往房间外走去。

秦瞿下楼后，她站在原地缓了一会儿，缓缓地靠着床沿坐到地上，望着静静地躺在自己手心里的手机，她忍不住又开了机。

打开备忘录，梁枝逐字逐句将那些文字又翻阅了一遍，视线落在最后那句"未来会怎样呢"上面。她沉默了一会儿，握紧手机，无意识地敲了敲手机背面，发出清脆的声响。

思索片刻后，她缓慢而坚定地在备忘录里写下一段新的文字。

未来会怎样呢？

过去的梁枝，你不需要担心。

那些你所幻想过的未来，都变成了现在进行时。

未来的你，不会觉得"爱人"这个词有多奢侈。

因为，你曾经梦寐以求、深深地喜欢的人，如今就是你的爱人。

独家番外
直播时间

镜头里是施工现场。

梁枝对着镜头晃了两下手："哈喽，听得见我说话吗？"

屏幕另一端，弹幕立刻刷了起来。

"听得到，听得到！姐姐凑近一点儿！"

"哇！为什么那么多年过去了，姐姐好像一点儿也没变过，还是那么美！"

"我前两天刚重温完枝枝之前参与的那一期，已经开始期待这一次的成品了！"

……

这是新一季《不一样的家》的新增环节，在拍摄过程中，每一位设计师都将开一次直播，向观众简单介绍装修进度。

一来，提前透露一点儿信息，可以提高观众的期待值；二来，可以配合赞助方，给各类家装产品打点儿广告。

梁枝对着镜头温柔地笑了笑："这次的设计我很喜欢，我很期待你们看到成品的那一天。"

她没有过多的废话，带着摄影师在施工区域简单逛了一遍，偶尔做些介绍。

她这次的任务是改造一栋夹缝里的小楼，一共三层，每一层都只有十平方米左右的空间，需要将一家三口的生活所需全部囊括在内。

直播开始十几分钟，直播间人数持续增多。

"要不是知道姐姐已婚，孩子都几岁了，我恨不得直接大喊一句'梁枝给我出道'！"

"其实我想知道枝枝姐出来这么多天，姐夫独守空房，作何感想。"

“哈哈哈，秦总不配拥有名字的吗？！‘家庭煮夫’正在家带孩子吧？”

……

梁枝没空再注意弹幕，这边的楼梯暂时只做了个简单的框架，狭窄而危险，她上楼的时候得全神贯注防止踩空，最多分心回头叮嘱摄影师一句“小心”。

她扶着墙壁小心地走了几步，上面突然伸过来一只手，骨节分明，修长有力，无名指上的戒指熠熠闪光。

弹幕里，众人一开始还没搞清楚情况。

“嗯？工作人员好贴心啊，枝枝小心一点儿！”

“不过这手真的好好看啊……节目组居然有这样的人吗？！三分钟，我要这个小哥的所有信息！”

“楼上的省省吧，你看到那枚戒指了吗？不过我怎么总觉得这枚戒指有点儿眼熟？”

……

直至梁枝伸手被人牵过去，镜头转移到上面男人的脸上，弹幕终于有了短暂的消停。

下一秒，弹幕便爆了——

“这是秦总吗？我没看花眼吧？”

“啊啊啊，他是不放心所以陪老婆一起工作来了吗？救命，我又嗑到了！”

“还是老夫老妻甜！那枚戒指真的闪瞎我的眼了……”

……

摄影师也跟着站上了二层的平台，站定后，看了一眼屏幕，他有些揶揄地冲秦瞿提议：“秦总不如跟大家打个招呼？”

秦瞿不太习惯参与这种娱乐节目，微微皱眉，正想拒绝，忽然感觉自己的手心被挠了一下，低头，便见女人仰着脸，对他眨了眨眼。

秦瞿对梁枝的撒娇向来无法拒绝，他无奈地笑了笑，转身面向镜头。开口时，他的声音里带着几分散漫：“我是梁枝的丈夫。”

“这句话直接击中我的心！梁、枝、的、丈、夫！”

“刚才暗戳戳的小互动我录屏了，回去舔一万次再说。这明明就是热恋期的小情侣吧！我哭了，谁看了不说一声好配！”

“这真的是装修节目吗？我甚至怀疑我是在看‘恋综’，我妈已经问了我好几次为什么我笑得那么欢了……”

……

梁枝莫名觉得秦瞿的语气有点儿炫耀的意味。

她手垂在身侧，悄悄挣脱男人的大手，不小心碰到他无名指上的戒指，像是想起了什么，小声惊呼：“我的戒指——”

“嗯？”

梁枝低着头，看了一眼自己空空如也的左手，慌忙解释道：“刚才洗手的时候，我把戒指放在洗手台上，忘记拿回来了……我这就去找找。”

那边是公共洗手台，她怕过一会儿东西就找不到了。念及此，梁枝没敢再耽搁，转身便准备往下走。

手腕在这时忽然被抓住了。

“有人帮你拿过来了。”秦瞿细心地帮她把戒指戴上，翻来覆去盯了一会儿，说道，“下次别再丢三落四了。”

“知道啦，”梁枝被他捏着手，不免觉得有点儿脸热，“有人看着呢。”

秦瞿一扬眉，神色戏谑地松手。

那边的弹幕再一次刷了屏。

“您终于想起来还有一百多万人在围观啊！”

“本来我还觉得有点儿饿，想找点儿吃的来着，现在感觉已经饱了。”

“无形秀恩爱最为致命，妈妈，我想谈、恋、爱！啊啊啊！”

……

有了秦瞿在，直播间的人气不断飙升，观众们看得不亦乐乎。直播即将结束，众人仍是意犹未尽。

忙碌的一天结束，晚间，大家一起回到酒店。

秦瞿从浴室里出来，见梁枝站在办公桌前，双手撑着桌沿，一副略显苦恼的模样，问道：“怎么了？”

他浴袍没系紧，领口大开。绕到梁枝身后，他缓缓地将她圈住。

梁枝仍然盯着桌面上的几张草稿纸出神，过了一会儿，她动了动身子，开口道：“屋顶的材料可能有点儿勉强，唔……得换一种方案。晚点儿我可能要跟工作室的人开个会，会不会吵到你？”

秦瞿摇头：“需要我回避吗？”

“不用，他们不会在意。”

“行。”

梁枝在纸上写写画画了一阵，她思考时字同平日的区别很大，潦草得只有她自己能看懂。

秦瞿坐到她旁边，撑着下颌，静静地看着她。

梁枝的耳尖渐渐变红，面上却仍是一副认真工作的模样，连眼神都没往秦瞿身上飘过去一下，看起来还挺正经。

秦瞿微微眯了眯眼，蓦地笑起来。

梁枝自知已经被看穿，搁了笔，无奈扶额：“你老这样看着我，我注意力都集中不了。”

“那我不看了？”秦瞿笑道。

梁枝从鼻腔里哼出一声。

秦瞿起身，又被叫住了。

他低头看向梁枝，就见女人笑盈盈的，眼里盛着光。

“秦瞿。”她又唤了一声，托着腮，胳膊肘撑在草稿纸上。

“嗯？”秦瞿调笑道，“不是让我不看你吗？”

梁枝依旧是那副神神秘秘的样子，冲他招手：“你先靠近一点儿。”

秦瞿听话地过来站在她面前，腰忽然被环住。

梁枝低着头，将额头抵在秦瞿的腹肌上，一动不动地靠了好一会儿。

毛茸茸的碎发扎着皮肤，有些痒。秦瞿不明白梁枝为什么突然做出这样的动作，捏了捏她的后颈：“怎么了？”

梁枝声音很轻，带着点儿依赖：“充个电。”

秦瞿微怔，而后勾了勾唇，任她动作。

昏黄的灯光从斜上方打下来，两人之间的氛围安静而温馨。

感觉大脑终于变得清明，梁枝坐直身子，舒服地喟叹一声。

敲门声适时响起。

梁枝望过去，扬声问：“谁？”

隔着一道门，那声音有点儿模糊：“您的外卖到了。”

梁枝这才想起自己之前点了外卖。她微抬下颌，毫不客气地使唤秦瞿：“去开个门。”

秦瞿欣然应允："行。"

梁枝缩回椅子上，面对着一堆草稿陷入苦恼中。

她忽然想到了什么，扭头提醒秦瞿："你的领子要不要稍微拢——"话未说完，她便眼睁睁地看着秦瞿打开了门。

"查寝时间——"外面的嘈杂声骤然变得清晰，片刻后又戛然而止。

梁枝下意识起身，伸着脖子张望。

门只被开了一小半，外面的情况被秦瞿高大的身材挡了个七七八八，只露出摄像头的一角。

梁枝不忍直视地别开眼。

外面的人拿着刚刚从外卖小哥那里接过的外卖，目瞪口呆。

由于今天的直播人气太高，不少人在官博底下求着节目组多发布一点儿相关的内容，于是节目组商量后，决定来个突击。

他们没想到，一打开门就瞧见了这幅情景。

光是秦瞿衣衫半解的模样，就足以让人浮想联翩，更别提后面还好巧不巧地传来梁枝让他把领子拢上的声音。

尴尬的气氛持续了好一会儿。

秦瞿脚步微移，将外面的人的视线完全挡住，说道："抱歉，我太太脸皮薄，有什么事麻烦明天再说。"

紧接着，在众人还没反应过来时，房门砰地被关上了。

节目组几个人面面相觑。

与此同时，还没来得及关闭的直播间直接炸锅——

"这是我不花钱能看的吗？救命！秦总刚才也太好看了吧！"

"节目组这回闯大祸了啊！不过'我太太脸皮薄'这句话也好宠妻啊！秦总是什么'人形情话机'！"

……

也不知道是谁终于后知后觉想起要关闭直播间，直播间疯狂滚动的弹幕消失，众人便瞧见屏幕上弹出"直播已结束"。

房间里，梁枝退出直播间，把手机丢到一边。

她盘腿坐在床上，往后猛地一倒，说道："真是服了他们了……谁能想到都这个时候了，他们还会整这么一出……"

秦瞿听着她的嘟囔，单膝压在床上，俯身去亲她。

梁枝自然而然地随着身体本能回应，过了一会儿，她被亲得有点儿喘不过气来，余光突然瞥见桌子上放着的外卖，艰难出声：“我还没吃……”

秦瞿这才放过她，颇为满意地看着女人通红的脸颊，指腹抵着她的唇摩挲两下，轻笑出声：“脸皮是挺薄。”

梁枝瞪他一眼：“还不是你胡闹的。”

“是，我的错。”秦瞿过去帮她把外卖拆开，然后又把人揽进怀里，在她耳边呢喃，“实在是因为，我太爱你了！”